HEYNE BÜCHER

W0380604

Fantasy

Herausgegeben von Friedel Wahren

Von **John Maddox Roberts** erschienen in der Reihe
HEYNE SCIENCE FICTION & FANTASY:

STURMLAND-SAGA:

1. *Der Insulaner* · 06/9070
2. *Schwarze Schilde* · 06/9071
3. *Brüder des Zorns* · 06/9072
4. *Die Stahlkönige* · 06/9073 (in Vorb.)
5. *Fremde Schiffe* · 06/9074 (in Vorb.)

CONAN-SAGA:

Conan der Tapfere · 06/4346
Conan der Champion · 06/4701
Conan der Marodeur · 06/4781
Conan der Draufgänger · 06/4959
Conan das Schlitzohr · 06/5437

JOHN MADDOX ROBERTS

BRÜDER DES ZORNS

Dritter Roman der Sturmland-Saga

Deutsche Erstausgabe

WILHELM HEYNE VERLAG
MÜNCHEN

HEYNE SCIENCE FICTION & FANTASY
Band 06/9072

Titel der Originalausgabe
THE POISONED LAND
BOOK THREE OF STORMLANDS
Übersetzung aus dem amerikanischen Englisch
von Birgit Oberg
Das Umschlagbild malte Keith Parkinson
www.keithparkinson.com

Umwelthinweis:
Dieses Buch wurde auf chlor- und
säurefreiem Papier gedruckt

Deutsche Erstausgabe 5/2000
Redaktion: Ralf Oliver Dürr

Erstausgabe bei Tom Doherty Associates, Inc.
(A Tor Book), New York

http://www.heyne.de
Printed in Germany 2000
Umschlaggestaltung: Nele Schütz Design, München
Technische Betreuung: M. Spinola
Satz: Schaber Satz- und Datentechnik, Wels
Druck und Bindung: Elsnerdruck, Berlin

ISBN 3-453-17214-0

Kapitel Eins

Die Spione lagen reglos bäuchlings hinter einem Felsen, von dem aus man die endlose Ödnis überblickte. Jeder hatte eine graubraun gemusterte Decke über sich gezogen, und sie waren so gut wie unsichtbar, wenn man mehr als ein paar Schritte entfernt stand. Nur die Spitzen der Fernrohre lugten unter den Decken hervor. Die Linsen waren mit Lederfetzen gegen die Sonne abgeschirmt, um keine unerwünschte Spiegelung hervorzurufen. Zwar hatten sie die aufgehende Sonne im Rücken, aber diese Männer gingen kein Risiko ein. Während der Nacht hatten sie ihre Plätze eingenommen und verharrten seit dem ersten Dämmerlicht bewegungslos unter den Decken. Schon bald würde die Hitze unerträglich sein, aber eine Entdeckung bedeutete den sicheren Tod, und die vor ihnen liegende Szenerie war einen Tag der Unbequemlichkeit wert.

»Das ist unglaublich!« erklärte einer der Männer im Flüsterton, da sie immer mit einem umherstreifenden Späher rechnen mußten. »Wir haben es geschafft!«

»Das stimmt«, antwortete eine ruhige Stimme. »Beruhige dich. Es wird noch genug Aufregung geben, wenn wir unsere Belohnung verlangen.«

Der sich ihnen bietende Anblick war nur für denjenigen aufregend, der um seine Bedeutung wußte. In der Ferne breitete sich am Fuß eines Kraters ein Zeltlager auf dem Wüstenboden aus. Die öde Wüstenlandschaft war von zahlreichen Kratern bedeckt, aber nur dieser eine bildete den Mittelpunkt geschäftigen Treibens. Bis auf ein paar Nomaden und die Bewohner des großen Lagers lebten überhaupt keine Menschen in dieser Gegend.

Vom Lager aus kletterten Männer gruppenweise zum Kraterrand hinauf und verschwanden in seinem Innern. Die ihnen entgegenkommenden Männer schleppten schwere Lasten, die sie irgendwo im Lager abluden. Rauchwolken stiegen aus der Tiefe auf, die nicht vulkanischen Ursprungs waren. Oben auf dem Kraterrand patrouillierten berittene Wachen, deren Speerspitzen unter den ersten Sonnenstrahlen aufleuchteten. Trotz der Ferngläser war die Entfernung zu groß, um Einzelheiten wie Uniform oder Rangabzeichen auszumachen.

Den ganzen Tag lang lagen die beiden Männer reglos unter den Decken und beobachteten mit größter Aufmerksamkeit die Geschehnisse. Der Hügel, auf dem sie sich befanden, war nicht hoch genug, um Einsicht in das Kraterinnere zu gewähren, aber sie hatten einen guten Überblick über das Lager. Als die Sonne den Zenit erreichte, legten sie die Fernrohre beiseite, um nicht doch durch eine Spiegelung des Lichts aufzufallen. Die Hitze wurde beinahe unerträglich, aber sie hielten aus und stärkten sich gelegentlich mit Schlucken aus ihren Wasserschläuchen.

Bei Einbruch der Dunkelheit schleuderten sie die Decken fort und genossen voller Dankbarkeit die kühle Nachtluft. Schließlich erhoben sie sich steifbeinig, falteten die Decken zusammen und packten Fernrohre, Wasserschläuche und den Rest der Ausrüstung ein. Ehe es vollends dunkel wurde, zog einer der beiden Männer einen winzigen Kompaß hervor und studierte ihn eingehend. Dann verstaute er ihn in einer Tasche seines weiten Umhangs.

»Sieh nur, Haffle!« sagte sein Begleiter.

Wo vorher nur Rauchwolken sichtbar waren, erblickten sie jetzt einen rötlichen Lichtschein und Funken, die gen Himmel flogen.

»Sie schmelzen etwas«, meinte Haffle. »Das ist eindeutig.« Er schob die Kapuze des Umhangs zurück, unter der ein hageres, mit dunklen Bartstoppeln bedecktes Gesicht und kurzgeschorene schwarze Haare zum Vorschein kamen. Sein Gefährte gehörte einer anderen Rasse an. Er war klein und stämmig. Eine Hälfte des Kopfes war völlig kahl; an der anderen war das Haar blau gefärbt und zu einem dicken Zopf geflochten. Haffle hob den Speer auf und machte Anstalten, den Hügel zu verlassen, aber sein Begleiter zögerte.

»Ingist, wir dürfen keine Zeit verschwenden! Komm schon, wir müssen die Buckler noch vor Morgengrauen finden.«

»Es ist kaum zu glauben, nicht wahr?« Ingist starrte zum Krater hinüber, als hätte man ihn verzaubert. »Wir haben ihn gefunden, nachdem so viele Männer jahrelang vergeblich suchten.«

»Finden ist eine Sache«, meinte Haffle lakonisch. »Überleben, um Bericht zu erstatten und die Belohnung der Königin entgegenzunehmen, ist die andere. Los, jetzt!«

Widerstrebend hob Ingist seinen Speer auf und folgte Haffle. Außer den kurzen Speeren, die ihnen auch als Wanderstab dienten, trugen die Männer Dolche im Gürtel, besaßen sonst aber keine Waffen. Nach außen hin wirkten sie wie alle anderen Reisenden, welche die Dörfer durchquerten, die entlang der Südgrenze lagen, kleinen Flüssen folgten und die endlose Wüste mieden. Legenden behaupteten, die Wüste sei von Geheimnissen und Wundern erfüllt, aber die beiden waren nur auf Felsen, Sand, Hitze und Trockenheit gestoßen.

Bis heute.

Sie waren Gerüchten und Andeutungen gefolgt und hatten Männer befragt, die behaupteten, diesen Ort gesehen zu haben. Sie hatten sogar Wahrsager und Seher aufgesucht. Schließlich stießen sie auf einen verletzten Arbeiter, der verzweifelt um Geld bettelte, um sich Arznei zu kaufen. Er behauptete, einen Sommer in der Mine gearbeitet zu haben, und hatte sich seinen Worten zufolge nicht durch die Umwege narren lassen, zu denen man die Arbeiter zwang. Hin und wieder hatte er die Augenbinde verschoben und bestimmte Stellen wiedererkannt. Der Krater lag nicht – wie allgemein vermutet wurde – im Herzen der Wüste, sondern unweit der Felder an der Nordgrenze zum Land der Schluchtmenschen.

Sie hatten den Mann getötet, damit er das Geheimnis niemandem sonst verriet, und waren seiner Wegbeschreibung gefolgt, bis sie den Krater erreichten, der sich von allen anderen Kratern unterschied. Während die Männer zu dem Platz zurückkehrten, an dem sie den Rest der kleinen Karawane und die Buckler zurückgelassen hatten, jubelten sie innerlich über ihre Entdeckung. Sie hatten den größten Schatz der Welt entdeckt, das Geheimnis, für das die Königin eine so hohe Belohnung ausgesetzt hatte, wie sie sich kein Mensch in seinen wildesten Träumen auszumalen vermochte.

Sie hatten die Stahlmine König Haels gefunden.

Die Hitze im Krater war unerträglich, so daß die Krieger Schwierigkeiten hatten, die Maske der Unerschütterlichkeit beizubehalten. Vor den Arbeitern wollten sie keine Schwäche zeigen, aber dieser Ort stellte sie auf eine harte Probe. Sie hatten die übliche Lederkluft ausgezogen und trugen nur noch dünne Stoffhosen. Turbane und leichte Umhänge schützten sie vor den unbarmherzigen Sonnenstrahlen. Sie waren nur leicht bekleidet, aber schwer bewaffnet. Jeder Krieger besaß einen Langbogen und einen mit Pfeilen gefüllten Köcher, außerdem ein Langschwert aus Stahl und Lanzen mit stählernen Spitzen. Die Spitzen der Pfeile und Wurfspeere bestanden aus Bronze. An den Sätteln hingen Schilde in den verschiedensten Formen und Farben, da die Männer aus den unterschiedlichsten Völkern stammten. Im Gegensatz zu den Arbeitern waren sie ausnahmslos beritten und verachteten das einfache Volk, das sich wie eine Herde Tiere auf eigenen Füßen fortbewegen mußte.

»Noch drei Tage«, sagte ein langhaariger Jüngling zu seinem Begleiter. »Noch drei Tage, und wir kehren diesem Hochofen den Rücken. Ich kann dir gar nicht beschreiben, wie überdrüssig ich des Qualms, des Rußes und des Geruchs nach Schweiß stinkender Sklaven bin.«

»Von der Sonne und den kargen Wasserzuteilungen ganz zu schweigen«, fügte der andere hinzu, der ein wenig jünger war. Die beiden ähnelten einander sehr, waren hochgewachsen und hatten kupferfarbenes Haar und hellblaue Augen. Durch die hohen Wangenknochen und die anmutigen, geschmeidigen Bewegungen unterschieden sie sich deutlich von den übrigen Kriegern.

»Wohin gehst du, wenn wir hier fertig sind?« erkundigte sich der Ältere und trieb sein Cabo in der Hoffnung, einen erfrischenden Windhauch zu erhaschen, zum Rand des Kraters hinauf.

»In die Steppe und dann auf die Hügel – wohin denn sonst?« fragte der andere erstaunt.

»Ich nicht. Ich schließe mich den Arbeitertrupps an. Ich möchte ein paar Städte im Süden kennenlernen, ehe ich nach Hause zurückkehre.«

»Aber Vater hat befohlen …«

»Sind wir Kinder, daß wir uns jedem seiner Wünsche fügen müssen?« knurrte der Ältere. »Wir sind erwachsene Krieger und brauchen die Erlaubnis des Vaters nicht, um auf Reisen zu gehen.«

»Ich muß dich nicht daran erinnern, daß er mehr als

nur unser Vater ist. Er ist unser König.« Oben angekommen, zügelten sie die Cabos.

»Und als solcher hat er nie einem Krieger verboten, in Friedenszeiten nach Belieben zu reisen, solange er nicht ohne seine Erlaubnis in das Heer eines fremden Königs eintritt. Ich möchte bloß ein wenig umherziehen und etwas von der Welt sehen. Um ehrlich zu sein: Ich habe Gras und Viehherden fast so satt wie die Wüste.«

Der andere sah ihn zweifelnd an. »Ich weiß nicht. Er hat uns nur ungern zusammen ziehen lassen. Er macht sich Sorgen, daß uns etwas zustößt.«

Sein Bruder lächelte gezwungen. »Kairn, er hofft insgeheim, daß einer von uns eines Tages sein Nachfolger wird, aber wir beide wissen, daß es nicht sein kann. Die Häuptlinge des Rates werden jemand anderen wählen. Vater ist der große Geisterbeschwörer, der Mann, der die Steppe und die Hügel einte. Wer sind wir? Krieger wie alle anderen. Wir besitzen die Fähigkeiten nicht, die ihn zu einem Gott aller Stämme machten. Ich bin nicht bereit, mein Leben lang daheim zu sitzen, um seine Hoffnungen auf meine Zukunft zu nähren.«

Kairn schwieg. Er war weniger selbstbewußt als sein Bruder, und der Gedanke, dem Vater nicht zu gehorchen, mißfiel ihm.

Noch immer herrschte rege Betriebsamkeit im Krater, aber der Lärm der vergangenen Wochen hatte nachgelassen, und das Dröhnen der Spitzhacken, Hämmer und Meißel war gänzlich verstummt. Die Arbeiter räumten die Stätte ihres Wirkens auf, und die letzten Metallbrocken lagen in den glühenden Schmelzöfen, damit sie von Gesteinsresten befreit würden. Anschließend goß man den geschmolzenen Stahl in Barren, die sich einfacher transportieren ließen. In jedem Jahr bedurfte es ungeheurer Anstrengungen, um Brennmaterial, Vorräte und Arbeiter hierherzuschaffen, aber Stahl war so kostbar, daß König Hael die Mühen in Kauf nahm.

Unablässig patrouillierten Berittene auf dem Rand des Kraters. Den Arbeitern war es verboten, sich dort oben aufzuhalten, und sie durften den Rand nur an der Stelle betreten, an der ein aus der Tiefe kommender Pfad ihn kreuzte. Sie hatten sich nur im Lager oder im Krater selbst aufzuhalten. Jeder, der dabei ertappt wurde, auf eine höhergelegene Stelle zu klettern und sich die genaue Lage der Mine einzuprägen, wurde als Spion angesehen und entsprechend bestraft.

»Also, was hältst du davon?« fragte der ältere Bruder eindringlich.

»Dräng mich nicht, Ansa. Ich muß darüber nachdenken. Wir haben noch drei Tage vor uns.«

»In diesen drei Tagen wirst du dich zweifellos entscheiden, wie ein pflichtbewußter Sohn zu handeln. Nun, tu, was du willst. Sobald wir hier fertig sind, reite ich nach Süden.«

Als sie gegen Abend zu ihrem Zelt ritten, war Kairn noch immer in Gedanken versunken. Es fiel ihm nicht leicht, sich seine fehlende Abenteuerlust einzugestehen. Er war beinahe achtzehn Jahre alt und zählte seit zwei Jahren zu den Kriegern. Vielleicht bedurfte es mehr als guter Waffen und eines feurigen Cabos, um ein richtiger Krieger zu sein. Er tätschelte den Hals seines Tieres, das ungeduldig mit dem edlen, von vier Hörnern gekrönten Kopf schlug. Rings umher schleppten sich die erschöpften Arbeiter zu ihren Zelten. Sie waren ausnahmslos von gedrungener Statur, kräftig und dunkelhaarig, aber ohne die geschmeidige Anmut der Krieger.

Kairn schauderte bei dem Gedanken an ein Leben in Knechtschaft. Die Landarbeiter quälten sich mit Ackerbau oder ähnlichen minderwertigen Beschäftigungen ab, anstatt frei und ungebunden über die endlose Steppe zu reiten. Müßte ich leben wie diese Menschen, stürbe ich, dachte er bei sich. Die Arbeiter waren Einheimische aus dem Süden, für die diese Wüste einfach nur ein heißer und trockener Arbeitsplatz war. Sie erduldeten die Quälerei und wurden gut bezahlt, mußten aber die Hälfte des Verdienstes in der Heimat an die Obrigkeit abgeben. Kairn fand, daß sie es nicht besser verdienten. Männer, die so wenig Tatkraft besaßen, daß sie nicht an Gegenwehr und Kampf dachten, mußten für alle Krumen dankbar sein, die vom Tisch der anderen für sie abfielen.

Er rieb das Cabo ab und ließ es in dem runden Auslauf frei, den eine hohe Steinmauer umgab. Mit frohem Schnauben lief es zum Wassertrog. Jeder Tropfen des kostbaren Wassers wurde mühselig in großen Fässern auf hochrädrigen Karren herbeigeschafft. Die Tiere durften trinken, soviel sie wollten. Menschen mußten sich mit weniger begnügen. Im Auslauf befanden sich über dreihundert Cabos, deren Hörner in den Lieblingsfarben ihrer Besitzer bemalt waren.

Im Schatten des Zeltdaches war die Hitze ein wenig erträglicher. Dort hockte ein halbes Dutzend Krieger. Sie rückten beiseite, um Kairn einen Platz anzubieten, benahmen sich ihm gegenüber aber nicht untertänig. Die Reiter maßen dem Sohn ihres Königs nicht soviel Bedeutung zu, wie es bei den Kulturvölkern der Fall war. Jemand reichte ihm einen Wasserschlauch, und er bediente sich aus der großen Schüssel, in der sich die gemeinsame Mahlzeit befand. Während Kairn die fade schmeckende Mischung aus Trockenfleisch, Früchten und Korn kaute, dachte er an die Städte des Südens.

Er hatte sie nie gesehen, aber die Geschichten des Vaters über die wundersamen Länder im Westen und Süden vernommen. Ältere Krieger, die an den zahlreichen Schlachten vergangener Zeiten teilgenommen hatten, beschrieben die wohlhabenden Städte mit ihren Tempeln und öffentlichen Gebäuden, den seltsamen Gebräuchen und den Frauen, welche (laut Aussagen der Krieger) die kraftvollen Nomaden den eigenen überfeinerten Männern vorzogen. Er hätte die Städte gern gesehen und verspürte gelinde Neugier, liebte die endlose Steppe aber aus ganzem Herzen. Sicher, er würde die fremden Länder kennenlernen, aber nächstes oder übernächstes Jahr war früh genug.

Sein älterer Bruder fühlte ganz anders. Ansa redete kaum jemals von etwas anderem als den Reisen in die Fremde. Er hatte einige Karawanen bis zur Westgrenze nach Omia und zum Schluchtgebiet im Süden begleitet, und das hatte seine Neugier noch gesteigert. Seit zwei Jahren drängte er immer wieder darauf, erneut gen Süden zu ziehen, aber der Vater war in letzter Zeit zu sehr mit der Ostgrenze beschäftigt, um die Wünsche seines Ältesten zu erfüllen.

Nein, Kairn wollte nach Hause. Er freute sich darauf, die Wüste endlich hinter sich zu lassen.

Beim Verlassen des Kraters stimmten die Arbeiter ein Lied an. Sie trugen Tuniken oder Lendenschurze, die einst weiß gewesen waren, und die meisten besaßen Turbane oder hohe Strohhüte. Die hornigen Fußsohlen schienen die Hitze des Wüstenbodens nicht zu spüren, und immer wieder blitzten beim Singen schneeweiße Zähne in den dunklen Gesichtern auf.

Ansa drehte sich ein letztes Mal um und winkte. Auf dem Kraterrand stand sein Bruder und erwiderte den Gruß. Dann wandte sich Ansa nach Süden und zwang sich, nicht mehr zurückzuschauen. Er verfluchte die fehlende Abenteuerlust und den Gehorsam des Jüngeren. Ansa sehnte sich nach Freiheit, hätte aber gern Gesellschaft gehabt. Die Brüder standen sich sehr nahe und hatten sich in den letzten Jahren, als ihr Vater sich fast ausschließlich mit den Menschen im Osten und ihren Feuerwaffen beschäftigte, noch enger zusammengeschlossen.

Wir sind keine Kinder mehr, ermahnte er sich. Hatte

nicht auch König Hael sein Leben als Erwachsener so begonnen? Die Geschichte, wie sein Vater mit der ersten Karawane aus Neva über das Gebirge gekommen war und nichts als einen Speer, ein Messer, ein Schwert und ein einziges Cabo besaß, kannte er auswendig. Jetzt war Hael ein König. Allerdings war der Vater ein Visionär, ein Mann, den die Geister liebten. Ansa hatte nicht vor, selbst König zu werden. Er wollte das Leben außerhalb der vertrauten Hügel und Steppen kennenlernen. Im Gegensatz zu Kairn war er schon als Kind ungeduldig und wild gewesen. Er hatte sich bis an die Grenzen der Belastbarkeit getrieben, um das Kriegerhandwerk aufs meisterlichste zu erlernen und schrecklich unter jedem noch so kleinen Mißerfolg gelitten. Ein Sturz beim Ringen, über den Kairn lachte, veranlaßte Ansa zu tagelangem Schmollen. Dieses kindische Verhalten hatte er abgelegt, sehnte sich aber danach, sich zu beweisen, und sah keinen Sinn darin, noch länger zu warten.

Das langsame Vorankommen störte ihn außerordentlich. Sie mußten sich dem Schritt der Arbeiter anpassen, zahlreiche Umwege und ein gelegentliches Im-Kreis-Laufen in Kauf nehmen. Immer wieder legte man den Arbeitern Augenbinden an, oder man marschierte während der Nacht. Er wußte, daß diese Vorsichtsmaßnahmen nötig waren, damit der Standort der Mine geheim blieb, aber es war schier unerträglich, eine Reise in zehn Tagen zurückzulegen, die eigentlich in zwei Tagen zu bewältigen war.

Als der letzte Tag in der Wüste anbrach, hätte Ansa vor Freude weinen mögen. Der Wind trug den Geruch von Wasser und Pflanzen mit sich. Die Cabos der Krieger stießen ihre eigenartig grollenden Freudenlaute aus. Ansa hielt sein Cabo zurück, das vor Ungeduld losstürmen wollte. Liebevoll tätschelte er den Hals des Tieres und beugte sich vor.

»Ruhig, mein Guter! Wir sind noch meilenweit vom

Fluß entfernt. Es wäre unsinnig, einfach loszurennen. Bis heute abend sind wir da.« Dabei wäre er am liebsten auch einfach davongestürmt.

Das Nachtlager schlugen sie in der Nähe des ersten Flusses auf, der zum Land der Schluchtbewohner gehörte. Es war nur ein schmaler Fluß, aber nach der Wüste begrüßten sie ihn voller Jubel und mußten die Tiere davon abhalten, zuviel auf einmal zu saufen. Die Arbeiter waren ebenfalls halb verdurstet, liefen das schlammige Ufer hinab, warfen sich auf den Bauch und tranken das lehmige Wasser in gierigen Zügen. Die Krieger zeigten mehr Selbstbeherrschung und tränkten ihre Cabos, ehe sie flußaufwärts ritten und sich an klarerem Naß labten. Dazu lehnten sie sich aus den Sätteln und tauchten hölzerne Becher in die Wellen.

Die Bewohner der umliegenden Dörfer hatten sich längst an diese Besuche gewöhnt, und schon bald tauchten Händler mit Waren auf, die bei den Reitern heiß begehrt waren. Die einheimischen Frauen gefielen den Kriegern nicht, aber die Arbeiter waren nicht so wählerisch und gaben einen Teil des sauer verdienten Lohns aus, ehe er den Steuereintreibern in die Hände fiel.

Ansa hockte mit anderen Kriegern am Feuer. Sie aßen, tranken und plauderten stundenlang, wie es alle Krieger nach Erledigung ihrer Pflichten zu tun pflegten. Das zarte Fleisch fetter Haustiere mutete nach endlosen Wochen zäher Rationen wie der wahre Überfluß an. Immer wieder erließ der König strenge Verbote gegen den übermäßigen Genuß von Wein und Bier, die es in Ansas Heimat nur selten gab. Jetzt, da sie mit so vielen Völkern Handel trieben, kamen die begehrten Getränke häufiger ins Land. Die Untertanen König Haels waren sich einig, daß die Verbote weise und richtig waren, und verstießen dagegen, sooft sich eine günstige Gelegenheit bot.

»Wir bleiben zehn Tage lang hier«, erklärte Bulas, ein

älterer Matwakrieger, der die Gruppe anführte. »In der Zeit können sich die Cabos satt und rund fressen.«

»Wir auch«, lallte ein angetrunkener junger Bursche.

»Ich werde nicht mit euch zurückkehren«, erklärte Ansa.

Bulas starrte ihn durch den Rauch des Feuers an. »Was soll das heißen?«

Ansa nahm noch einen Schluck des angenehm bitter schmeckenden Bieres. »Ich reise von hier aus nach Süden. Im nächsten oder übernächsten Jahr treffe ich euch an der Mine wieder.«

»Das ist kein guter Einfall«, meinte Bulas. »Vielleicht nimmt man dich gefangen und foltert dich, um die genaue Lage des Kraters herauszufinden.«

Ansa zuckte die Achseln. »Ich werde so tun, als stammte ich aus dem Südosten, von den Ramdi oder den Ensata. Fremde bemerken den Unterschied nicht. Selbst wenn sie schon einmal in unserem Land waren, fällt es nicht auf, da mein Bruder und ich weder wie ein Amsi noch wie ein Matwa aussehen.«

»Wie willst du das aushalten?« erkundigte sich ein gleichaltriger Amsi. »Allein in einem fremden Land, ohne Freunde oder Verwandte! Furchtbar! Wer soll sich um dich kümmern, wenn du verwundet oder krank bist? Wer wird die Rituale vollziehen, wenn du stirbst?«

»Ich wage es«, verkündete Ansa mit fester Stimme. »Wer nichts wagt, der nichts gewinnt.« Nach einer Pause fuhr er fort: »Zugegeben, ich reise nicht gerne allein. Will mich einer von euch begleiten?« Er sah von einem Krieger zum anderen, begegnete aber nur zweifelnden Blicken. Natürlich hatte er nichts anderes erwartet. Sein Volk war ausgesprochen bodenständig. Die Vereinigung vieler Stämme durch seinen Vater hatte Entsetzen ausgelöst, das eine Generation brauchte, um verarbeitet zu werden. Deshalb war niemand bereit, sich weiteren Neuerungen zu stellen. Man liebte es, frei umherzustreifen, aber nur in großen Gruppen. Ansa fand keinen einzigen Begleiter.

Ein paar Tage später verließ er das Lager. Sein Cabo war satt, munter und sehnte sich nach Bewegung. Mit leichtem Herzen verabschiedete er sich von seinen Gefährten, aber sobald er außer Sichtweite war, drohte ihn aller Mut zu verlassen. Bis jetzt hatte er sich tapfer gehalten, aber nun, da sein Wunsch Wirklichkeit wurde, verspürte er Angst. Zum ersten Mal in seinem Leben war er ganz allein. Unwillig schüttelte er sich, um die düstere Stimmung abzuwerfen. Er hatte sich entschieden und wollte den einmal gewählten Weg nicht verlassen, einerlei, was auch geschah.

Bis zum Mittag hatte Ansa seine Ängste vergessen und stimmte ein altes Amsilied an. Die Leute, die auf den Feldern arbeiteten, blickten auf, schenkten ihm aber keine große Beachtung. Er trug niedrige Stiefel und eine weite Hose aus leichtem Stoff, die von einem breitem Ledergürtel zusammengehalten wurde. Das Hemd und ein leichter Umhang schützten ihn vor der Sonne. Seine wenigen Schmuckstücke hatte er im Laufe der Jahre herumziehenden Händlern abgekauft, und von seinem Aussehen her hätte niemand feststellen können, welchem Volk er angehörte. Ansa sah wie ein gewöhnlicher Reisender aus, und genau das hatte er beabsichtigt.

Nicht einmal die Stahlwaffen wiesen darauf hin, daß er zum Stamm König Haels gehörte. Der sprunghaft angestiegene Stahlhandel der letzten Jahre hatte dafür gesorgt, daß Waffen aus dem kostbaren Metall viel häufiger anzutreffen waren als früher. Sein Langschwert, das selten außerhalb seiner Heimat zu sehen war, wurde vom Umhang verborgen. Er wollte es nur im Notfall benützen, und dann hatten seine Gegner sicherlich keine Zeit mehr, sich über die Herkunft der Waffe Gedanken zu machen.

Ansa ritt entlang des Flusses, der sich durch die fruchtbaren Felder schlängelte. Hin und wieder überquerte er Bäche, die eigenartigerweise in völlig gerader Linie von dem Fluß abzweigten. Anfangs hielt er sie für natürliche Gewässer, merkte aber schon bald, daß es sich um eigens angelegte Gräben handelte. Der Boden war so trocken, daß die Felder nur durch ein Anzapfen des Flusses, der irgendwo im Süden in den breiten Strom Kol mündete, fruchtbar blieben.

Inzwischen ritt er durch das Land des Schluchtvolkes, aber die hiesigen Bauern gehörten dem gleichen Volk an wie die Arbeiter, die er aus der Mine kannte. Die wahren Schluchtler waren Adlige, sehr geheimnisvoll und besaßen angeblich magische Kräfte. Er war noch keinem dieser Menschen begegnet, da sie ihr Land niemals verließen und nur durch Vermittlung fremder Kaufleute Handel trieben. Von allen Völkern, von denen er je gehört hatte, faszinierten sie ihn am meisten. Dabei besaßen sie keine Reichtümer, denn das Land war arm an Bodenschätzen und brachte nur karge Erträge. Ihre zurückhaltende Art und die mysteriösen Kräfte fesselten Ansa. Man sagte, sie hätten blaue Haut und Augen in allen Farben des Regenbogens. Sie waren nicht besonders kriegerisch, aber kein Heer hatte sie je besiegt, obwohl es oft versucht worden war. Sämtliche Angriffe wurden zurückgeschlagen, und Offiziere und Soldaten schworen, von mächtiger Magie besiegt worden zu sein.

Ansa brannte vor Neugier, dieses Volk kennenzulernen, von dem sein Vater häufig erzählt hatte. Natürlich erwartete er nicht, mit offenen Armen aufgenommen zu werden, rechnete aber auch nicht mit Feindseligkeiten. Die meisten Menschen reagierten auf einen einzelnen Reisenden mit Neugier oder Verachtung, kaum aber mit sinnloser Gewalt. Ein abgeschieden lebender Stamm freute sich gewöhnlich über Kontakt zur Außenwelt, solange er keine Gefahr darstellte, und weltoffene Menschen nahmen Fremde wie selbstverständlich in ihrer Mitte auf. Nur große, schwerbewaffnete Gruppen erregten das Mißtrauen der Einheimischen.

Ansa hätte gern ein Stück Wild erlegt, war aber nicht sicher, ob der Besitzer des Landes es gern sah. Der Gedanke, wieder von Trockenfleisch leben zu müssen, behagte ihm nicht, aber er wußte, daß man in der Fremde nicht unvorsichtig sein durfte. Die erste Nacht lagerte er am Ufer des kleinen Flusses und sah zum vernarbten Gesicht des Mondes empor, der im Osten über den dunklen Gipfeln des Gebirges aufging. In Gedanken hörte er den Vers, den sein Vater dem Mond allabendlich als Entschuldigung aufsagte, sprach ihn aber nicht aus. Vor Urzeiten, in den Tagen der feurigen Speere, hatten die Menschen den Mond verwundet. Damals gab es mächtige und furchtbare Zauberkräfte, und die Menschheit wurde für ihre Selbstherrlichkeit bestraft. Jedes Volk besaß eigene Sagen zu diesen Vorkommnissen, aber alle stimmten darin überein, daß die Menschen das Unheil selbst verschuldet hatten und so der Zeit des Wohlstands und Glücks ein Ende machten.

Die Hitze des Tages verflüchtigte sich, und es wurde allmählich kühl, aber Ansa entfachte kein Feuer. Die Sterne leuchteten hell und klar. Es gab Fixsterne, Wanderer und andere, die aufstiegen und urplötzlich in unregelmäßigen Abständen über den Himmel rasten. Manche Stämme glaubten, letztere seien von Menschenhand gefertigt und in der Zeit vor dem Einsatz der Feuerspeere bewohnt gewesen. Von allen alten Legenden erschien ihm diese am unwahrscheinlichsten, aber wenn die Menschen den Mond wirklich verletzt hatten, waren sie vielleicht auch in der Lage gewesen, Dörfer im Himmel zu errichten. Die Welt war voller Geheimnisse, und er wußte, daß er sie nicht ergründen konnte. Nachdem er sich noch einmal vom Wohlergehen des

Cabos überzeugt hatte, rollte er sich in seine Decke und schlief ein.

Ansa träumte schlecht. Er sah verschwommene, bedrohlich wirkende Gesichter, grelle Blitze und brodelnde Fluten. Einmal wachte er schweißgebadet auf, schlief aber kurz darauf wieder ein. Am nächsten Morgen erinnerte er sich nur undeutlich an seine Träume, fühlte sich aber unbehaglich und zerschlagen, als er aufstand und das Cabo sattelte.

Am vierten Tag der einsamen Reise geriet er in höhergelegenes waldiges Gebiet. Es gab nur wenige Felder, aber von Zeit zu Zeit sah er Hirten, die große Herden Zwergkrummhörner hüteten. Auch gab es Wild in Hülle und Fülle. Die Landschaft mit ihren zerklüfteten Bergen und tiefen Schluchten war wunderschön und von überwältigender Farbenpracht. Am Tag zuvor hatte es kurz, aber heftig geregnet, und der Boden war mit einem Teppich bunter Wildblumen bedeckt, die wie durch ein Wunder über Nacht aufgeblüht waren. Der Himmel leuchtete tiefblau, und die flaumigen Wolken wirkten noch weißer als sonst. Der Anblick hätte jeden Mann zum Singen verführt, und so stimmte Ansa ein Wanderlied an, das ihn seine Mutter gelehrt hatte und das viel melodischer als die Amsigesänge klang.

Während sich das trittsichere Cabo vorsichtig entlang des steinigen Pfades bewegte, der an einer Seite von einem tiefen Abgrund begrenzt wurde, bemerkte Ansa, daß er ein Duett sang. Erschrocken brach er ab. Die zweite Stimme sang noch ein paar Töne und verstummte. Da sich niemand ungesehen hinter oder vor ihm aufhalten konnte, blickte er nach oben, verrenkte sich den Hals und erspähte schließlich eine schemenhafte Gestalt, die auf einem Felsen kauerte. Die Sonne schien ihm ins Gesicht, und er konnte keine Einzelheiten erkennen.

»Wer bist du?« fragte er und war zornig, weil er nicht

gemerkt hatte, daß sich jemand in seiner Nähe befand. Er beruhigte seine verletzte Eitelkeit damit, daß er sich auf unbekanntem Gebiet aufhielt.

»Oh, hör nicht auf zu singen! Es ist ein so schönes Lied.«

Ansa entspannte sich merklich und ließ die Hand sinken, die zum Speerschaft gegriffen hatte. Die Stimme klang noch sehr jung, eindeutig weiblich und sehr lieblich.

»Du hast mir immer noch nicht gesagt, wer du bist«, beharrte er.

»Warum sollte ich? Dies ist *mein* Land, nicht deines.« Sie sprach mit einem fremdländischen Akzent, war aber gut zu verstehen.

»Du hast recht.« Ansa grinste, wirkte aber ein wenig verkniffen, da er fortwährend in die Sonne blinzelte. »Ich bin Ansa und komme aus der Steppe des Nordens. Ich sehe dich leider nicht.«

»Dem kann ich abhelfen. Reite hundert Schritte weiter, bis der Pfad zu einer kleinen Wiese führt. Versuch aber nicht, ohne mich weiterzureiten.« Dann war sie verschwunden.

Er folgte ihren Anweisungen, und nach wenigen Minuten führte der Weg leicht bergab und endete an einer kleinen Wiese, wie die Frau beschrieben hatte. Ansa hielt an und überließ das Cabo dem Genuß des frischen Grases. Sein erfahrener Blick verriet ihm, daß hier schon seit längerer Zeit kein Tier mehr gegrast hatte. Zwar sah er viele Fährten, aber die meisten stammten von Raubtieren.

Kurz darauf gesellte sich die Frau zu ihm. Sie war ebenfalls beritten, saß aber auf keinem Cabo. Sein eigenes Tier scheute und stieß unwillige Grunzlaute aus, als die Fremde auf die Lichtung ritt. Sie saß auf einem Buckler, noch dazu auf einem besonders häßlichen, der furchtbar stank und unförmig und mißmutig aussah.

Buckler waren sehr stark und ausdauernd und eigneten sich bedeutend besser für Reisen durch die Wüste als Cabos.

Die Reiterin trug ein graues Gewand. Den Kopf bedeckte eine Kapuze, das Gesicht wurde durch einen Schleier verhüllt. Sie zügelte den Buckler einen Schritt vor Ansas Cabo und schob Kapuze und Schleier beiseite. Er sah ihr edel geschnittenes Gesicht, das schöner war, als er es sich in seinen kühnsten Träumen hätte ausmalen können. Die Haut war zartblau, und die Augen hatten einen grünlichen Schimmer, der die violette Iris umgab. Das Haar der Fremden war weiß, aber es war nicht das Weiß hohen Alters, sondern mehr silbrig und metallisch glänzend. Die Hände, die den Schleier fortschoben, waren lang und schmal, mit feinen, vornehmen Fingern.

»Ich bin Fyana aus Alta.« Der schöne Mund mit den vollen Lippen verzog sich zu einem breiten Lächeln, das Ansa unwillkürlich erwiderte. »Ich halte heute Wache am Pfad, aber ich glaube nicht, daß ich deinetwegen Alarm schlagen muß.«

»Nein. Ich versichere dir, daß ich ungefährlich bin. Sag mir: Überlassen es deine Leute immer einer einzelnen Frau, Wache zu halten?«

»Ich kann auf mehr zurückgreifen, als du ahnst«, erklärte sie fröhlich. »Außerdem ist der Weg kaum für eine Invasion geeignet.«

»Das kann ich bestätigen«, sagte Ansa. »Aber warum hält man dann überhaupt an dieser Stelle Wache?«

»Wir möchten nicht überrascht werden, nicht einmal von netten Besuchern«, antwortete Fyana. Das war eine bemerkenswerte Neuigkeit, auch wenn es der Frau nicht bewußt war. Also waren die Schluchtler nicht allwissend, wie viele Leute glaubten. Ansa wollte mehr über ihre Grenzen erfahren.

»So weit im Süden trifft man selten auf Steppenbewohner«, sagte sie. »Schon gar nicht auf Männer, die allein unterwegs sind. Hast du dich verirrt?«

»Nein, keinesfalls. Mir war daheim langweilig, und ich möchte ferne Länder kennenlernen. Mein ... König hat nichts gegen Reisen ins Ausland, solange seine Krieger nicht in den Dienst eines anderen Herrschers treten. Mein Leben lang hörte ich Geschichten über den Süden und über dein Volk. Ich gelobte mir, wenigstens einige Länder zu besuchen, ehe ein Krieg oder das Alter mich daran hindern.«

»Da kommt meine Ablösung.« Fyana deutete zum anderen Ende der Lichtung hinüber. Ein Reiter näherte sich, diesmal auf einem Cabo. Es war ein junger Mann. Sein Haar war dunkler als das von Fyana, und er hatte gelbe Augen, aber sie sahen sich so ähnlich, daß man sie für Zwillinge halten konnte. Die weiten Gewänder ließen nur die Hände und den Kopf frei. Nur an seiner Haltung und seinem Benehmen erkannte Ansa, daß er einen jungen Mann vor sich hatte. Wenige Schritte vor ihnen zügelte er das Cabo und legte die Hand auf den Schaft eines langen Speers, der in einem Halter am Steigbügel steckte.

»Wer ist das?« fragte er und musterte Ansa von Kopf bis Fuß.

»Ein Besucher aus dem Norden«, erklärte Fyana. Der Neuankömmling wirkte nicht erfreut. »Er ist ungefährlich«, fügte sie hinzu.

»Das ist sein Glück«, meinte der junge Mann und ritt davon.

Ansa kochte innerlich. Daheim hätte er den Burschen für seine Unverschämtheit herausgefordert, aber hier stand ihm das nicht zu. »Ist er immer so gastfreundlich?« wandte er sich an Fyana.

»Beachte ihn gar nicht«, empfahl sie ihm. »Das ist Elessi. Er wurde gerade erst zum Krieger ernannt und will jedem zeigen, wie furchterregend er ist.«

»Ach, solche Kerle gibt es hier auch? Dann werde ich es vergessen. Junge Krieger, die zum ersten Mal Waffendienst haben, sind manchmal gräßlich, aber sie greifen immer von vorn an. Wie sollen sie auch sonst einen Ruf aufbauen? Hast du noch etwas hier draußen zu erledigen?«

»Nichts von Bedeutung. Folge mir.«

Sie ließ den Buckler umdrehen und mit langen ausgreifenden Schritten davongehen. Ansas Cabo, von Mißtrauen erfüllt, folgte dem Tier in großer Entfernung, und der junge Mann vermochte es trotz aller Mühe nicht zum Aufschließen zu bewegen.

Nach weniger als einer Stunde erreichten sie ein kleines Tal mit sorgsam bestellten Feldern, die von ordentlichen Steinmauern begrenzt wurden. In gepflegten Obstgärten standen Bäume in voller Blüte, während einige bereits Früchte trugen. Ansa hielt nicht viel von der Landbestellung, konnte sich aber der Schönheit dieser Landschaft nicht entziehen. Die Luft war rein und klar – ein wohltuender Unterschied zur trockenen Wüstenluft.

Am anderen Ende des Tales erspähte er Gebäude, die sich an die Hänge schmiegten, wo ein kleiner, aber eilig dahinströmender Bach zwischen den Felsen hervorsprudelte. Die Häuser verschmolzen trotz der weißen Mauern und roten Dächer fast mit den Bergen. Das Dorf sah viel anziehender als die aus Lehm gebauten Siedlungen aus, die Ansa kannte.

Zuerst kamen sie an verstreut liegenden Bauernhäusern vorbei. Anscheinend gab es Menschen, die die Sicherheit, innerhalb einer Stadtmauer zu wohnen, gegen die Bequemlichkeit eintauschten, nicht weit von den Feldern entfernt zu leben. Dann erst fiel Ansa auf, daß es gar keine schützende Mauer gab. Aus irgendeinem Grund fühlten sich diese Leute ausgesprochen sicher und schienen nicht mit Angriffen zu rechnen.

Haustiere stoben nach rechts und links, als sie entlang

der staubigen Dorfstraße ritten: winzige Hausquils, Geflügel und fette zweibeinige Eidechsen, die wegen ihres zarten Fleisches geschätzt wurden. Sie alle waren Aasfresser und halfen mit, das Dorf sauberzuhalten. Die Dorfbewohner sahen den Reitern neugierig, aber nicht feindselig entgegen.

»Zuerst bringe ich dich zur Ältesten«, erklärte Fyana. »So will es der Brauch. Sie wird dir Bewegungsfreiheit zusichern, und dann kannst du kommen und gehen, wie du möchtest.«

»Das hört sich gut an«, antwortete Ansa. Er fühlte sich wohl. Endlich befand er sich in einem fremden Land, unter fremden Menschen. Die meisten seiner Stammesbrüder hätten die Situation als unangenehm empfunden, aber darin unterschied sich Ansa von ihnen.

Vor einem kleinen Haus, das sich in nichts von den anderen unterschied, hielten sie an. Zwei Statuen, wie ein Mann und eine Frau geformt, flankierten den Eingang. Der Buckler ging in die Knie, und Fyana glitt aus dem Sattel. Sie verneigte sich vor jeder Statue und betrat das Haus. Ansa saß ab und sah sich neugierig um. Es gab keine Möglichkeit, das Cabo anzubinden, höchstens an einer der Figuren, und das hielt er für unklug. Minutenlang stand er unschlüssig herum, die Zügel in der Hand, und wartete ab.

Gefolgt von einer hochgewachsenen Frau, kam Fyana zurück. Die Fremde trug ein gestreiftes Gewand, legte die Fingerspitzen aneinander und verneigte sich leicht.

»Willkommen, Krieger. Ich bin Ulla, die Dorfälteste. Möchtest du nicht eintreten? Imasa wird sich um dein Cabo kümmern.« Ein Knabe tauchte hinter ihr auf, den Ansa zweifelnd musterte.

»Vielen Dank, aber es hat viel Temperament. Vielleicht sollte lieber ein erfahrener Reiter …«

Sie lächelte. »Imasa kann hervorragend mit Cabos umgehen. Sorge dich nicht.«

Ansa drückte dem Jungen die Zügel in die Hand, und er führte das Tier davon, das ihm so brav folgte, als wäre es eines der winzigen Quils, die in der Sonne ruhten. Ansa zuckte die Achseln und folgte den beiden Frauen ins Haus. Es war sparsam möbliert, aber den Boden und die Wände bedeckten prachtvolle Teppiche. Das Haus hatte keine Fenster, und das Tageslicht fiel durch große Oberlichter aus dickem Glas. Auf Ullas Geheiß setzten sie sich auf reich bestickte Kissen, die um einen kunstvoll verzierten Tisch lagen. Die Frauen schwiegen, und so hielt sich auch Ansa zurück.

Aus einem Hinterzimmer erschien ein junges Mädchen mit einem Tablett, auf dem ein dampfender Krug und drei Tassen standen. Fyana schenkte die heiße Flüssigkeit ein. Ansa nahm eine Tasse entgegen und probierte vorsichtig, während er die anderen aufmerksam beobachtete. Dieses Begrüßungsritual war ihm vertraut, aber jedes Volk hatte eigene Sitten und Gebräuche, und er wollte niemanden beleidigen. Bei dem Getränk handelte es sich um duftenden Kräutertee. Als er die leere Tasse abstellte, schienen die Frauen sehr zufrieden zu sein, und Ulla rief nach weiteren Erfrischungen.

Ansa musterte die Frau neugierig. Fyana hatte sie als Älteste bezeichnet, aber sie wirkte kaum älter als Fyana. Bei diesen Menschen war es schwierig, das Alter zu schätzen. Sie hatte ebenfalls silberweißes Haar und blaue Haut, aber ihre Augen waren von blassem Grau.

»Fyana erzählte, daß du die heimatliche Steppe verließest, um ein wenig von der Welt zu sehen.«

»Ja, zu Hause wurde ich immer ruheloser«, gab er zu.

»Wie geht es deinem Vater, dem König?«

Er blinzelte erstaunt und verbiß sich eine Lüge, die sicher zwecklos war. »Also stimmt es, daß ihr magische Kräfte besitzt?«

Sie lachte fröhlich. »Kein Grund für Magie! Ich traf

deinen Vater vor einigen Jahren während eines großen Handelsmarktes. Er ist von wirklich außergewöhnlicher Erscheinung, und du ähnelst ihm sehr. Ich weiß, daß er Söhne in deinem Alter hat. Also mußt du einer von ihnen sein. Keine Sorge, König Hael war immer unser guter Freund, und wenn du unerkannt bleiben willst, hüten wir dein Geheimnis. Noch weiter im Süden kennt man deinen Vater nicht, und niemand wird deine Herkunft erraten.«

»Das freut mich. Was deine Frage angeht: Es geht ihm gut, obwohl ich ihn in letzter Zeit selten sah. In den vergangenen Jahren reiste er häufig nach Osten.« Er verschwieg den Gedanken, der seit langem an ihm nagte: Sein Vater war *besessen* vom Osten, von den Feuerwaffen und anderen seltsamen Erfindungen der dort ansässigen Menschen. Sein Leben war ein endloses Streben nach dem militärischen Sieg über seinen Erzfeind Gasam, den Shasinn.

»Das stimmt, man hat ihn lange nicht mehr im Süden gesehen«, bemerkte Ulla.

»Denk nicht, daß er dein Volk deshalb weniger schätzt«, sagte Ansa und sah die Möglichkeit, ein wenig Diplomatie zugunsten seines Vaters auszuüben. »Er zählt euch zu seinen geschätztesten Freunden.«

»Unser Land liegt zwischen der Steppe und den Königreichen des Südens«, erinnerte ihn Ulla ernst. Mit freundlicherer Miene fuhr sie fort: »Aber ich weiß, daß König Hael auch dann unser Freund wäre, wenn wir nicht als Prellbock zwischen ihm und seinen Feinden stünden.«

»Aber Sono und Gran sind nicht seine Feinde«, widersprach Ansa.

»Vielleicht sind sie es schon bald. Gasam hat Chiwa erobert, aber das wird ihm nicht reichen. Bestimmt versucht er in Kürze, auch die anderen Reiche an sich zu reißen.« Sie sah ihn besorgt an. »Vielleicht ist es kein günstiger Augenblick für dich, dorthin zu reisen. Bleib hier bei uns. Hier gibt es auch sehr viel zu sehen.«

»Ich möchte euer Land bei Gelegenheit sehr gern kennenlernen«, antwortete Ansa. »Aber ich sehne mich danach, die großen Städte zu sehen, ehe Gasam sie zerstört.« Plötzlich kam ihm ein Gedanke. »Außerdem ist es gut, die Lage in den gefährdeten Gebieten zu erkunden, damit ich meinem Vater Bericht erstatten kann.«

»Das stimmt«, meinte die Frau. »Aber das hat keine Eile. Du kannst ruhig eine Weile hierbleiben.«

Ansa sah zu Fyana hinüber. Die Entscheidung fiel ihm leicht. »Mit Vergnügen.«

Kapitel Zwei

König Gasam saß auf der Terrasse seines Palastes in der Stadt Hima. Er hatte den traumhaft gelegenen Gebirgsort wegen seiner Schönheit zur Hauptstadt des Landes ernannt. Die alte Hauptstadt war während der Eroberung Chiwas vollständig zerstört worden. Auf dem weitläufigen Platz, der sich vor seinem Palast erstreckte, war eine Einheit Sklavensoldaten aufmarschiert. Die Männer stammten von den wilden Stämmen des südlichen Dschungels ab. Sie waren mit Tätowierungen übersät, in Leder oder Fell gehüllt und trugen Speere mit Steinspitzen und runden Schilden. Ihr Aussehen und ihr Temperament gefielen ihm über alle Maßen. Die Landbevölkerung aus den umliegenden Dörfern war gehorsam und von militärischem Nutzen, bestand aber nicht aus wahren Kriegern und erfüllte ihn mit Verachtung. Gasam bildete so viele Einheiten wie möglich aus den kriegerischsten Stämmen seiner Untertanen. Schließlich war ein Krieg nicht nur ein auf Erfolg ausgerichtetes Unternehmen, sondern sollte auch Spaß machen und ob seiner Schönheit und Aufregung zum Genuß werden.

Er atmete den Weihrauchduft ein, der von den Kohlenbecken aufstieg, die auf der steinernen Brüstung standen. Hinter ihm stand Königin Larissa und massierte ihm die hervortretenden Hals- und Schultermuskeln. Er seufzte zufrieden und zuckte gleich darauf zusammen.

»Noch eins!« rief die Königin triumphierend und hielt ihm ein langes graues Haar vor Augen.

»Meine Königin«, begann er geduldig, »wie oft habe ich dir schon erklärt, daß ein paar graue Haare keine Schande sind, wenn man älter wird? Ich bin nicht einmal vierzig Jahre alt, und noch liegt die Altersschwäche in weiter Ferne.«

»Unser Volk sieht in uns die vollkommenen Herrscher«, beharrte sie. »Wir dürfen dieses Bild nicht zerstören.«

Wieder seufzte Gasam. »Du begreifst noch immer nicht, welche Schönheit absolute Macht birgt. Es befriedigt mich zu wissen, daß man auch dann noch vor mir auf dem Boden kriecht und mich als Gott ansieht, wenn ich alt, häßlich und gebrechlich bin.«

»Du wirst schon sehen«, murmelte sie vor sich hin. Dann trat sie an die Brüstung und blickte über die Dächer der Stadt hinweg. Rauch stieg von den Tempeln auf. Der König hatte erlaubt, die Menschenopfer beizubehalten, solange keine wahrhaft nützlichen Untertanen verbrannt wurden und er zu den angebeteten Göttern gehörte. Gasam bewunderte die Schönheit seiner Frau, obwohl er die Besessenheit, mit der sie auf Äußerlichkeiten achtete, nicht verstand. Heute trug sie ein Gewand aus purpurfarbener Seide, das von den Achseln bis zum Boden reichte. Noch vor wenigen Jahren hatte sie kaum jemals Kleidung getragen, da sie ihre Schönheit gern nackt zur Schau stellte. Jetzt jammerte sie wegen der kleinsten Falte oder Hautschlaffheit, die weder Gasam noch sonst jemand bemerkte. Sie war noch immer die schönste Frau, die er je gesehen hatte.

»Ich habe einen Brief von Königin Shazad erhalten«, teilte sie ihm mit.

»Oh! Wie geht es unserer hochverehrten Nachbarin aus dem Norden?«

Die mutige Königin von Neva bot ihm seit langem einen amüsanten Kampf um die Herrschaft der Küstenstaaten. Ihre Neuerungen bei der Marine und ihre diplomatischen Fähigkeiten hatten dafür gesorgt, daß er sich bisher nur im Süden ausbreiten konnte.

»Sie ist – wie immer – überaus höflich«, sagte Larissa. »Nennt mich ›Schwester‹ und führt sich auf, als wären wir die besten Freundinnen.«

»Auf eine Art seid ihr das«, meinte Gasam. »Feinde können sich als die unterhaltsamsten Freunde erweisen. Eure Beziehung ist recht pikant. Schließlich war sie einmal deine Sklavin.«

»Daran erinnere ich sie nicht mehr. Ein durch den Krieg hervorgerufener Zwischenfall. Sie betrachtete sich nie als Sklavin, nur als Gefangene.« Die Königin legte den Ellbogen auf die Brüstung und stützte das Kinn auf die Handfläche. »Sie war eine entzückende Kreatur. Ich hätte sie gern behalten.«

»Ich auch«, sagte Gasam nachdenklich. »Dieses Weib und mein Ziehbruder Hael sind schuld, daß ich noch nicht die ganze Welt regiere.«

»Vielleicht«, antwortete Larissa mit verträumter Stimme. »Allerdings hat sich die Welt als bedeutend größer erwiesen, als wir glaubten.«

»Wie wahr. Außerdem: Hätte ich sie schon jetzt erobert, was finge ich mit dem Rest meiner Zeit an?« Er grinste. Da sich Larissa vornüber auf die Brüstung lehnte, zeigte sie ihm ihr Hinterteil, das noch ebenso schön war wie damals, als sie noch ein junges Mädchen war. Leider glaubte sie ihm nicht, wenn er es ihr von Zeit zu Zeit sagte. Er stand auf, trat neben sie und schlang den Arm um ihre Hüfte.

»Was schreibt sie noch?«

Larissa runzelte die Stirn. »Ihr Vetter, der neue König von Omia, ist ebenso närrisch wie sein Vorgänger; in diesem Jahr sind Kleider aus schwarzer Seide, mit rosa Perlen bestickt, große Mode; das Heer wird jetzt mit Stahlwaffen ausgerüstet.«

»Sieht ihr ähnlich, letzteres nebenbei zu erwähnen.«

Gasam wickelte sich eine Strähne ihres seidigen aschblonden Haares um die Finger und genoß das Gefühl.

»Woher bekommt er es, Larissa? Wie kommt ein Häuptling der Steppennomaden an das kostbarste Metall der Welt?« Diese Frage bewegte ihn seit Jahren.

»Meine Spione sind sicher, daß es aus dem südlichen Teil der Wüste stammt, unweit der Grenze zum Giftigen Land und nördlich vom Gebiet der Schluchtler.«

»Ein riesiges Gebiet, ganz ohne Wasser. Ohne den genauen Standort zu kennen, wird auch die erfahrenste militärische Expedition in einer Katastrophe enden. Das Risiko ist mir zu groß. Meine Leute folgen mir bedingungslos, aber ihre Begeisterung ließe schnell nach, wenn mein Ruf der Unbesiegbarkeit litte.«

»Wie gut, daß du daran denkst, mein Lieber«, meinte die Königin und richtete sich auf. »Überlaß es den Dichtern, deine Göttlichkeit anzupreisen. Mut, mit Stärke und Klugheit gepaart, hat uns so weit gebracht.« Sie sah über die wunderschöne Stadt, die umliegenden Felder und den rauchenden Berg hinaus. »Du hast in der Tat viel erreicht.«

Das ganze Gebiet gehörte einst zum Königreich Chiwa. Vor einigen Jahren war Gasam als Piratenkönig hierhergekommen, als der Mann, der die Nordinseln des Sturmlandes einte und jetzt nach Eroberungen im Süden lechzte. Anfangs riß er nur ein paar Inseln vor der Küste Chiwas an sich und schloß ein Bündnis mit dem König, um dessen Rivalen auf anderen Inseln und im Südosten zu beseitigen. Mit Gasams Hilfe sehr zufrieden, hatte der König dessen Krieger angeworben, um Aufstände im eigenen Land niederzuschlagen. Nach kurzer Zeit unterwanderten Gasams Männer sämtliche Truppen, die über ganz Chiwa verteilt waren. Er entledigte sich des Königs und riß die Macht an sich. Natürlich war das nicht ohne Blutvergießen unter der Aristokratie abgegangen, aber das Volk hatte ihm keine Schwierigkeiten bereitet. Es war an Tyrannen gewöhnt.

Chiwa war ein schönes und farbenprächtiges Land. Nur das tropische Klima im Tiefland behagte Gasam nicht. Noch ein Grund, weshalb er sein Hauptquartier in die Berge verlegt hatte. Hier oben war die Luft rein und klar; bunte Blumen wuchsen in Hülle und Fülle, und seine Krieger und das Vieh blieben gesund und kräftig. Er begab sich nur zur Küste, wenn er an Piratenzügen teilnahm.

Sein ganzer Ehrgeiz richtete sich in letzter Zeit nach Osten. Die wohlhabenden, unverschämten Dschungelreiche Sono und Gran lockten. Das bedeutete: Krieg in den Tropen, den er gern vermieden hätte, aber da er vor seinem Tod die ganze Welt erobern wollte, mußte er seinen Siegeszug in den benachbarten Gebieten fortsetzen.

Der König richtete sich auf, und die Krieger, die hinter seinem Stuhl warteten, standen stramm. Sie waren ausnahmslos hochgewachsen, blond und gehörten zur Shasinnelite. Ihre kunstvoll verzierten Speere, deren Stahlspitzen ein Rand aus Bronze umgab, und die langen schwarzen Schilde unterstrichen den kriegerischen Anblick der Männer. Sie legten viel Wert auf ihr Äußeres und trugen kostbaren Schmuck. Da sie sich auf ihren Mut genausoviel einbildeten wie auf ihr Aussehen, verzichteten sie auf jede Rüstung.

»Komm mit«, sagte Gasam. »Ich möchte dir etwas zeigen.« Er legte ihr den Arm um die Schultern, während sie seine schmalen Hüften umschlang. So betraten sie den Palast.

Die Wände des großen Thronsaals waren mit farbenprächtigen Gemälden im chiwanischen Stil bedeckt. Einheimische Priester mit hohem Federkopfputz verneigten sich beim Eintreten des Königspaares. Sklaven aller Rassen waren mit den ihnen auferlegten Pflichten beschäftigt oder standen als Blickfang herum. Manche wurden nur auf Grund ihrer Schönheit ausgewählt und dienten keinem anderen Zweck, als den passenden Hintergrund für das Herrscherpaar abzugeben. Bis auf die Leibwache entließ Gasam sämtliche Anwesenden, die sich unter tiefen Verneigungen entfernten.

Als sich die Tür schloß, wandte Gasam seine Aufmerksamkeit dem Fußboden zu, den ein großes Mosaik der bisher bekannten Welt bedeckte. Die Kunst der Chiwaner hatte dafür nicht ausgereicht, und so hatte Gasam eine Gruppe nevanischer Kartographen und Künstler hinzugezogen. Der König schritt entlang der von ihm eroberten Länder, die in Schwarz eingesetzt waren. Sie beschrieben einen großen Halbmond, der bei den nördlichsten Inseln des Westmeeres begann, sich nach Süden bog und schließlich wieder nach Osten zum Festland hin, wo er Chiwa und ein paar kleinere Gebiete umfaßte. Ein aus Kristallen gebildeter Gebirgszug gebot der schwarzen Flut Einhalt. Östlich der Berge, in einem breiten, von Flüssen durchzogenen Tal, lag das Reich Sono und dahinter die Hochebene von Gran. Gasam ging bis zur Kristallgrenze und blieb stehen.

»Meine Krieger haben in diesem Jahr gefaulenzt, und das ist schlecht. Es gibt Länder, die noch nicht erobert sind, und das ist auch schlecht. Ich werde beides ändern. Meine Späher haben das Gebirge ausgekundschaftet. Es gibt drei Pässe ...« – er tippte mit der Zehe auf die entsprechenden Stellen – »... die einem Heer die Überquerung ermöglichen. Ich werde meine Truppen einem neuen Sieg entgegenführen. Noch heute ergeht der Befehl an alle Einheiten.«

Die Königin betrachtete die Karte. »Durch die Berge? Wäre eine Invasion zur See nicht einfacher und schneller?«

»Ich werde die Flotte ausschicken, hauptsächlich mit chiwanischen Seeleuten an Bord, um die Hafenstädte zu erobern. Die Südküste ist mit furchtbaren Krankheiten verseucht, die wir nicht einmal kennen. Ich würde mehr Krieger durch Seuchen als durch Kämpfe verlieren.«

Er wandte sich wieder den Bergen zu. »Wie dem auch sei, eine harte, anstrengende Zeit wird den Männern guttun. Nichts ist schlimmer als zu lange Friedenszeiten, und ein zu leichter Sieg ist auch nicht viel besser. Seit Jahrhunderten werden diese Pässe für den Handel und bei Kriegen benutzt. Sie sind gut ausgebaut, und meine Späher kennen alle Städte, Wasserstellen und Rastplätze entlang des Weges. Kein einziger Paß ist breit genug für die ganze Armee, deshalb marschieren wir auf allen drei Routen. Ich führe die Nordtruppen an. Meine beiden besten Generäle übernehmen die anderen Soldaten. Ich überquere den Paß und treibe alles vor mir her, bis wir den großen Fluß erreichen. Dort wende ich mich nach Süden und stoße zu den beiden anderen. Wie viele Soldaten aus Sono auch zwischen uns stehen, wir werden sie wie Nußschalen zermalmen. Sind wir erst vereint, setzen wir über den Fluß und marschieren auf die Hauptstadt.«

»Ein ehrgeiziger Plan«, bemerkte die Königin. »Ist es wirklich klug, die Armee in drei Gruppen aufzuteilen?«

»Vielleicht nicht klug, aber ausgesprochen kühn«, erklärte der König. »Niemand hat es je zuvor gewagt. Die Einheiten werden durch berittene Boten untereinander in Verbindung bleiben.« Gasam besaß eine Reitertruppe, die aus den schnellsten Cabos und ausdauerndsten Männern seines Reiches bestand.

»Was glaubst du, wie lange es dauern wird?« Sie war klug genug, um eine Niederlage nicht einmal anzudeuten.

»Eine Jahreszeit. Wir marschieren, sobald der Regen nachläßt, in ungefähr zwanzig Tagen. Ich beabsichtige, noch vor der nächsten Regenzeit auf dem Thron von Sono zu sitzen, mit dir an meiner Seite.«

Sie lächelte und schmiegte sich an ihn. »Sobald ich

Sono erobert habe, marschiere ich nach Gran, und dann gehört der Süden mir allein.«

»Und dann?«

Der König wies auf die Karte. »Dann ist es an der Zeit, nach Norden zu schauen. Wenn wir auf breiter Front nach Norden marschieren, umzingeln wir die Schluchten und stehen am Rand der Wüste. Ein Wüstenkrieg erfordert sorgfältige Vorbereitung, aber es winkt der größte Preis der Welt. Halte ich erst einmal die Erzminen in Händen, fällt mir der Rest der Welt in den Schoß.«

»Oh, Geliebter, du hast ehrgeizige Träume, doch im Gegensatz zu anderen Männern verwirklichst du sie. Aber ...« Zum ersten Mal klang sie ein wenig unsicher.

»Was ist?«

»Die Schluchten. Man sagt, dort hausen mächtige Magier. Kein Heer hat sie jemals besiegt.«

»Na und?« Der König schnaubte verächtlich. »In unserer Heimat habe ich zuerst die Geistersprecher vernichtet. Haben ihre Flüche und Verwünschungen ihnen etwas genutzt? Zauberei ist nur ein Mummenschanz, der die Dummen an der Nase herumführt. Taten regieren die Welt. Wüstenbewohner ohne eine Armee werde ich genauso vernichten, wie ich alle anderen vernichte, auch wenn sie ihre Zaubersprüche noch so laut herausschreien.«

»Ja, du hast recht, mein Gebieter. Wie immer. Aber laß mich meine Spione entsenden, damit sie so viel wie möglich erfahren.«

Er zuckte die Achseln. »Warum nicht? Jedes Wissen ist nützlich, und das Gebiet ist noch kaum erforscht. Schicke Spione aus, wenn du möchtest, aber höre auf mich: Sende nur weitgereiste, erfahrene Männer, die sich nicht leicht täuschen lassen und nicht alles glauben, was man erzählt. Ich brauche absolut zuverlässige Informationen. Sie müssen genau zwischen dem, was sie mit eigenen Augen sehen, und dem, was sie hören, unterscheiden.«

»Meine Spione sind genau die richtigen für diese Aufgabe. Selbstverständlich erteile ich ihnen genaue Anweisungen. Haben dir meine Berichte jemals mißfallen?«

»Noch nie, kleine Königin«, gab er bereitwillig zu. »Aber in diesem Fall haben wir es mit Menschen zu tun, denen ein ganz besonderer Ruf vorauseilt.«

»Ich werde es nicht vergessen, Gebieter.« Für diese Fähigkeit bewunderte Larissa ihren Gemahl am meisten. Mut, Klugheit, Ehrgeiz und Skrupellosigkeit waren wichtig, aber die Fähigkeit, klar und unvoreingenommen zu denken, unterschied ihn von seinen Kriegern. Nur deshalb war er aus den Reihen der einfachen Soldaten und Hirten zum allmächtigen Eroberer aufgestiegen, für den die prunkvollen Thronsessel der Welt zu Spielzeugen wurden.

In einem Audienzzimmer neben ihren Gemächern empfing die Königin ihre Spione, die allein ihr unterstanden. Die Planung und Ausführung von Kriegszügen lag ausschließlich in den Händen des Königs. Er wußte, daß sorgfältige Auskundschaftung sehr wichtig war, fand aber keinen Gefallen daran. Larissa machte es Spaß, und er vertraute seiner Frau ohne Vorbehalte.

Sie saß am Kopfende des langen Tisches. Zu beiden Seiten saß ein Dutzend Männer, die wie reisende Kaufleute gekleidet waren und die überall erscheinen konnten, ohne besonders aufzufallen. Zwei von ihnen gehörten zu den Palana, einem umherziehenden, staatenlosen Volk, das sich als fahrende Händler und Gaukler durchschlug. Die beiden Palana trugen goldene Ringe in den Ohren und Nasen, die durch feine Ketten verbunden waren, an denen winzige Glöckchen hingen.

»Meine Diener«, begann die Königin, »der Gebieter

verlangt Erkenntnisse, wie ihr sie in der Vergangenheit zu seiner Zufriedenheit liefertet.« Sie sah von einem zum anderen, und jeder Mann verneigte sich zum Zeichen seiner Ehrerbietung.

»Die Länder Sono und Gran wurden auskundschaftet, und mein Herr ist sehr zufrieden mit den Diensten, die ihr dort geleistet habt. Jetzt möchte er mehr über das Gebiet im Norden wissen, über die Schluchten und die dahinterliegende Wüste, das sogenannte Giftige Land.«

»Meine Königin.« Ein Mann mit einem in der Mitte geteilten, grün gefärbten Bart erhob sich. »Händler reisen dorthin, aber üblicherweise nur zu den jeweiligen Märkten. Das Land ist dünn besiedelt, und eine größere Zahl von Kaufleuten, die sich an ungewöhnlichen Orten herumtreibt, würde Mißtrauen erwecken.«

»Das habe ich mir gedacht«, antwortete Larissa. »Wenn man euch fragt, so sagt ihr, daß ihr nur nach Stahl Ausschau haltet, da König Gasam das Metall braucht und hohe Preise bezahlt. Diese Erklärung sollte ausreichen, um das Land nach neuen Quellen abzusuchen; sie klingt vernünftig und einleuchtend.«

»Was möchtet Ihr alles wissen, Gebieterin?« erkundigte sich ein graubärtiger Mann mit einer Hakennase. Er war in die Gewänder eines wohlhabenden Kaufmanns gekleidet.

»Zuerst einmal das Übliche: die genaue Lage jedes Dorfes, Bevölkerung, Wasserstellen, Weideland, Ackerbau und so weiter. Erzvorkommen, Viehzucht, Jagdgebiete oder Menschen mit ungewöhnlichen Fähigkeiten. Besonderheiten der Jahreszeiten, die einem Heer helfen oder es behindern. Wann ist das Gras hoch genug zum Abweiden, welche Ströme treten über die Ufer und dergleichen. Außerdem brauche ich Landkarten, genaue Landkarten.«

»Selbstverständlich werden wir das erledigen«, antwortete der Graubart.

»Meine Königin!« meldete sich einer der Palana mit leise klingelnden Glöckchen zu Wort. »Die Schluchtler ...«

»Was ist mit ihnen?« fragte sie unwirsch.

»Man sagt, sie wären Zauberer.« Er warf den anderen einen unsicheren Blick zu. »Mächtige Zauberer.«

»Das glaube ich nicht«, erwiderte sie, nur halb die Wahrheit sprechend, da sie die Meinung ihres Gemahls nicht ganz teilte. »Sollten sie doch über magische Kräfte verfügen, möchte ich alles darüber wissen.« Sie bemerkte die furchtsamen Mienen der Männer. »Ich bitte euch, meine Herren, glaubt ihr etwa allen Ernstes, daß mächtige Magier sich herablassen, harmlose Kaufleute mit Zaubersprüchen zu belegen? Männer wie ihr, die sich ganz anderen Schwierigkeiten tapfer stellten, sollten doch keine Angst haben.« Als sie die beschämten Gesichter betrachtete, wandte sie sich zufrieden wieder an den Graubart. »Meister Hildas, habt ihr von den Männern gehört, die nach der Stahlmine suchen?«

»Die meisten kehrten mit wenig nützlichen Neuigkeiten zurück. Die Wüste ist groß und ungastlich. Zwei haben sich noch nicht gemeldet. Es sind Ingist und Haffle. Sie schworen, nicht ohne die gewünschten Nachrichten zurückzukehren.«

»Wären bloß alle meine Diener so entschlossen«, seufzte Larissa. »Ich erinnere mich an die beiden. Sie sind mutig und zäh. Vielleicht melden sie sich noch. Seit wann sind sie fort?«

»Seit zwei Jahren, Herrin«, antwortete Hildas. »Die letzte Botschaft, die ich vor einem Jahr erhielt, besagte, daß sie einen seltsamen Wüstenstamm getroffen hätten, der auf flugunfähigen Vögeln reitet, ähnlich den Mordvögeln, aber gezähmt.«

»Vogelreiter!« Die Königin konnte sich ein Lachen nicht verbeißen. »Die Welt ist voller Überraschungen. Wenn sie noch leben, hören wir sicher bald von ihnen.

Und ihr anderen werdet euch auf die neue Aufgabe vorbereiten. Ruhm und Ehre dem König!«

»Ruhm und Ehre dem König!« erklang es im Chor.

»Ruhm und Ehre dem König!« Der Ruf schallte aus mehreren tausend Kehlen durch das Tal, in dem sich die Einheiten aufgestellt hatten.

Der König stand mit seinen höchsten Offizieren auf einer steinernen Plattform am Ende des riesigen Paradeplatzes, den ein längst vergessener Herrscher einst hatte anlegen lassen. Statuen standen in langen Reihen zu beiden Seiten. Jede war doppelt so hoch wie ein ausgewachsener Mann und stellte eine kauernde Gottheit mit einem Tiergesicht dar. Der König hob den funkelnden Speer, und die Armee trat Einheit für Einheit vor, um sich begutachten zu lassen.

Gasam salutierte, als eine Truppe nach der anderen an ihm vorbeimarschierte. Er liebte diese Zeremonie. Nie spürte er seine Macht so deutlich wie in dem Augenblick, in dem er das Heer betrachtete. Die Einheiten waren in Rassen und Waffengattungen aufgeteilt, um einen sinnvollen Einsatz zu ermöglichen.

Zuerst kamen seine persönlichen Lieblinge, die weiblichen Krieger, die aus den barbarischen Dschungelstämmen aus den Bergen und entlang der Küste stammten. Von Kindheit an waren sie dazu erzogen, zuerst dem König von Chiwa und jetzt Gasam zu dienen. Sie vermochten die Feinde schon durch ihr abschreckendes Aussehen in Furcht zu versetzen. Die Körper waren mit Tätowierungen übersät, Lippen und Ohren schmückten grobe Holzpflöcke, und von den durchstochenen Brustwarzen baumelten Amulette. Die Federn und Tierfelle wirkten barbarisch, aber ihre Waffen – Kurzspeere, Kriegsbeile und kurze Schwerter – zählten zu den besten, die Gasams Armee besaß. Im Kampf erwiesen sich die Frauen als gnadenlos und grausam.

Die nachfolgenden Einheiten wirkten vergleichsweise unauffällig. Bei den Soldaten handelte es sich um einfache Burschen vom Land, die sich bei langanhaltenden Kämpfen, bei denen mit hohen Verlusten gerechnet werden mußte, als nützlich erwiesen. Sie waren schnell und einfach zu ersetzen. Die meisten trugen wattierte Brustpanzer und Leder- oder Flechtschilde. Die Rüstungen der Offiziere bestanden aus farbig lackierten Bambusstäben. Die Speere hatten Stein- oder Bronzespitzen, und ein paar Männer hielten Streitkolben in den Händen.

Nun marschierte eine Truppe von der Südküste auf. Diese Männer trugen das lange schwarze Haar auf dem Kopf zu einem Knoten verschlungen. Lange Schnurrbärte hingen bis auf die Brust herab. Jeder Krieger führte einen mehr als mannshohen Bogen und einen armlangen Köcher voller Pfeile mit sich. Sie trugen weiße Kilts, aber keine Rüstung, und in den Gürteln steckten scharfe Messer für den Nahkampf.

Mit besorgtem Blick beobachtete Gasam die nächste Truppe, die Caboreiter aus dem chiwanischen Hochland. Er hatte gehofft, eine starke Kavallerie aufzubauen, lernte jedoch schon bald, den Fähigkeiten der Reiter und ihrem Nutzen zu mißtrauen. Mit eigenen Augen hatte er erlebt, welche Erfolge Haels berittene Bogenschützen erzielten, aber seine Leute waren im Gegensatz zu Haels Kriegern nicht im Sattel geboren worden und vermochten seine hohen Erwartungen nicht zu erfüllen. Er hatte nicht vor, sich bei dem bevorstehenden Feldzug zu sehr auf diese Truppe zu verlassen, da die tropische Hitze den Cabos angeblich nicht bekam.

Nach den Truppen, die aus besiegten Völkern bestanden, marschierte das eigentliche Rückgrat der Armee auf: die Insulaner. Sie stammten aus verschiedenen Stämmen, die ausnahmslos sehr kriegerisch waren. Die Verweichlichung der Festlandbewohner hatte sie nie erreicht. Ihren Fähigkeiten vertraute Gasam ohne jeden Zweifel.

Zuletzt erschien sein ganzer Stolz: die Shasinn. Das Volk, dem auch er angehörte. Die Männer waren groß, schlank, kräftig und muskulös. Sie hatten bronzefarbene Haut, und sämtliche Haarfarben von silberweiß bis goldblond waren vertreten. Alle Krieger sahen blendend aus und waren sich dessen bewußt. Die kunstvoll geschmiedeten Bronzespeere und langen schwarzen Schilde waren überall bekannt. Gasam hatte sämtliche Stammesfehden auf den Inseln beendet und herrschte nun über mehr Shasinn, als er sich je hätte träumen lassen. Vor ihm standen erfahrene Männer, die seit Jahren für ihn kämpften, und zahlreiche junge Krieger, deren Haare der Sitte gemäß in viele winzige Zöpfe geflochten waren.

Mit diesen Kriegern ging Gasam äußerst umsichtig um. Bei der Schlacht bildeten sie die Reserve und wurden nur im Notfall eingesetzt oder wenn sich die Möglichkeit ergab, den Kampf durch einen schnellen Vorstoß zu beenden. Dafür verehrten sie ihn mit der Hingabe, mit der die Leute vom Festland ihren Göttern huldigten.

Auf den Inseln hüteten die Shasinn große Viehherden und verübten Raubzüge. Sie lebten in Kriegergemeinschaften, und es war ihnen verboten zu heiraten, ehe sie nicht zu den älteren Kriegern zählten, was in der Regel erst geschah, wenn sie Ende Zwanzig waren. Das alles hatte Gasam geändert. Er löste die Gemeinschaften auf und schenkte seinem Volk Sklaven, um die Herden zu hüten. Inzwischen beschäftigten sich alle Krieger ausschließlich mit dem Kampf. Er ermunterte sie, jung zu heiraten und so viele Kinder wie möglich in die Welt zu setzen, um seine Macht zu untermauern. Shasinn konnte er nie genug haben.

»Sie sind bereit, mein König«, sagte ein narbengesichtiger Offizier, der neben ihm stand.

»Das sind sie«, antwortete Gasam zufrieden. »Morgen marschieren wir. Luo, du wirst deine Truppen durch den mittleren Paß führen. Urlik, du nimmst den südlichen.« Urlik war ein Häuptling der Asasa, die den Shasinn bis auf die dunklen Haare und Augen sehr ähnlich sahen.

»Wie mein König befiehlt«, sagte Urlik. »Wie willst du die Armee aufteilen?«

»Jeder von euch nimmt ein Regiment Shasinn mit, die übrigen behalte ich. Luos Truppen und auch meine haben außerdem eine kleine Schwadron Berittener. Beim Kampf nützen sie uns nicht viel, sie mögen aber als Späher hilfreich sein. Urlik, du nimmst den Rest. Das Gebiet im Süden ist besser für sie geeignet.«

Urlik nickte. »Gut. Ich habe mir schon ein paar Neuerungen für sie überlegt und brenne darauf, sie zu erproben.«

»Wunderbar! Erstatte mir genauen Bericht, wenn du Erfolg hast.« Gasam sah es gerne, wenn sich seine Offiziere etwas Neues einfallen ließen. Da er eine eigene Kriegführung entwickelt hatte, stützte er sich nicht auf alte Bräuche, die sich manchmal als hinderlich erwiesen.

Einheit für Einheit teilten sie die Armee auf. Fast die Hälfte aller Krieger stand unter Gasams Kommando. Den Rest teilten sich die beiden Offiziere. Ihre Aufgabe war es, sämtliches Land zu verwüsten, bis sie zum Fluß kamen und dort Aufstellung nahmen. Sie erhielten strikten Befehl, offene Schlachten zu vermeiden und sich nach Norden zurückzuziehen, wenn es keine andere Möglichkeit gab. Schwere Kämpfe würden erst stattfinden, wenn alle Truppen wieder vereint waren. Die Aufteilung ging schnell vonstatten. Die drei Kommandeure arbeiteten seit vielen Jahren eng zusammen, und Gasam hörte auf den Rat seiner Offiziere.

Moralische Bedenken gab es nicht. Die Krieger sehnten sich nach Schlachten, und die einfachen Soldaten hatten sich in ihr Schicksal ergeben. Ein Sieg versprach Beute und möglichen Aufstieg, und niemand zweifelte an Gasams Erfolg. Das Risiko, auf dem Schlachtfeld oder unterwegs den Tod zu finden, bestand natürlich, aber eine Fahnenflucht hätte unweigerlich zum Tode geführt. Der Krieg war nur eine der Gefahren, die das Leben hart und unsicher machten.

Gasams Heer marschierte nur mit spärlichem Ballast. Es lebte größtenteils von den Erträgen des Landes. Soldaten mußten sich eigene Unterkünfte bauen, und nicht einmal Gasam nahm ein Zelt mit. Es gab nur wenige Packtiere und keinen einzigen Wagen.

Zufrieden mit den Vorbereitungen verließ der König den Paradeplatz. Abends beriet er sich mit seiner Gemahlin.

»Natürlich wirst du mich mitnehmen, mein Gebieter!« rief Larissa. »Von Anfang an war ich bei allen Eroberungen an deiner Seite und werde dich jetzt nicht allein lassen!«

»Diesmal geht es nicht, kleine Königin. Früher weilten wir auf den Inseln oder zogen entlang der Küste, wo du an Bord der Schiffe bleiben konntest, bis ich ein geeignetes Quartier fand. Dieser Marsch wird hart und anstrengend, und ich möchte ihn dir nicht zumuten, auch wenn ich weiß, daß du nicht vor Unbequemlichkeiten zurückschreckst.«

»Aber ich werde alle Kämpfe verpassen!« Das Blutvergießen und die Aufregung der Schlacht hatte Larissa jedesmal genossen, und sie liebte es, die Feinde Gasams tot oder in wilder Flucht zu sehen.

»Ja, du hast das Herz eines Kriegers, Geliebte.« Er drückte sie an sich und strich ihr über das blonde Haar. »Ich brauche dich hier auf dem Thron. Das Reich muß verwaltet werden, und ich vertraue niemandem außer dir.«

Sie war ein wenig besänftigt. »Habe ich unumschränkte Macht, wenn du fort bist?«

»Du bist die Göttin des Reiches. Leben oder Tod, Freiheit oder Sklaverei – du kannst frei entscheiden. Unterhalte diplomatische Beziehungen, die du für nützlich hältst. Alle Schätze sind dein. Nimm die Bauarbeiten in Angriff, von denen du immer sprichst. Besuche eroberte Provinzen, damit sich das Volk vor dir auf den Boden wirft.«

»Nun gut, mein Gemahl.« Es tat ihr aufrichtig leid, den Kampf nicht mitzuerleben, aber die neue Aufgabe hörte sich verlockend an. Larissa wußte, daß der König diese Pflichten nur zu gerne an sie abtrat. Wie die meisten Krieger neigte auch er zur Faulheit. Auf alles, was mit dem Krieg zu tun hatte, stürzte er sich voller Tatendrang, hatte aber wenig Geduld und Geschick für die alltäglichen Regierungsgeschäfte. Larissa dagegen bereiteten diese Aufgaben Vergnügen.

»Ich wußte, daß du dich freuen würdest. Hier, sieh dir an, was ich für dich anfertigen ließ.« Er schnippte mit den Fingern, und ein Sklave trat vor, der ein längliches, in schweren Brokat gewickeltes Paket trug. Er nahm es dem Sklaven ab und gab es seiner Frau. Lächelnd schlug sie den Stoff zurück und erblickte einen kleinen, ganz aus Stahl gefertigten Speer. Er war den langen Shasinnspeeren mit der schmalen, gewundenen Spitze und dem breiten Schaft nachempfunden. Ein Abbild der berühmten Waffe Gasams.

»Das ist dein Zepter der Macht. Sollen andere Könige Kronen oder juwelenbesetzte Stäbe haben. Wir wissen, wie das Symbol der Macht aussieht, nicht wahr?«

Sie umarmte ihn heftig. »Damit werde ich dein Volk so streng regieren wie du, mein Geliebter«, gelobte sie. »Bitte bring reiche Beute mit. Manche meiner Pläne sind ausgesprochen kostspielig.«

Lachend erwiderte der König ihre Umarmung.

Kapitel Drei

Mein Leben lang hörte ich Geschichten über die Schluchten«, sagte Ansa. »Jetzt bin ich hier, sehe aber nichts Ungewöhnliches.« Er war in Begleitung Fyanas, die auf einem kleinen ruhigen Cabo saß, auf die Jagd geritten. Ansa war erleichtert, denn er konnte die stinkenden, häßlichen und mißmutigen Buckler nicht ausstehen.

»Was hast du denn erwartet?« erkundigte sie sich neugierig.

Er zuckte die Achseln. »Schluchten habe ich schon viele gesehen, aber von dieser heißt es, sie sei die größte.«

»Das stimmt, sie ist die größte Schlucht der Welt. So groß wie ein Königreich.«

»*Ist* es ein Königreich?«

Sie schenkte ihm das geheimnisvolle Lächeln, das so typisch für ihr Volk war und das Ansa überhaupt nicht gefiel.

»Nun, so etwas in der Art. Natürlich kein Königreich, wie es bei anderen Nationen der Fall ist. Zuerst einmal ist da die Schlucht selbst, die von dem schmalen, hochgelegenen Pfad umgeben wird. Das Ganze nennen wir ›das bunte Land‹. Dann gibt es noch das Tiefland im Westen nahe des großes Sees, das die Nevaner ›die Zone‹ nennen. Schließlich haben wir noch die Wüste im Norden. All das ist bei Fremden unter dem Namen ›das verheißene Land‹ bekannt.«

»Aber ist es ein richtiges Königreich?« beharrte Ansa.

»Nun, in der Zone lebt ein Mann, der sich König

nennt, und wir bezeichnen uns als Lehensvolk, denn das vereinfacht unsere Geschäfte mit fremden Ländern.«

Er spürte, daß sie ihm einen Köder vorwarf, fand aber keine passende Antwort. »Ein Land mit so vielen Namen habe ich noch nie gekannt. Warum ›Zone‹? Warum ›Giftiges Land‹?«

»Das sind uralte Namen, die noch aus den Tagen der feurigen Speere und des großen Unheils stammen. Wir verwenden sie nicht.«

»Ich hatte gehofft, in diesem Land mein Wissen zu erweitern«, knurrte Ansa unwillig. »Anscheinend wollt ihr mich daran hindern.«

»Um dieses oder irgendein anderes Land wirklich kennenzulernen, muß man lange Zeit dort leben und die Sitten und Gebräuche der Völker befolgen.« Sie schaute über das von Büschen gesäumte Hügelland und legte den Finger an die Lippen, um ihn zum Schweigen aufzufordern. Er fragte sich, ob sie ihn zum Bleiben überreden wollte. Natürlich war der Gedanke verlockend, aber er stand erst am Anfang seiner Reise und war nicht bereit, sie schon jetzt abzubrechen. Nun ja, noch bestand keine Eile …

»Pst!« zischte sie und deutete nach rechts. In ungefähr hundert Schritt Entfernung knabberte ein fettes junges Krummhorn an einem Busch. Das Tier hatte die Oberlippe weit nach vorn gestreckt und hielt damit die Zweige fest, um die saftigen Blätter in aller Ruhe zu verzehren.

Ansa zog einen Pfeil aus dem Köcher. Vorsichtig hob er den Bogen und zog die Sehne zurück, während er auf die gefleckte Flanke genau hinter der Schulter zielte. Mit leisem Surren schnellte die Sehne vor, und der Pfeil schwirrte durch die Luft. Er versank bis an die Schaftfedern im Leib des Krummhorns. Ansa genoß das Gefühl, genau ins Herz der Beute getroffen zu haben. Das Tier riß überrascht den Kopf hoch und machte zwei Sprünge zur Seite, ehe es in sich zusammenfiel. Die Beine zuckten noch einmal, dann lag es still.

»Guter Schuß!« lobte Fyana. »Du hast nicht übertrieben, als du die Geschicklichkeit deines Volkes schildertest.«

»Für ein unbewegtes Ziel war das keine große Entfernung«, meinte er bescheiden. »Holen wir die Beute. Sicher erlegen wir noch mehr, da Krummhörner niemals allein umherstreifen.«

»Wir sollten dem ganzen Dorf ein Festmahl bescheren«, schlug Fyana vor.

»Fyana, wirst du mich zur Schlucht führen? Ich möchte sie sehen.«

Sie ritt zu dem toten Krummhorn hinüber und sprang aus dem Sattel. Dann zog sie einen bunten Stab aus der Packtasche und malte ein Zeichen auf die Stirn des Tieres. Nach geraumer Zeit sah sie Ansa an.

»Ja. Ich werde dich hinbringen.«

Bei Anbruch des Tages hatten sie das Dorf verlassen, aber schon nach kurzer Zeit veränderte sich die Luft. Anfangs überlegte Ansa, ob es kälter geworden war, wußte aber, daß es nicht sein konnte. Sie waren den ganzen Tag über bergauf geritten, aber nicht in Höhen, die eine derartige Abkühlung rechtfertigten. Eine Spannung lag in der Luft, die weder zu sehen noch zu fühlen war, die jedoch einen seiner Sinne reizte, der bis heute geschlummert hatte. Er schüttelte den Kopf, da er das Gefühl nicht in Worte fassen konnte. Bestimmt lebten hier zahlreiche Geister.

Die Bäume mit besonders rauher Rinde, seltsam verdrehten Ästen und duftenden, dunkelgrünen Nadeln waren Ansa unbekannt. In den letzten Jahren abgefallene gelbliche Nadeln bildeten einen dicken federnden Teppich unter den Hufen der Cabos. Bei jedem Schritt stieg ihm der würzige Geruch in die Nase. Die Umgebung bot sich ihnen in leuchtenden Farben dar, aber nur wenige Tiere waren zu sehen. Es gab keine Herden, sondern nur kleine, aus Familien bestehende Gruppen.

Außer den Geräuschen, die sie selbst verursachten, herrschte Stille. Anderswo wäre Ansa die Ruhe unheimlich oder bedrohlich vorgekommen, aber hier empfand er sie als angenehm.

»Mein Vater würde diesen Ort lieben!« sagte er, als die Schatten allmählich länger wurden.

»Warum?«

»Weil er zwei Dinge am meisten liebt: Geister und einen ruhigen Ort, an dem er meditieren kann. Hier gibt es beides.«

»Glaubst du, daß es hier Geister gibt?«

»Etwa nicht?« fragte er überrascht. »Ich bin zwar kein Geistersprecher wie mein Vater, spüre aber dennoch die Kraft, die hier herrscht.«

»Du hast recht«, gab sie zu. »Mein Volk redet nicht von Geistern, aber vielleicht meinen wir beide das gleiche.«

Ansa war verwirrt, hatte sich aber daran gewöhnt, keine eindeutige Antwort von ihr zu erhalten. Sie setzten den Weg fort und ritten, bis es zu dunkel war, um mehr als hundert Schritte weit zu sehen. Ansa hätte am liebsten schon früher angehalten, aber sein Stolz ließ ihn jede Bemerkung unterdrücken. Als er Fyana schließlich kaum noch erkennen konnte, hatte er endlich genug.

»Es ist dumm, im Finsteren weiterzureiten. Du hast dich verirrt.«

Sie drehte sich um, und er sah das Aufblitzen der weißen Zähne. »Ich kenne den Weg sehr gut. Wir reiten noch ein Stück weiter und schlagen dann unser Nachtlager auf.«

Ansa bereute seine Worte und schwieg verbissen. Er kam sich ein wenig lächerlich vor. Wenig später zügelte

Fyana ihr Cabo, und sie saßen ab. Nachdem sie die Tiere an Bäumen angebunden hatten, rieb Ansa erst sein Cabo ab und kümmerte sich dann um Fyanas, bis er einen rötlichen Lichtschein bemerkte. Sie hatte ein Feuer entfacht.

»Ich habe gar nicht gehört, wie du den Feuerstein benütztest.«

Sie blickte auf. »Es gibt noch andere Möglichkeiten, ein Feuer anzuzünden.«

Er rieb das Cabo heftiger ab als notwendig. Neue Ungereimtheiten! Nachdem die Tiere versorgt waren, ging er zum Feuer hinüber und setzte sich erschöpft auf seine Decken. Fyana reichte ihm einen Wasserschlauch, und er trank in gierigen Zügen. Nach dem langen Ritt und der trockenen Luft tat der mit Wasser verdünnte Kräuterwein ausgesprochen gut.

»Warum sprichst du eigentlich immer in Rätseln?« erkundigte er sich.

»Es sind keine Rätsel, und ich versuche auch nicht, dich zu verwirren. Auf viele Fragen gibt es jedoch keine einfachen Antworten. Wie erklärst du jemandem, der nie einen Pfeil oder einen Bogen sah, wie man schießt? Wie erklärst du ihm den Unterschied zwischen einem beweglichen Ziel und einem unbeweglichen?«

Er dachte eine Weile nach. »Ich würde es ihm vorführen.«

»Das könntest du nur, wenn du den Bogen zur Hand hast. Selbst wenn er verstanden hätte, könnte er deinen Bogen nicht nehmen und so gut schießen wie du, oder?«

»Nein«, gab er zu. »Ich habe schon als Kind mit dem Bogenschießen begonnen, war aber beinahe erwachsen, ehe ich es zum Meisterschützen brachte.« Ansa warf einen Ast ins Feuer, und Funken stoben gen Himmel.

»Die Schießkunst wird mittels einfacher Werkzeuge ausgeführt. Wieviel schwieriger ist es wohl, etwas zu erklären, das nur mit geistigen Fähigkeiten ausgeübt wird und eine ganze Lebensweise beinhaltet?«

»So habe ich es noch gar nicht betrachtet. Allerdings wäre ich dir dankbar, wenn du dich in Zukunft deutlicher ausdrückst, anstatt immer nur geheimnisvoll zu lächeln, als würdest du über ein besonderes Wissen verfügen, das ein dummer Ausländer niemals erlangen wird.«

Fyana sah ein wenig beschämt drein. »Es tut mir leid. Von nun an werde ich mir Mühe geben, mich verständlich auszudrücken. Hoffentlich gelingt es mir.«

»Ich weiß deine Bemühungen zu schätzen. Wie weit ist es bis zur Schlucht?«

»Nicht weit. Ich möchte dir raten, nicht im Dunkeln umherzuwandern, sonst fällst du hinein.«

»Sehr witzig!« knurrte er und breitete die Decken aus. Dann stieß er den Schaft der Lanze in den Boden und hängte das Messer und das Schwert so an den Sattel, daß sie sofort griffbereit waren, wenn er aus dem Schlaf gerissen wurde.

Ansa lag noch eine Weile wach, die Hände unter dem Kopf verschränkt. Ein milder Wind strich durch die Bäume, die den jungen Mann durch ihr leises Seufzen und Knarren in den Schlaf wiegten. Er schloß die Augen und schlief mit dem Gedanken ein, daß es trotz Fyanas Beteuerungen hier von Geistern nur so wimmelte.

Im grauen Dämmerlicht wachte er auf. Ohne sich zu rühren, spähte er aufmerksam umher. Alles blieb still, und so richtete er sich vorsichtig auf. Die Cabos dösten mit hängenden Köpfen vor sich hin. Auf der anderen Seite des Feuers lag Fyana in ihre Decken gehüllt, und nur der blonde Haarschopf lugte hervor.

Lautlos erhob er sich und ergriff den Waffengurt. Dann schlich er davon, als sei er einer besonders scheuen Beute auf der Spur. Nachdem Ansa das Lager hinter sich gelassen hatte, legte er den Gurt auf den

Boden, um sich zu erleichtern. Inzwischen stand er am Waldrand, und das vor ihm liegende Land sah im Dämmerlicht ausgesprochen seltsam aus. Ansa schnürte die Hose auf und blinzelte, um besser sehen zu können, aber der Anblick blieb eigenartig. Plötzlich bemerkte er, daß die Gegend auch sein Gehör beeinträchtigte, da sein Tun nicht von dem üblichen Geplätscher begleitet wurde. Er schaute nach unten, und ihm stockte der Atem: Der Urin strömte an seinen Zehen vorbei in eine mindestens tausend Fuß tiefe Schlucht hinab. Ansa stand genau am Rand des schrecklichsten Abgrundes, den er je gesehen hatte. Als er aufschaute, wurde ihm der Grund für seine Verwirrung bewußt. Die Schlucht bot einen so unglaublichen Anblick, daß ein unvorbereitetes Gehirn nicht in der Lage war, ihn zu begreifen. Der Abgrund bildete einen so tiefen Riß im Boden, daß selbst Berge wie unbedeutende Hügel aussahen.

Allmählich wurde es heller, und die Farben der Schlucht – teilweise gedämpft, teilweise grell – traten deutlicher hervor. Zeit, Wind und Regen hatten der Schlucht Formen verliehen, die sich Ansa auch in seinen kühnsten Träumen nicht hätte vorstellen können. Dieses zugleich schöne und schreckliche Wunderland erstreckte sich vor ihm, so weit das Auge reichte. Sein Entsetzen verschwand, und eine seltsame Freude packte ihn. Trotz allem war er froh, die Schlucht auf diese Weise entdeckt zu haben und nicht beim Reiten, wenn Fyana ihm schon im voraus geschildert hätte, was ihn erwartete.

»Ist es nicht traumhaft?« fragte sie aus dem Hintergrund. Hastig schloß er die Hose und drehte sich um. »Das ist viel zu milde ausgedrückt. Letzte Nacht dachte ich, du machst dich lustig über mich, als du sagtest, ich könnte im Dunklen hineinfallen. Beinahe wäre es passiert.«

Sie trat neben ihn und zeigte nach unten. »Siehst du

das schmale silberne Band, das sich um den Fuß des Hügels windet?«

»Ja, aber nur undeutlich. Ist das ein kleiner Fluß?« Die Proportionen bereiteten Ansa noch immer Schwierigkeiten.

»Das ist der Kol.«

»Unmöglich!« rief er. »Halt, das sollte ich besser nicht sagen. Diese Schlucht verschluckt ganze Berge. Aber wie kann ein so mächtiger Storm so klein aussehen? Wie tief ist der Abgrund?«

»An dieser Stelle mehr als eine Meile.«

»Wirklich? Auf ebenem Gelände erscheint mir eine Meile nicht sehr viel. Es ist anders, wenn es plötzlich in die Tiefe geht. Wie groß ist die Schlucht?«

Sie deutete nach vorn. »Mehr als zwanzig Meilen breit und von einem Ende zum anderen sind es mindestens zweihundert Meilen.«

Ansa setzte sich auf den Rand der Schlucht und ließ die Beine baumeln. »Ich glaube, ich könnte ein ganzes Jahr hier sitzen und nie müde werden, den Anblick zu genießen.«

»Es ist noch nicht ganz hell. Warte, bis die Sonne höher steht. Der Blick und besonders die Farben verändern sich von einer Stunde zur anderen. Sogar die Form der Felsen und Hügel scheint sich im Laufe des Tages zu verändern.«

»Ich bin froh, daß ich dies erleben darf. Mir wäre etwas Wundervolles entgangen.« Auf den ausladenden Felsplateaus unter ihm wuchsen üppige Sträucher und sogar kleine Wäldchen. Tiere, die wie winzige Insekten aussahen, grasten oder streiften umher.

»Wohin reiten wir als nächstes?« Ansa riß sich nur widerwillig von dem eindrucksvollen Anblick los.

»Ungefähr fünf Meilen östlich gibt es einen Pfad, der auf den Grund der Schlucht führt. Wir brauchen fast den ganzen Tag, um dorthin zu gelangen.«

»Mich wundert, daß es überhaupt an einem Tag zu schaffen ist.«

Sie kehrten zum Lagerplatz zurück, packten ihre Habseligkeiten und sattelten die Cabos. Fyana führte sie zu einem von Felsen umgebenen See, damit die Tiere ihren Durst stillen konnten. Anschließend saßen sie auf und ritten am Rand der Schlucht entlang.

»Ich habe keine Menschen gesehen«, bemerkte Ansa.

»Hier ist so viel Platz, daß man sämtliche Bewohner der ganzen Welt in eine der Felsspalten stopfen könnte, ohne daß sie besonders auffallen würden. Es gibt viele Städte, aber sie verschmelzen mit der Landschaft. Manche hat man in die Felswände gehöhlt. Entlang des Flusses liegen auch Felder, aber die meisten Leute leben vom Ertrag der Viehherden.«

Der Pfad erwies sich als gut ausgetreten, aber sehr schmal, und zu beiden Seiten gähnten furchtbare Abgründe. Im Zickzack zog er sich in die Schlucht hinab, und nach jeweils hundert Schritten vollführte er immer wieder eine fast vollständige Kehrtwendung. Von Zeit zu Zeit kreuzte er Felsplateaus, auf denen sie rasteten. Während des ganzes Rittes erklärte ihm Fyana die Landschaft und beschrieb die Wunder der Schlucht in leuchtenden Farben.

»Hier wachsen Pflanzen, die es sonst nirgendwo gibt«, sagte sie. »Es gibt Heilkräuter, Pilze, die Visionen hervorrufen, und Pflanzen, aus denen man Stoffe weben oder Farben gewinnen kann. Der Bewuchs ändert sich immer wieder, je nachdem, in welcher Höhe man sich befindet.«

Schließlich erreichten sie ein Plateau, wo sich seltsame Tiere an Blättern gütlich taten. Sie hoben die gehörnten Köpfe und sahen die Reiter neugierig an. Die Tiere besaßen einen kurzen Körper, lange Beine und klauenförmige Füße. Das Fell war rotbraun gefleckt und verschmolz mit den umliegenden Felswänden.

»Das sind Kletterer«, erklärte Fyana. »Sie halten sich nur in dieser Gegend auf, niemals auf dem oberen Rand oder auf dem Grund der Schlucht. Sie können dank ihrer scharfen Klauen die steilsten Felswände erklimmen.«

»Sie wirken furchtlos. Werden sie nicht gejagt?«

»In der Schlucht jagt man keine Tiere. Sie sind ... anders. Schluchttiere sehen nicht nur ungewöhnlich aus, sondern verfügen über geheimnisvolle Kräfte. Unglück trifft den, der sie jagt, und wer ihr Fleisch ißt, wird von einer tödlichen Krankheit befallen. Außerdem gibt es außerhalb der Schlucht genügend Wild, so daß niemand sich an diesen Tieren vergreift.«

Ansa dachte nach. »Wenn mein Vater von Tieren redet, erwähnt er manchmal ihre Geisterkraft. Außer den Geistersprechern sind nur wenige Menschen dafür empfänglich. In seiner Inselheimat war diese Kraft viel ausgeprägter als auf dem Festland. Dort war sie so spürbar, daß man die Tiere in ranghohe oder niedrige Rassen einteilte. Die kleinen, in der Erde wühlenden Tiere besaßen kaum etwas von dieser Kraft, die Raubkatzen und Langhälse dagegen sehr viel.«

»Langhälse gibt es hier auch«, warf Fyana ein. »Sie sind selten, richten aber großen Schaden unter den Herden an.«

»Auf den Inseln gibt es riesige Langhälse, die bedeutend größer als die hiesigen Vertreter sind. Mein Vater sagt, daß es dort umfangreiche Zeremonien gibt, die sich nur um diese Kreaturen drehen. Einst tötete er ganz allein einen Langhals. Das hat es in der Geschichte seines Landes und in den Legenden seines Volkes nie gegeben.«

»Also wurde er ein großer Held?«

»Nein, ein Verbannter. Die Biester sind dort so heilig, daß es unverzeihlich ist, wenn man eines von ihnen tötet. Nicht einmal, wenn man das eigene Leben oder das eines Gefährten retten will.« Er zuckte die Achseln. »Das behauptet jedenfalls mein Vater. Irgend etwas hier erinnert mich an seine alten Geschichten, die ich als Junge so oft hörte, daß sie mir langweilig wurden.«

»Warum erinnert dich die Schlucht an seine alten Geschichten?« forschte Fyana beharrlich.

Ansa bemühte sich, die richtigen Worte zu finden. Es war ungewohnt, Gefühle genauer auszudrücken, aber hier an diesem seltsamen Ort mit seiner überwältigenden Schönheit und geheimnisvollen Atmosphäre gab es etwas, das seine Gedanken auf übernatürliche Dinge lenkte.

»Ich glaube«, sagte er schließlich, »daß es irgendwie mit der großen Katastrophe zusammenhängt und den schweren Zeiten, die darauf folgten. Jedes Volk hat Legenden darüber. Natürlich unterscheiden sie sich oftmals sehr, aber alle stimmen darin überein, daß die Menschheit ihr Unheil selbst verschuldete. In der Folgezeit starben die meisten Tiere und Menschen, und die Überlebenden waren verändert. Damals kehrten die Geister auf die Welt zurück, das sagt man jedenfalls.« Er zögerte.

»Das habe ich auch schon häufig gehört«, stimmte Fyana zu. »Bitte sprich weiter.«

»Ich glaube, daß ein großer Teil der Welt aus jenen Tagen stammt. Geisterkraft ist hauptsächlich für eigensinnige alte Männer und Visionäre wie meinen Vater wichtig. In Ländern mit großen Städten beachtet man Geister gar nicht. Statt dessen gibt es dort Religionen, und Priester dienen als Mittler zwischen Göttern und Menschen und vollziehen alle Rituale.«

Er betrachtete die steilen Wände der Schlucht. »Ich glaube, daß es noch Orte gibt, an denen die Zeit der Kümmernisse stehengeblieben ist. Auf den Inseln und hier gibt es mächtige übersinnliche Kräfte. Menschen, Tiere und das Land stehen in … inniger Verbindung.«

»Da hast du recht«, meinte Fyana und sah ihn mit größerem Ernst an als zuvor. »Tiefgründige Gedanken für einen unabhängigen jungen Krieger! Aber schließlich bist du der Sohn deines Vaters.«

»Es gab Zeiten, in denen ich es nicht sein wollte«, gab er zu.

Inzwischen waren sie dem Grund der Schlucht ein wenig näher gekommen, und er erblickte eine Gruppe eigenartiger Wesen, die zwischen einer Ansammlung verkümmerter Bäume umherstreifte. Zuerst hielt er sie für verkrüppelte Menschen, klein und stark behaart. Dann erst sah er die langen Schwänze und schmalen Schnauzen. Als sie die Reiter bemerkten, verstummte das unaufhörliche Schnattern, und sie brachen in erstauntes Geschrei aus. Ihre Bewegungen wirkten so menschlich, daß Ansa nicht sicher war, zu welcher Gattung sie gehörten.

»Sind das Menschen?« fragte er.

»Nein, es sind Hanumas. Von allen Tieren sind sie den Menschen am ähnlichsten, können aber nicht sprechen. Wenn man ihnen zu nahe rückt oder sie bedroht, sind sie gefährlich, aber ansonsten lassen sie uns in Ruhe.«

»Ich hörte, daß es entlang der Küste ein Tier gibt, das Baummännchen heißt, aber sehr klein sein soll. Diese dort sind fast halb so groß wie ein erwachsener Mann.« Er lachte, als die Tiere abschreckende Gesten machten, die aber nicht bedrohlich, sondern nur komisch wirkten.

»Sie sind gräßlich und fallen über Vorratslager und Ernten her, aber wir sehen darüber hinweg, da sie so unterhaltsam sind. Die Jungen zu beobachten macht den meisten Spaß.«

Er sah, was sie meinte. Die furchtlosen Jungen hüpften zwischen den Beinen der Erwachsenen herum und spielten, ohne sich durch die Aufregung über die Reiter stören zu lassen. Mit den noch runden Schnauzen, hellen, klugen Augen und winzigen Nasen sahen wie fast wie Menschenkinder aus. Die Gesichter waren noch unbehaart und rosig.

Während sie weiterritten, gaben die Hamunas die unfreundlichen Gesten auf, ließen sie aber nicht aus den Augen. Ansa staunte über ihren verständigen Blick. Es waren keine Menschen, aber sicherlich eng mit ihnen verwandt, dachte er.

Von oben gesehen, wirkte der Boden der Schlucht glatt, aber als sie ihn erreichten, stellte er sich als uneben und von tiefen, steinharten Rinnen durchzogen heraus. Die Cabos mußten sehr vorsichtig sein, um nicht in ein Loch der unter der Erde lebenden Tiere zu treten. Einmal lugte eine winzige Nase aus einem dieser Löcher heraus. Runde Augen blinzelten hinter dem gespaltenen Horn ins helle Tageslicht. Ansa deutete auf das Loch im Boden.

»Ein Nashorn!« rief er. »Du hast gesagt, die Tiere der Schlucht wären anders als ihre Vettern draußen. Solche Viecher habe ich schon überall gesehen.«

»Sie sehen ähnlich aus«, berichtigte ihn Fyana. »Diese hier klettern bei Sonnenuntergang aus ihren Löchern, und dann singt die ganze Schar im Chor. Hast du das schon einmal erlebt?«

»Nein«, mußte er zugeben. »Die anderen graben Löcher und sonst nichts. Ich habe nur einen einzigen Laut von ihnen gehört, einen Warnschrei, wenn sich ein Raubtier nähert.«

»Das machen diese hier auch. Und sie sind genauso lästig wie die übrigen. Es sind aber Schluchtnashörner, das ist das Besondere!«

Als sie sich dem Fluß näherten, wurde das Land allmählich flacher. Der Boden wurde fruchtbarer und war von Unmengen Dornenbüschen, verkrüppelten Bäumen und bunten Blumen bewachsen. Es wimmelte nur so von Vögeln und anderen Tieren, als habe sich das Leben der Schlucht um den großen Fluß geschart. Hier und dort erblickte Ansa einstmals bearbeitete Felder, die von niedrigen Steinmauern umgeben waren. Er fragte Fyana danach.

»Die Felder werden ein oder zwei Jahre lang bestellt und liegen dann drei oder vier Jahre brach. Jene haben seit mindestens drei Jahren keinen Pflug gesehen.«

Ansa sah verächtlich zu den Feldern hinüber. »Ich habe nie begriffen, wieso Menschen Tag für Tag in der Erde wühlen und das als Leben bezeichnen.« Er spürte, daß sie anderer Meinung war, und fügte hinzu: »Aber du hast gesagt, die Schluchtler leben von ihren Herden. Das ist bedeutend besser.«

»Sie werden sich glücklich preisen, daß du eine so hohe Meinung von ihnen hast«, bemerkte sie trocken.

»Ich habe doch nicht gemeint ...« Er brach ab. »Was ist das?«

Bisher waren sie am Ufer entlang nach Norden geritten und hatten jetzt eine Stelle erreicht, die an einer Seite von einer riesigen Klippe aus rotem Sandstein begrenzt wurde, die sich hoch über ihren Köpfen stark nach außen wölbte. Ansa wies auf einen tiefen Einschnitt, wo kleine Gebilde aus Lehm wie die Nester großer, in den Felsen lebender Vögel an der Klippenwand klebten.

»Das ist das Dorf Rotstein.«

»Ein Dorf? Willst du damit sagen, daß dort oben Menschen leben?« Jetzt sah er sie: seltsame, fast geisterhafte Gestalten in roten Gewändern, von denen einige sich um kleine Herden kümmerten. Am Fuß der Klippe standen Pferche und eine Vorrichtung, mit der Wasser aus einem steinernen Becken geschöpft wurde. Das Becken war durch einen in den Stein gehauenen Kanal mit dem Fluß verbunden.

Rauch stieg aus den Schornsteinen und war in der klaren Luft deutlich zu riechen. Ansas Magen knurrte vernehmlich, und ihm wurde bewußt, daß er seit dem frühen Morgen nichts gegessen hatte.

Die Stille war eigenartig. Aus der Ferne war das mißmutige Brüllen einiger Buckler zu hören, aber das war alles. Dörfer hatte Ansa bis jetzt immer als laut empfunden. Jedenfalls waren sie es, wenn er und seine Freunde hineinritten. Monatelang hatte er in der lärmenden Mine gelebt und war nicht mehr daran gewöhnt, daß so viele Menschen so wenige Geräusche verursachten.

Als sie näher kamen, fiel ihm auf, daß sogar die Kinder leise spielten.

»Wie soll ich mich benehmen?« fragte er unsicher.

»Wie ein Steppenbewohner«, lautete die Antwort. »Ich nehme an, daß es dir nicht leichtfällt, deine Arroganz zu unterdrücken. Benimm dich so, wie du es in meinem Dorf tatest, dann erregst du keinen Unwillen.«

Ansa hatte seine Manieren immer für ausgezeichnet gehalten, und es störte ihn, daß Fyana ihn für eingebildet hielt. Erwartete sie etwa Demut? Er hatte sich so verhalten, wie es einem Krieger der Steppe zustand, der barbarische Völker besuchte. Was wäre passender gewesen?

Als sie sich dem Wasserbecken näherten, kam ihnen gemessenen Schrittes eine hochgewachsene Gestalt entgegen. Wie Ansa bereits bemerkt hatte, war das Geschlecht der hier lebenden Menschen nicht auf den ersten Blick zu erkennen. Die Kapuze und der vor dem allgegenwärtigen Staub schützende Schleier bedeckten den Kopf und ließen nur ein Paar erstaunlicher Augen in der Farbe frisch geprägter Goldmünzen frei. Er hörte, wie Fyana aufgeregt nach Luft schnappte. Sie verneigte sich demütig – es war das erste Mal, daß er diese Geste hier beobachtete.

»Lady Bel! Ich rechnete nicht damit, dir hier zu begegnen.«

Die Fremde erwiderte den Gruß, indem sie die Hand mit den langen schmalen Fingern auf Fyanas Stirn legte. »Ich habe euch erwartet und ging euch entgegen.«

Wieso erwartete sie uns? dachte Ansa. Besaß sie die Macht, in die Zukunft sehen zu können? Hatte sie besonders flinke Späher? Oder war es nur ein weiterer Mummenschanz, der ihn an ihre Zauberkraft glauben lassen sollte? Er vermutete, daß letzteres zutraf.

Jetzt richteten sich die goldenen Augen auf ihn. »Willkommen, Ansa, Sohn des Hael. Willkommen in Rotstein.« Eine Gruppe Dorfbewohner versammelte sich hinter Lady Bel.

»Ich danke dir, Herrin. Anscheinend sind meine Versuche, meine Herkunft zu verheimlichen, vergebens.«

Obwohl er nur die Augen sah, war er sicher, daß sie lächelte. »Vor uns mußt du nichts verbergen. Aber dort, wohin du reisen willst, ist es von größter Wichtigkeit.«

»Woher weißt du, wohin ich reise?« Um sich seine Verwirrung nicht anmerken zu lassen, führte Ansa das Cabo zum Wasserbecken und ließ es trinken.

»Wir müssen uns nicht hier draußen unterhalten«, erklärte Lady Bel. »Das wäre sehr unhöflich.« Sie wandte sich an einen der hinter ihr stehenden Männer. »Ältester Yama, können wir uns mit den Gästen ins Haus zurückziehen?«

Der Mann verneigte sich. »Natürlich.« Er sah Ansa an. »Erlaube mir, dem hochverehrten Gast aus dem Norden die Gastfreundschaft des ganzen Dorfes zu erweisen.«

Die Förmlichkeit dieser Menschen wirkte ansteckend. »Im Namen meines Vaters und meines Volkes nehme ich das Angebot mit großer Freude an.«

Lady Bel stellte die übrigen Anwesenden vor, bei denen es sich um Dorfälteste mit wichtigen Aufgaben handelte. Ansa staunte, daß sich einfache Dörfler wie Edelleute benahmen. Städter hielten sein Volk für barbarische Nomaden, was ein Beweis für ihre Dummheit war.

Ältere Knaben nahmen sich der Cabos an, und sie gingen zum Versammlungshaus, das größer als die übrigen Lehmhütten war und aus einem einzigen, langgestreckten Raum bestand. An den beiden Stirnseiten befand sich jeweils eine offene Feuerstelle. Ansa hielt Lehm für ein unansehnliches und armseliges Baumaterial, mußte aber zugeben, daß die Räume im heißen Wüstenklima angenehm kühl blieben. Sie ließen sich auf beiden Längsseiten nieder. Lady Bel saß in der Mitte, Ansa und Fyana hatten neben ihr Platz genommen.

»Zuerst müßt ihr essen und euch erfrischen. Wir unterhalten uns später«, sagte Lady Bel.

Ansa widersprach nicht, obwohl sie in den letzten beiden Tagen nichts weiter als einen gemütlichen Ritt hinter sich gebracht hatten. Die Gastfreundschaft verlangte, Besucher so zu behandeln, als wären sie seit einem Jahr unterwegs und dem Hungertod nahe. Zunächst unterhielten sie sich nur über Belanglosigkeiten, während Speisen und Getränke aufgetragen wurden.

Lady Bel legte die Kapuze und den Schleier ab und enthüllte ein Gesicht, das Ansa nicht als alt bezeichnet hätte. Die hellblaue Haut war glatt und so faltenlos wie bei Fyana, spannte sich jedoch fest über die hohen, aristokratischen Wangenknochen. Darunter zeichneten sich dunkelblaue Adern ab. Auch die Hände wirkten wie die einer jungen Frau. Dennoch war er sicher, eine Dame in hohem Alter vor sich zu haben.

Nachdem sie der Gastfreundschaft Genüge getan hatten, reichte man ihnen Tassen, die eine Mischung aus Kräutern und schwerem heißem Wein enthielten. Es war Brauch, zuerst den Dampf einzuatmen, ehe man das Getränk in kleinen Schlucken zu sich nahm.

»Du bist in einer schwierigen Zeit gekommen«, begann Lady Bel. »Seit vielen Jahren tragen sich wichtige Ereignisse in großer Entfernung zur Schlucht zu. Dein Vater ist im Osten beschäftigt und kümmert sich um Handelsbeziehungen und militärische Bündnisse. Gasam eroberte Chiwa und andere Königreiche und Inseln. Bisher war die Lage ausgewogen, und es herrschte Ruhe. Aber das ändert sich nun. Gasam marschiert wieder, diesmal nach Südosten. Er überschreitet die Grenze nach Sono. Dort wird er aber nicht lange bleiben, sondern auch Gran unterwerfen und dann nach Norden ziehen.«

»Gasam!« Das war eine große Neuigkeit. Er war noch ein Kind gewesen, als der Erzfeind seines Vaters die Steppenbewohner zum ersten Mal bedroht hatte. Chiwa lag in weiter Ferne, und Hael hatte gehofft, Gasam würde dort irgendwann in einer Schlacht den Tod finden. Offensichtlich war das nicht geschehen.

Aufregung ergriff Ansa. Andere mochten diese Entwicklung als bedenklich betrachten, aber für einen jungen Krieger waren Ehre und Ruhm nur im Krieg zu erreichen.

»Freu dich nicht zu früh!« ermahnte ihn Lady Bel, als habe sie seine Gedanken erraten. »Es wird noch eine Weile dauern, ehe sich dieser Wahnsinnige nach Norden wendet. Am wichtigsten ist es, Genaueres über seine Pläne und Taten zu erfahren.«

»Mir scheint es, du bist bereits im Bilde«, meinte Ansa.

»Wir haben auch in anderen Ländern Verbündete, die unsere Interessen wahren. Sie haben die Möglichkeit, uns schnell zu unterrichten. Jetzt, da Gasam ins Feld gezogen ist, wird das immer schwieriger. Geraume Zeit wird großes Durcheinander herrschen. Jemand sollte dort sein, dem König Hael voll und ganz vertrauen kann.« Sie sah ihn herausfordernd an.

»Du findest also, daß ich dorthin reisen und mich

ganz allein unter Gasams Leute mischen soll?« Er hatte sich zwar nach Abenteuern gesehnt, aber nicht unbedingt nach einem solchen Wahnwitz.

»Nein, nicht allein. Mit ihr.« Sie deutete auf Fyana. »Jemand, dem *wir* ganz und gar vertrauen, wird dich begleiten.«

»Was? Allein wäre es glatter Selbstmord, aber auch noch durch eine Frau belastet zu sein wäre ...« Ihm fiel kein noch entsetzlicherer Ausdruck ein. »... noch schlimmer als Selbstmord.«

»›Belastet‹«, murmelte Fyana. »Wir werden sehen, wer sich auf dieser Reise als Last erweist.«

»Wieso redet ihr beide so, als hätte ich diesem Irrsinn schon zugestimmt?«

»Lady Bel wünscht, daß ich reise, also tue ich es«, erklärte Fyana gelassen.

»Und du wirst reisen, weil diese Aufgabe eines großen Kriegers würdig ist«, fügte Lady Bel hinzu. »Wenn sich der Sohn des Königs in die Nähe des Erzfeindes wagt, werden die Barden noch lange von dieser Heldentat singen. Wenigstens bist du dann in der Lage, dich deinem Vater als würdiger Krieger zu beweisen.«

Er wußte, daß sie ihn bei seiner Kriegerehre packte, konnte sich ihren Verheißungen jedoch nicht entziehen. Wenn er sich einverstanden erklärte und wie durch ein Wunder überlebte, würde niemand an seinem Können zweifeln. Obwohl er nicht der Nachfolger seines Vaters werden wollte, würde ihm diese Tat einen hohen Rang inmitten der Krieger bescheren. Ansa ärgerte sich ein wenig, daß ihn diese Schluchtler in die Enge trieben und ihm keine Möglichkeit gaben abzulehnen, ohne vor ihnen und sich selbst als Feigling dazustehen. Ganz besonders, weil Fyana nicht die geringsten Bedenken hatte, sich auf die vielleicht tödliche Reise zu begeben oder gar in die Hände Gasams und seiner furchtbaren Gemahlin zu fallen.

»Eine ehrenvolle Aufgabe«, sagte er zögernd.

»Mehr als das«, widersprach Lady Bel. »Sie ist unumgänglich.«

»Also gut«, erklärte Ansa und war sich bewußt, wahrscheinlich seinen Untergang zu besiegeln. »Ich werde es tun.«

Kapitel Vier

Es war ein gutes Gefühl, wieder ein Heer anzuführen. Gasam hätte reiten können, aber es mißfiel ihm, auf dem Rücken eines Tieres zu sitzen, wenn seine Soldaten zu Fuß marschierten. Er hatte seine Truppen immer als Krieger angeführt. Auch jetzt schritt er den Soldaten voraus, und die langen muskulösen Beine gaben ein rasches Tempo vor. Daheim auf den Inseln eilten die Shasinn während ihrer Raubzüge im Laufschritt vorwärts, um dem Feind so wenig Zeit wie möglich zur Vorbereitung von Abwehrmaßnahmen zu geben. Bei einem so langen und beschwerlichen Marsch wie diesem war das wenig sinnvoll, da die Festlandbewohner keine guten Läufer waren. Dennoch beabsichtigte er nicht, sich im Schneckentempo der Armeen der Kulturvölker fortzubewegen. Seine Soldaten standen vor den Toren einer Hauptstadt, ehe die Bewohner noch ahnten, daß der Feind die Landesgrenze überschritten hatte.

Dennoch war ihm die Bedeutung berittener Späher bewußt, und er schickte sie weit voraus. Einer der Reiter kehrte von Zeit zu Zeit zurück, um Bericht zu erstatten.

Ein Beobachter hätte Gasam nicht für den König gehalten. Bis auf den auffälligen Speer, der ganz aus Stahl bestand und nur einen hölzernen Handgriff hatte, wirkte er wie ein gewöhnlicher Krieger. Er trug nicht einmal den bei den Shasinn so beliebten Schmuck und keine Kriegsbemalung. Gürtel und Lendenschurz bestanden aus schlichtem rotem Leder, und er ging barfuß. Hinter ihm marschierte ein Krieger, der seinen ovalen schwarzen Schild trug, der genauso aussah wie die Schilde aller Shasinn. In seinem Rücken erklang das rhythmische Stampfen Tausender nackter Füße, und alle Männer hörten auf seinen Befehl.

Diese angenehmen Gedanken beschäftigten Gasam, als sie die Ausläufer des Gebirges erreichten. Irgendwo dort oben würde er die Grenze seines Landes überschreiten und sich auf feindliches Gebiet begeben. Er berichtigte sich. Natürlich war er der Herr der Welt, aber Gewalt war unumgänglich, damit auch jeder diese Tatsache begriff. Außerdem liebte er Gewalt. Grausame Unterdrückung seiner Mitmenschen machte Gasams Leben erst lebenswert. Wenn sich ihm ein Volk ohne Blutvergießen ergab, fühlte er sich betrogen.

Die vorausgerittenen Boten hatten dafür gesorgt, daß an jedem Lagerplatz ausreichend Vorräte von den örtlichen Bauern auf die Männer warteten. Zahlreiche frisch geschlachtete Tiere lagen bereit, aber Gasam hatte strikten Befehl erteilt, den Kriegern keine starken Getränke anzubieten. Das mußte bis *nach* dem Sieg warten.

Das Heer schlug sein Nachtlager auf. Diese Arbeit bestand hauptsächlich aus dem Ablegen der Waffen und ihrer Pflege und dem Entzünden der Lagerfeuer. Nach der Rückhut betrat der ›Letzte Mann‹ das Lager, und die Männer schwiegen, als er an ihnen vorüberging. Auf den Schultern trug der Riese – ein Eingeborener aus dem Dschungel der südlichen Halbinsel – ein in einem Holzgerüst befestigtes Fallbeil. Die Pflicht des Letzten Mannes bestand darin, alle Soldaten zu enthaupten, die den Marsch nicht durchhielten. Außerdem trug er ein Netz bei sich, in dem er die abgeschlagenen Köpfe sammelte, die allabendlich im Lager zur Schau gestellt wurden. Da der Feldzug gerade erst begonnen hatte, waren noch keine Köpfe gerollt, aber das würde sich bald ändern.

Eine Gruppe junger Krieger sammelte Äste und Gestrüpp, um ein einfaches Schutzdach für ihren König zu errichten. Es gab keine Dörfer in der Nähe, und Gasam zog die schlichte Unterkunft der stinkenden Hütte eines Bauern vor.

Bei Anbruch der Dunkelheit versammelten sich die höchsten Offiziere um das Feuer vor Gasams Schlafplatz. Die bunt zusammengewürfelte Gruppe bestand aus mindestens einem Dutzend der verschiedensten Rassen. Es waren Männer, denen die Eroberungen des Königs Wohlstand einbrachten, und sie trugen auch auf dem Kriegszug kostbaren Schmuck. Die Flammen spiegelten sich auf juwelenbesetzten Schwertgriffen und goldenen Halsketten. Manche trugen Kriegsbemalung, andere waren tätowiert. Tuniken, Hemden, Hosen und Umhänge bestanden aus feinsten Stoffen oder Leder. Niemand besaß Schuhe oder Stiefel, da Gasam fand, die Männer würden sich barfuß am behendesten fortbewegen. Jene, die bisher an Schuhwerk gewöhnt waren, litten in den ersten Wochen furchtbare Qualen, aber entweder gewöhnten sie sich daran, oder sie starben. Ungehorsam bedeutete eine Verabredung mit dem Letzten Mann.

Der König hockte auf dem Boden und knabberte an einem Spieß mit fein gewürzten Fleischbällchen. Wie alle Shasinn verhielt er sich beim Essen recht genügsam, beim Trinken dagegen weniger. Die übrigen Krieger aßen mit ihm, und schon bald näherten sich Einheimische, die Körbe mit ihren Waren herumreichten, da Gasam keine Sklaven auf dem Kriegszug duldete, die solche Arbeiten erledigten.

»Morgen erreichen wir das Gebirge«, sagte Gasam. »Vielleicht treffen wir unterwegs auf Widerstand. Die Späher berichten von verlassenen Dörfern und Feuerstellen. Vielleicht stammen sie von Ausgestoßenen oder Jägern, aber es ist gut möglich, daß sie sich gegen uns wenden. Ich bezweifele, daß sie dem König von Sono dienen. Sie sind nicht zahlreich genug, um eine ernsthafte Bedrohung darzustellen, aber es könnte Ärger geben. Bereitet eure Männer darauf vor.«

»Wie lange wird die Überquerung des Gebirges dauern, mein König?« fragte ein Mann in langem Gewand, die Haare auf dem Kopf zu einem Knoten gebunden. Während er sprach, strich er über den juwelenbesetzten Griff seines Dolches. Selbst die hartgesottensten Offiziere wurden nervös, wenn sie den König ansprachen.

»Nicht mehr als drei Tage. Es ist kein riesiges Gebirge, und die Paßstraße ist gut ausgebaut. Auf der anderen Seite ziehen wir durch hügeliges Gebiet, wo wir jederzeit auf einen Kampf vorbereitet sein müssen. Ich denke kaum, daß wir schon so früh mit nennenswerter Gegenwehr rechnen müssen, aber im Krieg ist außer meinem Sieg nichts sicher. Wir könnten auf eine Armee stoßen, die gerade aus dem Norden zurückkehrt, wo sie einen Aufstand niederschlug, oder auf eine schwerbewaffnete Rebellentruppe. Das schlimmste, was einem marschierenden Heer widerfahren kann, ist, von einem kampfbereiten Feind überrascht zu werden. Sobald wir die andere Seite erreichen, werden wir täglich üben, uns Angreifern aus verschiedensten Richtungen zu stellen. Ihr wißt, was zu tun ist. Also erfüllt eure Pflicht!«

»Das werden wir, Gebieter!« erklang es im Chor.

»Vom Fuß der Berge bis zum Fluß brauchen wir sechs Tagesmärsche. Dort liegt die kleine Stadt Marn. Wir nehmen sie ein, um uns mit Vorräten zu versorgen, wenden uns dann nach Süden und treffen auf die von General Luo befehligten Truppen.«

Einer der Offiziere meldete sich zu Wort. »Werden wir durch dichten Dschungel marschieren, mein König?«

»Die Hügel sind bewaldet, doch das Flachland ist zum Fluß hin gerodet. Zu Beginn des Feldzuges werden wir kaum durch dichten Dschungel kommen. Je weiter wir nach Süden gelangen, um so schwieriger wird es. Rotmesser!«

»Ja, mein König?« Die aufgerufene Frau verneigte sich. Sie war mit Narben bedeckt und stank nach dem Tierfett, mit dem sie ihren Körper einrieb. Die Männer neben ihr rückten ein Stück beiseite.

»Wann immer wir von dichtem Dschungel umgeben sind, sollen deine Frauen den Busch an beiden Flanken sichern. Der größte Teil des Heeres wird über Straßen marschieren. Deine Kriegerinnen sind daran gewöhnt, im Dschungel zu kämpfen. Feindliche Bogenschützen könnten sich im Schutz des Gestrüpps anschleichen, schießen und schnell wieder verschwinden. Du wirst darauf achten und sie sofort töten. Paß gut auf Spione auf! Niemand darf entkommen und die Bevölkerung warnen. Wähle die schnellsten Läuferinnen aus, die den Feinden nachsetzen.«

»Es wird geschehen, mein König!« Sie grinste zufrieden und entblößte die spitz zugefeilten Zähne, auf denen Bronzekappen saßen. Gasams weibliche Krieger beunruhigten selbst hartgesottene Veteranen.

»Bei Sonnenaufgang brechen wir auf«, verkündete der König.

Zwei Tage später stand Gasam auf der Kuppe der letzten Bergkette und blickte auf das grüne Hügelland hinab. Die meisten Armeen hätten viele Tage für den zurückgelegten Weg gebraucht, aber Gasam trieb seine Leute unbarmherzig an. Allabendlich durchschritt der Letzte Mann das Lager mit gefülltem Netz.

Die wenigen Gebirgsbewohner hatten ihnen keine Schwierigkeiten bereitet und waren im Unterholz verschwunden, sobald sie des Heerzugs ansichtig wurden. Es war kaum denkbar, daß einer von ihnen vorausgelaufen war, um den Feind zu warnen. Die Reiter hätten jeden daran gehindert.

Die Späher würde man für die berittenen Banditen halten, die sich in den Bergen herumtrieben, und Gasam war sicher, daß ihr Anblick keinen Bürger Sonos auf den Gedanken brachte, daß sie nur die Vorhut des großen Heerauges bildeten.

Das unter ihm liegende Gebiet würde keine Schwierigkeiten bereiten. Die Hügel waren niedrig und stellenweise gerodet worden, um Anbauflächen für die vereinzelten Bauernhöfe zu schaffen. Drei kleine Dörfer lagen in Sichtweite. Keines bestand aus mehr als einem Dutzend Hütten, aus deren Schornsteinen Rauch träge zum Himmel stieg. Sein Heer würde rasch vorankommen und mußte nicht hungern.

Der Abstieg verlief reibungslos. Die Soldaten waren erleichtert, daß der anstrengende Teil des Marsches vorüber war. Sie waren an ein hartes Leben gewöhnt, aber jeder wahre Krieger zog die Gefahren der Schlacht den Entbehrungen eines langen Marsches vor.

Wan Pegra, der Kommandant der kleinen königlichen Garnison von Marn, schlenderte gemächlich von seinem bequemen Haus am Fuße der Stadtmauer zur Treppe, die zum Wehrgang führte. Er hatte ausgiebig gefrühstückt und kletterte schwerfällig die steilen Stufen empor. Oben angekommen, rülpste er vernehmlich und genoß auf diese Weise den Geschmack der scharf gewürzten Dschungeleule, die er gerade verspeist hatte, zum zweiten Mal.

Pegra trug einen federgeschmückten, mit Gold verzierten Lederhelm, der sich bestens für Paraden eignete, aber nicht für einen Kampf. Der wattierte Brustpanzer bot keinen wirklichen Schutz, war aber leicht und angenehm zu tragen. Die Pflicht verlangte, daß er eine Rüstung trug, aber es gab keinen Grund, warum er deswegen Unbequemlichkeiten erdulden sollte.

Wie an jedem Morgen wandte er sich nach links und

schritt entlang der Mauer, die dem Fluß zugewandt lag. Über dem Gittertor, das den Strom abschirmte, stand der Wachtposten beim Anblick des Kommandanten stramm. Er trug die vollständige Rüstung der Infanterie von Sono mit dem festen, mit Bronze und Horn bedeckten Lederhelm und einem mehr als ein Zoll dicken, wattierten Brustpanzer, dessen leuchtende Farben allmählich verblaßten. Er war mit einem Speer mit Bronzespitze und einem im Gürtel hängenden Kriegsbeil bewaffnet. Der gebogene, rechteckige Schild aus Leder und Holz lehnte an der Wand des Wehrganges.

Pegra musterte die Kriegsbemalung des Wächters eingehend und vergewisserte sich, daß die Umrisse deutlich hervortraten und die Farben nicht verschmiert waren. Die Soldaten der Garnison wußten genau, daß sie nichts tun konnten, wenn sich ein lästiges Insekt auf ihrem Gesicht niederließ. Pegra hatte Männer auspeitschen lassen, die im Dienst verschmierte Gesichtsbemalung aufwiesen.

Der Kommandant ging von einem Posten zum anderen. Entlang der flußwärts gelegenen Mauer gab es keine Vorkommnisse. Dort mußten die Wachen hauptsächlich Pegras wertvolles Boot im Auge behalten. Während er weiterging, dachte er an den für den Nachmittag geplanten Ausflug. Er wollte seine Freunde und ein paar willige Damen mitnehmen. Letztere waren natürlich nicht mit den Huren der Hauptstadt zu vergleichen, aber für dieses Provinznest recht erträglich. Außerdem würde er seine beiden neuen Konkubinen mitnehmen. Es waren Zwillinge, kaum fünfzehn Jahre alt. Inzwischen war er bei dem Posten über dem Stadttor angelangt. Der Mann starrte angestrengt zu den Hügeln im Westen hinüber.

»Was siehst du?«

»Reiter nähern sich von Westen, Kommandant«,

lautete die Antwort. »Ich glaube, sie treiben ein paar Bauern vor sich her.«

»Banditen, wie? Sie werden immer frecher, jetzt reiten sie schon bei Tageslicht in Sichtweite herum.« Er zog das Fernrohr aus dem Gürtel. Das feine nevanische Instrument und der prunkvolle Helm waren Statussymbole seines Ranges. Er setzte das Fernrohr ans Auge und stellte es ein. Die vor Hitze flimmernde Luft ließ den Anblick ein wenig verschwimmen, aber er sah, daß die Reiter fliehende Menschen verfolgten. Plötzlich wurde einer der Flüchtenden von einem Speer durchbohrt. Die Reiter beachteten ihn nicht weiter und setzten den anderen nach. Pegra ließ das Fernrohr sinken.

»Das ist seltsam«, murmelte er. »Irgend etwas stimmt da nicht.«

Für gewöhnlich überfielen Banditen Dörfer bei Nacht und hielten sich bei Tag in ihren Verstecken auf. Sie töteten Dorfbewohner oder verkauften sie an Sklavenhändler, aber sie jagten ihnen nicht am hellichten Tage hinterher und schon gar nicht in Sichtweite der Garnison.

»Laß den Gong ertönen!« befahl Pegra. »Wir schicken den Burschen die Cabotruppe auf den Hals.« Wieder schaute er durch das Fernglas und sah, wie die letzten Flüchtlinge von ihren Verfolgern niedergemetzelt wurden. Einer der Reiter stieß ein Freudengeheul aus. Da er sich schon fast in Schußweite befand, war er gut zu hören.

Jetzt ertönte der Alarmgong. Schon nach wenigen Sekunden hielt der Wächter inne. »Kommandant!« sagte er mit erstickter Stimme.

»Was ist?« Pegra wandte sich um und sah den Mann nach Westen zeigen. Hastig und mit ungutem Gefühl hob er das Fernrohr. Hinter den umhergaloppierenden Reitern marschierten Soldaten über die Hügelkuppe. Sie gingen in Viererreihen, die sich jetzt aufteilen. Jeweils zwei Krieger schritten am rechten und am linken Straßenrand. Immer mehr Soldaten tauchten auf. Die Reihen teilten sich, und in Windeseile sah sich Pegra einem riesigen Heer gegenüber. Jeder Soldat trug einen schwarzen Schild. Alles geschah so schnell, daß die Garnison nicht einmal vollständig auf dem Wehrgang versammelt war, als die schwarze Flut die Stadt zu überschwemmen drohte.

»Gasam!« Pegra erstickte fast an dem Wort. »Dieser Wahnsinnige, der Chiwa eroberte! Woher kommt er nur?«

»Aus Chiwa vermutlich«, antwortete der Posten mit wenig ehrerbietiger Stimme. »Ich wünschte, wir hätten einen guten Soldaten als Kommandanten!«

Pegra fiel der unverschämte Tonfall gar nicht auf. Unbeschreibliche Angst hielt ihn gepackt. Fieberhaft überlegte er, wie sich die Stadt ohne Blutvergießen ergeben konnte. Selbst in seiner verzweifelten Verfassung wußte er, daß es zwecklos war. Gasam duldete es, wenn einfache Soldaten die Waffen streckten, da er mit ihnen sein Heer vergrößerte. Selten gestattete er Offizieren, in seine Dienste zu treten. Kommandanten nie. Sie wurden immer getötet. Nahm man sie nach einem Kampf gefangen, wurden sie sofort hingerichtet, um die Sinnlosigkeit jeglicher Gegenwehr zu veranschaulichen. Gaben sie kampflos auf, starben sie langsam, zur Strafe für Feigheit und Schwäche.

Um seine Angst zu verdrängen und Zeit zu gewinnen, einen Fluchtplan zu schmieden, brüllte er seinen Leuten wirre Befehle zu. Sie beachteten ihn nicht, da sie selbst wußten, was zu tun war. Bögen wurden gespannt, Pfeile, Wurfspeere und Steine für die Schleudern aus den Waffenkammern geholt.

Währenddessen eilte Pegra nach unten – angeblich, um seine Kampfrüstung anzulegen. Niemand sah ihm nach, da jeder mit sich selbst beschäftigt war. Eilig stürmte er in sein Haus, wobei er den angstvoll in einer Ecke kauernden Konkubinen keinen Blick schenkte und raffte die wertvollsten und leichtesten Schätze zusammen, die er besaß. Dann schleuderte er den Prunkhelm und den Brustpanzer in eine Ecke und legte eine schlichte Tunika an.

Mit dem Bündel über der Schulter, rannte er zum Flußtor. Die Bewohner der Stadt liefen zum vorderen Stadttor, um die nahenden Feinde zu begaffen. Keuchend vor Angst zerrte Pegra an dem schweren Riegel und öffnete das Tor. Er machte sich nicht die Mühe, es wieder zu schließen. Die Stadt ging ihn nichts mehr an. Er fiel fast die Böschung hinab, rannte über den hölzernen Steg und warf das Bündel ins Heck des Bootes. Dann sprang er hinterher und schnitt das Seil mit dem Dolch entzwei.

Während das Boot von der Strömung erfaßt wurde und sich von der Stadt entfernte, atmete er erleichtert auf. Entsetzte Schreie drangen zu ihm herüber. Bestimmt blieb niemand am Leben. Er entspannte sich ein wenig und überlegte, was er bei Hofe erzählen wollte. Er würde berichten, wie er Marn bis zum letzten Mann verteidigt hatte und nur knapp mit dem Leben davongekommen war. Mit letzter Kraft war er ins Boot gesprungen, nein, in den Fluß – in einen Hagel von Pfeilen und Speeren, hatte er ein treibendes Boot gefunden und den tausend und abertausend Barbaren seinen Triumph entgegengeschrien. Dann hatte er sich auf den Weg nach Süden gemacht, um dem König die schreckliche Nachricht zu überbringen und ihm heldenmütig weitere Dienste anzubieten …

Das Boot umrundete eine Sandbank südlich der Stadt, und Pegras Herz setzte aus, als er die Reiter sah. Die Cabos standen bis zum Bauch im Wasser, und die hämisch grinsenden Männer schwenkten voller Vorfreude die langen Speere. Pegra wäre gerne ins Wasser gesprungen, aber er konnte nicht schwimmen. Als sie langsam näher kamen, fiel er auf die Knie, rang die Hände und flehte um Gnade, aber auch das half ihm nicht.

Zufrieden betrachtete Gasam die brennende Stadt, die größer war, als er erwartet hatte. Sie würden noch genügend Vorräte für die hungrigen Männer vorfinden. Er hatte nicht – wie üblich – das Angebot der Kapitulation gemacht, da seine neuen Truppen Blut schmecken sollten, solange keine wirkliche Gefahr bestand. Die kleine Garnison hatte sich tapfer gewehrt, obwohl es von Anfang an aussichtslos war. Das gefiel ihm, da die unerfahrenen Krieger glaubten, eine richtige Schlacht zu erleben. Außerdem kam er so an tapfere Soldaten, wenn sich die Feinde schließlich ergaben.

Wie erwartet, hatte er sie völlig überrascht. Dazu war der Kommandant anscheinend ein völliger Narr gewesen, irgendeine Hofschranze. Das sprach für einen dummen, eingebildeten König, der Narren mit guten Beziehungen scheinbar unwichtige Kommandos übertrug. Höchstwahrscheinlich stießen Luo und Urlik auf ebenso unfähige Befehlshaber. Erst nachdem das ganze Heer vereint war und vor der Hauptstadt stand, würde der König begreifen, daß sein Thron wankte, und einen wirklich fähigen Kommandeur ausschicken, falls er einen solchen Mann überhaupt besaß. Es sah aus, als stünde ihnen ein wundervoller Feldzug bevor.

Pirscherin glitt lautlos durch das dichte Unterholz. Seit einigen Tagen marschierte das Heer durch den Dschungel, und die Frauen hielten sich an den Flanken auf, um Spione oder aus dem Hinterhalt angreifende Feinde zu töten. Das gefiel Pirscherin ausnehmend gut. Wie ihre Gefährtinnen hatte auch sie sich über den endlosen, aber notwendigen Marsch geärgert. Eine langwierige Reise, die wenig Gelegenheit zum Blutvergießen bot.

Bei den früheren Kriegszügen des Königs war es anders gewesen. Sie waren per Schiff von einer Insel zur nächsten gesegelt, hatten sie erobert und die Bewohner abgeschlachtet oder unterworfen. Damals lagen die Elitekriegerinnen an Deck in der Sonne, erneuerten ihre Bemalung oder kämmten sich die Haare, während die Seeleute sich um das Schiff kümmerten. Sobald sich die Gelegenheit zum Kampf bot, der ihr einziger Lebenszweck war, griffen sie jeden an, der sich dem König widersetzte.

Spätere Feldzüge an Land waren ebenso vergnüglich gewesen, da sie nur geringe Entfernungen zurücklegten und sehr viele Kämpfe bestanden.

Jetzt war sie wieder guter Dinge und erledigte Arbeiten mit großem Geschick, die ein Mann nur halb so gut gemeistert hätte. Selbst die Shasinn, obwohl sie hervorragende Krieger waren, fühlten sich im Dschungel nicht so heimisch wie Pirscherin und ihre Schwestern. Keiner von ihnen konnte so gut sehen oder hören, sich so lautlos bewegen und dem dichten Gestrüpp so geschmeidig ausweichen.

Bei den Kulturvölkern hätte die Pirscherin als hübsche Frau gegolten, wäre ihre bizarre Aufmachung nicht gewesen. Das im Nacken zusammengebundene braune Haar war durch ausgehöhlte Menschenknochen gezogen. Waagerechte Narben zierten beide Wangen, und weitere Narben breiteten sich in Streifen und gewundenen Mustern über die Brüste, den Bauch, die Oberschenkel, das Gesäß und die Oberarme aus. Sie waren einst durch einen Zeremoniendolch entstanden. Man rieb eine Mischung aus Fett, Asche und Bimsstein in die offenen Wunden, damit die Haut nach der Heilung wulstige blaurote Narben davontrug. Außerdem hatte sich Pirscherin zahlreiche, weniger gleichmäßige Narben im

Kampf, auf der Jagd oder während der Ausbildung zugezogen. Die vollen Lippen waren von einem Jadepflock durchbohrt, und die Zähne bedeckten spitze Bronzekappen. Goldene Ringe baumelten in den Ohrläppchen, an der Nase und den Brustwarzen.

Heute morgen hatte sie ihren Körper in den Farben des Dschungels bemalt. Nur die klaren grauen Augen leuchteten in der Maske aus Braun, Grün und Schwarz. Am Gürtel der Frau hing ein Messer in einer Lederscheide, und in der Hand trug sie ihre Lieblingswaffe: einen kurzen Speer mit schlanker, sechs Zoll langer, scharfer Stahlspitze. Nur die weiblichen Krieger in Gasams Heer besaßen Stahlwaffen. Pirscherin mochte weder Äxte noch Schwerter, sie zog ihnen den eleganten Speer vor.

Während sie mit der Lautlosigkeit einer Raubkatze durch den Dschungel glitt, dachte sie an ihren neuesten Liebhaber. Er gehörte zu den jungen Shasinnkriegern, und sein drahtiger, muskulöser Körper und die unermüdliche Bereitschaft paßten gut zu ihrem barbarischen Liebeshunger. Ihr Körperschmuck erregte ihn, und während sie sich wie wilde Tiere paarten, glitten seine Hände fortwährend über ihre stark hervortretenden Narben. Er spießte sie beim Liebesakt auf, wie er seine Feinde mit dem Speer aufspießte, und ihre Vereinigung glich meistens einem Ringkampf und war nicht weniger gewalttätig. Für ihn war sie sogar bereit, das Tierfett vom Körper zu schrubben und sich mit dem Faustnußöl einzureiben, das die Shasinn so sehr liebten.

Die Gedanken an ihren Liebhaber verflogen, als sie vor sich eine Bewegung wahrnahm. Sofort blieb sie reglos wie eine Statue stehen. Wieder bewegte sich etwas. Ein Hauch kupferner Haut tauchte in etwa fünfzig Schritten Entfernung in einer winzigen Lücke zwischen den Blättern auf, verschwand und erschien ein paar Fuß weiter rechts erneut. Ein Mensch. Die Hautfarbe verriet ihr, daß es kein Mitglied des Heeres war, das dort durch den Busch schlich.

Ihr Puls schlug schneller. Ein Feind, den sie töten würde. Behutsam schlich sie voran und wandte sich leicht nach rechts. Sie wollte hinter dem Fremden auftauchen, ehe sie ihm zu nahe rückte. Das konnte sie ausnehmend gut und verdankte dieser Fähigkeit ihren Namen. Sobald sie sich hinter ihm befand, kreuzte sie seinen Weg. Ihr Opfer galt hier sicherlich als erfahrener Buschmann, aber in ihren Augen hinterließ er eine so deutliche Fährte, als sei eine Nuskherde durch den Dschungel getrampelt. Ein abgerissenes Blatt, ein zerbrochener Zweig, achtlos beiseite geschoben, ein umgedrehter Stein, dessen feuchte Unterseite nach oben zeigte, der würzige Geruch eines zertretenen Krautes – für Pirscherin deutliche, unübersehbare Zeichen. Einmal entdeckte sie sogar den Abdruck eines sandalenbewehrten Fußes. Sie unterdrückte ein verächtliches Schnauben. Schuhwerk im Dschungel hielt sie für ebenso unnötig wie Zeremoniengewänder in der Schlacht.

Als sie dem Fremden näher kam, öffnete sie den Mund, um lautlos durchzuatmen. Dann erreichte sie eine Lichtung und sah ihr Opfer deutlich vor sich. Es war ein kleiner, gedrungener Mann mit rötlicher Haut und struppigem schwarzem Haar. Er trug einen Lendenschurz aus Leder, dessen kunstvoll verzierte Vorderseite bis zu den Knien reichte, und eine Halskette aus glänzenden Steinen. Im Gürtel hing ein kurzer Dolch, und eine kleine Kriegsaxt mit steinernem Kopf war fest an das rechte Handgelenk gebunden. Die Sandalen schmiegten sich wie eine zweite Haut an die Füße.

Er sah sich nach allen Seiten um und bog vorsichtig ein paar Farnwedel auseinander. Jetzt vernahm man das Stampfen des heranrückenden Heeres. Er hatte sich einen guten Beobachtungsposten ausgesucht. Während der Spion reglos abwartete, schlich Pirscherin sich an. Ein Muskel seitlich seines Mundes zuckte, als rede er mit sich selbst, aber sie vernahm keinen Laut. Anscheinend zählte er die Truppen. Ihr Verdacht bestätigte sich, als er die linke Hand bewegte und mit den Fingerkuppen auf den Daumen tippte, wie es viele Menschen machten, wenn sie etwas zusammenzählten. Handelte es sich um einen ausgebildeten Spion oder bloß um einen Bauern, der wußte, wie man Vieh zählte? Pirscherin glaubte, einen Spion vor sich zu haben. Außer gut ausgebildeten Spähern gab es nur wenige Leute, die gleichzeitig gute Krieger, Jäger und Hirten waren.

Sie hätte seinen breiten Rücken mit dem Speer durchbohren können, wollte aber in Erfahrung bringen, wie dicht sie an ihn herankam, ehe er sie entdeckte. Schritt für Schritt näherte sie sich dem Fremden. Dabei überlegte sie, auf welche unterhaltsame Weise sie ihm den nahenden Untergang deutlich machen würde. Vielleicht ein gellender Kriegsschrei? Oder ein sanftes Antippen an der Schulter mit der Speerspitze? Noch während sie nachdachte, spannten sich seine Nackenmuskeln. Langsam wandte er den Kopf zur Seite. Sie erstarrte, wußte aber, daß er sie sah. Also schenkte sie ihm ein furchterregendes Grinsen und ließ die Bronzespitzen ihrer Zähne sehen. Er wirbelte herum, die Augen vor Entsetzen weit aufgerissen, als sei ein Dschungeldämon zum Leben erwacht und stünde keine zehn Schritte hinter ihm.

Trotz des Schreckens verschwendete er keine Zeit. Mit einem großen Satz, den sie nicht erwartet hatte, sprang er nach links und rannte in den dichten Busch. Pirscherin setzte ihm nach. Sie lächelte zufrieden. Das war der Teil, der ihr am besten gefiel: die Jagd. Das lautlose Anpirschen war auch nicht schlecht, aber die schnelle Verfolgung der Beute barg einen erotischen Reiz, der jeden Nerv ihres Körpers vibrieren ließ.

Nun brauchte sie nicht mehr nach Zeichen Ausschau zu halten. Sie hörte ihn und erhaschte von Zeit zu Zeit einen Blick auf den schweißbedeckten Körper, während er sich Mühe gab, sie abzuhängen. Er war ein guter Läufer, aber sie war besser. Bald würde er ermüden und glauben, er hätte es geschafft. Absichtlich hielt sie sich im Hintergrund, damit er sie bei gelegentlichen Blicken über die Schulter nicht erspähte.

Ihre langen Beine flogen geradezu über den Boden, und der geschmeidige Körper bog sich mit der Eleganz einer Schlange, um dem dichten Buschwerk auszuweichen, das gewöhnliche Menschen nur mit einem Buschmesser besiegt hätten. Immer wieder hielt sie nach Fallen Ausschau. War ihr Opfer ein erfahrener Spion, hatte er einen Fluchtweg vorbereitet.

Als sie an den Geräuschen merkte, daß der Fremde langsamer wurde, verringerte auch sie ihr Tempo und atmete tief durch. Der Schweiß lief ihr in Strömen über den Körper, aber sie bewegte sich so flink und behende wie zuvor. Als der Mann langsamer lief, schlich sie im Halbkreis um ihn herum. Ein wahrhaft vergnügliches Erlebnis stand ihr bevor.

Wenige Augenblicke später betrat der Spion eine Lichtung. Die Nachmittagssonne schien durch eine Lücke des grünen Blätterdaches. Die schweißbedeckte Brust hob und senkte sich heftig, und er spähte über die Schulter, ehe er die freie Fläche überquerte. Als er wieder nach vorne blickte, traten ihm die Augen vor Entsetzen aus dem Kopf, als Pirscherin unversehens vor ihm auftauchte.

»Wer ist dein Herr, Spion?« zischte sie. »Wer hat dich geschickt, das Heer des Königs zu beobachten?«

Der Mann keuchte noch einmal und griff an. Mit gezücktem Messer und wirbelnder Kriegsaxt sprang er auf sie zu. Aufgrund seiner Erschöpfung glich der Sprung eher einem kläglichen Taumeln. Sie wich ihm mit Leichtigkeit aus und stieß ihm den Speerschaft zwischen die Beine. Mit einem Schrei fiel er auf die Knie. Als er die Arme ausbreitete, um den Sturz abzufedern, hielt sie die an das Handgelenk geschnallte Kriegsaxt fest und schnitt die Bänder durch. Noch ehe er an Gegenwehr denken konnte, versetzte sie ihm einen Schlag auf den Hinterkopf, und er sank bewußtlos zu Boden. Grinsend machte sich Pirscherin an die Arbeit.

Als der Spion mit dröhnendem Schädel und flauem Gefühl im Magen erwachte, war er an vier im Boden steckende Pfähle gefesselt und vollkommen nackt. Nachdem seine Benommenheit verflogen war und er den tödlichen Ernst seiner Lage begriff, weiteten sich seine Augen vor namenlosem Entsetzen. Pirscherin beugte sich mit tückischem Lächeln über ihn, und er wußte, daß er in die Hände einer bösen Macht gefallen war.

»Also, Spion«, sagte sie, »in wessen Dienst stehst du?«

»Ich ... werde ... nicht ...« Er sprach mit starkem Akzent und undeutlich, aber sie verstand ihn.

»Was wirst du nicht?«

»Nicht mit dir reden«, erklärte er und reckte das Kinn vor. Ihm war bewußt, daß er sterben mußte. Verwundert beobachtete er, wie sie sich zwischen seine gespreizten Beine stellte und schließlich in die Knie sank.

»O doch, du wirst reden, mein kleiner Spion.« Mit der einen Hand zückte sie ihr Messer, mit der anderen packte sie sein Geschlechtsteil und die Hoden und setzte die scharfe Klinge an. »Du wirst mir sagen, was mein König wissen will. Niemand widersetzt sich ihm.«

Zuerst schrie der Mann gellend, dann redete er.

»Er war nur der Späher eines Kommandanten aus dem Süden«, erklärte Pirscherin und zeigte Gasam die blutigen Trophäen. »Ein paar Fischer sahen von fern den

Rauch, als die Stadt Marn brannte, und flohen flußabwärts. Der Kommandant hielt es nicht für notwendig, mehr als einen Späher auszusenden. Seine Garnison ist dreimal so groß wie die Besatzung von Marn und verfügt über eine Gruppe berittener Boten, denen es gelingen könnte, unser Kommen zu verraten.«

»Gut gemacht, Pirscherin«, lobte Gasam. »Wieder einmal hast du dich als beste Späherin erwiesen. Ich hoffe, du fängst morgen noch einen Spion.«

Lächelnd zog sich die Frau zurück, um vor ihren Gefährtinnen zu prahlen. Wieder einmal beglückwünschte sich Gasam zu seiner Weisheit und Voraussicht, die weiblichen Krieger in seinen Dienst genommen zu haben. Als er noch ein Verbündeter des Königs von Chiwa war, hatte er sich um die weiblichen Truppen bemüht, die ursprünglich dem Chiwaner dienten. Glücklich, weil sie endlich ein wahrer Krieger anführte, waren sie sogleich zu ihm übergelaufen. Seine anderen Gefolgsleute fanden die Frauen abstoßend, aber gerade deshalb mochte er sie um so lieber.

»Die berittenen Boten könnten uns Schwierigkeiten bereiten, mein König«, bemerkte Raba, ein mit Narben übersäter älterer Shasinnkommandeur, der Gasam bereits auf den ersten Feldzügen begleitet hatte.

»Ich kommandiere eine kleine Truppe und ein paar Bogenschützen ab. Sie sollen vorauseilen und auf der Straße südlich der Stadt Stellung beziehen. So können sie sämtliche Boten abfangen. Wenn trotzdem welche durchkommen ...« Er zuckte die Achseln. »Dann werden sie Luos Truppen in die Hände fallen. Bestimmt hat er inzwischen den Fluß erreicht. Wenn nicht, fangen Urliks Reiter die Boten ab.«

»Vielleicht schwimmen sie durch den Fluß«, gab Raba zu bedenken.

»Mag sein, aber selbst wenn sie die Hauptstadt erreichen, kommen sie nicht rechtzeitig genug, um König

Mana einen Vorteil zu verschaffen. Es wäre viel netter, unangemeldet vor den Toren der Stadt zu stehen, aber eine Vorwarnung hat auch ihr Gutes. Er wird seine Truppen zur Verteidigung der Hauptstadt zusammenziehen, und dort können wir dann alle auf einmal erledigen. Ansonsten würden die Gebietskommandeure vielleicht auf eigene Faust vorgehen, und wir müßten uns einzeln mit jedem beschäftigen, was viel zu umständlich wäre.«

Raba warf einen Ast ins Feuer und nahm den Weinkrug entgegen, den ihm ein Gefährte reichte. Jetzt, da ein wenig Blut geflossen war, entspannten sich die Krieger. Außerdem hatten Offiziere gegenüber den einfachen Soldaten gewisse Vorrechte. Er nahm einen Schluck des herben Weines und dachte über die Worte des Königs nach.

»Bist du sicher, daß er sich vor der Stadt zur Schlacht stellt, mein Gebieter?« fragte er schließlich.

»Ganz sicher. Es ist eine Eigenart dieser Festlandkönige, stets die Hauptstadt zu verteidigen, anstatt sich auf einem selbst gewählten Schlachtfeld dem Feind zu stellen. Das ist eine ihrer größten Schwächen. Sie hängen sehr an ihren schönen Städten und glauben, der Krieg sei verloren, wenn der Feind die Hauptstadt besetzt. Deshalb ist es wichtig, tief in ihr Land vorzudringen, ehe der König Zeit hat, seine Truppen zu sammeln. Gibt man ihnen die Gelegenheit, marschieren sie rechtzeitig los, um die Grenzen zu schützen. Sobald man die Hauptstadt bedroht, denken sie an nichts anderes mehr.«

»Unglaublich«, bemerkte ein Shasinnoffizier von der Qualleninsel, dessen Haar in drei dicke Zöpfe geflochten war. »Warum schenken sie uns die Königreiche nicht einfach, anstatt auf so närrische Art und Weise Krieg zu führen?« Der König und seine Offiziere lachten vergnügt.

»Es ging so lange gut, wie sie nur untereinander kämpften«, erklärte Gasam. »Angesichts eines Feindes, der sich nicht um ihre Bräuche schert, sind sie unfähig, sich umzustellen. Deshalb müssen wir schnell angreifen und sofort siegen. Leider lernen sie aus ihren Fehlern. Junge Kommandeure rücken nach, wenn wir die alten getötet haben. Bei einem Eroberungskrieg ist die Schnelligkeit ausschlaggebend.«

Kapitel Fünf

Königin Larissa litt an quälenden Kopfschmerzen. Das geschah zum drittenmal in diesem Monat und ärgerte und erschreckte sie. Ihr Leben lang hatte sie sich bester Gesundheit erfreut, Krankheiten nicht gekannt und sich von Verletzungen im Handumdrehen erholt. Die heftigen Kopfschmerzen verliehen ihr das unerwünschte Gefühl, gebrechlich und sterblich zu sein. Gereizt rief sie eine der Dienerinnen zu sich, die ihr die Schultern und den Nacken massieren sollte. Manchmal half das.

»Wirst du den Bau der neuen Brücke begutachten, Herrin?« fragte die Sklavin.

»Wenn diese Kopfschmerzen nachlassen«, antwortete Larissa. Es handelte sich um ihr neuestes Vorhaben. Die Hauptstadt war zu beiden Seiten des Flusses erbaut worden, und seit Jahrhunderten hatten sich die Könige von Chiwa damit begnügt, mit Hilfe einfacher Fähren von einem Ufer zum anderen zu gelangen. Es überstieg Larissas Vorstellungsvermögen, weshalb sie prunkvolle Tempel und Grabmäler aus unvergänglichem Stein errichteten, sich aber Fähren bedienten, die gerade gut genug für ein armes Dorf aus Lehmhütten waren.

Die große Brücke war nur eine von zahlreichen Neuerungen. Larissa hatte die großen Manufakturen von Neva gesehen und bestand darauf, daß ihr Reich jenem von Shazad in nichts nachstand. Ein neuer Hafen mit überdachten Werften und getrennten Becken für den Handel und die Kriegsmarine befand sich bereits im Bau. Außerdem würde die Hauptstadt bald über einen überdachten Marktplatz mit geräumigen Magazinen verfügen. Sämtliche großen Städte des Reiches sollten ähnlich ausgebaut werden und in Zukunft durch gepflasterte Straßen miteinander verbunden sein.

Im alten Königreich Chiwa hatten die Königsfamilie, die Edelleute und die Priester in unvorstellbarem Prunk über eine in bitterer Armut lebende Masse geherrscht. Larissa fand, daß ihr gesamtes Reich prunkvoll anzusehen sein sollte. Ihr Gemahl benötigte unzählige Krieger für seine Eroberungen. Einfaches Volk und Sklaven mochten für die alltäglichen Arbeiten notwendig sein, aber es gab keinen Grund, warum sie den Blicken der herrschenden Rasse zuwider sein mußten.

»Soll ich die Sänfte bringen lassen?« fragte die Sklavin. Larissa hatte sich früher am liebsten zu Fuß fortbewegt, aber die Chiwaner waren daran gewöhnt, Herrschern zu gehorchen, die sich von ihren Untertanen tragen ließen. In den letzten Monaten hatte sie daran Gefallen gefunden. Schließlich war es recht passend, durch die Muskelkraft des Volkes emporgehoben zu werden. Sklaven hatten ihr Schicksal verdient und mußten immer wieder daran erinnert werden. Wie die chiwanischen Adligen hatte auch Larissa Sänftenträger ausgesucht, die stark, geschickt und stattlich waren.

»Ja, sie sollen sich bereithalten.« Die Schmerzen ließen allmählich nach. Die Sklavin gehörte zu ihren ersten Erwerbungen auf dem Festland, und das Massieren war nur eine von vielen Fähigkeiten, auf die Larissa keinesfalls verzichten wollte. Sie verließ sich in zunehmendem Maße auf ihre Diener, da sie von Tag zu Tag mehr zu tun hatte.

Sie mußte zugeben, daß der Tag für einen Ausflug wie geschaffen war. Das leichte Schaukeln der Sänfte wirkte beruhigend, und die Wolken milderten die unbarmherzigen Sonnenstrahlen. Die Straßen der Stadt hatte sie blitzsauber kehren lassen. Die Schönheit des

Ortes war durch den entsetzlichen Gestank verdorben worden, der sie und ihren Gemahl bei ihrem Einmarsch empfing. Der Schmutz vieler Menschen und Tiere, vermischt mit dem Rauch der Tempel, hatte die Luft in stinkenden Nebel verwandelt, obwohl überall tonnenweise Weihrauch verbrannt wurde.

Die Stadt war uralt und oftmals umgebaut worden. Viele Gebäude bestanden aus Steinen, die einst zu Häusern längst vergangener Zeiten gehörten. Es gab Statuen lange vergessener Könige und Bildnisse von Göttern, die niemand mehr verehrte. Prächtige Paläste der Reichen überragten die Elendsviertel, und in den Außenbezirken wurden die Lehmhütten der Armen oftmals von wundervoll angelegten und gepflegten Gärten, Obstwiesen und Feldern umgeben.

Als sie die Baustelle erreichte, warfen sich herumlungernde Gaffer bei ihrem Anblick ehrerbietig zu Boden. Der königliche Aufseher und die ausländischen Baumeister verneigten sich tief, als die Sklaven die Sänfte vorsichtig absetzten.

»Willkommen, meine Königin«, begrüßte sie der Aufseher, der einst ein chiwanischer Gildenmeister gewesen war. »Du kommst gerade rechtzeitig. Heute setzen wir den Schlußstein des ersten Brückenbogens ein.«

»Deshalb bin ich hier«, erklärte sie. Die Ausländer redeten über die Baukunst, Gewichte, Material und dergleichen. Sie hörte nur mit halbem Ohr zu, da sie solche Dinge selten begriff, war aber zufrieden, weil die Leute ihr Handwerk verstanden. Sie hatte sie durch die Königin von Neva angeworben. Ihre königliche Schwester freute sich, Handel und friedliche Unternehmungen zu unterstützen, zog aber bei militärischen Vorhaben die Grenze.

Bisher sah die Brücke noch nicht wie eine Brücke aus. Überall standen Pfähle im Wasser, und Brückenpfeiler waren bereits fertiggestellt, aber der erste Bogen war von so vielen Holzgerüsten umgeben, daß die schönen Steine kaum zu sehen waren. Im Fluß war ein riesiges Floß verankert, auf dem ein hoher Kran ruhte. Der Kran wurde durch ein Rad angetrieben, welches wiederum von zahllosen Sklaven betätigt wurde. Am Hebearm des Krans hing der mächtige, keilförmige Schlußstein, der den ersten Bogen vollendete. Arbeiter zerrten an den Seilen, um den schweren Stein im Gleichgewicht zu halten, während er sich Zoll für Zoll senkte.

Sämtliche Zuschauer hielten den Atem an, als nur noch wenige Handbreit Platz blieben. Ein Vorarbeiter brüllte Befehle und fuchtelte heftig mit den Händen, aber die Arbeiter schenkten ihm keine Beachtung und richteten ihre ganze Aufmerksamkeit auf ihre schwierige Aufgabe. Der Stein mußte haargenau eingesetzt werden, da es keine Möglichkeit gab, ihn zu verrücken, wenn er erst einmal an seinem Platz saß.

Nachdem es geschafft war, brachen die Arbeiter in Jubelrufe aus, in die das Publikum am Ufer einstimmte. Die Baumeister und der Aufseher atmeten erleichtert auf. Dann wischte sich der Aufseher den Schweiß von der Stirn und wandte sich der Königin zu.

»Es ist vollbracht, Gebieterin. Jetzt nehmen wir die Gerüste ab. Morgen um diese Zeit wirst du den ersten Bogen in seiner ganzen Schönheit bewundern können.«

»Gut gemacht, ihr alle!« lobte sie so laut, daß die Arbeiter sie auch hörten. »Beendet die übrigen Bogen ebensogut, und eure Königin wird euch reich belohnen.« Erneuter Jubel. Männer waren leicht zufrieden zu stellen, dachte Larissa, selbst wenn sie so harte Arbeit leisteten.

In bedeutend besserer Stimmung als zuvor kehrte sie zum Palast zurück. Die Kopfschmerzen verschwanden, und sie war sehr zufrieden. Die Brücke war ihre Idee gewesen. Sie hatte den Bau beschlossen und erlebte jetzt, welche großen Fortschritte er machte. Ihr Gemahl genoß Ruhm und Macht. Larissa freute sich hingegen über sichtbare Erfolge. Ruhm und gewonnene Schlachten waren vergänglich, wie die Namen der vergessenen Könige, deren Statuen überall herumstanden. Ihre Brücke, die Märkte und der Hafen würden viele Jahrhunderte überdauern. Wenn sie ihr Vermächtnis betrachtete, erfüllte sie tiefste Zufriedenheit.

Eines hatte sie gelobt: Sie würde keine Tempel bauen. Es gab schon zu viele davon, und trotz ihres Prunkes waren sie völlig nutzlos. Sie mochte weder Priester noch Götter. Manche Tempel in dieser Stadt waren wunderschön und ehrfurchtgebietend, aber sie stießen Larissa ab. Noch immer empfand sie Respekt vor den Geistern der heimischen Inseln, aber da sie die meisten ihrer Gebote gebrochen hatte, versuchte sie, nicht daran zu denken.

Als sie den Palast betrat, erhoben sich zwei Männer von einer Bank. In jener Eingangshalle empfing die Königin für gewöhnlich Bittsteller. Gerade wollte sie ihnen sagen, ein anderes Mal zurückzukommen, als sie etwas am Anblick der beiden stocken ließ. Sie wußte, daß sie die Burschen schon einmal gesehen hatte.

Unter Verneigungen traten die Männer vor. Ein junger Shasinn, der lässig an der Wand gelehnt hatte, stellte sich neben die Königin. Beim geringsten Zeichen hätte er die Fremden auf der Stelle getötet. Die betonte Lässigkeit diente dazu, die blitzschnellen und tödlichen Reaktionen der Shasinn zu verbergen.

»Wer seid ihr?« fragte Larissa, und die beiden schoben die Kapuzen zurück. Einer von ihnen hatte kurzes schwarzes Haar und einen Bart, der andere blau gefärbte Haare, die eine Hälfte des ansonsten kahlgeschorenen Schädels bedeckten.

»Ich bin Haffle«, stellte sich der Schwarzbart vor. »Das ist Ingist. Wir sind …«

»Ich weiß, wer ihr seid.« Jetzt erinnerte sie sich. Aufregung ergriff sie. Wenn diese beiden auftauchten, gab es nur einen bestimmten Grund dafür. »Folgt mir und sprecht erst, wenn ich es befehle.«

Wortlos gingen sie hinter ihr her, und der junge Krieger bildete das Schlußlicht des kleinen Zuges. Larissa führte sie in einen hellen Innenhof und ließ die Sklaven Erfrischungen und Speisen bringen. Dann entließ sie die Diener, und der Shasinn lehnte sich knapp außer Hörweite gegen die Mauer. Er wirkte sehr friedfertig, aber Gasam wählte die Palastwachen eigenhändig aus. Bei der kleinsten feindseligen Bewegung würde der Junge den ersten Besucher mit dem Speer durchbohren, den Wurfstab aus dem Gürtel ziehen und dem anderen vor die Stirn schleudern. Der mit einer Kugel beschwerte Stab würde durch die Luft sausen, noch ehe der Speer den Leib des ersten Mannes durchbohrte.

Larissa spielte die großmütige Gastgeberin, schenkte Wein ein und reichte den Besuchern die gefüllten Becher. Genüßlich nippte sie an ihrem Becher und beobachtete die beiden. Sie wirkten angespannt und aufgeregt. Der Form halber tranken und aßen sie ein wenig, aber es war offensichtlich, daß sie vor Erregung kaum etwas hinunterbrachten.

»Habt ihr euch noch nicht bei Meister Hildas gemeldet?« fragte sie. Erstaunt rissen die beiden die Augen auf. Sie hatten anscheinend jegliche Etikette umgangen, um sofort zu ihr zu eilen.

»Meine Königin«, erklärte Haffle, »die Neuigkeiten, die wir bringen, sind so wichtig, daß wir beschlossen, sie zuerst dir und dem König mitzuteilen. Als wir die Grenze überschritten, hörten wir, daß sich der König auf einem Feldzug befindet. Da wir keinesfalls durch Kriegsgebiete reisen wollten, sind wir eilends hierher gekommen.«

»Eine kluge Entscheidung. Wenn ihr mir die Nachricht bringt, auf die ich warte, wird niemand eure Tapferkeit in Frage stellen. Ich sorge dafür, daß euch Hildas keine Schwierigkeiten bereitet. Er ist sowieso anderweitig beschäftigt. Jetzt sprecht!«

»Meine Königin!« sagte der Blauhaarige. »Wir haben die Stahlmine König Haels gefunden.«

Larissa seufzte vor Glück. »Rede weiter«, flüsterte sie mit kehliger Stimme.

In der einen Hand hielt die Königin den zierlichen Speer, das Zeichen ihrer Macht, in der anderen den kostbarsten Gegenstand der Welt: eine Landkarte, die zusammengerollt in einem wasserdichten Behälter steckte.

Seit Stunden saß sie unbeweglich in dieser Haltung und runzelte die Stirn. Ihre Sklavinnen schlichen auf Zehenspitzen umher und fürchteten sich wegen des seltsamen Benehmens ihrer Herrin. Ein bisher unbekanntes Gefühl hatte die Herrscherin erfaßt: Unentschlossenheit. Normalerweise handelte sie so schnell entschlossen und natürlich wie ein Tier. Diese Entscheidung überforderte sie. Gasams Befehle waren eindeutig: Sie sollte hierbleiben und an seiner Stelle regieren. Dennoch mußte sie ihm die Neuigkeit berichten und ihm die Landkarte bringen, wo auch immer er sich aufhielt. Es gab niemanden, keine Menschenseele, der sie diese Mission übertragen konnte.

Den größten Teil der Nacht hockte sie auf dem Boden, ohne sich zu rühren. Die Sklaven brachten Kerzen und Lampen. Man tischte Speisen auf, aber sie rührte nichts an.

Als der Morgen dämmerte, erhob sie sich. Eigentlich war die Entscheidung doch nicht so schwierig, dachte sie. Das Reich würde auch ohne sie verwaltet werden. Einen Teil der Aufsicht übernahmen die von ihr persönlich ausgewählten Männer. Für Gehorsam sorgten die königlichen Truppen, die Gasam zurückgelassen hatte.

Bisher hatte Larissa sie nicht gebraucht. Der Schrecken, den Gasams Name bewirkte, reichte aus, um jeden Gedanken an Aufruhr zu verscheuchen.

»Bereitet ein Bad vor und holt General Pendu!« befahl sie. Die Sklaven beeilten sich, ihre Wünsche zu erfüllen. Eine Stunde später betrat ein großer, grimmig aussehender Shasinn ihre Gemächer. Jahre des Kampfes hatte tiefe Furchen zu beiden Seiten des Mundes und um die Augen hinterlassen. Das dunkelblonde Haar war stark angegraut, aber der Körper sah aus wie aus Metall gegossen, und sein federnder Schritt stand dem eines jungen Mannes in nichts nach. Er und Gasam hatten als Knaben zur gleichen Kriegerbruderschaft gehört.

»Ja, meine Königin?« fragte er, ohne Zeit mit Höflichkeitsfloskeln zu verschwenden.

»Pendu, es ist etwas Außergewöhnliches geschehen. Ich muß sofort zu meinem Gemahl reisen.«

»Was? Aber der König hat befohlen ...«

»Ich weiß sehr gut, was der König befahl!« fauchte sie. »Es ist etwas Unvorhergesehenes passiert. Ich muß ihm die Nachricht so rasch wie möglich überbringen. Meine Leibwache nehme ich mit, da die Männer reiten können. Die übrigen Shasinn lasse ich hier.«

»Meine Königin!« widersprach Pendu. »Der König ließ mich zurück, um Euch zu beschützen. Wenn es wichtig ist, dann nehmt mich mit. Nie zuvor ist der König ohne mich in die Schlacht gezogen.«

»Pendu«, sagte sie mit sanfter Stimme, »die Shasinn müssen hierbleiben, damit sich diese Herde menschlichen Viehs anständig benimmt. Wir sind keine Piraten und Räuber mehr, sondern die Herrscher eines riesigen Reiches. Er hat dich und deine Leute ausgewählt, da außer ihm, dir, Luo und Raba keiner der alten Garde mehr übrig ist. Alle anderen sind tot.« Sie erwähnte Hael, den Ausgestoßenen, nicht. »Ihr seid die einzigen, denen er vertraut. Beim nächsten Krieg wirst du an seiner Seite kämpfen, das verspreche ich dir. Jetzt sorge dafür, daß sich meine Leibwachen auf die Cabos schwingen. Cabos zum Wechseln müssen bereitgestellt und Vorräte müssen gepackt werden. Außerdem brauche ich Reittiere für zwei weitere Männer. Ich nehme keine Sklaven mit.«

»Handelt es sich bei den anderen beiden etwa um die Spione, die gestern nachmittag auftauchten?« Verständnis glomm in seinen Augen auf.

»Mach dir keine Gedanken, Pendu«, schalt Larissa. »Das Denken überlasse meinem Gemahl. Führe meine Befehle aus, und sorge im Land für Ordnung. Außerdem solltest du dich bereithalten, falls dir der König einen Marschbefehl überbringen läßt.«

Vor Freude errötete der narbenübersäte Krieger. »Ja, meine Königin!«

»Jetzt geh!« befahl die Königin. Er drehte sich um und verließ die Gemächer, ohne sich zu verneigen. Die Shasinn hielten nichts vor derartigen Förmlichkeiten. Außerdem kannten sie sich seit ihrer Kindheit, und es wäre beiden seltsam vorgekommen, wenn er ihr mehr als den Respekt entgegengebracht hätte, der einer Häuptlingsfrau gebührte. Nur zu gerne hätte sie ihm von der Stahlmine erzählt, aber er ahnte ihr Geheimnis bereits, und sie hatte beschlossen, es für sich zu behalten. Zwar vertraute sie Gasams Jugendfreunden völlig, aber sie waren bloß Krieger ohne überragende Geistesgaben. Je weniger sie von dieser Sache wußten, um so besser.

Larissa ritt nicht gerne, aber als sie in den Sattel des Cabos stieg, ergriff sie unbändige Freude. Endlich geschah etwas! Sie würde wie der Wind reiten, um sich mitten im Krieg zu ihrem Gemahl durchzuschlagen. Sie hatte vergessen, wie sehr sie solche Unternehmungen liebte.

Fünfzig junge Krieger, die sich nach Abenteuern

sehnten, umgaben sie. Die Spione brannten nicht gerade auf diese Unternehmung, taten aber bereitwillig ihre Pflicht. Sie hatte ihnen unvorstellbare Reichtümer versprochen, aber das hing von der Eroberung der Stahlmine ab. Die Landkarte war sehr gut, aber sie brauchte Führer, die dem Heer von Meile zu Meile gute Ratschläge gaben.

Ohne Fanfarenklänge und Zeremonien verließen sie die Stadt. Die Einwohner glaubten, sie unternähme nur einen der häufigen Inspektionsritte.

Obwohl Larissa nur ungern auf einem Cabo saß, ritt sie recht gut. Alle Shasinn konnten gut mit Tieren umgehen, und sie wußte, wie gut sie aussah, wenn sie mit wehendem Haar dahintrabte. Sie weigerte sich, jene Reithosen zu tragen, die viele Frauen auf dem Festland bevorzugten, und war nur mit einem Lendenschurz, wie ihn die Krieger besaßen, und einem weiten Umhang bekleidet, der sie bis zu den Knöcheln einhüllte. Seit Monaten war sie nicht mehr hart geritten und wußte, welche Schmerzen sie erwarteten. Der Sattel und die Steigbügel waren mit Lammfellen gepolstert, aber das half nur wenig. Aber sie war an Unbequemlichkeiten gewöhnt, und ihr Körper war kräftig genug, sich schnell zu erholen und sich innerhalb weniger Tage darauf einzustellen. Außerdem hielt sie Schmerzen besser aus als die meisten Menschen.

So lebendig hatte sie sich seit Jahren nicht gefühlt. Das größte Geheimnis der Welt hing an ihrem Gürtel. Sie wies den Weg mit dem Speer und ritt lachend, den Wind im Rücken, ihrem Gemahl entgegen.

Kapitel Sechs

Die beiden Reiter überquerten die Grenze zum Königreich Gran auf einer morschen Brücke, unter der sich ein träger Fluß wand, an dessen Ufer dichte tropische Pflanzen wuchsen. Wohin sie auch blickten, überall herrschte reges Leben und Treiben. Das Kreischen und Brüllen von Vögeln und Reptilien lag in der Luft, das Surren von Insektenflügeln war zu hören und die leisen Schreie kleiner Tiere, die sich paarten, jagten oder verendeten. Aus der Ferne drang das Gebrüll größerer Kreaturen, und die Reiter waren dankbar, sie nicht in Sichtweite zu haben.

In der Mitte der Brücke zügelte Ansa sein Cabo. Im schlammigen Wasser regte sich etwas. Urplötzlich tauchte eine längliche Gestalt auf. Ein wild um sich schlagender Schwanz und ein schuppiger Leib durchbrachen die glatte Wasseroberfläche. Sekundenlang erblickte der junge Mann eine lange, weit aufgerissene Schnauze mit blitzenden Zahnreihen, die sich um einen silbrig glänzenden, zuckenden Fisch schlossen. Dann verschwand die Bestie wieder unter Wasser. Nur Wellen und Strudel blieben zurück und verschlangen herabgefallene Blätter. Doch schon wenige Augenblicke später setzte der Fluß seinen gemächlichen Weg zu einem fernen Ozean fort, als sei nichts geschehen.

»Was war das?« fragte er verwirrt.

»Etwas Großes und Böses«, lautete die Antwort. »Sei froh, daß es lieber im Wasser lebt.«

Bisher sind wir zügig vorangekommen, dachte Ansa, der an die endlosen Weiten der Steppe gewöhnt war.

Allerdings hatte sich die Landschaft auffallend verändert. Südlich der Schlucht fiel das Land stark ab, und jeder neue Tag führte sie in ein Gebiet mit wärmerem Klima und unbekannter Vegetation. Am deutlichsten war die zunehmende Luftfeuchtigkeit zu spüren. Schon nach kurzer Zeit erlebten sie heftige, aber nur kurz andauernde Regenfälle und überquerten mindestens einen Fluß am Tag, oft sogar mehrere. Immer häufiger mußten sie Sumpfgebieten ausweichen, in deren Nähe die Moskitos zur Plage wurden. Fyana besaß eine Salbe, die ein wenig Linderung brachte, aber so entsetzlich roch, daß Ansa nicht sicher war, ob er sie den Insekten vorziehen sollte.

Vor zwei Tagen hatte er zum ersten Mal in seinem Leben einen Dschungel gesehen. Noch erstaunlicher als die üppige Vegetation war die überwältigende Fülle des *Lebens* ringsumher. In der Steppe hatte er sich an den Anblick des Wildes und großer Viehherden gewöhnt. Während der Wanderperiode sah man häufig Tausende von Tieren durchs Land ziehen. Stets handelte es sich jedoch um große Viehherden.

Hier im Dschungel erhaschte man mit einem Blick ein Dutzend oder mehr der verschiedensten Lebewesen gleichzeitig. Außer den widerwärtigen Insekten gab es in den Kronen der Bäume Vögel, Schmetterlinge und Reptilien, Baummännchen unterschiedlicher Art und Säugetiere in Hülle und Fülle. Die meisten Raubtiere waren Großkatzen.

Die Natur schien großes Vergnügen an willkürlichen Experimenten zu besitzen, denn zahlreiche Kreaturen verließen die ihnen ursprünglich zugedachten Lebensräume. Aus der heimischen Steppe kannte Ansa flugunfähige Vögel, und in der großen Wüste nördlich der Stahlmine hatte er Flederflieger gesehen, die gruppenweise auf Jagd gingen. Hier stieß er auf Flederflieger, die im Wasser schwammen. Ein Reptil mit Spinnenbeinen hatte den Schwanz um einen Ast geschlungen, hing mit dem Kopf nach unten und jagte vorüberfliegende Vögel. Eine seltsame Baummännchenrasse konnte mittels einer breiten Membrane, die sich zwischen Armen und Beinen erstreckte, von Baum zu Baum gleiten. Mit dem Schwanz, der wie ein flaches Paddel geformt war, hielten sie das Gleichgewicht.

»Nun, du wolltest doch seltsame Dinge erleben«, meinte Fyana, als Ansa noch immer auf die Stelle starrte, an der das Reptil im Wasser verschwunden war.

»Die Tiere an Land waren eher klein«, erwiderte Ansa. »In den Flüssen ist es umgekehrt. Ich glaube, ich werde für geraume Zeit nicht schwimmen.«

»Eine kluge Entscheidung.« Sie deutete zum südlichen Ende der Brücke. »Ich glaube, wir begegnen gleich dem ersten Beamten der Regierung von Gran.«

Am Ende der Brücke stand eine kleine Hütte aus Holz und Lehm. Als ihre Cabos die Hufe auf den festgestampften Boden setzten, trat ein Mann heraus. Er war beleibt, fast schon fett, und trug ein kunstvoll besticktes Lendentuch mit breiter Schärpe, die bis weit über die Hüften reichte. Ein breitkrempiger Strohhut, dessen obere Hälfte aus einer Krone bestand, beschattete das braune, eiförmige Gesicht.

Die Nase war lang und wulstig, der Mund breit, doch ohne deutlich erkennbare Lippen. Der Mann schielte, was Absicht zu sein schien, denn von der Hutkrempe baumelte ein gelbes Band vor seinen Augen hin und her, auf das sich der Fremde konzentrierte. In der Hand hielt er eine Tafel und einen Stift und trug ein unverkennbar offizielles Benehmen zur Schau.

»Eure Namen, bitte!« sagte er ohne Einleitung. Er sprach mit so starkem südlichen Akzent, daß Ansa genau hinhören mußte, um ihn zu verstehen. Die beiden jungen Leute stellten sich vor.

»Euer Begehr?« Er kritzelte etwas auf die Tafel.

»Ich handle mit Schluchtarzneien«, erklärte Fyana und deutete auf die Bündel, die der Buckler trug, den sie als Packtier mit sich führte. »Der Krieger begleitet mich zu meinem Schutz.« Sie hatten diese Tarnung gewählt, da Medizinhändler häufig nach Gran zogen, und bei einer allein reisenden Frau war es verständlich, daß sie sich von einem Krieger begleiten ließ. Schluchtarzneien galten überall als begehrte Waren. Außerdem konnten sie vom Verkauf der Medizin ihren Lebensunterhalt bestreiten, während sie sich umhörten, um Neuigkeiten über Gasams Unternehmungen zu erfahren.

»Sehr gut«, meinte der Beamte. »Wenn du bitte die Bündel öffnen würdest, damit ich den Inhalt notiere. Für Schluchtmedizin besteht kein Einfuhrzoll.«

Sie legten die Bündel auf den Boden und zeigten dem Mann ihren Inhalt: Päckchen mit getrockneten Kräutern und Pulvern, Flaschen mit verschiedenen Flüssigkeiten, gebündelte Pflanzen, Blätter und Blüten. Der Beamte nickte mit wissender Miene, als wäre ihm völlig klar, wozu die einzelnen Dinge dienten.

»Scheint alles seine Richtigkeit zu haben«, sagte er endlich. »Natürlich würde ich es merken, wenn ihr etwas Unrechtes vorhättet.« Er stellte zwei Passierscheine aus, mit eigenartiger violetter Tinte auf Papier aus feinen, gepreßten Blättern. »Diese Dokumente müßt ihr jederzeit vorzeigen, wenn euch Beamte des Königs anhalten«, erklärte er. »Dort stehen eure Namen, eure Berufe und das Datum eurer Einreise.«

Fyana studierte den Passierschein eindringlich. »Er ist kaum zu entziffern«, klagte sie. Das Blatt war recht dunkel, und die violette Tinte hob sich kaum vom Hintergrund ab.

»Jeder Regierungsbeamte wird ihn ohne Schwierigkeiten lesen«, sagte der Mann und war sichtlich stolz, auf die Geheimnisse seiner Zunft hinzuweisen. »Außerdem kann kein Mensch die königliche Tinte fälschen.«

Er wandte den Kopf und stieß einen leisen Pfiff aus. Ein kleines Tier schoß aus dem Zollhäuschen heraus, umkreiste ihn und rieb den Kopf an seinen Knöcheln. Es hatte kurze Beine, glänzendes Fell und einen buschigen Schwanz. Die lange schmale Schnauze krönte eine kreisrunde, unaufhörlich zuckende Nase. Der Beamte bückte sich und hielt der Kreatur einen der Scheine hin. Das kleine Wesen schnüffelte daran und begann zufrieden zu Schnurren.

»Wäre der Paß gefälscht oder verändert worden, hätte er es sofort gemerkt. Aus diesem Grund rate ich euch, die Scheine gut einzupacken, damit sie nicht verschmutzen oder naß werden.« Er reichte ihnen die Ausweise. »Haltet euch an die Gesetze, benehmt euch anständig und versucht nicht, Kulte fremder Götter ins Land zu bringen.« Er hob warnend den Finger. »Wenn ihr euch daran haltet, wird euch ein angenehmer Aufenthalt in unserem Land gewiß sein.«

Nachdem sie die Bündel verstaut hatten, zogen sie weiter und erreichten nach einer Weile ein Dorf, dessen Bewohner an Reisende gewöhnt waren und sie nicht weiter beachteten. Ansa fiel auf, daß ihre Hüte nicht ganz so hoch wie die Kopfbedeckung des Beamten waren, aber dennoch ausgesprochen bizarr wirkten.

»Verläuft der Grenzübergang immer so?« erkundigte er sich bei Fyana.

»Vermutlich ja. Obwohl es bedeutend unfreundlichere Beamte geben soll.«

Sie ließen das Dorf und die Felder hinter sich und gelangten erneut in dichten Dschungel. Der Weg bestand nur aus festgestampfter Erde, war aber recht breit und gut zu erkennen. Von Zeit zu Zeit kamen sie an steinernen Säulen mit Schriftzeichen vorbei. In weniger regelmäßigen Abständen erblickten sie kleine Schreine mit Götterstatuen, wo sich Insekten um Schüsseln mit

Essensresten scharten. Die Götter waren männlichen oder weiblichen Geschlechts und unterschieden sich im Aussehen und in ihren Attributen.

Am Spätnachmittag stießen sie auf eine größere Reisegruppe, die gerade ein Nachtlager aufschlug. Offensichtlich diente der Ort häufig als Lagerplatz. Ein klarer Bach floß ganz in der Nähe, und kleine Steinwälle umgaben die Feuerstellen. Die Fremden bauten Zelte auf und entzündeten Lagerfeuer. Ein bärtiger Mann – offenbar kein Einheimischer – kam ihnen lächelnd entgegen.

»Willkommen! Verbringt die Nacht mit uns, Freunde. Eine große Anzahl Reisender gewährt mehr Sicherheit, und außerdem wird es uns nicht langweilig.«

»Sehr gerne«, entgegnete Fyana. Die Fremden sahen wie gewöhnliche Händler aus, denen sich auch ein paar Quacksalber zugesellt hatten.

»Besteht Gefahr?« erkundigte sich Ansa. »Müssen sich deshalb größere Gruppen zusammenschließen?« Er saß ab und streckte die Beine. Der Geruch der Feuer lag angenehm in der schwülen Luft.

»Es gibt Banditen, genau wie in jedem anderen Land. Aber eine Gruppe dieser Größe greifen sie nicht an, schon gar nicht, da wir jetzt einen Krieger in unserer Mitte haben.« Er verneigte sich. »Ich bin Samis, ein Kaufmann aus Neva. Die werte Dame muß natürlich nicht erst sagen, welcher Nation sie angehört. Und du siehst wie einer der Steppenbewohner aus. Gehe ich recht in der Annahme, daß du ein Untertan König Haels bist?«

»Stimmt. Ich bin Ansa und gehöre zum Stamm der Ramdi. Das ist Lady Fyana, die mit Arzneien handelt.« Es war ungewöhnlich, daß eine einfache Händlerin einen Adelstitel trug, aber schließlich wußte jeder, daß die Schluchtler sich von allen anderen Völkern unterschieden.

»Es ist mir eine Ehre, werte Dame«, sagte Samis. »Ich hoffe, du wirst uns heute abend mit den besonderen Fähigkeiten deines Volkes erfreuen.«

»Vielleicht«, antwortete Fyana. »Es handelt sich schließlich nicht um handwerkliche Geschicklichkeit, die man nach Belieben vorführen kann.«

»Selbstverständlich. Bitte nehmt an meinem Feuer Platz. Meine Diener werden eure Tiere absatteln und die Zelte aufbauen.« Er klatschte in die Hände, und vier junge Burschen eilten herbei. Auf seine Befehle hin kümmerten sie sich um die Cabos und den Buckler. Ansa und Fyana ließen sich an dem großen Feuer nieder. Ansa freute sich über die Hochachtung, die man Fyana entgegenbrachte. Er wußte genau, daß die übergroße Höflichkeit nicht ihm galt, denn Krieger fürchtete oder respektierte man, sonst nichts.

»Was hat er gemeint?« fragte er Fyana und untersuchte seine Speerspitze auf Rostspuren.

»Du wirst schon sehen. Es ist ein besonderes Talent von uns Schluchtlern. Manchmal jedenfalls.«

Er betrachtete die übrigen Reisenden. Es befanden sich keine weiteren Schluchtbewohner unter ihnen. Die Gruppe setzte sich aus einem halben Dutzend Nationalitäten zusammen, darunter ein paar Palana, die staatenlos waren. Er sah ein paar Einheimische, Nevaner, Chiwaner, Sonoaner sowie einige Menschen, die er nicht einordnen konnte.

Noch ehe die Feuer richtig brannten, tätigte Fyana die ersten Geschäfte. Etliche Händler reisten in Regionen, in denen es kaum Heilmittel gab, und kauften Arzneien, die dort dringend benötigt wurden. In kleinen Waagschalen wogen sie Münzen und handelsübliche Metalle. Ansa erhielt ein paar Angebote für seine Stahlwaffen, die er recht unwirsch ablehnte. Er besaß die Abneigung der Krieger gegen jegliche Geschäfte, obwohl sein Vater immer wieder versucht hatte, ihm die Wichtigkeit des Handels deutlich zu machen. Der Gedanke, seine kostbaren Waffen gegen Geld einzutauschen, empörte ihn.

Nach einem reichhaltigen Mahl tauschten die Reisenden Neuigkeiten aus. Beiläufig erkundigte sich Ansa nach Unruhen im Westen.

»Vor kurzem traf ich einen Kaufmann aus Sono«, antwortete Samis. »Dort herrscht irgendein größerer Aufruhr. König Mana ruft seine Truppen zusammen, die sich einer Invasion aus dem Westen stellen sollen. Genaues weiß ich aber nicht. Hast du davon gehört?«

»In der Wüste vernahm ich Gerüchte«, erklärte Ansa. »Ich will mehr darüber wissen, da ich ein Krieger bin und meine Dienste anbieten will.«

»Wenn es Krieg gibt, würde ich einen Bogen darum machen. Die einzig wahre Bedrohung aus dem Westen kann nur von König Gasam ausgehen, und der hinterläßt nur Tod und Vernichtung.«

Gerade wollte Ansa erwidern, daß Gasams Ruf auf den Legenden der Insulaner und nicht auf Tatsachen beruhte, hielt sich aber im letzten Augenblick zurück. Ein zu starker Groll gegen den König könnte Mißtrauen erregen.

»Vielleicht wäre es gar nicht so übel«, mischte sich ein Palana ein, der lässig mit drei kleinen Lederbällen jonglierte. »Anstelle vieler Könige würde im Süden nur noch ein Herrscher regieren. Es gibt viel zu viele Grenzen und Behörden, mit denen man sich herumschlagen muß.«

»Du hast gut reden!« meinte ein Händler aus Sono. »Ihr Palana habt kein eigenes Land. Die meisten von uns sind mit ihrer Obrigkeit ganz zufrieden. Ich hörte, Gasam sei nichts als ein Bandit, der zu Macht gelangte, weil er dumme und schwache Könige besiegte.« Die meisten der Anwesenden nickten zustimmend.

»In Sono wird er kein leichtes Spiel haben«, fuhr der

Mann fort. »König Mana ist ein Krieger und befehligt ein riesiges Heer.«

»Mana ist ein Narr«, flüsterte Samis Ansa zu. »Seine Heer könnte sich als ebenso nutzlos erweisen.«

Ansa beschloß, sich bei Gelegenheit mit dem Kaufmann zu unterhalten, der bemerkenswert gut im Bilde zu sein schien.

Ein Nuskhändler näherte sich Fyana und klagte über Schmerzen im Kiefer. Sie sah ihm in den Mund und tastete die Schwellung ab, worauf er zusammenzuckte.

»Ein schlichter Zahnschmerz«, erklärte die junge Frau. »Eine einfache Sache. In der nächsten Stadt suchst du einen Zahnreißer auf. Wenn es keinen gibt, gehst du zu einem Schmied. Der Zahn muß raus, wenn du die gesunden Zähne retten willst.«

»Aber das tut weh!« klagte er. Die übrigen Männer lachten, und er warf ihnen böse Blicke zu.

»Es geht schnell, und der Schmerz verschwindet bald. Außerdem ist das nichts verglichen mit dem, was dich erwartet, wenn du es nicht machen läßt.«

Andere Reisende kamen, um sich untersuchen zu lassen. Zu Ansas Erstaunen legte Fyana die Fingerspitzen auf die Stirn des Betreffenden und sagte ihm nach einer Weile, was ihm fehlte. Es gelang ihr nicht bei allen, aber mehr als der Hälfte riet sie zu bestimmten Heilkräutern und Tränken. Später ging Ansa zu ihr.

»Du hast mir nicht gesagt, daß du eine Heilerin bist.«

»Das bin ich auch nicht«, widersprach sie. »Wahre Heiler sind selten, sogar bei meinem Volk. Viele von uns sind jedoch in der Lage, Geschwüre und innere Verletzungen zu erkennen, wenn auch nicht immer. Zum Beispiel erkennen wir nicht, ob jemand an Würmern leidet, sondern stellen nur den Schaden fest, den sie anrichten. Manchmal ist es sehr bedrückend. Erinnerst du dich an den Mann, der mit Leibschmerzen zu mir kam?«

»Ja.«

»Er hat eine Geschwulst im Magen, die ihn innerhalb eines Jahres töten wird, aber wozu hätte ich es ihm sagen sollen? Es gibt keine Heilung, und deshalb empfahl ich ihm Mittel gegen die Schmerzen. Mehr kann ich in diesem Fall nicht tun.«

»Es klingt eher wie eine Last als eine Gabe.«

»So ist es.«

Am nächsten Morgen setzten sie die Reise fort. Die meisten Händler befanden sich auf dem Weg zur Hauptstadt Kwila. Da die Karawane nur langsam vorankam, würden sie erst in zwanzig Tagen dort eintreffen, aber trotzdem mochte niemand den Schutz der großen Gruppe missen. Als Teil einer so gemischten Gesellschaft fühlten sich auch Ansa und Fyana sicher und unauffällig. Ihre Pläne setzten sie nicht unter Zeitdruck, und so gab es keinen Grund, durch das Land zu eilen. Statt dessen konnten sie die Reise durch eine ungewöhnliche und vielfältige Landschaft genießen.

Ansas Zeitgefühl richtete sich mehr nach Jahreszeiten als bestimmten Tagesetappen. Solange er sein Ziel erreichen würde, bestand kein Grund zur Eile. In diesem seltsamen Land gab es viel zu sehen. Die Menschen schienen sich unablässig mit Ritualen zu beschäftigen, und jegliches Tun wurde von verworrenen Gesten begleitet, die er nicht verstand. Fortwährend murmelten die Leute Verse, Gebete und Bitten vor sich hin. Sie liebten Amulette, Glücksbringer und Weihrauch. Viele schwangen kleine Räucherfäßchen hin und her, und einige trugen sogar kleine Weihrauchkessel in der Hutspitze.

Einmal erkundigte er sich bei Samis nach diesen Gebräuchen.

»Ich würde nicht sagen, daß der Lohn für die ganze Zeit und Inbrunst, die sie auf ihre Rituale verwenden, überreichlich ist«, antwortete der Kaufmann. »Ich weiß nicht viel über ihre Religion, und sie reden nicht davon.

Es gibt zahllose Götter, Dämonen und Geister. Sie alle müssen verehrt und angebetet werden. Mir erscheint das schrecklich aufwendig, aber den Menschen hier gefällt es.«

»Mein Volk erweist den Geistern Respekt«, erklärte Ansa. »Allerdings haben wir vergleichsweise schlichte Zeremonien. Ist es wahr, daß man hier auch Menschen opfert?«

Samis sah sich nach allen Seiten um, ob auch kein Granianer in Hörweite stand. »Ja, das stimmt«, sagte er leise. »Fremde sind bei diesen Ritualen aber nicht zugelassen. Ich rate dir, dich nicht zu sehr damit zu beschäftigen. Man hört immer wieder Geschichten von Fremden, die seltsamerweise genau dann spurlos verschwanden, als solche Opfer stattfanden.«

»Es hört sich gefährlich an, inmitten dieses Volkes zu leben.«

Der Kaufmann winkte abwehrend. »Gerüchte, nur Gerüchte. Ich selbst habe nichts in der Art erlebt. Menschen neigen dazu, Alltägliches zu übertreiben, obwohl sie in Wirklichkeit von weitaus größeren Gefahren umgeben sind.«

Ansa duckte sich, als ein Flederflieger, der einen winzigen Vogel verfolgte, dicht über ihn hinwegflog. Die ledrigen Flügel des Jägers waren so lang wie sein Arm. Beide Tiere verschwanden im üppigen Unterholz seitlich des Weges. An vielen Stellen bildeten die dichten Äste der Bäume ein Dach, so daß man wie durch einen dämmrigen grünen Tunnel ritt.

Von allen Seiten hörten sie Kreischen, Brüllen, Pfeifen, Trillern und andere Laute des Dschungels. Da man nicht weit sehen konnte, war die Geräuschkulisse überwältigend. Tiere riefen ihre Gefährten oder warnten Feinde, sich fernzuhalten. Dabei erhaschte man manchmal einen Blick auf farbenprächtiges Gefieder oder seltsame Körperformen. Einmal zuckte Ansa vor Schreck zusammen, als er das böse Gesicht eines Langhalses entdeckte. Urplötzlich verschwand es wieder, und er sah mit Erstaunen, daß es sich nur um das eigenartige Muster auf dem Rücken eines geflügelten Reptils handelte.

Es gab fleischfressende Pflanzen, die selbst kleine Vögel verzehrten, und Reisende erzählten, daß im Herzen des Dschungels riesige Verwandte dieser Pflanzen lauerten, die sich auf jeden arglosen Menschen stürzten. Aber auch in dieser Gegend gab es genug gefährliche Pflanzen. Durch den fortwährenden Wettkampf untereinander hatten viele von ihnen ungewöhnliche Überlebens- und Fortpflanzungsmethoden entwickelt. Man wurde gestochen und verbrannt, und einige Gewächse waren so giftig, daß man in ihrer Nähe Erstickungsanfälle bekam. Gerieten sie beim Sammeln von Feuerholz zwischen die Zweige und Äste, verursachten sie giftigen Rauch, sobald sie mit den Flammen in Berührung kamen. Eine Pflanze feuerte sogar pfeilspitze Samenkörner auf jedes Lebewesen ab, das in unmittelbarer Nähe vorüberging.

Schnell begriff Ansa, daß die größten Schönheiten oftmals tödliche Gefahren bargen. Die verwesenden Opfer reicherten den fruchtbaren Boden zusätzlich an.

Die Reisegesellschaft zog an einem Dorf vorbei, in dem die Menschen sich auf den umliegenden Feldern abplagten, die zahlreichen und niemals verschwindenden Unkräuter zu jäten.

»Ich habe Bauern, Feldarbeiter und einfache Dörfler gesehen«, meinte Ansa. »Auch den einen oder anderen Beamten des Königs, aber keinen einzigen Krieger. Gibt es hier keinen Krieg?«

»Da irrst du dich gewaltig«, antwortete Samis. »Die Soldaten sind in riesigen Festungen in Grenznähe oder an wichtigen Flußmündungen stationiert. Die Landbevölkerung besteht aus ruhigen und genügsamen Menschen, so daß man keine Bewaffneten braucht.

Der Herrscher des Landes«, fuhr der Händler fort, der sich für das Thema erwärmte, »gehört einem alten Kriegergeschlecht an, das Sono vor etlichen Generationen unterwarf. Die Soldaten stammen nicht aus Adelsfamilien, abgesehen von den Offizieren.«

»Wie kämpfen sie?« wollte Ansa wissen. »Sind sie beritten? Haben sie Bogenschützen und Speerwerfer?«

»Es gibt ein paar Truppen Bogenschützen, aber das Rückgrat der Heer bildet die hervorragend ausgebildete Infanterie, die mit Speeren und Äxten bewaffnet ist.«

Ansa sah sich um. »Das erscheint mir für den Kampf im Dschungel ausgesprochen ungünstig zu sein.«

»Sie kämpfen selten im Dschungel. Das macht niemand, soviel ich weiß. Das Hochland ist nur spärlich bewachsen, und dort ist die Luft viel klarer. Wenn sich die Könige des Südens bekämpfen, führen sie die Kriege dort. Außerdem gibt es häufig Streit wegen der besten Gebirgspässe und wichtigsten Städte.«

»Mein Leben lang hörte ich Geschichten über die großen Städte des Südens«, sagte Ansa und schlug nach einem Insekt, das sich auf seinem Nacken niederließ. »Bisher habe ich bloß Lehmhütten gesehen.«

»Der Dschungel eignet sich nicht für große Siedlungen«, erklärte Samis. »Wenn wir weiter nach Süden ziehen, wird das Land offener, und du wirst die großen Städte, weiten Felder und breiten Flüsse sehen. Wir reisen allmählich bergan, und schon morgen wirst du die Veränderung bemerken.«

»Danach sehne ich mich«, meinte Ansa. Sein Cabo scheute und sprang zur Seite, und er hatte Mühe, es zu beruhigen. »Und mein Cabo auch. Diese Insekten treiben das arme Tier noch zum Wahnsinn. Kein Wunder, daß die Leute im Süden keine Verwendung für berittene Truppen haben.«

»Stimmt«, sagte Samis und nickte. »Kein guter Platz für empfindliche, temperamentvolle Tiere. Nusks und

Buckler eignen sich besser, da sie dichtes Fell, dicke Haut und wenig Verstand besitzen. Aber hier ist es noch erträglich. Hinter dem Hochland senkt sich das Land zur Küste hin. Die dortigen Sümpfe sind so tödlich, daß dein Cabo keine zehn Tage überleben würde. Du wahrscheinlich auch nicht, obwohl dich die Arzneien der Schluchtdame eine Weile aufrecht halten würden.«

»Ich werde deinen Rat beherzigen und die Küste unter allen Umständen meiden.« Der Gedanke, an einer Krankheit elend dahinzusiechen, paßte nicht zu seiner Vorstellung vom Leben eines Abenteurers. Abends sprach er mit Fyana darüber.

»Ich kenne viele Arzneien«, erklärte sie ihm. »In der Schlucht weiß man, wie Krankheiten zu behandeln sind. Aber niemand weiß genau, was die Krankheiten *hervorruft*. Verseuchtes Wasser kann schuld sein oder Insektenstiche, aber sie sind nur der Überträger, nicht die Ursache. Mit Medizin behandeln wir Krankheiten und Verletzungen. Wir können den Schaden nur beheben oder ihn wenigstens verringern.«

»Manche Leute reden, als könntet ihr alle Krankheiten der Welt heilen.«

»Das kommt daher, weil die Menschen es glauben wollen. Deshalb gibt es auch so viele Scharlatane. Die Leute wünschen sich so sehr Heilung, daß sie alles glauben, was man ihnen erzählt.«

»Wie enttäuschend. Als Krieger muß man immer mit Verwundungen rechnen.«

»Wunden sind einfach zu behandeln«, versicherte ihm Fyana. »Gebrochene Knochen kann man richten, Schnitte kann man nähen. Es ist sehr schmerzhaft, aber ein Krieger kann das aushalten.«

»Natürlich«, sagte er voller Stolz.

»Es wäre aber vernünftiger, Verletzungen von vornherein aus dem Weg zu gehen.«

»Wie will man dabei Ehre erringen?«

Sie seufzte und strich sich mit der Hand über die Stirn, als müsse sie eine dunkle Erinnerung verscheuchen. »Manchmal frage ich mich, warum wir uns solche Mühe mit Heilen und Arzneien geben, wenn sich die Menschen darum reißen, sich einander Leid zuzufügen.«

Nach Ansas Auffassung war das eine ausgesprochen weibliche Einstellung, aber er hütete sich, Fyana darauf hinzuweisen.

Kapitel Sieben

Die riesige Streitmacht der schwarzen Schilde marschierte nach Süden, so schnell sie konnte. Dennoch war König Gasam nicht zufrieden und sehnte sich nach der Zeit zurück, in der sein Heer ausschließlich aus Shasinn bestand. *Sie* hätten die ganze Strecke im Laufschritt zurückgelegt. Vor acht Tagen waren sie auf Luos Krieger gestoßen und zogen nun gemeinsam den Fluß entlang nach Süden, um die hastig zusammengetrommelten Truppen des Feindes zwischen sich und Urliks Männern zu zermalmen.

Gasam wußte, daß die Nachricht über die Invasion bis zur Hauptstadt vorgedrungen war. Jetzt konnte er nichts mehr dagegen unternehmen, aber es war inzwischen auch egal, daß ihr Angriff nicht völlig überraschend kam. Selbst wenn König Mana den Herrscher von Sono oder die kleineren Nachbarn im Südosten um Hilfe bat, würde die Verstärkung nicht rechtzeitig eintreffen. König Gasams Kriege waren gnadenlos, grausam und blitzschnell vorüber. Ehe die anderen Herrscher merkten, was geschah, würde der neue Nachbar bereits an ihren Grenzen stehen. Ein wahrlich unfreundlicher Nachbar noch dazu.

Bei dem Gedanken lachte Gasam. Er liebte den Krieg, genoß das Pläneschmieden und die Vorbereitungen, die Kämpfe, das Blutvergießen und die Unterwerfung der Gegner. Es war angenehm, in der Hauptstadt zu leben und zu sehen, wie sich die Untertanen vor ihm in den Staub warfen. Es war eine Freude, die zitternden Gesandten anderer Länder zu empfangen. Aber nichts war so befriedigend wie ein erfolgreicher Krieg.

Das einzige, was ich vermisse, dachte er, während er mit schweißüberströmtem Oberkörper das Heer anführte, ist die Gegenwart meiner kleinen Königin. Es war der erste Feldzug, den sie nicht teilten.

Von Anfang an, als er nur ein junger Krieger mit hochfliegenden Träumen und sie die unverheiratete Tochter des Häuptlings war, hatten sie alles geteilt. In jenen Tagen verwirklichte er seine Pläne durch List und Verrat, und sie hatte ihm immer geholfen. Larissa kannte keine Skrupel und bewunderte seine Klugheit und seinen Mut. In späteren Jahren, als er durch Macht und Gewalt siegte, hatte sie diese Vorzüge ebenfalls zu schätzen gewußt.

Das sind die Bürden eines Königs, dachte er. Es war erhebend, die Welt zu unterjochen, aber das Herrschen zog Pflichten nach sich, auf die er gerne verzichtet hätte. Die Länder, die er besiegte, wurden zu einer Last. Er mußte für Wohlstand sorgen, wo er früher nur Vernichtung wollte. Einst hatte er geglaubt, die Aufgabe sei einfach zu meistern. Er wollte die Feinde vernichten, Städte und Dörfer auslöschen und das ganze Land in Weidegründe verwandeln. Für die Shasinn war die einzige eines Kriegers würdige Aufgabe das Hüten der Viehherden. Der Plan erwies sich als undurchführbar. Die Zivilisation war zäher, als er gedacht hatte. Die Kriegerstämme seiner Jugend waren zu klein, um seine ehrgeizigen Träume zu erfüllen. Große Heere benötigten Schiffe, Vorräte und ähnliches mehr, und all das konnte nur eine Zivilisation mit Ackerbau, Viehzucht, Bürokratie und einem Netzwerk von Straßen hervorbringen.

Im Gegenzug mußte er die notwendigen Menschen ertragen: Schreiber, Beamte, Aufseher, Diplomaten, Kaufleute und so fort. Anders als Handwerker mochte er diese Leute nicht. Handwerker waren zwar nicht mit Kriegern zu vergleichen, aber selbst Gasam mußte zugeben, daß er ohne sie auf nützliche Dinge wie Fernrohre und gute Waffen hätte verzichten müssen. Am meisten jedoch haßte er die Priester. Auf den heimatlichen Inseln hatten sich die Geistersprecher gegen seine Machtergreifung gewehrt. Als er sein Ziel erreichte, ließ er sie ausnahmslos umbringen.

Jetzt sehnte er sich danach, mit den Priestern ebenso zu verfahren. Er sah nutzlose Schmarotzer in ihnen, so wertlos wie die fetten Zecken, die er als Knabe aus der Haut der Kaggas gezogen hatte. Wie gerne hätte er sie ausgelöscht! Trotzdem hatten sie sich unentbehrlich gemacht. Wie durch Magie behaupteten sie mit ihren Tempeln, dem Götzendienst und endlosen Ritualen einen wichtigen Platz in der zivilisierten Gesellschaft.

Gasam fand heraus, daß er die besiegten Völker grausam unterdrücken konnte, ohne daß sie sich wehrten. Bedrohte er ihre Priester, rebellierten sie heftig. Was sie in den fetten faulen Dickwänsten sahen, wußte er beim besten Willen nicht. Sie lebten von dem, was ihnen die Menschen schenkten, und leisteten dafür absolut nichts. Ein weiterer Beweis, daß alle außer den Kriegern dumm waren und ein Leben in Sklaverei verdienten.

Zum Glück fand Larissa Gefallen an der Verwaltung seiner Eroberungen. Sie liebte es, neue Gebäude zu errichten, und freute sich, wenn die Besiegten zum Ruhme des Königs und der Königin arbeiteten. Außerdem verstand sie sich auf Diplomatie und korrespondierte mit anderen Monarchen. Sie hatte sogar Lesen gelernt, damit sie sicher sein konnte, daß die Schreiber ihre Worte richtig zu Papier brachten. Inzwischen verstand sie sich auch auf das Beeinflussen der Priester. Hierfür hatte ihr Königin Shazad von Neva viele gute Ratschläge gegeben.

Dennoch haßte er die Priester. Eines Tages würde er diese menschlichen Zecken vernichten. Wahrscheinlich erst, wenn er die ganze Welt erobert hatte, aber das war schließlich ebenso unausweichlich wie das Schicksal dieser Männer.

Gasam schüttelte die unangenehmen Gedanken ab. Heute war ein schöner Tag, wie geschaffen für eine Schlacht. Hinter sich hörte er seine Soldaten, roch ihren Schweiß und die Lust auf Blut. Die zurückliegenden Scharmützel hatten ihren Appetit angeregt. Es waren leichte und einfache Siege gewesen, die ihn wenig kosteten und viel einbrachten, als hätte sich der Kampfgeist des Heeres an den getöteten Feinden entzündet. So war es: Mit jedem ermordeten Gegner nahm die Kraft eines Kriegers zu. Er verschlang ganze Nationen, und deshalb war er auch der stärkste Mann der Welt.

Was noch wichtiger war: Die gewonnenen Schlachten hatten den jüngeren und unerfahrenen Kriegern gute Einblicke in die Kriegsführung gewährt. So waren sie besser auf die richtige Schlacht vorbereitet.

Er rechnete schon bald damit. Spätestens am nächsten Tag würden sie auf Urlik treffen, und irgendwo zwischen ihnen stand das Heer, das der feindliche König anführte. Er hatte keine Ahnung, wie groß es war, aber es handelte sich nur um einen Teil der gesamten Truppen von Gran, und seine Leute waren zahlenmäßig weit überlegen, wenn er sich mit Urlik zusammentat. Schon oft hatte er Armeen besiegt, die doppelt so stark wie seine Truppen waren. Schließlich war er ein Krieger und führte wahre Krieger an. Alle anderen waren nicht besser als Schlachtvieh.

Gasam hielt den Atem an, als er einen Späher erblickte, der auf ihn zugaloppierte. In den letzten beiden Tagen war das Land ein wenig offener geworden. Zur Zeit marschierten sie durch ein Gebiet mit weiten Feldern und sanft gewellten Hügeln. Die höheren Lagen waren dicht bewaldet, aber man konnte sie nicht mehr als Dschungel bezeichnen. Ein gutes Gelände für eine Schlacht, und er war sicher, daß der Späher eine Nachricht brachte, die den vor ihnen liegenden Kampf betraf. Der Mann zügelte sein Cabo und sprang aus dem Sattel. Er zog es an den Zügeln hinter sich her und paßte sich dem schnellen Schritt des Königs an. Der König verlangsamte seine Schritte nicht und blieb auch nicht stehen, um eine Botschaft entgegenzunehmen.

»Mein König, vor uns liegt das Heer von Sono, keine fünf Meilen die Straße entlang!«

»Wie groß ist es?«

»Ungefähr sieben Regimenter, zu gleichen Teilen leichte und schwere Infanterie.« Der Späher keuchte, da er einen anstrengenden Ritt hinter sich hatte.

»Mehr, als ich erwartete«, murmelte Gasam. »Egal.«

»So ist es, mein König! Sie wenden uns den Rücken zu.«

»Was?« schrie Gasam ungläubig.

»General Urlik bedrängt sie von vorne. Ihr Kommandeur ließ sie Aufstellung nehmen, und so wenden sie uns den Rücken zu. Urlik läßt seine Reiter und Bogenschützen ein großes Spektakel vollführen, hat aber gemäß deinen Befehlen noch nicht angegriffen!«

Gasam lachte schallend. »Fast möchte ich an die Götter glauben, von denen die Priester fortwährend schwafeln! So habe ich es geplant, hätte mir aber nicht träumen lassen, daß es so einfach sein wird. Späher, übersteht dein Cabo noch einen harten Ritt?«

»Mein Cabo und ich sind bereit, jeden Befehl des Königs auszuführen, auch wenn es uns das Leben kostet!«

Wieder lachte Gasam. »Guter Soldat! Reite zu General Urlik. Schlage einen Bogen um den Feind und halte dich außer Sichtweite. Urlik soll damit weitermachen. Innerhalb der nächsten beiden Stunden falle ich dem Feind in den Rücken. In dem Augenblick soll er angreifen. Sage ihm, er muß die linke Flanke schließen und den Weg zum Fluß freilassen. Wenn sie fliehen, laufen sie zum Wasser, wo wir sie in aller Ruhe vernichten.«

»Es wird geschehen, mein König!« Der Späher saß auf und galoppierte davon.

Vor langer Zeit hatte Gasam begriffen, wie unklug es war, einen Gegner vollständig einzukreisen, denn dann kämpften die Soldaten voller Verzweiflung um ihr Leben. Ein offener Fluchtweg dagegen ließ sie in kopfloser Hast davonrennen, auch wenn sie den Kampf hätten gewinnen können.

»Der Feind steht vor uns!« brüllte Gasam. Die hinter ihm marschierenden Krieger gaben die Nachricht weiter. Ein dumpfes Grollen drang aus den Kehlen der Männer, wie das Knurren eines Raubtieres. »Beeilt euch!« rief er. »Wir fallen wie eine Horde Nachtkatzen über sie her und verschlingen sie! Folgt mir!«

Er verfiel in Laufschritt. Hinter ihm beschleunigte das ganze Heer sein Tempo. Die Männer stimmten einen Sprechgesang an, der jedesmal, wenn der linke Fuß den Boden berührte, von einem heiseren Schrei unterbrochen wurde. Am liebsten wäre Gasam davongestürmt, aber er mußte dem Boten Zeit lassen, Urlik zu erreichen. Außerdem sollten die Männer frisch in die Schlacht ziehen. Hätte das Heer nur aus Shasinn bestanden, wäre er dennoch gerannt, aber die schwächeren Soldaten mußten berücksichtigt werden.

Sein Blut geriet in Wallung, während er an der Spitze seiner Truppen dahineilte. Dafür war er geboren worden, deshalb stand er über allen anderen Männern. Wenn er an das bevorstehende Morden dachte, wurde ihm fast schwindlig vor Aufregung. Sein berühmter Stahlspeer zog ihn förmlich voran, und er konnte kaum erwarten, das Blut der Feinde zu vergießen.

Nach einer Stunde erreichten sie eine scharfe Kurve, wo der Weg leicht bergauf führte. Dort erwarteten ihn vier Späher. Sie waren zurückgeblieben, um den Gegner im Auge zu behalten, während ihr Gefährte General

Urlik benachrichtigte. Gasam hob grüßend den Speer, und das ganze Heer blieb stehen.

»Mein König«, sagte der älteste Späher, »schreite zur Kuppe des Hügels, dann siehst du die Feinde vor dir.«

»Wunderbar! Haben sie euch bemerkt?«

»Nein. Sie sind so beschäftigt, daß sie nicht einmal Wächter aufstellten. General Urlik vollführt einen derartigen Wirbel, daß sie annehmen, unser ganzes Heer läge vor ihnen. Ich vermute, er wiegt sie in dem Glauben, wir hätten sie bei Nacht umgangen und uns im Schutze der Dunkelheit mit seinen Leuten vereint.«

»Es könnte gar nicht besser laufen!« freute sich Gasam und rannte den Hügel empor. Nach hundert Schritten erreichte er die Kuppe, wo sich die Straße gemächlich bergab schlängelte. In einer halben Meile Entfernung bot sich ihm ein herzerfrischender Anblick: Ein in ordentlichen Reihen aufmarschiertes, gut bewaffnetes Heer drehte ihm den Rücken zu. Er begriff nicht, wie ein fähiger Kommandeur, der seine Männer so geordnet aufstellte, so nachlässig sein konnte, die Straße nach Norden völlig unbewacht zu lassen. Luo und die übrigen Offiziere waren ihm gefolgt, hielten sich aber im Hintergrund. Er bedeutete ihnen, sich zu ihm zu gesellen, und sie starrten entgeistert auf das vor ihnen liegende Schauspiel.

»Sie könnten uns sehen, drehen sich aber nicht ein einziges Mal um«, sagte Gasam verwundert. Hinter dem feindlichen Heer erhob sich eine hohe Staubwolke – zweifellos Urliks Truppen, die alle Blicke auf sich lenkten.

»Das ist unglaublich!« bemerkte ein kahlgeschorener Insulaner. Ruhelos wirbelte er seine Kriegsaxt hin und her.

»Was ihr vor euch seht, ist ein Heer, das hervorragend disziplinierte untere Ränge hat, sehr gute Truppenführer und völlige Narren im Oberkommando. Die guten

Soldaten haben sich auf einen harten Kampf vorbereitet, aber ihre Befehlshaber lassen sie im Stich.« Seine Offiziere nickten zustimmend.

»Nun, es ist wirklich erstaunlich, aber jetzt ist es an der Zeit, zu kämpfen. Ihr wißt, was zu tun ist. Ich führe meine Truppe im Halbkreis voran. Ihr sorgt mit den aus dem Süden stammenden Soldaten dafür, daß die Mitte gestärkt ist. Die Burschen da unten sehen zäh aus, auch wenn wir sie überraschend angreifen. Stellt euch auf, aber leise! Kein Gesang, kein Schlagen auf die Schilde! Ich will die Überraschung bis zum letzten Augenblick bewahren. Wenn ihr fertig seid, gebe ich den Befehl zum Angriff. Sicher ist unser ganzes Heer aufmarschiert, ehe sie uns sehen.« Er spähte zum dichten Unterholz zu beiden Seiten der Straße hinüber. »Schade, daß wir uns nicht am Abhang aufbauen und gleich in Kampfaufstellung über den Hügel marschieren können, aber was soll's. An die Arbeit!«

Die Offiziere eilten zu ihren Einheiten. Die bloßen Füße der Männer verursachten nur leise schlurfende Geräusche, als sie behende über die Hügelkuppe schritten. Jeder Soldat hielt die Waffen ein Stück vom Körper entfernt, damit sie nicht gegen die Schilde stießen. Mit seinem Speer deutete Gasam auf die Plätze, die sie einnehmen sollten. Im Mittelpunkt des Heeres bezog die fähigste Infanterietruppe Stellung, die mit besonders langen Schilden und Speeren ausgerüstet war. Letztere hatte Gasam anfertigen lassen, um die Kampfkraft der Männer zu unterstützen, da er an ihren Nahkampffähigkeiten zweifelte. Als alle bereit waren, hob er den Speer und stieß ihn erst nach vorn und dann nach unten in die Richtung des Feindes. Da ihm das Schlachtfeld keinen besonderen Aussichtspunkt bot, verweilte er in der ersten Reihe – etwas, das er seit vielen Jahren nicht mehr getan und schmerzlich vermißt hatte.

Wunderbarerweise hatten die Feinde sie noch immer

nicht entdeckt. Erst jetzt blickten ein paar Soldaten über die Schultern. Sekunden später starrten ganze Einheiten mit vor Entsetzen weit aufgerissenen Augen nach hinten. Jetzt gab es keinen Grund zum Schweigen mehr. Lauthals stimmte er ein uraltes Kriegslied der Shasinn an. Sofort stimmten die Soldaten ein, stampften mit den Füßen im Takt und schlugen mit den Speergriffen gegen die Schilde. Gasam wußte, daß der sich den Feinden bietende Anblick wahrlich entsetzlich war, als sich der riesige Halbkreis von Barbaren langsam in ihrem Rücken näherte. Die Speere funkelten im Sonnenlicht, Federn bogen sich im Wind, Ohrringe und Kriegsbemalung leuchteten grell. Die schwarzen Schilde bildeten eine Mauer des Todes.

Zum Dröhnen der Fanfaren und dem Schrillen der Pfeifen wichen die Feinde trotz ihrer Furcht geordnet zurück und machten gemeinsam kehrt. Offiziere beeilten sich, zur neuen Front zu gelangen. Die kupferfarbenen Gesichter waren bleich, denn die Männer begriffen, daß sie den ganzen Morgen an der Nase herumgeführt worden waren und das Hauptheer sie überrascht hatte.

Unaufhaltsam marschierten die schwarzen Schilde voran. Gasam erhob nicht die Stimme, um zu verhandeln oder dem Feind die Möglichkeit zu geben, die Waffen niederzulegen. Er war hier, um die Gegner zu töten, und genau das würde er auch tun. Aus den hinteren Reihen des Halbmondes flogen Pfeile auf die gegnerischen Linien zu. Erst jetzt fiel ihm auf, daß er die beste Zielscheibe für die Feinde bot, da er vor seinen Soldaten hermarschierte. Kaum merklich verlangsamte er seine Schritte, damit das Heer aufschloß. Der lange Shasinnschild schützte ihn vor Pfeilen, aber es war unsinnig, sich wegen einer heroischen Geste umbringen zu lassen.

Mit lautem Gebrüll prallten die Armeen aufeinander. Gasam fand sich einem grimmig aussehenden sonoanischen Krieger gegenüber, der seinen Schild ein wenig zu langsam hob. So schnell wie die Zunge einer Echse glitt der Speer in den Hals des Mannes und wieder heraus. Ein anderen Krieger ersetzte den Gefallenen, und Gasam tauschte ein paar Paraden und Attacken mit ihm aus. Dabei bewunderte er die Geschicklichkeit und die Standhaftigkeit des anderen. Kurz darauf umringte ihn eine Truppe ebenso standhafter Chiwaner, die mit Äxten und Kurzschwertern bewaffnet waren, mit denen sie wie Metzger hantierten. Zwei der Krieger hielten schützend die Schilde vor ihn, um ihn vor weiteren Angriffen der Sonoaner zu bewahren. Trotz seines Blutrausches hörte er die Stimme des chiwanischen Offiziers an seinem Ohr: »Begib dich zurück, mein König. Das hier ist unsere Arbeit.«

Gasam wich zurück, und die schwarzen Reihen schlossen sich vor ihm. Er hielt seinen Schild hoch über den Kopf, um sich vor Pfeilen, Wurfspeeren und anderen Geschossen zu schützen. Bald hatte er die letzte Reihe hinter sich gelassen und warf einen Blick zurück auf die Kämpfenden. Der Lärm zweier Armeen in tödlicher Umklammerung war überwältigend.

Gasam schüttelte sich und versuchte, seine Gedanken zu ordnen. Er hatte sich hinreißen lassen wie ein junger Krieger im ersten Blutrausch. Das ging nicht. Er mußte seinen Truppen Befehle erteilen. Außerdem galt es, einen Feldzug zu gewinnen und ein Reich zu regieren. Es war an der Zeit, seinen Platz als König und Eroberer einzunehmen.

Er lief nach rechts, bis er den Ort erreichte, an dem sich seine und Urliks Leute bemühten, die feindliche Flanke zu umzingeln und zu zermalmen. Seit dem Zusammenprall der Fronten war nicht mehr festzustellen, ob es sich um die rechte oder die linke Flanke handelte. Wichtig war nur, daß sie landeinwärts lag, während die andere zum Fluß hin zeigte.

Der Lärm der schreienden, kämpfenden Männer und

das Klirren der Waffen war unbeschreiblich. Über die Köpfe der Fußsoldaten hinweg sah er berittene feindliche Offiziere, deren Befehle ungehört verhallten. Sie versuchten, eine Schlacht zu lenken, aber Gasam wußte, wie vergeblich ihre Bemühungen waren. Nichts zählte mehr, nur noch der zermürbende Kampf Mann gegen Mann.

Endlich erspähte er Urlik, der nach vorne gebeugt auf seinem Cabo saß, die Hände auf den Sattelknauf gestützt, ein breites Grinsen im Gesicht.

»Wieder einmal ein herrlicher Kampf, mein König!« rief er, als Gasam näher kam.

»Es scheint so, aber von hier aus läßt sich nicht viel erkennen.« Sie reichten sich die Hände, und Urlik brüllte nach seinen Berittenen, um eine Plattform zu schaffen. Die beiden kräftigsten Männer stellten sich Steigbügel an Steigbügel nebeneinander und hielten einen Schild zwischen sich. Gasam kletterte hinauf und wurde von den vor Anstrengung grunzenden Kriegern emporgehoben und auf Armeslänge in die Höhe gehalten. Von diesem wackligen Ausguck beobachtete er die Schlacht.

Die Sonoaner, die auf drei Seiten von Feinden umzingelt waren, wichen langsam zum Fluß zurück. Sie standen inzwischen so dicht nebeneinander, daß sie ihre Waffen nicht mehr ungehindert einsetzen konnten, und es gab kaum eine Möglichkeit, nicht auf die Leichname der Gefallenen zu treten. Die schwankende Masse hatte keine Ähnlichkeit mehr mit einem geordnet kämpfenden Heer, und Gasam wunderte sich, daß sie überhaupt noch standhielt.

Er befand sich noch nicht lange auf dem luftigen Ausguck, als der unausweichliche Zusammenbruch erfolgte. Ein halbes Dutzend Krieger warf die Waffen fort und rannte zum Fluß, um in wilder Hast zum jenseitigen Ufer zu schwimmen. Andere beobachteten sie und folgten ihrem Beispiel. Mit unglaublicher Geschwindigkeit schien das gesamte Heer fast gleichzeitig zusammenzubrechen. Wo kurz zuvor Männer noch heftige Gegenwehr leisteten, bemühten sie sich jetzt ebensosehr, ihre Kameraden beiseite zu stoßen oder über sie hinwegzuklettern, um sich in den rettenden Fluß zu stürzen.

Gasam rief einen Befehl, und die Offiziere, denen die Bogenschützen unterstanden, zogen ihre Männer aus dem Kampf zurück und ließen sie am Ufer Aufstellung nehmen, um die Schwimmenden mit Pfeilen einzudecken.

An Land begann das eigentliche Morden. Solange die Soldaten in geordneten Reihen kämpften, gab es wenige Verletzte, und sie vermochten sich selbst gegen sehr geschickte Krieger zu verteidigen. Als sie jedoch die Waffen fortwarfen und den Feinden den ungeschützten Rücken zuwandten, wurde das Töten zu einem reinen Gemetzel.

Die Sonoaner wurden Dutzendweise abgeschlachtet, und Gasams Soldaten erlitten keine weiteren Verluste. Statt der üblichen Kampfbegeisterung ergriff viele ein wahrer Blutrausch. Manche Krieger versuchten, ihre Speere und Schwerter durch so viele Rücken wie möglich zu treiben. Andere hackten und stachen auf am Boden liegende Feinde ein und richteten sie so zu, bis sie nicht mehr als menschliche Körper zu erkennen waren.

Unter den Schwimmern herrschte inzwischen solche Panik, daß mehr Männer durch Ertrinken als durch Pfeile umkamen. Blind vor Angst kletterten sie auf die Schultern ihrer Gefährten, die sie noch vor wenigen Augenblicken wie Brüder geliebt hatten, denn nun war nichts wichtiger als ein letzter Atemzug.

Gasam verließ seinen Ausguck. Es gab nichts Wichtiges mehr zu sehen. Das Töten war überall gleich. Der Geruch des Blutes und des Todes waren ein Genuß.

Huldvoll nahm Gasam die Jubelrufe der Offiziere entgegen, die sich vom Schlachtfeld zurückgezogen hatten, da das Abschlachten wehrloser Männer keine Anführer erforderte.

»Was glaubst du, wie viele werden entkommen?« fragte Gasam einen chiwanischen Offizier, der die Bogenschützen befehligte.

»Nicht mehr als sechzig oder achtzig Soldaten, mein König«, antwortete der Mann und sprang von seinem Cabo. Der Herrscher mochte es nicht, wenn er zu Untergebenen aufschauen mußte.

»Gut. Jenseits des Flusses wird es keine Verfolgungsjagd geben. Es müssen genügend Flüchtlinge entkommen, um die Nachricht über die Niederlage zu verbreiten, sonst wird der König behaupten, es sei nichts geschehen.«

»Die Männer geraten außer Rand und Band, mein König«, meldete Luo, ein Offizier, der Disziplinlosigkeit verabscheute.

»Sie sollen sich austoben!« befahl Gasam. »Sie dürfen nur nicht untereinander kämpfen. Die Burschen haben einen langen Marsch hinter sich und eine Schlacht gewonnen. Es hält sich kein nennenswerter Gegner in der Nähe auf, also dürfen sie feiern.« Seine Offiziere nickten zustimmend, obwohl Luo dem Morden mit Abscheu zusah.

Zu seiner Überraschung merkte Gasam, daß er müde war. Nie zuvor hatte er sich nach einer Schlacht müde gefühlt, auch wenn sie noch so anstrengend war. Der lange Marsch und der Kampf hatten an seiner Kraft gezehrt. Vielleicht hat Larissa recht, dachte er. Vielleicht werde ich langsam alt.

»Komm mit ins Lager, mein König«, sagte Urlik. »Du wirst hier nicht gebraucht, und wir können uns ausruhen. Seit unserer letzten Begegnung hast du abgenommen, und du solltest dich ein wenig erholen.«

»Ein guter Vorschlag«, stimmte Gasam zu. Gemeinsam verließen sie das Schlachtfeld, und Urlik führte sein Cabo am Zügel hinter sich her.

Eine Viertelmeile vom Schlachtfeld entfernt entdeckte Gasam zu seinem größten Erstaunen ein prunkvolles Zeltlager, in dem auch etliche Hütten im Inselstil standen. Wohin er auch sah, überall stapelten sich Vorräte, Weinkrüge und Futter für die Tiere. Gefangene kümmerten sich um die Versorgung der Krieger und der Verwundeten, die man vom Kampfplatz herübergebracht hatte.

»Ich wußte gar nicht, daß du durch ein so reiches Land gezogen bist!« erklärte Gasam hocherfreut. Urlik wies auf einen gut gepolsterten Stuhl, der vor dem größten Zelt stand, und der König ließ sich nieder, ehe er einen Becher annahm, den ihm eine Sklavin reichte.

»Nicht reicher als das, welches du hinter dir ließest. Erinnerst du dich daran, daß ich sagte, ich hätte eine neue Aufgabe für meine Reiter gefunden?«

»Ich erinnere mich.«

»Nun, das ist sie! Vergiß ihren Einsatz im Kampf, der nicht viel nützt, oder als Späher, der nicht viel besser ist. Was sie wirklich gut können, ist plündern! Sobald wir uns auf Feindesland befanden, schickte ich sie los. Nicht in kleinen Gruppen, sondern als starke Truppe mit fünfzig oder hundert Reitern. Sie hatten nur eine Aufgabe: Vorräte für die Heer und die Tiere zu besorgen.« Urlik stützte den Fuß auf ein Faß und beugte sich vor. »Wie oft haben wir nicht schon gehungert, obwohl wir durch reiche Länder zogen? Und warum? Weil die Bauern und Bürger wußten, daß wir kommen, und sie ihre besten Vorräte versteckten. Wenn die Reiter vorauseilen und in breiter Linie ausziehen, überraschen sie die Menschen und treiben sie uns mitsamt ihren Herden in die Arme. Während des Marsches haben wir gut gelebt. Natürlich ließ ich die

Männer nicht allzuviel tragen, um ihr Tempo nicht zu beeinträchtigen, aber sie durften sich jeden Tag auf eine gute Abendmahlzeit freuen. Als wir den Fluß erreichten, ließ ich das Lager errichten, und wir trugen die Habe der ganzen Gegend zusammen. Weißt du, warum ich das tat?«

»Weil du ein bequemes Leben liebst?«

Urlik grinste. »Liebt das nicht jeder Mann? Nein, es lieferte mir eine Entschuldigung, um hier zu bleiben. Die Sonoaner sahen, was wir hier schützten, und kamen gar nicht auf die Idee, es könne sich um einen Vorwand handeln. Sie nahmen an, daß nur ein riesiges Heer soviel Beute machen kann.«

»Das hätte ich an ihrer Stelle auch gedacht«, meinte Gasam. »Früher haben wir nur so viel erbeutet, wenn wir eine große Stadt eroberten.« Er lehnte sich im Stuhl zurück und genoß den Wein, der seine trockene Kehle erfrischte.

»Was geschieht jetzt?« erkundigte sich Urlik.

»Wir bleiben ein paar Tage hier. Männer und Tiere haben wunde Füße und brauchen ein wenig Ruhe. Heute abend dürfen sie feiern. Morgen erholen sie sich von der Feier. Übermorgen bringen wir wieder Ordnung in die Truppen. Dann müssen wir eine geeignete Furt ausfindig machen.«

»Ich hörte, daß es zwei Tagesmärsche südlich von hier eine Brücke gibt«, erklärte Urlik.

»Dann schicken wir morgen Reiter aus, um sie zu sichern.« Gasam dachte eine Weile nach. »Ich sende eine Truppe meiner Chiwaner zur Bewachung dorthin. Sonst kommt noch jemand auf den Gedanken, sie vor unserer Ankunft zu zerstören.«

»Ja, die Gefahr besteht«, nickte Urlik. Ihm fiel auf, daß der König ungewöhnlich melancholisch wirkte. »Bedrückt dich etwas, mein König?«

»Ich wünschte, Larissa wäre hier«, antwortete Gasam

und deutete auf die gräßliche Szene am Fluß. »Sie verpaßt das alles.«

»Wir alle vermissen die Königin«, sagte Urlik. Er hatte noch kein Paar erlebt, das so aneinander hing wie Gasam und Larissa. Sie waren anders als andere Menschen.

In jener Nacht herrschte unbeschreiblicher Trubel im Lager. Außer Essen, Trinken und der Vergewaltigung der einheimischen Frauen, die Urliks Reiter zusammengetrieben hatten, gab es noch andere Vergnügungen. Unter Gasams Anhängern gab es viele, die sich an Folterungen ergötzten, und andere, deren Religionen Menschenopfer zum Dank für den Sieg forderten. Für alle gab es genügend Gefangene, an denen sie sich austoben durften.

Seit langem belohnte Gasam seine Männer auf diese Weise für einen Sieg, hatte aber strenge Vorschriften erlassen. Schlägereien waren verboten. Wenn Kämpfe ausbrachen, wurde jeder Teilnehmer auf der Stelle getötet. Wenn die Krieger ihre religiösen Zeremonien abhielten, durfte weder Magie noch Wahrsagerei ausgeübt werden, da er derlei seiner Autorität und der allgemeinen Moral für abträglich hielt.

Nach Mitternacht loderten die Feuer noch immer hell empor, und die Schreie der Opfer gellten durch die Nacht. Mit bekümmerter Miene näherte sich Luo dem König. Gasam lag in seinem Stuhl, die Augen blutunterlaufen, die Lider geschwollen. Er hatte ungewöhnlich viel gegessen und getrunken.

»Mein König«, begann Luo zögernd, »dort hinten unter den Bäumen geht etwas Furchtbares vor sich. Es handelt sich um die Krieger aus dem Süden, unter anderem auch um die Frauen.« Er deutete auf ein Wäldchen in ungefähr hundert Schritten Entfernung vom Lager. Das flackernde Licht eines Feuers drang durch die Bäume.

Gasam runzelte die Stirn. »Prügeln sie sich?«

»Schlimmer. Sie haben ein paar Gefangene mitgenommen.«

»Na und? Sollen sie sich amüsieren. Ich befahl, daß morgen früh keine Gefangenen mehr am Leben sein dürfen.«

»Nun, es ist etwas anderes«, sagte Luo mit unverhohlenem Widerwillen. »Sie … nun, sie *essen* die Gefangenen!«

Gasam wirkte nicht entsetzt, sondern fasziniert. »Wirklich? Darüber vernahm ich Gerüchte, habe sie aber nicht geglaubt. Es muß zu einem Ritual gehören. Schließlich haben wir genügend Fleischvorräte im Lager.«

»Willst du nichts dagegen unternehmen?« wollte Luo wissen.

»Warum sollte ich? Sie verstoßen gegen keinen Befehl. Außerdem reisen Gerüchte noch schneller als mein Heer. Diese nette Sitte wird noch mehr Furcht mit meinem Namen verbinden und meine Feinde noch stärker erzittern lassen. Feinde und Gefangene sind nichts als Vieh, also können sie auch ruhig verzehrt werden. Laß sie in Ruhe speisen, Luo.«

Der Offizier zog sich bekümmert zurück. Gasam wußte, daß die Shasinn nicht mochten, daß er anderen Rassen besondere Freiheiten gewährte. Sie neideten den Kriegerinnen die Gunst des Königs. Solange sie gehorchten, war ihm ihre Unzufriedenheit egal. Schwerfällig stand er auf und schritt auf das Wäldchen zu, aus dem eigenartige Geräusche drangen. Diese Geschehnisse mußte er mit eigenen Augen beobachten.

Kapitel Acht

Wie der Kaufmann Samis versprochen hatte, erwies sich das Hochland von Gran als bedeutend angenehmer als der Dschungel, durch den sie bisher gereist waren.

Es gab weniger dichten Bewuchs, der zudem teilweise gerodet worden war. Außerdem lebten hier viel mehr Menschen, und die sanften Hügel waren von sorgfältig bearbeiteten Feldern bedeckt, die unter den Händen der Bauern gediehen. Alle paar Meilen stießen sie auf ein Dorf oder eine kleine Stadt und entdeckten die ersten der sagenumwobenen Tempel des Landes.

Die Gebäude waren von unterschiedlicher Form und Bauweise, aber stets schien die Höhe eine besondere Rolle zu spielen. Manche sahen wie Pyramiden aus, die sich auf rechteckigem oder gar dreieckigem Grundriß nach oben hin verjüngten. Andere waren kegelförmige Türme mit spiraligen Treppen oder Rampen. Aus jeder Tempelspitze stieg Rauch auf, und oft erblickten die Reisenden Prozessionen.

Ansa war zufrieden. Er hatte hochentwickelte fremde Länder sehen wollen, und das war der Anfang. Sie ritten über eine gut gepflasterte Straße, die in der Mitte eine geringe Wölbung aufwies, damit das Wasser ablaufen konnte, und an den Seiten von Randsteinen begrenzt wurde.

In diesem Teil des Landes herrschte vorbildliche Ordnung, und in regelmäßigen Abständen erreichten sie gut ausgestattete Rastplätze, wo sie die Nacht verbringen konnten, ohne sich in ein Dorf zwängen oder auf dem Land eines widerwilligen Bauern kampieren zu müssen.

Einmal ritten sie an einem Militärlager vorbei, und Ansa blieb eine Weile stehen, um mehreren hundert Soldaten beim Exerzieren zuzuschauen. Die Männer trugen wattierte Brustpanzer aus Bambusstäben und die Offiziere Rüstungen aus Leder, die mit Bronze gepanzert waren. Ihre Bronzehelme waren mit hohen Federbüschen verziert.

Die abgehackt wirkenden Bewegungen empfand Ansa als merkwürdig, da er nur an die berittenen Bogenschützen seines Vaterlandes gewöhnt war. Das Marschieren in langen Reihen sah seltsam und unsinnig aus. Er konnte sich nicht vorstellen, wie die Soldaten auf freiem Feld kämpfen sollten. Auf Trompetensignale machten sie kehrt, blieben stehen, hoben und senkten die Speere, bildeten eine Mauer aus Schilden oder gingen rückwärts. Die erste Reihe kniete hinter den Schilden nieder, und die beiden Reihen dahinter hielten dem Angreifer eine Hecke aus Speerspitzen entgegen. Dann wieder hoben alle Soldaten die Schilde über den Kopf, so daß ein schützendes Dach entstand.

Es war faszinierend anzusehen, mußte aber für einen Soldaten furchtbar langweilig sein, dachte Ansa. Das stete Wiederholen der gleichen Übungen erschien ihm geistlos. Aber vielleicht war gerade das beabsichtigt. Sein Vater und andere Männer, die sich schon einmal in zivilisierten Ländern aufgehalten hatten, berichteten immer wieder, daß es bei dieser Art des Kampfes nur auf einen Willen ankam, auf den des Anführers. Trotzdem sah es langweilig aus.

»Morgen erreichen wir die Hauptstadt«, sagte er zu Fyana.

»Ich weiß.« Sie wirkte niedergeschlagen, was er nicht

verstand. Die Aussicht, endlich eine große Stadt kennenzulernen, erfüllte ihn mit Vorfreude.

»Der Gedanke scheint dir nicht zu behagen.«

»Stimmt. Mir ist alles so fremd. Es gefällt mir nicht, und ich befürchte, in einer Stadt wird es noch eigenartiger sein.«

»Mir ist es nicht weniger fremd«, meinte Ansa, »aber ich finde es aufregend, eben weil es neu und ganz anders als alles ist, was ich bisher erlebte.«

»Du stammst von einem Nomadenvolk ab«, erklärte Fyana. »Wir Schluchtler sind völlig anders. Wir verlassen unsere Heimat nur selten. Ich glaube, wir sind so mit unserem Land verwachsen, daß wir in der Ferne verkümmern.« Sie schwieg eine Weile. »Ich bin froh, daß du bei mir bist. Dir macht unsere Unternehmung wenigstens Spaß.«

Ansa war überrascht. Bisher war seine Gefährtin selbstbewußt, kühl und beinahe schon bis zur Arroganz beherrscht gewesen, wie man es ihrem Volk nachsagte. Jetzt, fern von der Heimat und ihren Angehörigen, wurde sie menschlicher und kam Ansa wie ein unsicheres junges Mädchen vor.

»Es geht vorbei«, versicherte er ihr. »Es dauert eine Weile, bis man sich an das neue Leben gewöhnt. Bisher warst du nie von deinem Volk getrennt. Nach geraumer Zeit wirst du die Veränderungen genießen, und dein früheres Leben wird dir vergleichsweise langweilig vorkommen.«

»Da bin ich mir nicht so sicher.« Sie lächelte plötzlich. »Danke, daß du mir Trost spendest. Ich wollte dir keine mißmutige Gefährtin sein.«

»Denke immer daran, daß ich dich beschütze. Dir kann nichts Schlimmes geschehen.«

»Ich will daran denken.« Sie lächelte noch immer.

Trotz seiner stetig wachsenden Erfahrung überwältigte ihn der Anblick der Stadt. Der Ort, dessen Name übersetzt nichts anderes als ›die große Stadt‹ bedeutete, lag auf einer riesigen, von Bergen umgebenen Ebene. Von einigen Bergspitzen stieg Rauch auf.

Als sie heranritten, ging die Sonne hinter der Stadt auf, und zuerst dachte Ansa, einen seltsam geformten Berg vor sich zu haben. Erst als sie näher kamen, begriff er, daß er ein von Menschenhand geschaffenes Gebilde vor sich sah. Die hohe Mauer war nicht glatt, sondern stieg schräg empor bis zu einer Brüstung etwa siebzig oder achtzig Fuß über dem Boden. Die Mauer war von Pflanzen überwuchert, und kleine Bäume hier und da verstärkten noch den Eindruck, es handele sich um einen Berg.

Über der Brüstung erhoben sich unbeschreiblich viele Gebäude, die an den Hängen eines natürlichen oder künstlichen Hügels klebten. Ansa konnte keine Einzelheiten erkennen, aber die auffallendsten Gebäude schienen die allseits beliebten Tempel zu sein. Genau in der Mitte des Ortes stand ein kegelförmiger Tempel, dessen Spitze wie eine Spirale zulief. Er war höher als alle anderen Gebäude und wurde an Masse nur noch von der Stadtmauer übertroffen.

Als sie nicht mehr weit von der Stadt entfernt waren, befanden sie sich nach kurzen Zeit eingekeilt in einem Gewühl aus Karawanen, Bauernkarren und Wanderern.

Manche der Lasttiere waren Ansa gänzlich unbekannt, obwohl die meisten zu den Bucklern und Nusks gehörten, die es in einer unglaublichen Vielfalt gab. Er sah nur wenige Cabos, stellte aber erleichtert fest, daß sie seinem Tier fast bis aufs Haar glichen. Offenbar gehörte das Cabo zu den Rassen, die überall gleich aussahen.

Der Anblick des seltsamen, hoch über ihm aufragenden Ortes raubte Ansa viel von seiner früheren Selbstsicherheit. Die wie ein steinernes Ungeheuer brütenden Mauern schüchterten ihn ein, und er war sicher, daß das

Volk, das einen solchen Ort erbaut hatte, vollkommen anders war als alle, die er bisher kennengelernt hatte. Wie mochten diese Menschen aussehen?

Auch bei näherer Betrachtung der Mauer fühlte er sich nicht besser. Die riesigen Grundsteine zu beiden Seiten des Stadttores waren mindestens zehn Fuß hoch und vierzig Fuß lang. Ansa vermochte sich nicht vorzustellen, mit welchem Arbeitsaufwand man sie aus dem Steinbruch gehauen und transportiert, geschweige denn, wie man sie zu einer Mauer zusammengefügt hatte. Er wies Fyana darauf hin, die neben ihm ritt.

»Bestimmt kann man so etwas nur mit Magie bewältigen«, meinte er.

Sie schüttelte den Kopf, ebenso ratlos wie er. »Ich weiß es nicht. Riesen müssen die Arbeit erledigt haben.«

Die Torflügel aus dicken Holzbalken waren mit Bronze beschlagen. Dahinter führte die Straße wie eine Rampe bergauf und endete auf einem riesigen Marktplatz, der mit Pferchen und Ständen übersät war. Am Rand des freien Platzes standen Lagerhäuser und Geschäfte größerer Händler.

Sie hatten sich von ihren Reisegefährten verabschiedet. Obwohl sie hier fremd waren, machten ihnen die Leute auf dem Markt bereitwillig Platz und verhielten sich fast schon untertänig. Anscheinend galten Caboreiter als wohlhabend oder gar als Adlige. Einmal begegnete ihnen eine größere Gruppe Reiter, und Ansa sah zum ersten Mal die vornehmen Krieger, von denen Samis erzählt hatte.

Ihre Hautfarbe war so dunkel wie die der anderen Einheimischen, aber die Gesichter waren feiner geschnitten, mit Hakennasen und dünnen Lippen. Das schwarze Haar fiel in Wellen bis auf die Schultern, und keiner der Reiter trug den weiten Lendenschurz, das Kleidungsstück der unteren Klassen, sondern enganliegende Hosen sowie Hemden mit kurzen, kunstvoll bestickten Lederwesten. Lange, schmale Schwerter mit verzierten Griffen steckten in den Scheiden, und sämtliche Reiter trugen kostbaren Schmuck aus Gold oder Silber mit Edelsteinen. Sie warfen ihm herablassende Blicke zu, die er erwiderte. Ansa war nicht daran gewöhnt, demütig den Blick zu senken, und sah keinen Anlaß, jetzt damit zu beginnen.

»Wir brauchen einen Schlafplatz«, erinnerte ihn Fyana.

»Was schlägst du vor?«

»Wir fragen jemanden. In einer Stadt, in der es von Besuchern nur so wimmelt, muß es viele Gasthöfe geben.«

Er sah sich zweifelnd um. »Vielleicht sollten wir vor den Stadtmauern lagern.«

»Du suchst nur eine Entschuldigung, weil du dich hier nicht wohl fühlst. Nun, mir geht es genauso, aber wir bleiben hier. Es ist der geeignetste Ort, um Neuigkeiten zu erfahren. Also bitte, erkundige dich!«

Ansa ergab sich in sein Schicksal. In der Nähe des Marktplatzes entdeckten sie zahlreiche Gasthöfe, die aber völlig überfüllt, schmutzig und von Ungeziefer verseucht waren. Ihre Suche führte sie den felsigen Berg hinauf. Gegen Mittag stießen sie auf eine Herberge, die für wohlhabende Reisende gedacht war. Dort stellten sie die Cabos unter und mieteten zwei große, miteinander verbundene Zimmer mit einem Balkon, der einen großartigen Ausblick über die Stadt und die unter ihnen liegende Ebene gewährte. Die Räume waren sauber und mit Vorhängen, Tischen und Kissen ausgestattet. Ansa nahm sich ein Kissen und setzte sich auf den Balkon, während eine Dienerin ihre Mahlzeit brachte. Er entschied, daß er sich an dieses Leben gewöhnen könnte.

Fyana gesellte sich zu ihm. »Ist das nicht besser als noch eine Nacht unter freiem Himmel?« Sie brach ein

Stück Brot von dem duftenden Laib ab und tunkte es in Honig.

Ansa nahm sich einen Fleischspieß. »Bis jetzt ist es erträglich. Was machen wir später?«

»Ich werde in der Stadt verbreiten lassen, daß ich Arzneien verkaufe. Manche sind sehr teuer und äußerst selten. Das wird Menschen von Adel anlocken, vielleicht sogar Leute vom Königshof. Wenn wir mit ihnen reden, erfahren wir sicherlich mehr über Gasams Invasion.«

»Wie kommst du darauf, daß sich edle Damen und Herren mit zwei einfachen Wanderern aus der Wüste unterhalten?«

»Die Menschen reden mit Leuten, von denen sie hoffen, geheilt zu werden.« Sie runzelte die Stirn. »Sicher, es ist kein besonders einfallsreicher Plan, aber mir fällt im Augenblick nichts Besseres ein.«

Ansa zuckte die Achseln. »Er ist ein paar Tage Aufenthalt wert. Wenn wir nichts herausbekommen, reisen wir nach Westen in Richtung Sono. An der Grenze erfahren wir bestimmt etwas.«

Sie sah ihn prüfend an. »Du bist gar nicht so wild darauf, den Auftrag zu erfüllen, nicht wahr? Er dient bloß als Entschuldigung, umherzureisen und fremde Länder kennenzulernen.«

»Ich glaube, daß alles, was wir tun, wenig nutzen wird. Mein Vater und Gasam wurden geboren, um einander zu vernichten, und genauso wird es eines Tages geschehen. Bisher habe ich nur wenige Südländer gesehen, habe aber nicht den Eindruck, daß sie Gasam aufhalten können. Eher schließen sie sich ihm kampflos an.«

»Möchtest du es denn nicht erfahren, falls es geschieht?«

»Doch, es könnte nützlich sein.« Er neigte sich vor. »Was würdet ihr Schluchtler tun, wenn Gasam nach Norden marschiert?«

»Niemand hat uns je besiegt«, erklärte Fyana.

»Ihr wurdet auch noch nie von jemandem wie Gasam bedrängt. In deinem Land sah ich, daß dein Volk nicht groß ist und weit verstreut lebt, selbst wenn man die Zone mit einrechnet. Alles, was wir hier erfahren, wird euch wenig nützen, wenn er angreift.«

»Wissen ist immer nützlich«, entgegnete sie und lächelte. »Außerdem kann das Sammeln von Wissen Spaß machen. Jetzt schweig endlich und iß! Das ist die erste gute Mahlzeit, die wir seit Tagen bekommen haben.«

Dagegen gab es nichts einzuwenden, und so langten sie herzhaft zu. Später verließ Ansa die Herberge, um sich in der Stadt umzusehen, während Fyana sich baden und ausruhen wollte.

Was für ein ungewöhnliches Gefühl, dachte Ansa. In den Dörfern war man immer von offenem Land umgeben. Hier kletterte er einen Berg hinauf, der ein Teil der Stadt war, oder in ein Tal hinab, das ebenfalls dazugehörte.

Neben der Herberge erhob sich ein Tempel. Auf dem Dach ragten drei hohe Säulen in den Himmel. Auf jeder Säule stand die Statue eines Wesens mit Fledermausflügeln. Wahrscheinlich handelte es sich um Gottheiten. Er prägte sich den Anblick ein, da er sicher war, sich im Gewirr der Straßen und Gassen bald zu verirren.

Nie zuvor hatte er so viele Menschen auf so engem Raum gesehen. Die meisten Straßen waren so schmal, daß man sich seitwärts drehen mußte, um Entgegenkommende vorbeizulassen. Oft führten sie steil bergan und bestanden teilweise nur aus Stufen. Außer auf den Marktplätzen schien es keine Trennung zwischen Wohnhäusern und Kaufmannsläden zu geben. Das Erdgeschoß der meisten Gebäude wurde von Lagerräumen oder Geschäften eingenommen, über denen sich Wohnungen befanden. Überall ragten Balkone in die Gassen und verwandelten sie in regelrechte Tunnel. Menschen lehnten sich über die Balkongeländer, um mit den Nachbarn aus den gegenüberliegenden Häusern zu plaudern oder das Treiben auf den Straßen zu beobachten.

Obwohl die Stadt gänzlich aus Stein zu bestehen schien, mangelte es nicht an Pflanzen. Die meisten Balkone hatten liebevoll gepflegte Blumenkästen. Schlingpflanzen erfreuten sich großer Beliebtheit, und von manchen Gebäuden hingen dichte grüne Vorhänge herab, die die Köpfe der Vorübergehenden streiften. Mancherorts schritt Ansa über einen dünnen Teppich aus Blättern und Blüten, wofür er dankbar war. Es milderte den Anblick der Steinwüste ein wenig.

Ihm fiel auf, daß ihn die Menschen unauffällig beobachteten. Man war an Fremde gewöhnt, aber nicht an seinesgleichen. Vielleicht hätte er die Waffen in der Herberge lassen sollen. Speer und Bogen waren dort geblieben, aber den Dolch und das Schwert hatte er angelegt. Jetzt bemerkte er, daß niemand bewaffnet war, von den Adligen und ein paar Stadtwachen einmal abgesehen. Nun, solange man ihn nicht zur Rede stellte, war es egal. Schließlich war er ein Krieger, und alle Krieger liefen bewaffnet einher.

Immer wieder kam er an Tempeln vorüber. Die meisten waren große Gebäude mit dunklen Innenräumen, aus denen Weihrauchwolken, mißtönende Musik und rhythmische Gesänge drangen. Andere waren hochaufragende Steintürme, auf deren Spitze sich Schreine und Altäre befanden. Neugierig starrte er hinauf, wagte aber nicht, sie ungebeten zu erklimmen. Er hatte gehört, daß die Menschen zivilisierter Länder ihre Religion sehr ernst nahmen und das Eindringen eines Fremden unter Umständen als Frevel ansahen.

Auch über die Märkte wunderte sich Ansa. Auf dem großen Platz hinter dem Stadttor wurden sämtliche Waren angeboten, welche die Karawanen täglich in die

Stadt brachten. Die kleineren Märkte, die sich über die ganze Stadt verteilten, waren anders. Jeder widmete sich einer bestimmten Warenart. Es gab viele Plätze, auf denen nur Lebensmittel verkauft wurden. Hier pries jemand frisches Fleisch an, dort roch es durchdringend nach Fisch. Neben einem Verkaufstisch standen große Wasserbehälter, aus denen lebende Fische verkauft wurden. Für Gemüse und Obst gab es besondere Märkte. Der nach frischem Brot duftende Bäckermarkt lag neben dem der Gewürzhändler.

Das Klingen der Hämmer verriet ihm, daß er sich dem Viertel der Schmiede näherte. Dort gab es einen Schmuckmarkt, wo er viele schöne Stücke entdeckte, die seine Geldmittel aber weit überstiegen. Nie zuvor hatte Ansa eine solche Fülle von Gold, Silber, Perlen, Juwelen, Korallen und anderen Kostbarkeiten gesehen. Viele der Kundinnen, die an den Ständen weilten, gehörten zur Aristokratie. Sie waren von hochgewachsener, vornehmer Gestalt und in feinste Stoffe gehüllt. Lockige Haare türmten sich auf den Köpfen zu komplizierten Frisuren, und die Gesichter erschienen ihm unter der dicken Schminke wie starre Masken. Ansa fand, daß die meisten ohne die Bemalung sehr hübsch gewesen wären. Manche Frauen warfen ihm neugierige Blicke zu, was ihre Leibwächter veranlaßte, ihn mit steinerner Miene zu beobachten. Die Wachen gehörten einer ihm unbekannten Rasse an. Sie hatten bleiche Haut, waren kahlköpfig, riesengroß und besaßen ausladende Bäuche, die jedoch nicht über die gewaltige Körperkraft hinwegtäuschten.

Ein paar Straßen weiter stieß er auf einen besonders interessanten Markt, auf dem Waffen verkauft wurden. Ansa entdeckte eine große Auswahl an guten Dolchen und Schwertern, die zum größten Teil aus Bronze oder aus Bronze mit Stahlrand bestanden, fand aber auch ein paar stählerne Waffen – ein Beweis, daß die Stahlmine seines Vaters Auswirkungen bis hierher zeigte. Früher konnten sich nur Könige und der Hochadel solche Waffen leisten.

Er bewunderte die Schönheit der Bronzewaffen. Stahl haftete eine strenge Nüchternheit an, aber Bronze bot viel mehr Möglichkeiten für Verzierungen und war leicht zu formen. Die warme rotgoldene Farbe erfreute das Auge auf beinahe sinnliche Weise, mit der sich das karge Silbergrau des Stahls nicht messen konnte.

Ein paar Läden boten vollständige Rüstungen und Helme aus Bronze feil, die auch den Ansprüchen der höchsten Offiziere gerecht wurden. Ansa sah keinen Sinn darin, da sie in der Schlacht eher hinderlich waren, mußte aber zugeben, daß sie beeindruckend aussahen. Es gab nirgendwo Bögen wie den seinen, dafür aber viele gute Langbögen aus Bambus, die mit Sehnen umwickelt waren. Er probierte ein paar aus und entdeckte, daß sie fast so gut wie sein Bogen waren, allerdings zu lang, um sie vom Sattel aus zu benutzen. Die Pfeile bestanden ebenfalls aus Bambus und waren perfekt geformt. Die Spitzen waren aus unterschiedlichen Materialien, und von runden Holzknäufen für die Vogeljagd bis hin zu schweren Bronzeköpfen gab es sämtliche nur denkbaren Formen zu kaufen. Ansa entdeckte sogar wie Birnen aussehende, hohle Spitzen mit Löchern, die während des Fluges die verschiedensten Pfeiftöne ausstießen.

An einem Stand hatte ein Händler Steinwaffen in seinem Angebot. Auch bei den Steppenbewohnern sah man oftmals Steinäxte und Kriegshämmer. Da nur wenige Krieger seines Volkes sich in Rüstungen kleideten, waren diese Waffen ebenso tödlich wie die bedeutend teureren aus Stahl. Die Leute im Süden nutzten Steine in viel größerer Vielfalt, und manche der ausgestellten Waren sahen wunderschön aus. Eine Steinaxt gefiel Ansa besonders gut. Der Kopf mit der Doppelklinge stammte von einem eigenartigen grünen Stein, den man so lange poliert hatte, bis er wie Jade glänzte. Der schmale Schaft bestand aus festem, biegsamem Holz, der mit kunstvoll geflochtenen Lederbändern umwickelt war. Die Bänder hielten die Waffe an der Stelle zusammen, wo sich der Schaft und der Kopf trafen. Das Ganze war so fest, als sei es aus einem einzigen Felsbrocken gefertigt, und der biegsame Griff verstärkte die Kraft jeden Hiebes noch. Als er die Axt locker in der herabhängenden Hand hielt, berührte der Kopf gerade den Boden. Ansa fand, daß die Waffe die perfekte Länge hatte, um auf Armeslänge geschwungen zu werden.

Der Preis war nicht hoch, aber er verhandelte entschlossen und betonte, daß Steinwaffen veraltet waren und im Gegensatz zu Bronze und Stahl aus der Mode kamen. Außerdem bemängelte er jegliches Fehlen von Juwelen oder Goldverzierungen.

Zufrieden verließ er den Marktplatz. Nichts war so gut geeignet, ihn in gute Laune zu versetzen, wie der Kauf einer neuen Waffe. Er steckte den Griff in den Gürtel. Der Kopf aus grünem Stein fühlte sich gut an, und die schmalen Kanten waren nicht besonders scharf, da die Axt eher wie ein Hammer als ein Schneidewerkzeug wirkte. Er entschied, daß er in Zukunft den Reiseumhang tragen wollte, um die stattliche Ausrüstung vor neugierigen Blicken zu verbergen.

Da er kein bestimmtes Ziel hatte, wanderte er gemächlich bergauf. Hier standen die Gebäude nicht mehr so dicht gedrängt wie im unteren Teil der Stadt, und er kam an herrschaftlichen Villen vorbei, die in sorgsam angelegten Gärten lagen. Hier mußten die Adligen leben. Wachen standen vor den Toren und betrachteten ihn mit mißtrauischen Blicken, hielten ihn aber nicht an. Die Straßen waren breiter und weniger belebt als zuvor. Händler trugen Waren in die Häuser, deren Bewohner keinen Gefallen daran fanden, sich auf überfüllten Marktplätzen unters Volk zu mischen.

»Krieger!« Ansa wußte, daß er der einzige war, auf den diese Anrede paßte, und sah suchend in die Richtung, aus der die Stimme kam. Eine Frau beugte sich über eine Terrassenmauer. Lange dichte Kinderlocken rahmten das mit einer dicken Puderschicht bedeckte Gesicht einer vornehmen Dame ein. Sie stützte sich auf die Ellbogen; die Unterarme bedeckten unzählige Armreifen aus Gold und Silber.

»Ja?«

»Sprichst du Granianisch?«

»Wenn du nicht zu schnell redest, verstehe ich dich.«

»Woher kommst du?« Sie fragte ohne höfliche Vorrede, und er überlegte, ob es daran lag, daß sie mit einem Mann aus dem Volke redete.

»Ich stamme aus der Steppe nördlich der Wüste.«

»Gehört sie nicht zum Reich Haels, des Stahlkönigs?«

Diesen Titel vernahm er zum ersten Mal. »Ja. Ich heiße Ansa und bin ein Krieger vom Stamme der … Ramdi.« Er mußte kurz überlegen, welche Herkunft er sich zurechtgelegt hatte.

»Krieger Ansa, würdest du hereinkommen? Ich möchte mit dir reden.«

»Gerne«, antwortete er. Wie seltsam, dachte Ansa, aber in seiner Heimat lehnte man keine Einladung in das Haus eines Fremden ab, ohne denjenigen schwer zu beleidigen. Dennoch ermahnte er sich, auf der Hut zu sein. Vielleicht stammte er von einem Volk ab, das im Gegensatz zu diesem barbarisch war, aber dennoch wußte er um die Gefahr, die ein eifersüchtiger Ehemann darstellte.

Eine Tür in der Mauer wurde geöffnet, und ein alter Mann ließ ihn ein. Dahinter erwartete ihn einer der Riesen mit dem eisigen Blick, die den vornehmen Frauen als Leibwächter dienten. Ansa trat ein. Fast schien es, als schritte er erneut durch das Stadttor, da sofort hinter der Tür eine Treppe begann, die auf einer weitläufigen Terrasse endete, die von hohen Hecken und farbenprächtigen Blumen gesäumt wurde. Dahinter erhob sich ein von Grünpflanzen fast verdecktes Haus, aber der Leibwächter führte ihn zu einer Balustrade, wo Marmorbänke zum Sitzen einluden und sich dem Betrachter ein atemberaubender Blick über die Stadt und die umliegenden Ländereien bot. Die Frau lehnte an der Balustrade und wandte sich bei seinem Nahen um.

»Willkommen, Krieger Ansa«, sagte sie mit leichter Verneigung und einladender Handbewegung. Sie lächelte, und im ersten Moment glaubte der entsetzte Ansa, sie habe keine Zähne. Bei genauerem Hinsehen erkannte er, daß ihre Zähne schwarz lackiert waren. Es schien ihm absurd, aber nicht schlimmer als der Rest der Gesichtsbemalung. Die Augen waren schwarz umrandet, das Gesicht kalkweiß geschminkt. Sogar die Augenbrauen bedeckte die weiße Farbe, und sie waren mit roten Strichen mitten auf der Stirn nachgezeichnet. Runde rote Flecke schmückten die hohen Wangenknochen. Unter den Augen waren winzige blaue Tränen aufgemalt. Sie hatte purpurrote Lippen, und wenn sie blinzelte, leuchteten die Augenlider gelb auf.

Ansa legte die Fingerspitzen der rechten Hand auf die Stelle oberhalb des Herzens und sagte: »Ich werde dein Heim schützen.« Das war ehrlich gemeint. Gemäß der Sitte seines Volkes war es seine Pflicht, das Haus zu schützen, solange er dessen Gastlichkeit genoß.

Sie verneigte sich noch ein wenig tiefer. »Dein Leben liegt mir am Herzen. Dein Glück nicht weniger.« Sie bemerkte, wie er neugierig über die Balustrade spähte. »Manchmal vergesse ich, wie überwältigend der Ausblick ist. Bist du zum erstenmal in der Stadt?«

»Ja. Die Schönheit meines Landes ist so groß, daß ich dachte, der Rest der Welt sei nicht damit zu vergleichen. Jetzt weiß ich, daß ich mich irrte. Diese Aussicht ist wahrhaft unbeschreiblich. Den ganzen Tag wanderte ich durch die Straßen, um einen guten Überblick zu bekommen, aber nie hätte ich mir träumen lassen, daß es so grandios sein würde.«

»Ich möchte nicht prahlen«, meinte die Frau, »aber in der ganzen Stadt gibt es kaum einen besseren Aussichtspunkt als diese Terrasse.«

»Davon bin ich überzeugt«, stimmte Ansa zu. »Wenn ich nach Norden schaue, glaube ich fast, bis in meine Heimat sehen zu können.«

»Nun, ganz so weit sieht man nicht, aber dennoch weiter als von jedem anderen Ort aus.«

Nachdem sie dieses Thema erschöpft hatten, wartete Ansa darauf, den Grund für die Einladung zu erfahren. Er kannte die örtlichen Sitten nicht und wollte keinen Anstoß durch eine voreilige Frage erregen.

»Bitte komm herein und genieße meine Gastfreundschaft«, sagte die Frau.

»Gerne.« Er folgte ihr zwischen den Pflanzen hindurch zum Haus. Ihr kostbares Seidengewand flatterte im leichten Windhauch. Es bestand aus zahlreichen Schichten, von denen jede für sich durchsichtig war. Übereinander verhüllten sie ihre Gestalt mit milchigem Schimmer. Bei jedem Schritt klimperten die schweren Armreifen. Die dicke Schminke machte es unmöglich, ihr Alter zu bestimmen, aber ihre Hände waren glatt und straff, und sie hatte den Gang einer jungen Frau. Der Leibwächter folgte ihnen in einigem Abstand.

Die Blumen, die anscheinend eine Leidenschaft der vornehmen Leute waren, erfüllten die Luft mit ihrem schwerem Duft. In der Stadt hatte Ansa einen Markt gesehen, der nichts als Blumen verkaufte.

Verglichen mit den Hütten seiner Heimat kam ihm das Haus riesig vor, war aber keineswegs so groß wie die meisten Villen, die er während der vergangenen Stunde gesehen hatte.

Der alte Sklave öffnete die Haustür, die zu Ansas Erstaunen auf Rollen zur Seite glitt. Sie traten ein, und er staunte noch mehr über das seltsame bunte Licht im Inneren des Gebäudes. Die Fenster bestanden aus farbigem Glas, und durch gläserne Oberlichter drang gedämpftes Tageslicht. In seiner Heimat stellte Glas eine Seltenheit dar, obwohl die Häuser seines Vaters Scheiben besaßen, die man mühsam aus Neva herbeigeschafft hatte.

Die Wände waren mit Ornamenten oder blühenden Ranken bemalt. In kunstvoll verzierten Becken brannte Weihrauch, offensichtlich nur um des Duftes willen und nicht aus religiösen Gründen. Während sie die Eingangshalle durchquerten, musterte ihn die Frau eingehend.

»Du bist ... gut bewaffnet für einen Mann, der einen Spaziergang macht.«

»Als Krieger gehe ich niemals ohne Waffen aus. Das habe ich seit meiner Kindheit nicht mehr getan.«

»Wunderbar«, erklärte sie aus ihm verborgenen Gründen und führte ihn in einen kleinen Raum, in dem eine Wand vollständig aus blauem Glas bestand. Mit einer Geste bot sie ihm einen dick gepolsterten Stuhl an. Ansa war nicht an Stühle gewöhnt, fand dieses Exemplar jedoch äußerst bequem. Die Frau nahm ihm gegenüber Platz. Zwischen ihnen stand ein kleiner Tisch, auf dem herbeieilende Dienerinnen Weinkrüge, Becher und Teller mit köstlich aussehenden Speisen abstellten. Ansa war keineswegs hungrig, spürte aber, daß sie kein ernsthaftes Gespräch beginnen würde, wenn er die üblichen Spielregeln der Höflichkeit nicht einhielt. Also wählte er eine kleine Pastete aus, biß in die knusprige Teighülle und genoß das scharf gewürzte Fleisch. Es schmeckte köstlich, und er wünschte, richtigen Appetit zu haben, um die Speisen gebührend würdigen zu können. Dann nippte er an dem Becher mit mildem, rosigem Wein und wartete schweigend ab.

»Du hast ausgezeichnete Manieren für einen ...« Sie brach ab.

»Für einen Barbaren?«

»Nun, das Wort hätte ich nicht benutzt«, meinte sie. Ansa sah nicht, ob sie errötete, schloß aber vom Klang der Stimme darauf. »Bist du ein Prinz deines Volkes?«

»Ich bin von hoher Geburt«, sagte er vorsichtig. Er wollte seine wahre Herkunft nicht enthüllen, aber es konnte nicht schaden, dieser Frau klarzumachen, daß er ihr ebenbürtig war.

»Das dachte ich mir. Bist du nicht heute morgen in Begleitung einer sehr jungen Frau aus der Schlucht eingetroffen?«

Er war stolz, sich keine Überraschung anmerken zu lassen. »Warst du am Stadttor oder verbreiten sich Neuigkeiten in der Stadt immer so schnell?«

Sie lachte und hielt sich ein Taschentuch vor den Mund. »Letzteres. Wir langweilen uns oft, und von allen Ausländern sieht man Schluchtler am seltensten. Sogar Männer aus der Steppe kommen öfter hierher. Von Zeit zu Zeit begegnete ich Abgesandten König Haels, aber in meinem ganzen Leben sah ich erst zwei Schluchtler, und das waren alte Männer, die dennoch sehr gut aussahen.«

»Ja, es ist ein Volk von großer Schönheit«, stimmte Ansa zu. »Darf ich annehmen, daß die Dame Fyana der wahre Gegenstand deiner Neugier ist?«

»Oh, ich wollte euch beide kennenlernen! Allerdings gibt es einen bestimmten Grund, warum ich jemanden aus der Schlucht treffen möchte. Ich hätte die Dame aufgesucht, wenn ich dich nicht zufällig erblickt hätte. Glaubst du, sie wird mich besuchen, oder hat sie bereits Verabredungen getroffen?«

»Ich bin sicher, sie wird deine Einladung gerne annehmen.« Ansa war erleichtert. Immer noch dachte er mit Unbehagen an den riesigen Leibwächter und einen eifersüchtigen Ehemann. Vielleicht konnte diese Frau ihnen sagen, was sie wissen wollten. Wenn sie Gesandte seines Vaters getroffen hatte, mußte sie Zugang zum Hof haben.

»Was soll ich ihr sagen, wer die Einladung ausspricht?«

Wieder bedeckte sie ihr Gesicht, diesmal zum Zeichen der Beschämung. »Oh, vergib mir! Meine Manieren wurden durch meine Neugier verdrängt. Ich bin Lady Yasha H'Aptli.« Der zweite Teil des Namens enthielt einen kehligen Laut, der Ansa unbekannt war.

»Wann sollen wir dich aufsuchen?« erkundigte er sich und gab ihr zu verstehen, daß er Fyana begleiten würde.

»Ich bin sicher, die Dame möchte sich nach der anstrengenden Reise ausruhen. Wenn sie sich morgen abend bei Sonnenuntergang hierher bemühen möchte, wäre es mir eine große Ehre, sie zu empfangen. Sie muß auch nicht den Berg hinaufsteigen. Ich habe Ställe für eure Cabos.« Sie redete mit einer Sklavin, und das Mädchen lief davon, um wenig später mit einer kleinen Schachtel zurückzukehren, die Ansa feierlich überreicht wurde.

»Bitte nimm das als Gastgeschenk an. So ist es Brauch.«

Er nahm die Schachtel entgegen, die von nicht unbeträchtlichem Wert war und aus kostbarem Holz und Elfenbein bestand. Was auch immer sie enthielt: Es war recht schwer. Er verabschiedete sich, und ein Sklave brachte ihn bis zum Tor.

Ansas Füße schmerzten vom stundenlangen Herumwandern. Er war dankbar, daß es bergab ging. Er hatte einen langen Tag hinter sich und freute sich darauf, Fyana von seinen Erlebnissen zu berichten.

Kapitel Neun

Die Königin genoß das Reiten, nachdem sie sich erst einmal daran gewöhnt hatte. Am dritten Tag ließ sie das Lammfell vom Sattel entfernen, und am achten Tag verzichtete sie auf den Sattel. Das Gefühl, ein so mächtiges Tier zwischen den Schenkeln zu spüren, bereitete ihr sinnliches Vergnügen. Das weiche Fell und die starken Muskeln schmiegten sich an ihre Haut. Die runden Wirbel des Rückgrates massierten sie auf intimste Weise.

Nach der Enge der Stadt empfand sie den Ritt im weiten Land als beglückend, und wenn ihre Freude sie zu überwältigen drohte, rief sie sich ins Gedächtnis, daß ihre Reise einen überaus ernsten Grund hatte. Die Landschaft war wunderschön. Larissa fühlte sich eng mit den üppig wuchernden Pflanzen und der Vielzahl wild lebender Tiere verbunden. Beim Anblick der lustigen Kunststücke der in dieser Gegend besonders zahlreichen Baummännchen lachte sie vergnügt wie ein junges Mädchen. Die winzigen Kreaturen unterschieden sich je nach Rasse stark voneinander: Einige besaßen dichtes glänzendes Fell, andere dagegen waren fast kahl und hatten leuchtend rote Kehrseiten.

Die Männer erlegten so viel Wild, daß sie ihre mitgebrachten Vorräte nicht angreifen mußten. Das war gut so, denn schon bald würden sie Gegenden erreichen, über die das Heer ihres Gemahls wie ein hungriger Heuschreckenschwarm hergefallen war.

Allabendlich, wenn sie am Lagerfeuer saßen, befragte Larissa die beiden Spione nach Haels Stahlmine. Sie wollte jede Einzelheit über ihre Reise, die Landschaft und die Menschen wissen, die dort lebten. Auch Kleinigkeiten mochten sich einst als bedeutsam erweisen. Die Männer waren für sie wie Schwämme, die sie bis zum letzten Tropfen auswringen wollte. Da die beiden Meister ihres Faches waren, antworteten sie geduldig und erklärten jede Etappe der Suche wieder und wieder, bis die Königin endlich zufrieden war und sich jeden Satz eingeprägt hatte.

Eines Abends verließ sie das Feuer und wanderte ein Stück weit in den dunklen Wald hinein. Angeblich wollte sie einem natürlichen Bedürfnis nachgehen, in Wahrheit jedoch verlangte es sie danach, endlich einmal allein zu sein. Vielleicht war das unklug, da sie keine Ahnung hatte, welche Raubtiere durch die nächtlichen Wälder streiften, aber sicherlich gab es hier nichts annähernd so Schreckliches wie die riesigen Langhälse ihrer Inselheimat.

Der Gedanke an die Langhälse erinnerte sie an Hael. Vor vielen Jahren hatte er sie vor einem Langhals gerettet. Hael liebte es, allein im Wald umherzustreifen, wie sie es jetzt tat. Er behauptete, dort würden die Geister zu ihm sprechen. Sie verscheuchte ihn aus ihren Gedanken. Unsinnigerweise hatte sie ein leichtes Schuldgefühl wegen ihres Verrates bis heute nicht überwunden.

Sie hörte keine Geisterstimmen, aber der Waldboden fühlte sich unter den nackten Füßen angenehm an. Der erdige Geruch wirkte beruhigend. Es gefiel ihr, als Königin in einer großen Stadt zu leben, aber sie würde dort nie ganz heimisch sein. Schließlich war sie auf einer Insel wilder Volksstämme aufgewachsen und hatte zu viele aufregende Jahre mit Gasam verbracht, in denen sie die Inseln und einen Teil des Festlandes unterwarfen; Jahre des Kampfes, des Blutvergießens und der Ruhelosigkeit. Sie eignete sich nicht für ein geruhsames Leben, auch wenn sie sich noch so sehr mit dem

Bau neuer Gebäude, der Spionage und diplomatischen Angelegenheiten beschäftigte.

Von rechts ertönte ein dumpfes Knurren. Eine Gänsehaut überlief Larissa, die Nackenhaare sträubten sich, und ihre Brustwarzen richteten sich auf. Angestrengt spähte sie in die Dunkelheit. Machte sich eine Raubkatze zum Angriff bereit? Sie überlegte, ob sie das Tier lange genug mit dem kleinen Speer abwehren konnte, bis ihre Leibwächter zu Hilfe eilten. Larissa dachte an die lauernde Kreatur: Bestimmt war sie groß und pelzig, vielleicht erinnerte ihre Gestalt vage an einen Menschen. Sie stellte sich vor, wie sich die Krallen in ihr Fleisch gruben, wie sie unter dem Gewicht des Angriffs zusammenbrach und ihr der Katzengeruch in die Nase stieg, während ihr Blut im Erdboden versickerte. Der Gedanke war seltsam erregend, und mit zitternden Knien blieb sie stehen.

Eine Weile wartete sie ab, aber es war nichts mehr zu hören. Sie wandte sich um und ging auf das tröstliche Licht der Feuer zu.

Als sie das Gebirge hinter sich ließen, war die Spur der Vernichtung, die das Heer hinterlassen hatte, nicht zu übersehen. Sie kamen an zerstörten Dörfern und halb verhungerten Menschen vorbei. Bei ihrem Anblick flohen die Leute oder warfen sich voller Furcht zu Boden. Ihr Gemahl verstand sich darauf, Menschen zu unterwerfen. Sie hatte kein Mitleid mit den Elendsgestalten, die sie auf der Reise sah. Sklaven verdienten ihr Schicksal. Die Schwachen verdienten, von den Starken beherrscht zu werden. Niederlagen gehörten zum Leben der Einfältigen, der Schwächlinge und der Narren. Wenn die Leute nicht als Sklaven enden wollten, konnten sie sich immer noch für den Tod entscheiden.

Nun mußten sie auf ihre Vorräte zurückgreifen oder Jäger ausschicken, die sich in Gebiete weit vom Weg des Heerzuges gelegen wagten. Das mißfiel Larissa, da es ihr Vorankommen beeinträchtigte, aber hin und wieder mußten sie frische Nahrung zu sich nehmen. Zum Glück gab es genügend Weideland für die Cabos. Da das Heer nur wenige Tiere mit sich führte, herrschte kein Mangel an Gras.

Sie erreichten den Fluß und stießen auf eine Geisterstadt, in der sich kein menschliches Leben regte. Aasfresser streiften durch die rauchgeschwärzten Ruinen und taten sich an den überall herumliegenden Knochen gütlich, an denen oftmals noch Fleisch haftete.

»Der Ort hat nicht lange standgehalten«, meinte Bada, der Kommandeur der Leibwache. »Viel zu klein, und die Mauer war auch nichts wert.«

»Sicher eine gute Gelegenheit, die jungen Krieger Blut schmecken zu lassen.« Larissa sah sich um und bemerkte die neidischen Gesichter ihrer Begleiter. Genau wie Pendu ärgerten sie sich, fernab vom Schlachtgetümmel zu sein.

Sie lächelte ihnen zu. »Keine Bange, mein Gebieter wird euch noch genügend Gelegenheit zum Töten geben.« Sie grinsten verlegen, denn sie verehrten Larissa und hatten Angst, ihre Gedanken könnten als Unbotmäßigkeit ausgelegt werden.

Der Pfad der Vernichtung führte nach Süden, am Fluß entlang. Wieder stießen sie auf ein Schlachtfeld, diesmal auf einer Ebene, wo Gasams Truppen mit Luos Soldaten zusammengetroffen waren.

»Genau wie der König plante!« rief Larissa. »Er zermalmte die Feinde zwischen seinen und Luos Männern!« Ihre Wächter stocherten in den Knochen und zerbrochenen Waffen herum, um die Zahl der Feinde abzuschätzen.

»Der König irrt sich nie«, erklärte Bada. »Alle seine Feinde unterliegen ihm.«

»Das stimmt. Laßt uns weiterreiten. Vielleicht holen wir ihn vor dem nächsten Kampf ein.«

Es kam aber anders. Weiter im Süden stießen sie auf die Überbleibsel eines noch größeren Gemetzels. An dieser Stelle mußte der dritte Teil des Heeres hinzugekommen sein, und die Sonoaner waren zwischen Urliks und Gasams Truppen zermalmt worden.

»Wenigstens nähern wir uns ihnen allmählich«, meinte Bada und rümpfte die Nase. Die Leichen waren jetzt weniger verwest als zuvor, und Aasfresser wühlten die Eingeweide ans Tageslicht. Haufenweise lagen Tote herum, deren Bäuche durch die Hitze aufgequollen waren. Die beiden Spione sahen eindeutig krank aus. Sie waren harte Männer, aber der durchdringende Verwesungsgeruch war auch für abgebrühte Veteranen schwer zu ertragen. Die jüngsten Krieger der Leibwache bemühten sich, ein gleichgültiges Gesicht beim Anblick des Massenmordes aufzusetzen, wirkten aber nicht überzeugend.

Larissa fand ebenfalls keinen Gefallen an der Szene. Sie liebte Blut, aber nur, wenn es frisch war.

»Meine Königin!« rief ein Krieger. »Du solltest dir das hier ansehen.«

Sie folgte ihm zu einem kleinen Wäldchen, wo eine Gruppe Shasinn um die Überreste eines Feuers stand. Sie gestikulierten und unterhielten sich im Flüsterton. Larissa, Bada und die Spione sprangen von den Cabos. Auch hier lagen Knochen herum, aber sie hatten rußgeschwärzte Enden. An einem hölzernen Spieß steckte ein durch den Rauch ausgetrockneter menschlicher Arm.

»Die Leute hier müssen kurz vor dem Hungertod stehen«, meinte Haffle, »wenn sie ein Schlachtfeld nach solchen Überresten absuchen.«

Larissa bemerkte ein Glitzern inmitten der Asche und stieß vorsichtig mit dem Zeh danach. Sie legte einen dünnen Silberring mit tränenförmigem Anhänger frei. Solchen Schmuck trugen die weiblichen Krieger in den durchstochenen Brustwarzen. Sie lächelte vergnügt.

»Nein«, meinte sie. »Ich glaube, die Lieblingskriegerinnen des Königs machen ihrem schlechten Ruf alle Ehre.« Sogar Bada sah sie entsetzt an.

»Ich bitte euch! Wir gehen viel schlimmer mit Lebenden um. Warum stellt ihr euch so an, wenn es sich um Tote handelt?«

Bada war mutig genug, der Königin zu widersprechen. »Es ist unnatürlich, Gebieterin!«

»Tatsächlich? Viele von euch glaubten, es wäre unnatürlich, wenn Frauen als Kriegerinnen dienen. Dennoch bewiesen sie ihren Wert in vielen Schlachten. Ist es so seltsam, wenn sie Menschenfleisch mögen? Solange sie meinem Gemahl in unverbrüchlicher Treue ergeben sind, können sie mit ihren Metallzähnen von mir aus lebende Gefangene anknabbern!«

»Meine Königin hat recht«, antwortete Bada. »Nichts ist wichtiger als Treue.«

Gebannt starrte Larissa auf die Überreste der grausigen Mahlzeit. Sie fragte sich, ob Gasam daran teilgehabt hatte. Das Ganze war neu und berührte sie eigentümlich und aufreizend. Im Gegensatz zu ihren Kriegern spürte sie keinerlei Abscheu. Niemals stellte sie Dinge in Frage, die ihr Freude oder Aufregung bereiteten. Vielleicht würde sie sich in Zukunft nach einer Schlacht an einem solchen Mahl beteiligen, dachte sie voller Vorfreude.

Später an jenem Tag überquerten sie den Fluß auf einer breiten Brücke. Sie wußten, daß der König und sein Heer nicht mehr fern waren. Die Zeichen der Vernichtung wurden immer frischer. In Asche gelegte Dörfer sandten Rauchfahnen zum Himmel, und die Überlebenden wirkten benommen und verängstigt.

Sie schlugen ihr Nachtlager am anderen Ufer auf und mußten einen schrecklichen Regenschauer ertragen, dem ein Gewitter mit Blitzen und Donner folgte. Da in ihrer Heimat furchtbare Gewitter an der Tagesordnung waren, machte es ihnen nicht viel aus. Anscheinend brach die Regenzeit in diesem Jahr früher herein als sonst. Ein nasser Feldzug stand ihnen bevor.

»Unbequem für die Männer«, erklärte Bada, »aber nicht schlecht für das Heer.« Die jungen Krieger beugten sich vor, ohne auf das Wasser zu achten, das ihnen übers Gesicht strömte, und warteten begierig auf die Worte des erfahrenen Kriegers. »Das Heer unseres Königs ist nicht von Tieren und Wagen abhängig wie die Truppen des Südens. Der Regen und der Schlamm werden die Feinde stark behindern.«

»Aber nur ein Zehntel unseres Heeres besteht aus Shasinn«, sagte ein junger Krieger und strich über den Speer, der in einer wasserdichten Hülle steckte. »Die anderen Soldaten gehören minderwertigen Völkern an.«

»Was macht das schon?« Bada grinste. »Sie fürchten den König mehr als das Wetter und werden sich so beeilen, wie er es befiehlt.«

»Das stimmt«, meinte Larissa. Sie saß mit ihnen an dem Feuer, das sie nach viel Mühe endlich hatten entzünden können. Der Sturm war so plötzlich hereingebrochen, daß sie sich nicht die Mühe gemacht hatten, Schutzdächer zu errichten. Ihre Gewänder waren so durchweicht, daß Larissa sie ausgezogen hatte und nun nackt auf dem zusammengefalteten Umhang hockte. Die meisten Krieger waren ihrem Beispiel gefolgt, ohne lange darüber nachzudenken. Die Königin wurde nicht wie eine gewöhnliche Frau angesehen, sondern jederzeit voller Ehrerbietung. Die Spione, die aus einem anderen Kulturkreis stammten, vermieden es, sie anzuschauen.

Larissa fand Gefallen daran. In den letzten Jahren hatte sie sich ungern nackt gezeigt, aber der lange Ritt voller Entbehrungen hatte ihrem Körper gutgetan, und das weiche, schlaffe Fleisch, das sie so haßte, war verschwunden. Sie fühlte sich stark, schön und besser als seit Jahren. Bestimmt sah Gasam jetzt ein, daß sie kräftig genug war, ihn auf seinem Feldzug zu begleiten.

Tatsächlich fühlte sie sich wie neugeboren. Sie war überzeugt, daß sie am Anfang einer neuen Glückssträhne standen und – so glorreich die Vergangenheit auch war – eine Zukunft voller ungeahnter Möglichkeiten vor ihnen lag. Sie und Gasam, der Gott und die Göttin, würden die Welt regieren, eine Welt, die sie entsprechend ihren eigenen Wünschen und Träumen formten.

Zwei Tage später stießen sie nach einem Ritt durch zerstörte Ländereien auf das Heer. Die hinter ihnen liegenden Felder waren verwüstet, und außer Leichen und hohlwangigen Flüchtlingen begegneten sie niemandem. Nur die wilden Tiere wirkten zufrieden. Große Gabelhornherden und wilde Nusks grasten auf dem Land, das noch vor wenigen Tagen sorgfältig bearbeitet und behütet worden war.

Das Heer lagerte auf einer Anhöhe, auf der sich ein ansehnliches Dorf und Felder befanden. Hier gab es keine Anzeichen für Mord und Vernichtung. Die Königin und ihre Leibwachen ritten mit der untergehenden Sonne im Rücken. Als die Krieger erkannten, wer sich ihnen näherte, brachen sie in Jubelrufe aus und schwenkten die Speere.

Stolz ritt Larissa an den nach Regimentern geordneten Truppen vorbei. Gerüchte breiteten sich aus. Sie sah erstaunt aufgerissene Augen und weit geöffnete Münder. Auf der Ostseite des Dorfes, wo sich das Gelände einer breiten, mit Wäldern bewachsenen Flußebene zuneigte, entdeckte sie eine Gruppe Offiziere, in deren Mitte der König stand.

Larissa genoß Gasams entgeisterte Miene, ehe sie ihr Cabo zügelte und ihm in die Arme sprang.

»Larissa!« Er schwenkte sie mehrmals mit einer Leichtigkeit im Kreis herum, als wäre sie ein Kind, und trotz seines Erstaunens sprudelte er über vor Freude.

Schließlich hielt er sie auf Armeslänge von sich ab, ohne daß ihre Füße den Boden berührten, und sah sie mit gerunzelter Stirn an. »Was ist los? Rebellierten die Chiwaner gleich nach meiner Abreise?«

»Diese Kaggas?« Sie lachte bei dem Gedanken. »Vieh rebelliert nicht. Ich überließ sie Pendu, er wird für Ordnung sorgen. Mein Gebieter, ich bringe dir die besten Neuigkeiten der Welt. Ich muß dich unter vier Augen sprechen.«

»Komm mit.« Er setzte sie ab, und sie gingen zum Rand des Dorfes. Gasam legte ihr den Arm um die Schultern, und sie umschlang seine Hüften. Im Licht der untergehenden Sonne sah Larissa in weiter Ferne die Türme einer großen Stadt.

»Geliebter«, begann sie mit leiser Stimme, »es ist soweit! Meine Spione haben König Haels Stahlmine gefunden. Sie liegt nicht so weit entfernt, wie wir fürchteten!« Sekundenlang stand er wie erstarrt neben ihr, und sie spürte, daß er erzitterte wie ein Kagga, das vor dem Schlachten durch einen Schlag auf den Kopf betäubt wurde.

Dann vollführte er einen Luftsprung und riß den Speer in die Höhe. Die Sonnenstrahlen funkelten auf dem polierten Metall. Gasam stieß einen Schrei aus, der sicherlich auch in der fernen Stadt zu hören war. Als er wieder auf den Beinen stand, vollführte er einen der uralten Siegestänze der Shasinn. Danach rammte er den Speer in den Boden und wirbelte Larissa abermals durch die Luft.

»Die Welt gehört uns! Jetzt kann mich nichts mehr aufhalten!«

Dann stellte er sie wieder hin, und die Königin bemerkte die gaffenden Offiziere.

»Nun, soviel zur Geheimhaltung«, seufzte sie.

»Was soll's?« meinte er mit breitem Grinsen. »Ich befinde mich inmitten meines Heeres und werde bald die ganze Welt beherrschen!« Er zog sie in Richtung Dorf. »Komm mit. Ich lasse ein Haus für dich vorbereiten, und heute abend kannst du den Offizieren genauen Bericht erstatten.«

Aufmerksam sah sich die Königin in dem unversehrten Dorf um. »Hier sieht es anders aus als in den Orten, durch die wir reisten.«

»Stimmt. In den letzten beiden Tagen marschierten wir gemächlich voran, um den Menschen Gelegenheit zur Flucht zu geben. Der König weiß seit geraumer Zeit von unserem Nahen. Ich lasse die Landbevölkerung in die Hauptstadt strömen, die du in der Ferne siehst, damit sie die Vorräte verzehren und alle in Furcht und Schrecken versetzen.«

»Wird es eine Belagerung geben?« Sie haßte Belagerungen. Sie dauerten ewig, waren langweilig und riefen abscheuliche Gerüche hervor.

»Das hängt von vielen Dingen ab. Ich möchte es natürlich vermeiden. Wenn König Mana dumm genug ist, sich mir vor den Toren der Stadt zur Schlacht zu stellen, werde ich ihn mit einem Schlag vernichten. Wenn nicht, versuchen wir, die Stadt zu erstürmen. Noch habe ich mir die Verteidigungsanlagen nicht aus der Nähe angesehen, und meine Späher verstehen sich nicht darauf.«

Sie betraten ein Haus, das dem Dorfältesten oder dem Priester gehört haben mochte. Es war größer als die übrigen Gebäude und zum Schutz vor Überschwemmungen, Fäulnis und Holzschädlingen auf einem Steinfundament errichtet. Das Haus bestand aus Lehm und Holz und hatte ein Reetdach. Eine breite Veranda zog sich um das ganze Gebäude, das im Inneren in mehrere Räume unterteilt war.

»Ich bin froh, daß ihr das Haus nicht zerstört habt«, meinte Larissa. »Die Regenzeit steht unmittelbar bevor.«

»Nicht nur das Dach blieb ganz«, sagte Gasam und

riß sie in die Arme. »Laß uns sehen, was für ein Bett uns erwartet.«

Abends hielten sich Gasam und Larissa im Hauptraum des Hauses auf, in dem sich die höchsten Offiziere des Königs drängten. Rauch stieg von den Dochten zahlreicher Lampen auf. Niemand fühlte sich dadurch gestört, da der Rauch die meisten Insekten vertrieb. Mitten im Zimmer stand ein Tisch, auf dem Larissas kostbare Landkarte lag.

Zwei Stunden lang hatte sie ihnen in allen Einzelheiten über die Entdeckung der beiden Spione berichtet. Die erfahrenen Soldaten waren wie vom Donner gerührt, als sie merkten, daß Larissa alles über den Krater, seinen Standort und – was am wichtigsten war – die besten Wege dorthin wußte. Sie kannte jede Straße und jeden Pfad, jedes Dorf, jedes Wasserloch und jedes Kornmagazin. Sie wußte, welche Flüsse im Sommer austrockneten und welche zu Überschwemmungen neigten.

Gasam strahlte vor Stolz über ihren Vortrag. Natürlich wußte er, daß in dieser frühen Phase keine so genaue Erklärung außer für ihn und zwei oder drei der höchsten Offiziere notwendig war. Larissa sorgte dafür, daß jeder der Anwesenden genau begriff, wie wichtig ihre Aufgabe war, und ihre Kenntnis auch der geringsten Einzelheit zu schätzen wußte. Außerdem gab sie ihm zu verstehen, daß sie ihn von nun an begleiten würde. Er kannte sie gut genug, um ein Verbot nicht einmal zu erwägen.

»Ihr seht also, welche Möglichkeit sich uns bietet«, sagte Gasam, als Larissa geendet hatte. »Ich wünschte, wir könnten auf der Stelle aufbrechen. Da ich aber die Eroberung Sonos begonnen habe, werde ich sie nicht abbrechen, bis mir das ganze Land gehört. Außerdem wäre es eine Torheit, fortzugehen, während Manas gesamtes Heer in unserem Rücken steht. Nein, zuerst müssen wir ihn besiegen. Da wir ein so lohnendes Ziel vor Augen haben, dürfen wir nicht abwarten, daß er den Krieg verzögert oder gar zu verhandeln sucht. Er würde die Zeit nutzen, sich mit Gran zu verbünden, und dazu darf es keinesfalls kommen.«

»Wir brauchen viel Zeit, mein König«, meldete sich ein Offizier der Chiwaner zu Wort. »Ein Marsch durch die Wüste ist bei weitem anstrengender als jener, der hinter uns liegt. Er ist auch ohne Kämpfe zermürbend. Wir brauchen Wagen, da wir Vorräte mitnehmen müssen. Auf dem letzten Stück des Weges müssen wir sogar Wasserfässer transportieren. Es wird kein Feldzug im schnellen Marschtempo der Shasinn, Gebieter. Wir müssen uns nach den von Nusks gezogenen Wagen richten und viele Sklaven mitnehmen.«

»Du hast recht«, sagte Gasam. »Ich übertrage dir die Planung des Feldzuges. Arbeite mit der Königin und den Spionen den besten Weg zum Krater aus. Du kannst an Vorräten, Tieren und Sklaven auswählen, was du für richtig hältst.«

»Ich werde dich nicht enttäuschen, mein König«, antwortete der Chiwaner mit stolzgeschwellter Brust.

»Denke daran, daß es kein kurzer Überfall sein soll. Ich will den Krater einnehmen und für alle Ewigkeit behalten. Das könnte den Bau einer große Festung bedeuten. Wenn ich Sono unterworfen habe, läßt du alle fähigen Steinmetze und Bauarbeiter zusammentreiben, die dafür notwendig sind. Die Festung muß ebenfalls über genügend Vorräte verfügen. Sorge für ausreichende Wasservorräte.«

»Es wird geschehen«, sagte der Offizier.

Larissa war zufrieden. Gasam würde sie nicht zurückschicken. Sollte der Chiwaner ruhig die Soldaten und die Sklaven kommandieren, solange sie den Oberbefehl behielt. Die Planung eines ganzen Feldzuges, der mehr als nur marschieren und kämpfen beinhaltete!

Tausend Pläne schwirrten ihr im Kopf herum. Sie mußte äußerst sorgfältig vorgehen.

Plötzlich kam ihr ein Gedanke. Sie wollte ihrem Gemahl ein Regiment abschmeicheln und Sklaven als Arbeiter mitschicken. Sie würde nicht nur die Marschroute festlegen, sondern gut gefüllte Vorratslager entlang des Weges einrichten. So konnte der König, wenn er die Südländer unterworfen hatte, gleich losziehen und in gewohntem Tempo die Wüste durchqueren. Eine grandiose Idee! Sie wollte die Einzelheiten ausarbeiten, während sich Gasam mit der Belagerung befaßte, die unter Umständen notwendig war.

Sie standen vor den Mauern von Huato und betrachteten die Verteidigungsanlagen. Bisher hatte König Mana die offene Schlacht vermieden. Gasam hatte nicht vor, die Stadt anzugreifen, ehe er deren Befestigung gesehen hatte. Sie nutzten ein heftiges Gewitter, um sich näher als sonst an die Mauern heranzuwagen. Larissa und die höchsten Offiziere begleiteten den König. Ein Regiment Chiwaner trug riesige Schilde, die als bewegliche Mauer dienten, falls die Feinde sie mit Geschossen bewarfen. Bis jetzt hatten sie jedoch noch keine Munition verschwendet.

»Was haltet ihr davon?« fragte Gasam.

»Stärker als alles, was wir bisher vor uns hatten«, antwortete Raba. »Die Mauern sind dicker und auch viel höher. Die Türme stehen dicht beieinander und sind beeindruckend.«

Die Inselkrieger trugen steinerne Mienen zur Schau. Sie liebten den Kampf, haßten aber diese Art der Kriegführung: graben, hacken, rammen, abwarten. Es war nervtötend und zeitraubend. Erst wenn die Leitern und die Belagerungstürme endlich an den Mauern lehnten und die Stadt erstürmt wurde, erwachte ihr alter Kampfgeist. Die Festlandbewohner blieben gleichmütig.

Sie waren für einen solchen Krieg ausgebildet und wußten, daß Gasam sie einsetzen würde und die Shasinn für größere Taten zurückhielt.

»Wir wollen sehen, ob wir nicht eine Schwachstelle finden«, meinte Gasam. Sie gingen weiter, und er fuhr fort: »Da seht ihr, was geschieht, wenn ein Teil des Heeres frühzeitig vernichtet wird. Selbst ein Narr wie Mana kann sich nicht länger einreden, daß er uns im offenen Kampf besiegt. Statt dessen vertraut er auf diese Mauern.«

»Ich verstehe diese Menschen nicht«, sagte Urlik. »Was ist so schlimm an einem schnellen Tod in der Schlacht? Er weiß doch, daß wir das ganze Land zerstören, während er da drinnen hockt und wir hier draußen sind.«

»Er weiß es«, warf Larissa ein, »aber es ist ihm gleichgültig. Nur weil sie seine Untertanen sind, hängt er nicht an ihnen. Sie bedeuten ihm nichts. Egal, wie viele wir töten, die Überlebenden werden sich bald wieder vermehren.«

»Das ist immer so«, stimmte Gasam zu.

Auf halbem Wege um die Stadtmauer stießen sie auf einen kleinen Fluß, der die Stadt durch einen Torbogen durchquerte, den ein schweres Fallgitter aus Holz und Bronze versperrte. Zu beiden Seiten des Gitters ragten hohe Türme mit zahlreichen Schießscharten auf.

»Verführerisch«, bemerkte ein chiwanischer Belagerungsoffizier, »aber der Fluß ist zu klein, um ein schweres Floß mit einem Rammbock ins Wasser zu lassen.«

Über eine schmale Brücke schritten sie zum anderen Ufer. Dort neigte sich der Boden ein wenig, so daß die Mauer hier noch höher war. Die Belagerungsoffiziere vermuteten, daß die höhere Mauer dünner war, wie es häufig vorkam, aber die Bodensenke war unvorteilhaft für Rammböcke und ähnliche Geräte. Unter Umständen konnte man sich durchgraben, aber ein Erstürmen der Mauer war bei einer solchen Höhe ausgeschlossen.

Gasam seufzte. »Also gut, sehen wir uns das Haupttor an.«

Eine gepflasterte Straße führte zum Tor, einer schweren Konstruktion aus Holz und Bronze. Die Flügel waren so aufgehängt, daß sie nur nach außen zu öffnen waren. Gefangene hatten ihnen eine genaue Beschreibung dessen gegeben, was sie dahinter erwartete: ein dreißig Fuß langer Gang mit doppelten Fallgittern und einem zweiten Tor am Ende. Über die Länge des Ganges befanden sich Öffnungen in der Decke und an den Seiten, um Geschosse und kochendes Pech auf Angreifer herabzuschütten. Die beiden größten und stärksten Türme der Anlage, auf denen die königlichen Flaggen schlaff im Regen hingen, flankierten das Tor.

Larissa wrang sich das Wasser aus den Haaren. »Es sieht zunehmend nach einer Belagerung aus«, sagte sie mißmutig.

»Ich befürchte es«, erklärte Gasam. »Wenn Mana sich nicht in den nächsten Tagen zum Kampf stellt, muß ich mich darauf vorbereiten. Sobald die Späher mir Bericht erstatten, wie es im Land aussieht, können ein paar Regimenter andere Gegenden unterwerfen. Dann haben sie etwas zu tun, und wir verringern die Seuchengefahr. Es gibt nichts Ungesünderes als ein ausgedehntes Lagerleben.«

»Bis auf das Leben in einer belagerten Stadt«, warf ein Offizier ein und erntete herzhaftes Gelächter.

Larissa lächelte. Sie wollte dem König ihren Plan unterbreiten, sobald er sicher war, daß er seine Truppen ohne Gefahr aufteilen konnte.

Kapitel Zehn

Fyana hielt ihr Geschenk in die Höhe und betrachtete es im Licht der Lampen: eine Halskette aus großen Perlen und Bernsteinkugeln, die an feinen Goldketten befestigt waren. Das Schmuckstück hing wie eine Kette aus greifbar gewordenem Licht zwischen ihren Fingern.

»Wundervoll!« hauchte sie.

Ansa trug sein Geschenk am Handgelenk und drehte es hin und her, um das Licht von verschiedenen Seiten einzufangen. Es war ein schwerer Silberarmreif, mit Jade und Korallen verziert.

»Zweifellos«, sagte er und nickte zustimmend. »Nicht einmal ein König würde solche Geschenke zurückweisen. Was die Frau nur von dir will? So wertvolle Geschenke gibt man nicht einfach an unscheinbare Fremde.«

»Morgen werden wir es wissen. Glaubst du, sie ist verrückt? Vielleicht ist sie eine reiche Irre, die so etwas aus einer Laune heraus tut.«

Ansa überlegte. »Nein, das glaube ich nicht, obwohl ich mich natürlich täuschen kann. Es ist schwierig, einen fremden Menschen in einem fremden Land zu beurteilen. Zwar verstand ich ihre Worte mühelos, bin aber nicht mit dem Dialekt vertraut. Deshalb verriet mir der Tonfall nichts. Und mit der ganzen Gesichtsbemalung hätte sie ebensogut eine Maske tragen können.«

»Aber im großen und ganzen hattest du nicht den Eindruck, mit einer Verrückten zu sprechen?«

Er schüttelte den Kopf. »Nein, sie redete ganz vernünftig und wirkte nur ein wenig überspannt, aber das sind viele reiche Leute von Bedeutung. Sie wollte dich kennenlernen, weil du aus der Schlucht stammst. Bestimmt könntest du ihre Gründe viel besser erahnen als ich.«

Fyana legte die Halskette wieder in die wunderschöne Holzschachtel zurück. »Ich hoffe, sie erwartet keine Wunderheilung. Vielleicht möchte sie mit einem toten Kind sprechen. Oft denken die Leute, wir sind dazu in der Lage. Es kann gefährlich sein, bedeutende Menschen zu enttäuschen.«

»Dann müssen wir vorsichtig sein. Jemand, der Einfluß bei Hofe hat, ist genau die Person, die wir finden wollten.«

Sie lächelte. »Die Sache macht dir Spaß, nicht wahr?«

»Ja«, gab er zu. »Keine Kriegerarbeit, aber trotzdem aufregend.«

»Es könnte gefährlich werden. Das sollte deinem Kriegerstolz genügen. Wie alt ist sie?«

»Schwer zu sagen, aber nicht sehr alt.«

»Waren Männer im Haus?«

»Außer den Sklaven? Nein, aber ich habe natürlich nicht viel vom Haus gesehen.«

»Das leuchtet ein. Die Namensform ›H'Aptli‹ besagt, daß sie die Witwe eines Mannes namens Aptli ist.«

»Ach so. Dann hätte ich mir gar keine Gedanken wegen eines eifersüchtigen Ehemannes machen müssen.«

»Was?«

»Nichts, nichts.« Sie warf ihm einen durchdringenden Blick zu, der ihn belustigte.

Am nächsten Abend ritten sie auf den Cabos zum Tor der prächtigen Villa. Sogleich erschienen Diener, unter ihnen ein Stallbursche, der die Cabos ein Stück die Straße entlang zu einem Holztor in der Mauer führte.

Auf dem Treppenabsatz wurden sie bereits von Yasha H'Aptli erwartet.

»Willkommen in meinem Heim! Ihr erweist meinem Haus eine große Ehre.«

Sie verneigten sich und erwiderten die Begrüßung. Ansa fiel auf, daß die Frau nicht mehr so stark geschminkt war. Eine dünne Puderschicht lag über dem Gesicht, und nur die Augen waren auffällig angemalt. Auch die Tränen wirkten unverändert, und er nahm an, daß es Zeichen der Witwenschaft waren. Sie sah jünger aus als erwartet und war nicht älter als dreißig Jahre.

Nachdem Fyana die überwältigende Aussicht im Licht der untergehenden Sonne bewundert hatte, zogen sie sich ins Haus zurück. Auf dem Weg dorthin durchquerten sie den Garten, in dem sich die Nachtblüten entfalteten und ihren schweren Duft verströmten. Nachtfalter schwebten auf weißen Schwingen lautlos umher, verhielten und stießen die langen schmalen Rüssel in die Blütenkelche, um sich an dem köstlichen Nektar zu laben.

Das Haus wurde von Lampen erhellt, die an langen Ketten von der Decke hingen. Kugeln aus buntem Glas hüllten die Räume in ein sanftes, pastellfarbenes Licht. Fyana besann sich auf die ihrem Volk eigene Zurückhaltung und ließ sich nicht anmerken, wie beeindruckt sie von dem Haus war.

»Wir wollen uns ins Aquarium begeben«, erklärte die Gastgeberin. »Später gesellen sich meine anderen Gäste zu uns, Personen von hohem Stand und großer Bedeutung, die mit uns zu Abend essen.«

»Ich hatte nicht erwartet, außer dir noch andere Edelleute kennenzulernen«, meinte Fyana überrascht.

»Oh, ich fürchte, ich habe heute etwas zuviel geplaudert«, sagte Yasha. »Als ich heute morgen bei Freunden war, verriet ich ihnen, daß ich euch beide als Gäste begrüßen darf. Menschen von hohem Rang erfuhren davon und gaben ihrem Verlangen Ausdruck, euch kennenzulernen. Es sind so bedeutende Persönlichkeiten, daß ich ihnen unmöglich absagen konnte.«

Entweder war das ein weiteres Beispiel dafür, wie schnell sich Neuigkeiten in dieser Stadt ausbreiteten, oder aber die Frau log. Ansa vermutete letzteres. Allerdings schien der Grund dafür in einem Widerwillen zu liegen, irgend etwas unverblümt zu sagen. Ob es sich dabei um eine Sitte der Adligen oder nur um eine Eigenschaft der Gastgeberin handelte, war ihm nicht klar. Auch wußte er nicht, was er sich unter einem Aquarium vorstellen sollte.

Yasha führte sie in einen Raum, in dem es nicht unangenehm nach feuchtem Gestein und Wasserpflanzen roch. In der Mitte befand sich ein rundes Becken, in dem golden und silbern glänzende Fische schwammen. Als sie näher traten, schwärmten die Tiere mit weit aufgerissenen Mäulern zur anderen Seite des Bassins. Auf einem Podest stand eine Schüssel, aus der Yasha eine Handvoll grünlicher Brocken nahm und den Fischen hinwarf, die sich sofort auf ihr Futter stürzten. Noch einmal griff sie in die Schüssel und überschüttete die schuppigen Kreaturen mit Kosenamen.

In Ansas Augen war es ein absurdes Spektakel. Aus Erfahrung wußte er, daß Fische sich bestens allein ernähren konnten, und er begriff nicht, weshalb man sie in ein auf einem Berg gelegenes Haus brachte, um sie dort zu füttern. Wahrlich unverständlich! Nach einer Weile fiel ihm auf, daß Fyana gebannt die Wände anstarrte. Er gesellte sich zu ihr und bemerkte mit großem Erstaunen, daß die Fenster den Blick auf Unterwasserszenen freigaben.

In regelmäßigen Abständen waren glatte Glasscheiben in die Wände eingelassen worden, hinter denen sich verwirrend viele Fische unterschiedlichster Art tummelten. Eine unsichtbare Lichtquelle sorgte für sanfte Beleuchtung.

»Das ist traumhaft schön!« rief Fyana, deren Zurückhaltung mädchenhafter Begeisterung wich. Gerade schwamm ein zierlicher Fisch vorüber, dessen handtellergroßer Körper von durchsichtigen Flossen eingerahmt wurde. Ihm folgte ein Tier, das in allen Farben des Regenbogens schillerte. Am Boden kroch eine Kreatur mit Fangarmen und Saugnäpfen, die alle paar Sekunden die Farbe wechselte.

»Wie ist so etwas möglich?« fragte Ansa staunend.

Yasha gefiel die offensichtliche Verblüffung ihrer Gäste. »Jede dieser Glasscheiben bildet die Seitenwand eines Beckens. Hinter den Wänden liegen schmale Räume, die das eigentliche Aquarium darstellen. Dieser Raum ist nur zur Besichtigung gedacht. Lampen in den kleinen Räumen sorgen für das Licht. Ich besitze Fische aus den verschiedensten Seen, Flüssen und Meeren. In manchen Becken ist Salzwasser, in anderen Süßwasser.« Sie führte die beiden von Fenster zu Fenster und wies sie auf besonders seltene oder schöne Fische hin. Dabei versicherte sie ihnen, daß ihr Aquarium keineswegs das größte der Stadt war. »Die königliche Sammlung enthält sogar Seedrachen und Riesenschildkröten.«

Nachdem ihre Neugier gestillt war, ließen sie sich an einem mit Wein und Appetithappen gedeckten Tisch nieder. »Kein Fisch«, stellte Ansa belustigt fest.

»Ich fände es seltsam, im Beisein meiner Lieblinge Fisch zu essen«, erklärte Yasha. »Ich weiß nicht genau, warum ich so fühle, denn sie fressen einander mit Begeisterung auf. Und einige würden uns fressen, wenn sie die Gelegenheit erhielten.«

»Werte Dame«, meldete sich Fyana zu Wort, »ich hörte bereits von den Aquarien deines Landes, konnte mir bisher aber nichts darunter vorstellen. Ich habe auch von Menagerien gehört, wo es Tiere aus aller Herren Länder gibt. Was ich immer schon wissen wollte: *Warum?* Warum sammelt man Lebewesen?«

»Eine schwierige Frage«, meinte Yasha. »Ich denke, ein gelangweilter Adliger hat damit angefangen, weil er nicht länger leblose Dinge um sich scharen wollte. Es ist nicht schwer, sich an Tieren zu ergötzen.«

Ansa behielt seine Gedanken lieber für sich. Die Oberschicht dieses Landes war viel zu reich, gelangweilt und dekadent. Sie hatte keine Aufgaben und wandte sich unnatürlichen Dingen zu. Sein Vater hatte oft von solchen Menschen erzählt, die er verachtete. Ansa fragte sich, ob seine und Fyanas Anwesenheit ebenfalls nur der Befriedigung einer Laune diente und sie wie seltene Tiere aus einem fremden Land zur Schau gestellt wurden.

Ein Sklave betrat den Raum und flüsterte Yasha etwas ins Ohr. »Entschuldigt mich einen Moment«, sagte sie und erhob sich. »Meine anderen Gäste sind ein wenig zu früh eingetroffen, und ich muß sie begrüßen. Ich bin gleich zurück.«

»Ist es nicht unglaublich?« flüsterte Fyana, als die Frau fort war.

»Es ist ... anders«, antwortete Ansa. Er teilte Fyana seine Befürchtungen mit, und sie dachte darüber nach.

»Nein«, meinte sie schließlich. »Das glaube ich nicht. Die Geschenke waren zu kostbar, um als Entgelt für zwei Fremde zu dienen, damit sich der müßige Adel einen Abend lang die Zeit vertreiben kann. Trotzdem kann ich mir immer noch nicht vorstellen, warum wir hier sind.«

»Wahrscheinlich finden wir es in Kürze heraus.«

Wenig später kehrte Yasha mit zwei Gästen zurück, einem Mann und einer Frau. Die Frau war so stark geschminkt wie die Gastgeberin am Tag zuvor, und der Mann trug eine richtige Maske, die aus Leder, winzigen Knochen und Federn bestand und sein Gesicht von der

Stirn bis zur Oberlippe bedeckte. Den Mund rahmte ein kurzer schwarzer, von grauen Strähnen durchzogener Bart ein.

»Lady Fyana, edler Ansa, laßt mich euch Lord Klon und Lady Hesta vorstellen.« Das Paar verneigte sich umständlich. Ansa spürte, daß etwas nicht stimmte. Die Namen klangen anders als die Namen der in diesem Land lebenden Adligen. Wenn er an die Bemalung der Frau und die Maske des Mannes dachte, handelte es sich bestimmt um falsche Namen. Die Leute wollten ihre wahre Herkunft geheimhalten. Alles erschien ihm sehr mysteriös.

Yasha führte sie in ein prächtiges Speisezimmer, wo genügend Essen für fünfzig anstatt fünf Gäste aufgetischt war. Ansa fragte sich, ob es sich um reine Verschwendung handelte oder der Rest des Mahls dazu diente, die offenbar sehr zahlreiche Dienerschaft des Hauses zu sättigen.

Während das Essen mit seinen unzähligen Gängen serviert wurde, beschränkte sich die Unterhaltung der Neuankömmlinge auf allgemeine Themen. Sie wollten alles über die Schlucht erfahren, über Ansas und Fyanas Reise und ihre Eindrücke von der Stadt. Ansa fiel auf, daß sich Yasha den Fremden gegenüber demütig verhielt, als seien sie von höherem Rang. Außerdem richtete sich die größte Aufmerksamkeit auf Fyana, wie er vermutet hatte. Ihm schenkte man eher der Höflichkeit halber Beachtung. Das war ihm recht. Bisher hatte er keine gute Meinung vom Adel Grans und hieß die Gelegenheit willkommen, als Außenstehender zu beobachten, ohne fortwährend darauf zu achten, was er sagte, wie es Fyana jetzt tat.

»Lady Fyana«, sagte Lord Klon, als die Teller fortgetragen wurden, »gewisse Leute deines Volkes sind mit … Heilkräften gesegnet. Gehörst du zu ihnen?« In diesem Augenblick servierte man ihnen einen starken, fruchtigen Likör in hohen, schmalen Kelchen. Ansa fragte sich, ob es das Zeichen war, zu ernsthaften Gesprächen überzugehen. Diese Leute legten viel Wert auf Zeremonien und Förmlichkeiten.

»Ich besitze gewisse Kräfte, würde mich aber nicht als Heilerin bezeichnen. Mein Talent besteht darin, den menschlichen Körper zu erkunden und Krankheiten zu erkennen. Ich kann nicht heilen, weiß aber über Arzneien Bescheid und kann sie häufig empfehlen, um Kranken zu helfen.«

»Das würde ...« Lady Hesta brach ab. »Ich meine: Das *ist* faszinierend. Darf man fragen, wie es vor sich geht?«

»Das ist kein Geheimnis. Ich berühre den Leidenden an der Schläfe oder an dem befallenen Körperteil. So wird mir die Quelle des Übels offenbar.«

»Müssen die Menschen bei Bewußtsein sein?«

»Das ist am besten«, erklärte Fyana. »Schließlich wirkt der Geist auf den Körper ein. Manchmal kann ich aber auch eine bewußtlose Person untersuchen. Es dauert länger und kann auch gänzlich erfolglos bleiben. Der Geist wirkt auch in einem bewußtlosen Menschen fort, kann aber keine deutlichen ... Zeichen aussenden, und ich erhalte oftmals nur einen ganz verschwommenen Eindruck.«

»Kannst du auch bestätigen, ob jemand völlig gesund ist?« erkundigte sich der maskierte Mann.

»Fast immer«, antwortete Fyana.

»Würdest du es uns vorführen?« fragte Lady Hesta. »An mir, zum Beispiel?«

»Wenn du es wünschst.«

Beide Frauen beugten sich vor, und Fyana legte die Spitzen ihrer schmalen blauen Finger gegen die geschminkte Schläfe der Fremden. Beide schlossen die Augen.

»Soll ich mich auf irgend etwas konzentrieren?« fragte Hesta. »Auf meinen Körper?«

»Nicht nötig«, versicherte Fyana. »Entspanne dich einfach.«

Minutenlang blieben die Frau ruhig sitzen, während die anderen schwiegen. Endlich zog Fyana die Hand zurück und wischte sie sich verstohlen an einer Serviette ab. Hestas Schminke wies fünf winzige Flecken auf.

»Wie gesund bin ich?« fragte sie neugierig.

»Sehr gesund. Und herzlichen Glückwunsch.«

»Glückwunsch? Wieso?«

»Deine Schwangerschaft. Du bist seit fast zwei Monaten schwanger. Sicher hast du es gewußt, nicht wahr?«

Hestas Unterkiefer fiel herab. Sie suchte nach Worten. »Ja. Ja, ich wußte es, aber sonst keine Menschenseele!«

Ein Lächeln umspielte Lord Klons Mund. »Ich glaube, diese Dame ist genau die Richtige für uns.« Er wandte sich an Fyana. »Werte Dame, wir handeln im Auftrag einer höchst vornehmen Person, deren Namen ich nicht zu nennen wage. Diese Person bedarf deiner besonderen Künste. Wärst du bereit, einen Auftrag anzunehmen, der auf großzügigste Weise entlohnt wird?«

»Ich bin immer bereit, Notleidenden zu helfen, habe jedoch meine Grenzen. Es sieht einfach aus, erschöpft mich aber nach gewisser Zeit sehr.« Ansa bewunderte die Sicherheit und das Selbstbewußtsein, das in Fyanas Worten zum Ausdruck kam.

»Wenn es dir recht ist, wird dich morgen Mittag ein Diener abholen und zum ... Haus führen«, sagte Lord Klon.

»Einverstanden. Aber mein Begleiter muß an meiner Seite bleiben.« Sie deutete auf Ansa.

»Nun, diese Mission benötigt keinen erfahrenen Krieger. Wenn du aber darauf bestehst ...« Er beendete den Satz nicht.

»Ja, ich bestehe darauf«, antwortete Fyana mit ruhiger, aber stählerner Stimme. Wieder war Ansa beeindruckt.

»Dann werde ich euch beide morgen im … Haus begrüßen«, sagte der Lord mit einer leichten Verneigung.

Danach wechselten sie das Thema und wandten sich erneut Belanglosigkeiten zu, als müsse man die strengen Regeln eines Rituals befolgen. Nach einer Weile gelang es Ansa, ein paar Fragen über das benachbarte Königreich im Westen zu stellen.

»In den letzten Tagen erreichten uns beunruhigende Nachrichten von dort«, sagte der Lord mit besorgter Stimme. »Flüchtlinge, teilweise aus den höchsten Kreisen, erreichten die Stadt und berichteten von einem Krieg. Sie behaupten, es wäre kein Bürgerkrieg, sondern eine Invasion aus den Gebieten jenseits des Gebirges im Westen. König Gasam soll das Land besetzt haben und eine Belagerung der Hauptstadt Huato vorbereiten, was natürlich völlig absurd ist.«

»Wieso absurd?« wollte Ansa wissen, der nichts Absurdes feststellen konnte.

»Nun, wie soll das möglich sein?« Trotz der Maske wirkte das Gesicht des Mannes verwirrt. »Der größte Teil des Heeres geht zu Fuß, und diesmal schlug er nicht vom Meer her zu, wie es sonst der Fall ist. Wir wissen nicht recht, ob wir den Flüchtlingen glauben sollen, obwohl es keinen Sinn ergäbe, wenn sie lügen würden. Wir haben einen Kundschafter nach Sono geschickt, um die Wahrheit herauszufinden.«

»Ich vermute, daß die Flüchtlinge die Wahrheit sagen«, meinte Ansa.

»Vielleicht. Du kommst aus der Steppe, und jeder weiß, daß König Haels Truppen wie der Wind reiten. Hier in Gran sind wir jedoch gut mit der Schwerfälligkeit einer marschierenden Armee vertraut. Die Schnelligkeit dieser angeblichen Invasion erscheint uns unglaublich.«

»Nach allem, was ich hörte, befiehlt König Gasam ein Heer von Fußsoldaten, das fast so schnell ist wie die Berittenen«, sagte Ansa. Er nahm an, daß diese Menschen keine Erfahrung mit Kriegen hatten. Seit Generationen hatten sie keiner Bedrohung gegenübergestanden, wie Gasam sie darstellte.

Unter zahlreichen Höflichkeitsbezeugungen verabschiedeten sich die vornehmen Gäste schließlich. Lady Yasha geleitete sie zum Tor und kehrte zu ihren leicht verwirrten Besuchern zurück.

»Verzeihe mir die Frage, edle Dame«, sagte Fyana, »aber ist eine derartige Maskerade wirklich nötig, nur um einen Besuch im Palast zu vereinbaren?«

Yasha lachte und hielt die Hand vor den Mund. »Es tut mir leid, aber oft vergißt man einfach, wie seltsam unsere Sitten für Außenstehende sein müssen. Die Besonderheiten der Mission erfordern, daß die beiden ihre wahre Identität im Augenblick verbergen müssen. Es handelt sich um eine höchst delikate Angelegenheit, die das Wohlbefinden einer Person betrifft, deren Gesundheit man nicht zum Thema eines Gespräches machen darf.«

»Ich glaube, langsam verstehe ich dich«, antwortete Fyana. »Ist dieses … dieses Verkleiden eine reine Formalität? Ich nehme an, daß jeder, der die beiden näher kennt, sie trotz der Maske und der Schminke sofort erkannt hätte?«

»Natürlich«, erwiderte Yasha. »Aber niemand würde es zugeben. Das gehört sich nicht.«

»Die Krankheit der Person im Pal …« Jetzt mußte Ansa sich zurückhalten. »… im Haus – handelt es sich um eine ernste Sache?«

»O ja! Hier geht es nicht um Sitten, sondern um das Gesetz.«

»Nun, morgen werden wir mehr wissen«, sagte Fyana.

»Stimmt. Wenn dein Kriegergefährte uns einen Augenblick entschuldigt, meine Liebe, würde ich dich gerne in einer höchst privaten Angelegenheit sprechen.« Yasha kicherte verlegen. »Arme Hesta! Ihr Gesicht sprach Bände, als du ihr zur Schwangerschaft gratuliertest!«

»Vielleicht hätte ich diskreter sein sollen«, meinte Fyana. »Bei meinem Volk ist es jedoch nicht ...«

»Ach, kümmere dich nicht darum. Ich werde diese entsetzte Miene nie vergessen! Jetzt begleite mich bitte.« Sie nahm Fyana bei der Hand und verließ den Raum.

Ansa, der allein zurückblieb und sich langweilte, trat in den Garten hinaus. Erstaunt bemerkte er, daß zahlreiche Blumen und Ranken im Dunkeln leuchteten. Während der Reise durch den Dschungel waren ihm solche Pflanzen nicht begegnet, und so mußten sie genau wie die Fische aus einem fernen Land stammen. Der Duft der Nachtblüten war überwältigend, und er trat an die Balustrade, um ein wenig frischere Luft einzuatmen.

Als er über die Türme und hohen Tempel hinwegblickte, spürte er deutlich, wie fremd ihm die Stadt war. Außer dem spärlichen Licht des Viertelmondes gab es keine Helligkeit. Die vereinzelten Lichter der Stadt leuchteten hinter bunten Glasfenstern auf. Er sehnte sich nach der heimatlichen Steppe, schüttelte das Gefühl aber rasch wieder ab. Er war ausgezogen, um fremde Länder und Städte kennenzulernen.

Ein Geräusch veranlaßte ihn, sich umzudrehen, und er sah die beiden Frauen auf sich zukommen. Im gedämpften Licht der Gartenlaternen und leuchtenden Pflanzen war nicht viel zu erkennen, aber Yasha sah dennoch erleichtert aus.

Nach einer ausgiebigen Verabschiedung schritten sie zum Tor hinab, wo ein Sklave mit den Cabos wartete. In der linken Hand hielt er einen langen Stab, an dessen Spitze zwei Laternen Haken hingen.

Sie führten die Cabos zurück zum Gasthaus, während der Sklave vor ihnen hertrabte. Die Laternen schwangen hin und her und warfen unruhige Schatten. Die Cabos schliefen schon halb, hielten die Köpfe gesenkt und stießen leise Schnarchlaute aus.

In ihrem Zimmer angekommen, unterhielten sich Ansa und Fyana über den ereignisreichen Abend.

»Was meinst du, ist diese ganze Geheimniskrämerei so harmlos, wie Lady Yasha behauptet?« fragte Ansa seine Gefährtin.

»Ich glaube ihr. Das heißt aber nicht, daß es keine verwirrenden Machtspiele gibt. Ich hörte, daß an allen Königshöfen Intrigen eine große Rolle spielen.«

»Wir müssen auf der Hut sein.«

Fyana gähnte hinter vorgehaltener Hand. »Ich hätte nie zu hoffen gewagt, so schnell in den Palast zu gelangen. Dafür bin ich überaus dankbar.«

»Was wollte Yasha von dir?«

Sie lächelte schläfrig. »Frauensache. Sei nicht so neugierig.«

Ansa ging in sein Schlafgemach und warf sich auf das Bett. Wenn er an den nächsten Tag dachte, befielen ihn gleichzeitig Aufregung und Besorgnis.

Kapitel Elf

Die Hosen und Umhänge der Späher waren nach tagelangen harten Ritten über und über mit Lehm bespritzt. Sie standen vor dem Thron des Königs, um Bericht zu erstatten. Larissa saß neben ihrem Gemahl und spielte mit dem kleinen Speer. Trotz ihrer scheinbaren Geistesabwesenheit richtete sich ihr scharfer Blick sofort auf den Sprecher, wenn er etwas Wichtiges von sich gab.

»Einen Tagesritt vor der Grenze Grans stießen wir auf eine starke Truppe Berittener, mein König«, erzählte der Hauptmann der Späher. »Unser Führer erklärte, sie trügen die Kleidung der Gran. Als wir uns näherten, machten sie kehrt. Sie flohen nicht vor uns, denn es waren mindestens hundert Reiter. Wir waren weniger als Zwölf, und so setzten wir ihnen nicht nach.«

»Was hat das zu bedeuten, Gebieter?« erkundigte sich Larissa.

»Kundschafter«, erklärte Gasam. »Entweder schickt sie der König von Gran oder der Kommandant einer Grenzfeste, um den Gerüchten nachzugehen. Seit Wochen strömen Flüchtlinge ins Nachbarland. Selbst die einfältigen Herrscher Grans müssen inzwischen wach geworden sein.«

»Glaubst du, sie schicken ein Heer, um Huato zu befreien?« fragte sie beunruhigt. Das würde ihre Pläne gefährden. Als sie Gasam ihr Vorhaben mitteilte, hatte er sich einverstanden erklärt, wollte aber sein Heer zum gegenwärtigen Zeitpunkt noch nicht aufteilen. Die Stadt erwies sich als schwer einnehmbar, und sie quälten sich mit dem langwierigen Untergraben der Mauern ab.

»Ich wünschte, sie würden es tun«, antwortete er. »Ich könnte meine Truppen nach Osten führen, den Gegner in der Schlacht besiegen und wieder hier sein, ehe die zusammengepferchte Viehherde da drinnen überhaupt merkt, daß wir fort waren.«

Manchmal fand Larissa die Selbstgefälligkeit ihres Gemahls ein wenig beängstigend. Andererseits war es die Fähigkeit, Träume wahr werden zu lassen, die sie von Anfang an zu ihm hingezogen hatte.

»Vielleicht ist es an der Zeit, Diplomatie walten zu lassen, Gebieter«, meinte sie beiläufig.

»Was schlägst du vor?« Gasam gähnte herzhaft. Das untätige Herumsitzen ermüdete ihn und stimmte ihn mißmutig.

»Wir könnten Briefe und Gesandte mit dem Hof von Gran austauschen. Teile ihnen mit, daß du Sono wegen der unentschuldbaren Unfähigkeit König Manas erobertest oder weil er ein Abkommen brach oder etwas in der Art. Erkläre, daß du deinen Feldzug nicht östlich der Grenze fortsetzen wirst und deine Liebe für deinen Bruderkönig Ach'na von Gran grenzenlos und unverbrüchlich ist.«

Er runzelte die Stirn. »Würden sie das glauben?«

»Menschen in großer Furcht glauben alles. Am Hofe Grans gibt es sicherlich kluge Männer in hohen Stellungen, die deine Botschaft durchschauen und bezweifeln. Sie werden sie zu ihrem eigenen Nutzen verwenden und uns insgeheim schreiben, um eine Zusammenarbeit anzubieten, wenn du ihnen Vergünstigungen gewährst, sobald du Gran erobert hast.«

»Mit solchen Dingen kennst du dich viel besser aus als ich«, gab Gasam zu. »Schreibe die Briefe und wähle Gesandte aus. Und zwar sofort.«

»Das werde ich.« Larissa war glücklich, etwas zu tun

zu haben. »Am liebsten würde ich selbst reisen, aber sie könnten mich als Geisel behalten. Ich denke, ich schlage ihnen ein Treffen unweit der Grenze vor. So kann ich sie selbst bearbeiten und sicher sein, daß meine Versprechen auf fruchtbaren Boden fallen. Ich fühle mich immer besser, wenn ich die Leute persönlich vor mir habe und sie beeinflusse.«

»Und darin kann es dir kein Mensch gleichtun, meine Königin.«

Sie lächelte ihn an. »Ein Treffen gibt den Verrätern eine Gelegenheit, uns direkt anzusprechen.« Während der Unterhaltung hatten sich die Späher zurückgezogen. Jetzt winkte Larissa dem Anführer zu, näher zu treten.

»Ja, meine Königin?«

»Wird die Grenze zwischen Sono und Gran von einem Fluß gebildet?«

»Ja, aus dem Fluß Kol, Herrin.«

Sie kannte den Kol. Er floß unweit der Nordgrenze Grans und spielte eine bedeutende Rolle in den Plänen, der Stahlmine König Haels habhaft zu werden.

»Meinen Karten entnehme ich, daß der Fluß von Nordosten nach Südwesten fließt, entlang der nördlichen Anbaugebiete Grans, südlich des Giftigen Landes.«

»Das ist richtig, Herrin. In der Nähe der Zone beschreibt er jedoch einen großen Bogen und fließt von dort nach Süden, wo er in den Drachengolf mündet.«

»Liegt eine Insel im Fluß, die groß genug ist, um ein Treffen zweier königlicher Gesandtschaften auf neutralem Boden zu ermöglichen?«

»Ja, Gebieterin. Sie befindet sich etwa drei Tagesritte von hier entfernt an der Stelle, an der die Hauptstraße, die von einer Hauptstadt zur anderen führt, den Fluß quert. Eine Fähre verbindet die Insel mit dem Ostufer. Die Insel liegt näher zum Westufer hin, und eine Brücke führt über den Kanal zwischen Insel und Küste.« Er dachte nach. »Einheimische nennen den Ort ›Insel der Tränen‹, da viele Boote bei Nebel Schiffbruch an den trügerischen Felsklippen unter der Wasseroberfläche erleiden.«

»Wunderbar!« rief die Königin. »Mein Gebieter, mit deiner Einwilligung schlage ich ein baldiges Treffen zwischen mir und den Gesandten Grans auf der Insel der Tränen vor.«

»Selbstverständlich«, sagte Gasam mit zärtlichem Lächeln. »Wiege diese Kreaturen in Sicherheit. Überzeuge sie davon, daß ich zufrieden bin, wenn ich Mana und sein Land verschlungen habe. Sobald du zu dem Treffen aufbrichst, nimmst du eine Shasinnehrenwache mit. Die feigen Südländer könnten versuchen, dich zu hintergehen.«

»Das wagen sie nicht. Trotzdem nehme ich eine starke Truppe Shasinn mit.« Eine wunderbare Aussicht! Sie würde einen königlichen Pavillon auf der Insel errichten lassen. Im Gepäck einer der besiegten Armeen hatte sich das kostbare Zelt eines Generals gefunden. Sie wollte den Leuten aus Gran ihre Macht zur Schau stellen und zeigen, daß König Gasam so unangefochten herrschte, daß er sich leisten konnte, seine Königin zu einem diplomatischen Treffen zu schicken. Sie liebte diese Art der Machtspiele. Plötzlich fiel ihr etwas ein.

»Gibt es Neuigkeiten aus dem Norden?« fragte sie gespannt.

»Aus dem Norden?« Gasam sah sie verwirrt an. »Aus der Wüste?«

»Noch weiter aus dem Norden«, erklärte sie ungeduldig. »Von Hael.«

»Nichts. Es ist noch viel zu früh, um eine Reaktion zu erwarten. Ich werde den gesamten Süden beherrschen, ehe er etwas unternehmen kann.«

Larissa empfand Gasams Zuversicht als verfrüht, ließ sich aber nichts anmerken. Militärische Angelegenheiten überließ sie ihm. Trotzdem hatte sie ein ungutes Gefühl und befürchtete, daß sie noch anderen als ausschließlich militärischen Herausforderungen gegenüberstehen würden.

König Gasam betrat den unterirdischen Gang und achtete darauf, nicht mit den feuchten Wänden in Berührung zu kommen. Von Zeit zu Zeit rieselte Erde durch die Deckenverschalung und ließ ihn jedesmal zusammenzucken. Er haßte es, unter der Erde zu sein. Es war unnatürlich. Er liebte den weiten Himmel und den Boden unter seinen Füßen. Selbst unter einem Dach fühlte er sich nicht wohl.

»Menschen sollten nicht wie Horngräber in der Erde wühlen«, sagte er an seine Begleiter gewandt. Die meisten nickten und murmelten nur zustimmend, da sie von der Umgebung so bedrückt waren, daß es ihnen die Stimme verschlug.

»Es ist jedoch notwendig, wenn man diese Stadt einnehmen will«, bemerkte der Offizier, der sie hinabgeführt hatte. Er war ein nevanischer Söldner und kommandierte die Pioniere und Belagerungsfachleute. Allein die Nevaner waren Meister in dieser Art der Kriegführung, die eher schwere Arbeit als Kampf bedeutete.

»Ginge es irgendwie anders, würde ich es tun«, antwortete Gasam.

»Ganz wie du wünschst, edler König«, sagte der Offizier. Er war Berufssoldat und zollte Gasam den Respekt, den er jedem Brotherrn entgegenbrachte. »Ich habe die Stadt von allen Seiten untersucht, und wenn du sie einnehmen willst, ehe die Pest in deinem Lager ausbricht, geht es nur mit Hilfe unterirdischer Gänge.«

»Ja, ja, das weiß ich«, entgegnete Gasam gereizt. Es störte ihn, daß ihn diese Umgebung seiner üblichen Gelassenheit beraubte. »Wie tief sind wir?« Der Gang hatte fast hundert Schritte leicht bergab geführt und verlief jetzt geradeaus.

»Nicht sehr tief. Ungefähr zehn Schritte unter der Erdoberfläche.«

Gasam dachte an die Unmengen von Erde über seinem Kopf und zwang sich weiterzugehen. Während er mit seinem Gefolge den Gang betrachtete, hatten die Arbeiter ihre Werkzeuge beiseite gelegt und waren ins Freie gegangen. Überall lagen Spitzhacken, Schaufeln, Hämmer und Körbe herum, mit denen man die Erde ans Tageslicht brachte. Fackeln und Lampen hüllten den Gang in ein gedämpftes Licht, und der Rauch erschwerte das Atmen. Hier unten zu arbeiten muß ein Alptraum sein, dachte Gasam. Erleichtert bemerkte er, daß der Gang vor einer großen Steinmauer endete.

»Das ist das Fundament der Stadtmauer. Siehst du die Kante dort? Wir befinden uns an der Südwestecke. Die schwächste Stelle einer Mauer liegt immer in den Ecken.«

Gasam hatte keine Ahnung, warum das so war. Außerdem war es ihm gleichgültig. Hauptsache, der Mann verstand seine Arbeit. »Was geschieht jetzt?«

»Das hängt von deinen Wünschen ab, mein König. Wir können den Gang hindurchbohren und irgendwo in der Stadt ans Tageslicht kommen, so daß du einen Angriff durch den Tunnel vornehmen kannst. Aber ich muß dir mitteilen, daß es ein großes Wagnis bedeutet. Besser wäre es, wenn man viele verschiedene Tunnel hätte. Jetzt, da wir an der Mauer stehen, könnte man uns hören. Jeder Tag vergrößert das Risiko, entdeckt zu werden.«

Der Gedanke, seine Männer in den Tunnel zu schikken, behagte Gasam nicht. Auf so schmaler Front gegen unbekannten Widerstand anzukämpfen widerstrebte ihm sehr.

»Welche anderen Möglichkeiten gibt es?«

»Wir können von hier aus noch tiefer graben, unter der Mauerecke hindurch. Es wird beschwerlich sein, aber innerhalb einiger Tage entsteht ein so großer Hohlraum, daß die ganze Ecke zusammenbricht. Während der Arbeit stützen wir die Mauer mit starken Balken ab, damit sie nicht zu früh einbricht. Ist der Hohlraum groß genug, füllen wir ihn mit ölgetränkten Sträuchern. Wenn wir sie in Brand setzen, verbrennen die Balken und schwächen das Mauerwerk. Wenn die Stützen zusammenbrechen, kracht die ganze Ecke herab, und eine Bresche entsteht.«

»Ist die Bresche groß genug, um die Stadt zu stürmen?«

Der Nevaner zuckte die Achseln. »Wenn deine Krieger hart genug kämpfen ...«

»Brennt ein Feuer so tief unter der Erde überhaupt?« erkundigte sich Gasam.

»Ich habe vor, eine Reihe Rauchabzüge vom Hohlraum zur Erdoberfläche graben zu lassen. So entweicht die Hitze, während durch den Tunnel frische Luft hereinströmt. Es wird *sehr* heiß da unten werden, heiß genug, um selbst Steine zu beschädigen.«

»Sehr gut«, meinte Gasam zufrieden. »Fangt sofort an, diesen Feuerraum auszuhöhlen.«

»Wie mein König befiehlt.«

Gasam überlegte. »Du erwähntest Gegenwehr. Was könnten die Verteidiger tun?«

»Wenn sie uns graben hören, werden sie wahrscheinlich ebenfalls einen Tunnel graben.«

»Also können jeden Augenblick Soldaten über uns herfallen?« Seine Finger umklammerten den Speergriff fester. Der Gedanke war nicht unangenehm. Ein guter Kampf war besser als die bedrückende Atmosphäre dieser Umgebung.

»Möglich. Wäre ich Manas Pionierkommandeur, würde ich einen Tunnel vom Fluß her graben lassen, der genau in unseren Gang mündet. Wir befinden uns weit unterhalb des Flusses. Das Wasser würde uns mit aller Gewalt treffen.«

Gasam stellte sich vor, wie sich ein reißender Strom in den Tunnel ergoß, und ihm brach der Schweiß aus. Ein flaues Gefühl machte sich in seinem Magen breit. Bisher hatte er nur selten echte Angst verspürt, und es behagte ihm keineswegs. Er zwang sich, mit ruhiger Stimme zu sprechen.

»Ist das wahrscheinlich?«

»Wenn sie ganz in der Nähe graben, hätte ich sie schon gehört«, antwortete der Offizier. »Sobald wir den Hohlraum schaffen, werde ich lange Metallstäbe in den Boden unter der Stadt rammen lassen. Wenn ich das Ohr daran lege, höre ich ganz genau, ob sie irgendwo in der näheren Umgebung graben.«

»Hervorragend. Du hast deine Befehle. An die Arbeit, Nevaner.«

Gasam machte auf dem Absatz kehrt, und sein Gefolge wich zu beiden Seiten des Ganges zurück, um ihn durchzulassen. Er führte sie gemessenen Schrittes hinaus, obwohl er am liebsten gerannt wäre. Dabei gelobte er, die Bewohner der Stadt einen furchtbaren Preis zahlen zu lassen, weil er wahre Furcht verspürt hatte.

Während Larissa einen Brief aufsetzte, sah sie immer wieder zur Stadtmauer hinüber. Der König hatte eine hohe Beobachtungsplattform errichten lassen, die sich knapp außerhalb der Schußweite der Feinde befand, die südliche Mauer um zehn Fuß überragte und einen Blick in die Stadt ermöglichte. Die Königin räkelte sich auf ihrer mit Kissen bedeckten Liege, während sie dem Schreiber diktierte, der mit gekreuzten Beinen vor ihr hockte. Ein Sonnensegel schützte sie vor dem grellen Licht und etwaigen Regenschauern.

»An den ruhmreichen und ehrwürdigen König Ach'na

von Gran. Eine Botschaft des unbesiegbaren Königs Gasam von den Inseln und seiner Königin, der schönen Larissa.« Sie wandte sich dem Schreiber zu, einem Gefangenen aus Sono. »Wie hört sich das an?«

»Warum nicht: ›der schönen und einzigartigen Larissa‹, meine Herrin?« schmeichelte der Mann.

»Das hört sich noch besser an.« Larissa lächelte. »Schreibe es. So, es geht weiter: Ich, Königin Larissa, grüße den ehrenwerten Herrscher von Gran auf das herzlichste, auch im Namen meines königlichen Gemahls. Bitte nimm unsere aufrichtigsten Versicherungen zur Kenntnis, daß wir große Zuneigung für Dich empfinden. Die derzeitige mißliche Lage zwischen uns und König Mana ändert nichts an den Gefühlen, die wir für unseren königlichen Bruder Ach'na von Gran hegen.

Die augenblicklichen Streitigkeiten beruhen einzig auf den Untaten des habgierigen und unverschämten Königs Mana. Er brach ein wichtiges Handelsabkommen mit unserer Flotte, beleidigte uns aufs gröbste und blickte auf uns herab. Jetzt zahlt er den gerechten Preis für seinen Verrat und seine Unhöflichkeit.

Falls – und ich bin mir dessen sicher – der feige und hinterlistige König Mana Dich um militärischen Beistand gebeten hat, Bruder Ach'na, hoffe ich inbrünstig, daß Du ihm keine Beachtung schenkst. Es ist unser Wunsch, daß zwischen unseren Völkern eine friedliche und gedeihliche Beziehung herrschen möge.«

Sie hielt inne. »Hört es sich zu schmeichlerisch an? Ich möchte nicht unglaubwürdig klingen.«

»Meine Königin«, versicherte ihr der Schreiber, »es ist unmöglich, einem König von Gran zuviel zu schmeicheln.«

»Wunderbar. Fahren wir fort: Damit keine Mißverständnisse zwischen uns aufkommen, schlage ich ein diplomatisches Treffen auf neutralem Boden vor. Seine militärischen Belange halten König Gasam von der Teilnahme ab, aber ich, Königin Larissa, werde zum Zeichen seiner Aufrichtigkeit und seiner guten Absichten als Botschafterin in seinem Namen erscheinen. In zehn Tagen treffe ich auf der Insel der Tränen im Fluß Kol ein. Selbstverständlich ist mir bewußt, daß es zuviel erwartet wäre, Deine königliche Gegenwart bei einem so überraschend angesetzten Termin zu erwarten, aber ich bin bereit, die Gesandten zu empfangen, die Du in Deinem Namen entsendest, königlicher Bruder. So wird bis ans Ende aller Zeit Frieden und Eintracht zwischen unseren Völkern herrschen. Ungeduldig erwarte ich Deine baldige Antwort.« Wieder hielt sie inne und dachte eine Weile nach. »Mehr fällt mir nicht ein. Beende den Brief mit den üblichen Floskeln und schreibe ihn ins reine, ehe du ihn mir vorlegst. Ich kann die offizielle Sprache des Südens lesen und merke, wenn du meine Worte nicht getreu niedergeschrieben hast.«

»Meine Königin, niemals würde ich deine Worte verändern!« widersprach der Mann erregt.

»Hoffentlich nicht.« Larissa hatte erst als Erwachsene lesen gelernt, und sie hatte nicht viel Vertrauen in ihre Schreibkünste. Mit großer Erleichterung hörte sie, daß Mitglieder der königlichen Familie ihre Briefe von geübten Männern schreiben ließen.

Sie erhob sich und schritt zum Ende der Plattform, um in die Tiefe zu schauen. Das Gerüst bestand aus schweren Balken, aber es schwankte leise knarrend im Wind. Rechts und links erhoben sich weitere Türme, die allerdings auf Rädern ruhten. Bei einem Angriff wurden sie von Nusks und Sklaven an die Stadtmauern geschoben.

Lange Leitern lehnten an den Türmen, mit denen sich die Krieger Zugang zu den Wehrgängen der Stadt verschaffen würden. Larissa erschien diese Art des Kampfes selbstmörderisch, aber genau aus diesem Grund würde Gasam nur Soldaten minderwertiger Völker hinaufschicken. Die Inselkrieger hielt er bis zum Sturmangriff durch die Bresche zurück. Das offene Ende des Tunnels lag gut versteckt, und das ausgegrabene Erdreich wurde nachts fortgeschafft. Er wollte den Gang so lange wie möglich geheimhalten.

Larissa lehnte sich über die Brüstung und betrachtete das riesige Heer, das rings um die Stadt lagerte. Die Soldaten hoben lange Gräben aus, um einen Ausbruch der Verteidiger zu verhindern, obwohl etwas Derartiges als Unterbrechung der Langeweile höchst willkommen gewesen wäre. In den Gräben steckten angespitzte Pfähle aus Holz oder Bambus, dahinter erhoben sich Erdwälle.

Die edlen Inselkrieger beteiligten sich nicht an diesen Arbeiten und wurden immer ruheloser. Nach den Anstrengungen des Marsches und den Aufregungen der Schlachten empfanden sie die Untätigkeit als unerträglich. Der König mußte sie beschäftigen, und zwar schnellstens, dachte Larissa.

Der Schreiber brachte ihr den vollendeten Brief, und sie studierte ihn eingehend, um den Sinn der Worte nicht inmitten der kunstvoll gemalten Buchstaben zu verlieren. Der Brief stimmte mit ihrem Diktat überein. Sie schickte einen Sklaven, um einen Boten zu holen. Kurz darauf sprang ein Mann mit gelbem Turban von seinem Cabo, band es am Fuße des Turmes an und eilte die Stufen empor. Er kniete nieder und reichte der Königin den für Botschaften bestimmten Behälter, eine Bronzeröhre mit kunstvollen Verzierungen aus Gold.

Larissa öffnete die Röhre und verstaute die Schriftrolle. Der Schreiber verschloß den Behälter mit Wachs, und Larissa preßte das königliche Siegel fest hinein.

»Du wirst das Schreiben König Ach'na von Gran überbringen. Reite so schnell wie der Blitz.«

»Wie meine Königin befiehlt.« Der Mann eilte die Stufen hinab, und Augenblicke später verhallten die Hufschläge des Cabos in der Ferne.

Kapitel Zwölf

Um zum Palast zu gelangen, mußten sie an Lady Yashas Anwesen vorbei bergauf reiten und zur gegenüberliegenden Seite des Berges. Das weitläufige Palastareal lag unterhalb des Tempels, der die ganze Stadt überragte. Zahlreiche Gebäude unterschiedlichster Größe und Bauweise wurden von einer zwanzig Fuß hohen Mauer umgeben. Gelangweilte Wachen in bunten Uniformen, die einem Volksfest alle Ehre gemacht hätten, schritten auf den Wehrgängen auf und ab.

Ansa und Fyana folgten ihrem Führer durch einen Torbogen in einen gepflasterten Innenhof, in den eine Straße mündete, die leicht bergan zu einem prunkvollen Gebäude führte. Zu beiden Seiten der Straße wuchsen hohe Bäume, deren dunkelgrüne Blätter wie Spindeln zum Himmel zeigten. Exotische Vögel mit prachtvollem Gefieder und winzige Baummännchen hockten auf den Ästen. Am Fuße jedes Baumes stand eine große Schale mit Futter. Zwischen den Bäumen erstreckte sich ein großzügig angelegter Park voller zahmer Tiere. Zu seinem größten Erstaunen entdeckte Ansa ein Baummännchen, das die Größe eines erwachsenen Mannes hatte. Es sah nicht ungefährlich aus, als es sich auf alle viere fallen ließ und davoneilte.

Am Palast angekommen, nahm ihnen ein Knecht die Cabos ab und bedeutete ihnen, durch das große Tor einzutreten. Die Wächter zu beiden Seiten der Tür schenkten ihnen keinerlei Beachtung, obwohl Ansa bewaffnet war. Ein bärtiger Mann mit hagerem Gesicht trat ihnen entgegen. Noch ehe er sprach, wußte Ansa, daß es Lord Klon sein mußte. Auch ohne Maske sah der Mann aus, als trüge er sie noch.

»Willkommen im Palast Seiner Majestät«, begrüßte sie Klon. »Ihr dürft euch als Ehrengäste betrachten.« Einer der Uniformierten, der neben einer weit geöffneten Tür stand, räusperte sich vernehmlich.

»Ich werde gerade daran erinnert, daß du deine Waffen im Vorraum lassen mußt«, sagte Klon. »So will es der Brauch, und außer bei anderen Königen dulden wir keine Ausnahmen.«

Es war nicht angebracht, mit der Begründung zu widersprechen, daß sein Vater ebenfalls ein König war, dachte Ansa. Er legte das Schwert und den Dolch ab. Ohne die Waffen fühlte er sich fast nackt, hatte aber nichts anderes erwartet. Könige waren bekannt dafür, sehr wählerisch zu sein, wenn es darum ging, wer in ihrer Gegenwart Waffen tragen durfte.

Außerdem war er nicht länger ein einfacher Krieger aus der Steppe, erinnerte sich Ansa. Er war ein wichtiger ... was? Nur ungern bezeichnete er sich als Spion. Es klang unehrenhaft. Spione waren berufsmäßige Schnüffler, die Geheimnisse auskundschafteten und sie an jeden verkauften, der sie gut bezahlte.

Nun, egal, als was man ihn jetzt bezeichnen mochte: Er war noch immer ein Krieger, und diese Aufgabe erforderte Aufmerksamkeit und Geschick. Sein Vater hatte immer wieder gesagt, daß kämpferische Fähigkeiten die geringsten Eigenschaften eines richtigen Mannes seien und Waffen nur Werkzeuge waren. Als Knabe hatte er geglaubt, es sei nur eine der vielen närrischen Bemerkungen seines Vaters. Jetzt leuchtete ihm der Sinn ein.

Klon führte sie durch den Palast. »Die, äh, Person, zu der ich euch nun geleite, ist ...«

Fyana legte ihm die Hand auf den Arm. »Ich bitte um

Vergebung, Lord Klon, aber mein Gefährte und ich stammen aus Ländern, in denen es weniger förmlich zugeht. Wir sind nicht an die Sitten und Gebräuche bei Hofe gewöhnt. Ganz besonders unbehaglich fühlen wir uns, wenn wir es mit umständlichen Ausführungen zu tun haben, die hier als schlicht und einfach gelten. Bitte halte uns nicht für dumm oder unwissend, nur weil es uns an höfischen Manieren mangelt.«

»Werte Dame!« protestierte er. »Niemals würde ich auch nur im ...«

Abermals legte sie ihm die Hand auf den Arm. »Natürlich nicht. Ich möchte nur gewisse Dinge klarstellen. Uns ist bewußt, daß es sich bei dem Patienten um den König oder seinen Erben handelt. Selbstverständlich gehört die Gesundheit des Herrschers und seines Sohnes zu den Staatsgeheimnissen. Schließlich hängt die Erbfolge und die Regierung des Landes davon ab.«

Ansa gefiel der verblüffte Gesichtsausdrucks des Mannes. Er bewunderte Fyanas schnelle Auffassungsgabe und ihre Selbstsicherheit, mit der sie sich als dem Adligen ebenbürtig ansah. Ansa wußte, daß diese Haltung sie ein wenig Überwindung kostete, da ihr die prunkvolle Umgebung ebenso neu war wie ihm. Während der Reise nach Gran und in den ersten Tagen ihres Aufenthaltes in der Stadt hatten sie viel über die vergangenen Könige gehört, von denen manche bereits zu Legenden geworden waren.

Sie gingen zwischen zwei zylinderförmigen Aquarien hindurch, in denen Fische schwammen, deren Körper durch die gebogenen Wände seltsam verzerrt aussahen. Winzige Baummännchen mit goldschimmerndem Fell turnten überall umher. Wohin man auch blickte, entdeckte man kostbare Skulpturen, Mosaike und Gemälde.

»Zuerst einmal würden wir gerne deinen richtigen Namen erfahren«, fuhr Fyana fort. »Jetzt befinden wir uns im Palast, und hier besteht sicherlich kein Grund für übertriebene Geheimhaltung.«

»Äh, ja, sicherlich. Du hast recht. Ich bin Lord Osha Kl'an, Kammerherr Seiner Majestät. Es tut mir leid, aber die besonders heikle Angelegenheit erforderte strengste Geheimhaltung. Außerdem lieben wir es, uns zu maskieren.«

Fyana lächelte. »Schon besser. Soll ich den König oder seinen Erben untersuchen?«

Sie stiegen eine breite Treppe hinauf, die von hohen Statuen geflügelter Wesen mit Männerkörpern und Tierköpfen gesäumt wurde. Als sie den Gang im ersten Stockwerk erreichten, sahen sie kleinere und auch gemütlichere Räume. Offenbar handelte es sich dabei um die eigentlichen Wohnräume des Palastes. Zuvor waren sie durch Empfangssäle und Hallen geschritten, in denen große Feierlichkeiten stattfanden.

»Den König«, gab Lord Osha endlich zu. »Der Herrscher hat keinen Erben, der alt genug wäre, die Krone zu tragen.«

Fyana blieb stehen und sah ihn an. »Ehe ich weitergehe, mußt du mir eines verraten: Mache ich mir Todfeinde, wenn ich ihm helfe? Es hat keine Auswirkung auf meine Behandlung, aber ich möchte es wissen.«

Osha schwieg geraume Zeit. Fyana und Ansa ließen ihn nicht aus den Augen.

»Du wirst Freunde haben, die mächtiger sind«, antwortete er schließlich.

»Sehr gut. Gehen wir weiter.«

Sie kamen zu einer Tür, die von Männern einer unbekannten Rasse bewacht wurde. Sie waren untersetzt, stämmig und hatten blonde Haare und Bärte. Die Gesichter waren über und über tätowiert. Sie warfen den Fremden mißtrauische Blicke zu. Auf einen Wink des Kammerherrn gaben sie den Weg frei. Auch diese Wächter trugen bunte, wattierte Rüstungen. Ihre furchteinflößenden Streitäxte hatten einen vier Fuß langen Schaft, und die breite Stahlklinge war zwei Fuß breit. Die Bronzehelme der Männer waren wie die Schuppen eines Reptils geformt.

»Bamen«, erklärte Lord Osha. »Männer aus dem Nordosten, sehr weit von hier. Seit Generationen stellen sie die königliche Leibwache. Es sind Wilde, aber von unverbrüchlicher Treue.«

Er sagte es mit stolzer Stimme, aber Ansa empfand es als armselig, daß ein König ausländische Barbaren anheuern mußte, wenn er treu ergebene Wächter suchte. Ausländer würden sich nicht so leicht in die Intrigen der Adligen hineinziehen lassen. Das sagte viel über die Verhältnisse bei Hofe aus.

Sie begegneten zahlreichen Dienern und Höflingen. Selbst die mit Juwelen geschmückten und in kostbarste Gewänder gehüllten Männer verneigten sich überaus tief vor Lord Osha. Man unterhielt sich nur im Flüsterton oder schwieg, und die Mienen aller Anwesenden wirkten bedrückt. Die Frauen hatten sich so geschminkt, daß Mund- und Augenwinkel nach unten zeigten, auch hatten sie sich schwarze Ringe unter die Augen gemalt, die ausnahmslos blutunterlaufen aussahen. Ansa kam es so vor, als wäre er in eine von ständigen Weinkrämpfen geplagte Gesellschaft geraten. Wäre die Situation nicht so eigentümlich gewesen, hätte er lauthals gelacht.

Vor einer schweren, über und über mit Gold verzierten Tür blieben sie stehen. Der Kammerherr sprach mit leiser Stimme zu einem älteren, bärtigen Mann, der anschließend in der Tür verschwand. Wenig später erschien eine gutaussehende Frau Ende Dreißig mit blasser Haut und tiefschwarzem Haar. Eigenartigerweise war sie nicht so stark geschminkt wie alle anderen Edelfrauen. Lord Osha beugte das Knie und senkte den Kopf.

»Meine Königin, ich bringe die Besucher, von denen du bereits hörtest: Lady Fyana aus der Schlucht und den edlen Ansa, ihren Begleiter.«

Fyana verneigte sich tief, Ansa nur leicht. Kniefälle waren ihm fremd, und er dachte gar nicht daran, es dem Lord gleichzutun. Die Königin schien jedoch zufrieden zu sein.

»Ich bin euch zu großem Dank verpflichtet, weil ihr euch hierher bemüht habt«, sagte sie mit sanfter und unendlich dankbarer Stimme. Ansa konnte nicht feststellen, ob sie es ehrlich meinte oder ob sie eine gute Schauspielerin war.

»Ich hoffe, ich kann mich als nützlich erweisen«, erklärte Fyana. »Kann ich jetzt den Kranken sehen?«

»Bitte folge mir.« Die Königin nahm Fyana bei der Hand und führte sie in das Gemach. Ansa folgte ihnen auf dem Fuße, ehe noch jemand auf den Gedanken kam, es ihm zu verbieten. Er wollte Fyana keinesfalls aus den Augen verlieren.

Das Zimmer war sehr groß, aber die Luft stickig und von schweren Weihrauchschwaden durchdrungen. Wandteppiche und Vorhänge bedeckten Wände und Fenster. Eine kleine Menschenmenge drängte sich im Raum. Kostbar gewandete Männer und Frauen standen um ein Bett herum, das mitten im Zimmer auf einem Podest ruhte. Ihre kummervollen Mienen verhießen nichts Gutes für die Gestalt, die auf den Kissen lag.

Die Königin führte sie zu dem Podest, und sie stiegen die drei Stufen empor. Im Bett lag ein Mann, dessen Alter schwer einzuschätzen war. Haare und Bart waren glatt und von brauner Farbe. Unter der Gesichtshaut traten die Knochen spitz hervor. Blaue Augen starrten ins Leere. Beide Arme ruhten auf der Decke, und die schmalen, bleichen Hände lagen reglos auf den kunstvoll mit goldenen und roten Stickereien verzierten Laken. Bis auf das schwache Heben und Senken der

Brust bewegte sich der Kranke nicht. Nicht einmal die Finger zuckten.

»So liegt er seit zehn Tagen«, erklärte die Königin.

»Was ist geschehen?« fragte Fyana. Sie berührte den König nicht. Ansa musterte die Gesichter der Umstehenden. Etliche blieben ausdruckslos, andere blickten abweisend oder verächtlich.

»Es passierte während eines Festmahls. Der König war wie immer bei bester Gesundheit. Tagsüber hatte er stundenlang im Sattel gesessen und in den Wäldern gejagt. Keinem seiner Begleiter fiel irgend etwas Ungewöhnliches auf. Während der Mahlzeit wurde er plötzlich totenblaß und sagte mir, er wolle sich früh zurückziehen, da er sich unwohl fühle. Er verließ den Saal, aber sein Verhalten kam mir so seltsam vor, daß ich ihm folgte. Er lag auf dem Boden dieses Zimmers und war nicht in der Lage, sich zu bewegen oder zu sprechen. Genau wie jetzt.«

»Du hast ihn gefunden?« Fyana schaute auf. »Keiner der Diener oder Höflinge sah, wie er zusammenbrach?« Auch Ansa hatte sich darüber Gedanken gemacht, wollte aber Fyana das Sprechen überlassen, solange er nicht angeredet wurde.

»Ein Gang verbindet die öffentlichen Räume und die königlichen Gemächer, so müssen wir nicht die überfüllten Korridore benützen. Dort lag er. Seit jenem Augenblick hat er nichts gesagt und sich nicht bewegt. Kannst du ihm helfen?« Ihr Tonfall war ebenso beherrscht wie ihr Benehmen, aber in ihrem Blick lag ein leises Flehen.

»Ich will tun, was ich kann. Würdest du bitte Vorhänge und Fenster öffnen lassen? Die Luft und der Rauch im Zimmer reichen aus, um jeden Kranken umzubringen!«

»Majestät, ich protestiere!« Ein weißbärtiger Mann in schwarzem Gewand trat vor. Seine Robe zierten Stickereien von Tieren und Sternen. »Wenn man die Fenster öffnet, gestattet man Krankheit und Pestilenz ungehindertes Eindringen!«

Ein zweiter Mann, der den Kopfputz der Priester trug, trat ebenfalls vor. »Laß dich nicht darauf ein, meine Königin! Ich stellte geistige Schutzschilde rings um das Bett Seiner Majestät auf. Gelangen Luft und Sonne ins Zimmer …« – er legte eine dramatische Pause ein – »… darf man mich nicht für die entsetzlichen Folgen verantwortlich machen!«

»Meine Herren«, sagte die Königin, »ich danke euch für eure Bemühungen, aber wir müssen neue Wege beschreiten. Ihr dürft euch zurückziehen.« Sie wandte sich wieder dem Bett zu, aber beide Männer protestierten heftig.

»Unglaublich! Eine Beleidigung der hohen Gilde der Ärzteschaft!« rief der schwarz gekleidete Mann.

»Und des Tempels!« fügte der Priester hinzu. »Willst du dieser Wilden aus der Wüste erlauben, den Anordnungen der Hohenpriester zuwiderzuhandeln?«

Ansa entschied, daß er lange genug geschwiegen hatte. »Ihr habt dem König in den letzten zehn Tagen nicht geholfen. Verschwindet! Oder bedeutet euch der Befehl eurer Königin gar nichts?«

Entsetztes Raunen lief durch den Raum. Der Arzt und der Priester waren wie vom Donner gerührt und mochten kaum glauben, von einem Barbaren gemaßregelt worden zu sein, der kaum dem Knabenalter entwachsen war. Die Königin sah sie mit steinerner Miene an.

»Genau. Soll ich die Bamen rufen lassen?«

Vor Wut und Entsetzen einer Ohnmacht nahe, zogen sie sich unter gemurmelten Entschuldigungen aus dem Gemach zurück, von ihren Begleitern gefolgt. Diener eilten herbei, zogen die Vorhänge zurück und rissen die Fenster auf. Nach wenigen Augenblicken war die Luft im Zimmer erträglich, und das schummrige Licht war dem hellen Tag gewichen.

»Ich brauche einen Stuhl und muß geraume Zeit allein mit dem König verbringen«, erklärte Fyana. »Du mußt nicht aus dem Zimmer gehen, aber ich möchte wenigstens auf dem Podest mit ihm allein sein. Ich kann nicht vorhersagen, wie lange ich brauche. Wie ich bereits Lord Klon – besser gesagt, Lord Osha Kl'an – mitteilte, kann es sehr lange dauern, wenn der Kranke bewußtlos ist.«

»Ganz, wie du wünschst. Du hast alle Zeit der Welt. Jeder hier wird deinen Anweisungen gehorchen, als handele es sich um meine eigenen Befehle.« Ein Diener brachte einen Stuhl, und die Königin rückte ihn für Fyana zurecht, die sich darauf niederließ. Sanft berührten die blauen Finger die Schläfe des Kranken.

Eine Hand legte sich auf Ansas Arm. Die Königin bedeutete ihm, ihr zu folgen. Als sie das Zimmer verließen, erblickte er einen Knaben, der auf einem Stuhl neben der Tür saß. Er war nicht älter als zehn Jahre, und seine großen dunklen Augen schauten traurig drein. Als sich ihre Blicke begegneten, rang sich der Junge ein Lächeln ab. Das mußte der Sohn des Königs sein, dachte Ansa. Er war sicher, daß ihm sein energisches Auftreten gegenüber dem Priester und dem anmaßenden Arzt das Lächeln eingebracht hatte.

Die Königin führte ihn in ein Nebenzimmer, in dem ein Tisch mit Getränken und Speisen stand. Sie bedeutete ihm zuzugreifen, und Ansa setzte sich und langte nach einem gefüllten Becher.

»Junger Mann, du läßt dich nicht so leicht von hohen Würdenträgern einschüchtern. Ich mag nicht glauben, daß dies aus Unwissenheit geschieht.«

»Priester haben für mich keine Bedeutung«, sagte Ansa. »Bei meinem Volk gibt es sie nicht. Und ein Arzt, der nach zehn Tagen nichts erreicht hat, sollte sich nicht so aufspielen. Keineswegs hat er das Recht, sich der Königin gegenüber unverschämt zu benehmen.«

Sie seufzte, und es klang eher zornig als verzweifelt. »Wären bloß alle meine Untertanen so klug! Nun, keine Bange. Ich sorge dafür, daß dir und Lady Fyana kein Leid zugefügt wird.«

Ansa unterdrückte ein Grinsen. »Verzeihung, Majestät, aber ich denke, daß sich Fyana bedeutend mächtigere Feinde als die beiden Kerle machen wird, wenn sie den König heilt.«

Sie warf ihm einen prüfenden Blick zu. »Ich merke, daß du dich mit höfischen Intrigen auskennst.«

»Ich bin von Stand«, erklärte Ansa. »Ich habe viel Zeit am Hofe König Haels verbracht und glaube, daß alle Königshöfe gleich sind.«

»Bist du ein Verwandter König Haels?«

»Wir kennen uns«, antwortete er ausweichend.

»Er kam als Fremder in sein heutiges Reich, ein Wanderer von fernen Inseln. Also gehörst du zur Familie Königin Deenas?«

»Ja, wir sind verwandt«, gab er zu.

»Sicher recht eng, nehme ich an. Der Hauptmann der Leibwache teilte mir mit, daß du Waffen aus purem Stahl überreichtest, sogar ein ansehnliches Langschwert.«

»Offenbar benützt nicht nur die königliche Familie geheime Gänge«, sagte Ansa, der allmählich ärgerlich wurde. »Ist uns jemand vorausgeeilt, um dir Bericht zu erstatten?«

»Nur eine Vorsichtsmaßnahme«, beruhigte sie ihn. »Wenn du wüßtest, von wie vielen Intriganten ich umgeben bin!«

»Ich glaube, ich begreife allmählich. Übrigens sind Stahlwaffen in unserem Land keine Seltenheit mehr. Jeder Krieger besitzt welche.«

Sie drehte den Becher mit Wein in der Hand hin und

her. Ansa fiel auf, daß sie sehr erschöpft aussah, sich aber trotzdem kerzengerade hielt. »König Hael hat zwei Söhne. Einer heißt Kairn, der andere Ansa. Wenn du unerkannt reisen willst, hättest du wenigstens deinen Namen ändern sollen.«

»Ansa ist ein ganz gewöhnlicher Name bei den Steppenbewohnern«, sagte er verlegen.

»Ansa, ich habe deinen Vater getroffen, und die Ähnlichkeit ist unverkennbar. Es ist deine Sache, warum du deine Herkunft verleugnest, und ich respektiere deinen Wunsch, möchte aber klare Verhältnisse schaffen. Wenn du die Ehre ablehnst, die einem Prinzen gebührt, werde ich sie dir nicht aufdrängen.«

Errötend nahm er einen Schluck Wein. »Majestät …« Sie unterbrach ihn.

»Wenn wir unter uns sind, kannst du mich Masila nennen.«

»Gut, Masila. Ich bin kein Prinz in dem Sinne, wie es hier der Fall ist. Die überragende Bedeutung meines Vaters beruht sowohl auf seinen geistigen wie kriegerischen Talenten. Er wurde von allen Stämmen einstimmig zum König gewählt. Wenn er stirbt, ist es höchst unwahrscheinlich, daß einer seiner Söhne zum Nachfolger ernannt wird. Bei uns gibt es keine Erbfolge.«

»Ich verstehe. Bist du also nur als Besucher gekommen, als einfacher Reisender? Oder willst du einen militärischen Posten bekleiden?«

»Mir fällt auf«, sagte er unbehaglich, »daß du die hiesige Vorliebe für weitschweifige Vorreden nicht teilst.«

»Dafür habe ich keine Zeit«, erklärte sie schroff.

»Dann antworte ich ebenso geradeheraus. Als ich nach Süden ritt, geschah es aus reiner Abenteuerlust. Während meiner Reise hörte ich Gerüchte, die besagten, König Gasam führe wieder Krieg. Ich kam hierher, um die Wahrheit herauszufinden.«

»Leider ist es wahr. Er hat Sono erobert und belagert

Huato, König Manas Hauptstadt. Meine Spione haben Flüchtlinge befragt, die zu Tausenden über die Grenzen strömen.«

»Darüber muß ich mehr erfahren. Mein Vater und Gasam sind seit ihrer Kindheit Todfeinde.«

»Die Krankheit meines Gemahls hätte zu keinem ungünstigeren Zeitpunkt erfolgen können.« Sie sprach mit ruhiger Stimme, aber ihre Augen sahen besorgt drein. Ansa überlegte sich die nächsten Worte sehr sorgfältig.

»Ich frage mich, ob es Zufall ist.« Er bemerkte, wie sie die Augen zusammenkniff. Offensichtlich hatte sie genau das gleiche gedacht.

»Dazu möchte ich nichts weiter sagen, bis ich Lady Fyanas Bericht zum Zustand meines Gemahls gehört habe. Wenn sie ihn heilen kann, wird alles gut.«

Ansa zweifelte daran. Was er bisher von Gran gesehen hatte, erfüllte ihn keineswegs mit Zuversicht. Reichtum hatte nichts mit militärischer Schlagkraft zu tun, und er befürchtete, daß der Herrscher dieses Volkes – selbst bei bester Gesundheit – kein gleichwertiger Gegner für den furchterregenden König Gasam war.

»Meine Zofe Amahest M'Ilva erzählte mir, daß Lady Fyana ihr eine bestimmte Mitteilung machte, als ich sie gestern ausschickte, um euch zu treffen.«

»Falsche Namen vermögen nicht alles zu verbergen«, meinte Ansa. »Ich hoffe, es war der Dame nicht allzu peinlich.«

»Das muß sie mit ihrem Ehemann ausmachen«, lautete die Antwort der Königin. Dann schwieg sie, und Ansa wollte das Schweigen nicht brechen. Unzählige Fragen quälten ihn, aber er wollte seine kurze Bekanntschaft mit der Königin, die bereits zu viele Sorgen plagten, nicht belasten. Endlich besann er sich auf ein unverfängliches Gesprächsthema.

»Ist der Knabe, den ich im Schlafgemach des Königs sah, dein Sohn?«

Ihre Miene erhellte sich. »Unser einziges Kind, Prinz Gehlis.«

Dann verdüsterte sich ihr Gesichtsausdruck wieder. »Ich mache mir genauso viele Sorgen um ihn wie um meinen Gemahl.«

Ansa verstand die Königin. Wenn der König starb, solange sein Sohn noch unmündig war, mochte es einen Streit um die Regentschaft geben. Der Junge würde bestenfalls zur Marionette im Spiel um die Macht werden. War ein Regent erst mehrere Jahre an der Herrschaft, bot es sich sicherlich an, den Prinzen zu beseitigen. Schreckliche Gedanken, aber bestimmt sprach die Königin so offen zu ihm, weil sie bei Hofe wenig Freunde besaß. Er war ein Fremder und daher nicht in höfische Intrigen verstrickt. Außerdem war er ein Königssohn, denn sicherlich ließ sie sich nicht zu Vertraulichkeiten mit einer rangniedrigen Person herab.

»Wenn ich dir irgendwie behilflich sein kann, brauchst du es nur zu sagen«, versicherte er ihr. »Im Gegensatz zu Fyana besitze ich keine Fähigkeiten als Heilkundiger, bin aber ein erfahrener Krieger und sehr verschwiegen. Was in meiner Macht steht, werde ich gerne für dich tun.«

Anmutig neigte sie den Kopf. »Ich danke dir von Herzen für dein freundliches Angebot, denn ich weiß, daß du es nicht nur aus Höflichkeit machst. Bestimmt habe ich Verwendung für deine Hilfe, und das nur zu bald.«

»Dein Wunsch ist mir Befehl«, sagte Ansa.

Lustlos betrachtete die Königin die vor ihr stehenden Speisen. »Weißt du, wie lange Lady Fyana brauchen wird?«

»Ich weiß es nicht. Ich erlebte, wie sie einfache Krankheiten innerhalb von Sekunden erkannte, aber dabei handelte es sich um gewöhnliche Dinge, mit denen sie viel Erfahrung hat. Die Kranken sagten ihr, was sie quälte. Etwas Ungewöhnliches und ein Kranker, der bewußtlos ist …« Er zuckte die Achseln. »Ich vermute, daß es Stunden dauert. Vielleicht muß sie den König auch mehr als einmal untersuchen. Sie wird anschließend sehr erschöpft sein.«

Die Königin erhob sich. »Ich lasse Gemächer für euch vorbereiten. Meine Diener werden euer Gepäck und die Reittiere aus dem Gasthof holen.«

Ansa gefiel die Unterkunft im Gasthaus, und der Gedanke, in dem riesigen seltsamen Palast, in dem sich mögliche Widersacher aufhielten, zu wohnen, behagte ihm keineswegs. Allerdings sah er keine Möglichkeit, die angebotene Gastfreundschaft zurückzuweisen, ohne die Herrscherin zu beleidigen.

»Das ist ausgesprochen großzügig. Darf ich darum bitten, daß Lady Fyana und ich benachbarte Räume bekommen? Ich weiß, daß deine Wachen zuverlässig sind, aber ich gab ihrem Volk mein Wort, für ihre Sicherheit zu sorgen.«

»Natürlich. Jetzt muß ich gehen. Bitte verfüge über mein Haus und behandle meine Diener, als wären es deine eigenen.«

Er verneigte sich. Als sie fort war, fragte er sich, was er jetzt unternehmen sollte. Der Gedanke, in einem Zimmer herumzusitzen, egal, wie bequem es auch sein mochte, war schrecklich. Sie hatte ihm ihre Diener zur Verfügung gestellt, aber es gab nichts, was sie für ihn tun konnten. Seit seiner Kindheit hatte er alles selbst erledigt und niemals Dienstboten gehabt.

Ansa ging zum Gemach des Königs und schaute hinein. Fyana saß noch genauso da, wie er sie verlassen hatte. Sie und der König wirkten wie Statuen. An den Wänden lehnten schweigsame Höflinge und Dienstboten. Der Prinz saß nicht länger auf seinem Stuhl, und Ansa vermochte ihn nirgendwo zu erspähen.

Leise verließ er den Raum und betrat den Flur. Erwartungsvolle Gesichter wandten sich ihm zu, viele davon stark geschminkt. Als sie merkten, daß er nichts sagen würde, verloren sie das Interesse an ihm. Ansa wollte ins Freie, fort von den düsteren Mauern des Palastes. Er sehnte sich nach Sonnenlicht und frischer Luft.

Nach kurzer Zeit erreichte er eine breite zweiflügelige Tür, die nach draußen führte. Er fand sich auf einer Terrasse wieder, die einen seltsamen Ausblick bot. Eine lange Treppe führte zu einem ovalen Platz hinab, der von vielen Reihen Sitzplätzen umgeben wurde. Die Einfriedung des Platzes lag ungefähr acht Fuß unterhalb der ersten Sitzreihe. Der Boden war mit Sand bedeckt. Ansa wunderte sich, wozu der Platz diente. War es ein Tempel?

»Wie ich sehe, hast du unser Stadion gefunden«, sagte eine Stimme hinter ihm, die er erkannte. Er drehte sich um und erblickte die Frau, die sich am Vorabend als Lady Hesta vorgestellt hatte.

Ansa verneigte sich. »So ist es, Lady Amahest M'Ilva. So etwas habe ich nie zuvor gesehen. Wozu dient es?«

Ihre Hände strichen über die kunstvollen Falten des Gewandes, und sie kam näher. Sie war wesentlich zurückhaltender geschminkt als gestern, und Ansa sah eine schöne Frau von ungefähr dreißig Jahren vor sich, mit fast weißer Haut, die teilweise unbedeckt war. Das enge Mieder begann bei den Brustwarzen und ließ die schmalen Schultern und zarten Wölbungen der Brüste frei.

»Hier finden Vorführungen statt. Manchmal werden Tiere gezeigt, dann wieder sieht man Tänzer, Schauspieler, Akrobaten oder Zauberer. Es gibt auch Wettkämpfe zwischen Athleten oder Kriegern. Im Augenblick ist es recht kahl. Bei Vorführungen liegen überall weiche Kissen und kostbare Teppiche, bunte Blumen und Fahnen. Es gibt auch Springbrunnen, die für Erfrischung sorgen.

Manchmal finden auch Nachtvorstellungen im Fackelschein statt.«

»Kämpfe?« erkundigte er sich.

»Ja. Waffenmeister treten auf, um ihre Künste vorzuführen oder einander herauszufordern. Oft sieht es wunderschön aus, fast wie ein Tanz.«

»Kämpfen sie bis zum Tod?«

»Normalerweise gibt einer von beiden auf oder hält einfach nicht länger durch. Hin und wieder besteht ein Meister, der sich zutiefst beleidigt fühlt, auf einem Kampf bis zum Tode. Natürlich kommt es auch vor, daß Verlierer ihren Wunden erliegen. Interessierst du dich für Kämpfe?« Ein eigentümliches Lächeln umspielte ihre Lippen.

Er zuckte die Achseln. »Ich bin ein Krieger. Kämpfe wie hier habe ich noch nie verfolgt, obwohl ich natürlich gerne zusehe, wenn zwei Krieger ein Duell austragen. Das geschieht bei den meisten Zusammenkünften. Der König erlaubt es, da sie sich sonst heimlich bekämpfen würden, und das kann zu Blutrache führen.«

»Dein Volk scheint – wie soll ich es ausdrücken? – sehr urwüchsig zu sein.« Sie stand so dicht vor ihm, daß er ihr Parfüm roch. Es war nicht aufdringlich, wie er es an diesem Ort, wo alles übertrieben wurde, erwartet hatte.

»Wir sind an ein hartes Leben gewöhnt«, antwortete er.

»Hier führst du kein hartes Leben. Kaum angekommen, heißt man dich in den vornehmsten Häusern willkommen. Du hast bereits eine Privataudienz bei der Königin hinter dir. Viele Personen von Stand leben seit Jahren bei Hofe, ohne derartige Gunstbezeugungen zu erhalten.«

»Ihre Majestät ist überaus freundlich«, sagte Ansa. »Lady Fyana und ich verkörpern neue Hoffnung in einer Zeit furchtbarer Prüfungen. Ich gebe mich nicht der Illusion hin, plötzlich zum Favoriten des Hofes aufgestiegen zu sein.«

Sie nickte. »Das sind kluge Worte, die mich froh stimmen. Laß mich als Freundin zu dir sprechen. Königliche Gunst ist ebenso gefährlich wie königliches Mißfallen. Sie kann sogar noch gefährlicher sein, denn Mißfallen beschert dir einen mächtigen Feind, Gunst dagegen zahlreiche, weniger mächtige Neider.«

»Dessen bin ich mir bewußt. Trotzdem hätte ich nicht anders handeln können.«

»Eine ehrenwerte Einstellung und die Gesinnung eines Edelmannes. Wenn ich dir einen Vorschlag unterbreiten darf: Es wäre ratsam, wenn du hier die Rolle eines einfachen Barbaren spielst, tapfer und ehrlich, aber nicht sehr gescheit. Die Mächtigen bei Hofe werden dann keine Gefahr in dir sehen.«

Er nickte. »Ich werde daran denken. Darf ich eine Frage stellen? Wer ist der gefährlichste Gegner am Königshof? Es gibt sicherlich einige Menschen, die über eine Genesung des Königs enttäuscht sein werden.«

Sie schlug die Augen nieder. »Du verlangst zuviel! Es muß reichen, daß du auf der Hut bist. Kümmere dich nicht um Namen.«

»Dann will ich dich nicht weiter bedrängen und bedanke mich für deine Ratschläge.«

»Genug von diesen ernsten Themen«, erklärte sie. »Solange du bei uns bist, sollst du mich als deine Freundin betrachten.«

»Das werde ich«, antwortete Ansa, obwohl er sich dessen nicht sicher war. Es bedurfte mehr als der einfachen Versicherung von Freundschaft, ehe er jemanden ins Vertrauen zog. Lady Amahest schien darauf bedacht, ihm Gesellschaft zu leisten. Sie zeigte ihm das Stadion und erklärte ihm alles Wissenswerte. Auf der Mauer der Arena standen seltsame Statuen, die Tiere und verwachsene Menschen darstellten. Sie erzählte ihm von der Legende, in der zwergwüchsige Menschen und Tiere an einem Krieg der Götter teilnahmen. Vor dreihundert Jahren hatte ein König das Stadion errichten lassen, den es nach blutigen Sportarten gelüstete, der aber den Palast nicht verlassen wollte, um ihnen zuzuschauen. Er ließ wilde Tiere herbeischaffen und gab vor, ihnen nachzujagen, oder er vergnügte sich, indem er Gefangenen zusah, die gegeneinander kämpfen mußten. Inzwischen floß längst nicht mehr so viel Blut wie damals, versicherte ihm Amahest. Das Blutvergießen diente eher dazu, die Vorführungen ein wenig zu würzen, anstatt der Hauptgrund dafür zu sein.

Während der Besichtigung fand sie immer wieder Gelegenheit, seine Hand zu ergreifen und ihn auf besonders bemerkenswerte Dinge hinzuweisen. Auch stand sie viel dichter neben ihm als notwendig. Schon bald erzählte ihm die Frau, daß ihr um vieles älterer Gemahl als Gouverneur einer Provinz an der südöstlichen Grenze zum kleinen Königreich Missa lebte, einem Sumpfgebiet, das sie unerträglich fand.

Ansa war gleichzeitig belustigt und beunruhigt. Sie war eine schöne Frau, aber in der schwierigen Lage, in der er und Fyana sich befanden, wollte er sich keine unnötigen Probleme aufhalsen.

»Ich werde dir die Gewölbe zeigen«, sagte Amahest. »In manchen leben Tiere, in anderen bereiten sich die Darsteller auf ihre Vorführungen vor. Dann gibt es Kammern, deren Zweck unbekannt ist. Sie sind ausgesprochen dunkel und geheimnisvoll.« Sie ergriff seine Hand. »Komm mit.«

»Vielleicht ein anderes Mal. Ich bin schon zu lange fort. Ich sollte zurückgehen und nachschauen, wie es um Fyana und den König steht.«

Ihr Blick verfinsterte sich. »Sie hat doch gesagt, es könnte sehr lange dauern. Es gibt keinen Grund zur Eile.«

Ansa hatte keine Ahnung, wie gefährlich die Frau war, wenn er sie verärgerte. Er wollte sie nicht beleidigen, mußte aber damit rechnen, daß sie ihn absichtlich so lange wie möglich vom Gemach des Königs fernhielt.

»Es tut mir leid, aber ich bin für Fyanas Sicherheit verantwortlich.«

»Das mag sein. Vielleicht hätte ich dir nicht einschärfen sollen, den schlichten Barbaren zu spielen. Na gut, dann geh zu ihr. Aber vergiß nicht, daß wir die Besichtigung längst nicht beendet haben.«

Er verneigte sich. »Sei versichert, daß ich es nicht vergesse.« Erleichtert machte er sich auf den Weg zum Gemach des Königs, wo alles unverändert war. Er durchquerte das kleine Empfangszimmer, in dem die Unterhaltung mit der Königin stattgefunden hatte. Auch dort sah alles unverändert aus, nur die Speisen und Getränke waren aufgefüllt worden. Da er seit geraumer Zeit nichts Sättigendes zu sich genommen hatte, speiste er ausgiebig. Als die Königin eintrat, erhob er sich hastig und verneigte sich. Sie bedeutete ihm, wieder Platz zu nehmen.

»In Zeiten wie diesen ist ein Königshof ein eigenartiger Ort«, meinte sie. »Niemand weiß, was er tun soll. An gewöhnlichen Tagen ist jede Tat jedes einzelnen durch die Anweisungen des Herrschers festgelegt. Jetzt sind alle verwirrt. Man kann der täglichen Routine nicht länger folgen, hat aber auch keine Regeln für Krisenzeiten. Der Hof kann sich nicht nach den Wünschen des Königs richten, befindet sich aber auch nicht in Trauer. Niemand kann etwas tun, bis die Lage eindeutig geklärt ist – zum Guten oder zum Schlechten.« Gedankenversunken tippte die Königin auf einen Gegenstand, und Ansa sah, daß es sich um ein kunstvoll verziertes Rohr aus Bronze handelte, in dem Botschaften überbracht wurden. Ein nicht erbrochenes Wachssiegel verschloß den Behälter.

»Du hast eine wichtige Botschaft erhalten?«

»Ja, aber ich zögere, sie zu lesen. Die Unfähigkeit zu handeln, die den ganzen Hof befallen hat, berührt auch mich. Die Botschaft stammt von König Gasam, und ich befürchte Schreckliches.«

Ein kalter Schauer überlief Ansa. Eine Botschaft von Gasam! Eine Herausforderung? Oder eine von seinen einschmeichelnden Lügen? Sie hätte zu keinem unpassenderen Zeitpunkt eintreffen können.

»Du mußt sie möglichst bald lesen«, sagte er.

»Ich weiß. Aber ich warte, bis ich die engsten Vertrauten des Königs um mich versammelt habe.« Abermals tippte sie auf die Bronzeröhre. »Ich möchte, daß du ebenfalls anwesend bist.«

»Ich weiß die Ehre zu schätzen«, antwortete Ansa, »aber deine Ratgeber werden dagegen sein.«

»Von mir aus!« entgegnete sie. »Es ist mir ziemlich egal. Du bist neu hier und siehst alles mit anderen Augen.«

»Worauf soll ich achten?«

»Auf die Gesichter der Ratgeber. Ich möchte wissen, welchen Eindruck du von ihnen hast, wenn sie Gasams Worte hören und noch keine Zeit hatten, sie zu überdenken und sich zusammenzureißen. Gasam führt einen Eroberungskrieg in unserem Nachbarland. Das hier ...« – sie schlug heftig gegen die Bronzeröhre – »... ist vermutlich ein Ultimatum. Ein paar Ratgeber erwägen sicherlich, uns den Rücken zuzukehren und gleich zu Gasam überzulaufen.«

»Dabei haben sie doch nichts zu gewinnen«, wandte Ansa ein.

»Vielleicht, aber in manchen Menschen steckt von Geburt an die Neigung zum Verrat. Sie können ebensowenig aufhören, mit doppelter Zunge zu sprechen, wie sie das Atmen einzustellen vermögen. Es ist mir wichtig, deine Meinung zu hören.«

»Ich stehe dir zu Diensten. Wann soll die Zusammenkunft stattfinden?«

»Heute abend, falls keine grundlegende Veränderung im Befinden des Königs stattfindet. Die Ratgeber sind seit Tagen versammelt, und es wird nicht lange dauern, sie herbeizurufen.«

Sie verstummte, als sich die Tür öffnete und Fyana eintrat.

Ihr Aussehen entsetzte Ansa. Sie war bleich und erschöpft, und zwei Dienerinnen stützten sie zu beiden Seiten.

Die Königin zog einen Stuhl vom Tisch weg, und die Frauen halfen Fyana, sich zu setzen. Die Herrscherin entließ die beiden und schenkte Wein in einen Becher ein, ehe sie wieder Platz nahm und besorgt zusah, wie Fyana mit zitternden Fingern in ihrer Gürteltasche kramte. Schließlich holte sie eine winzige Flasche heraus und entkorkte sie. Sechs Tropfen der Flüssigkeit ließ sie in ihren Wein fallen, ehe sie die Flasche sorgfältig wieder verstaute. Mit beiden Händen umklammerte sie den Becher und trank.

Die Zeit verging, und alle schwiegen. Fyana trank immer wieder in kleinen Schlucken, bis ihr Gesicht ein wenig Farbe annahm. Schließlich war sie in der Lage, den Becher in einer Hand zu halten, ohne zu zittern oder ihn abzusetzen.

»Es geht vorbei«, erklärte sie mit heiserer Stimme. »Wenn die Behandlung so schwierig ist, befällt den Heilenden ein Teil der Krankheit des Patienten.«

»Bitte stärke dich«, bat die Königin. »Rede erst, wenn du dich kräftig genug fühlst.«

Ansa schenkte Fyana nach und stellte einen vollen Teller vor sie hin. Vorsichtig aß Fyana ein paar winzige Pasteten und etwas gegrillten Fisch, als fürchte sie, das reichhaltige Angebot würde ihr auf den Magen schlagen. Doch schon bald aß sie mit einem Heißhunger, als habe sie seit Tagen gefastet. Endlich lehnte sie sich gesättigt zurück. Sie sah noch immer müde aus, aber nicht mehr krank.

»Ich hoffe, du vergibst mir mein seltsames Benehmen, meine Königin.«

Diese winkte ab. »Meine Ärzte und Priester benehmen sich viel seltsamer und erreichen überhaupt nichts. Kannst du mir schon etwas über den Zustand meines Gemahls berichten?«

»Ich muß ihn noch mehrmals behandeln«, erklärte Fyana. Als sie die enttäuschte Miene der Königin bemerkte, fügte sie eilig hinzu: »Soviel kann ich dir verraten: Der König wurde vergiftet.«

»Das habe ich vermutet. Alles, was er ißt oder trinkt, wird vorher gekostet. Wie wurde es ihm also verabreicht?«

»Das weiß ich noch nicht.«

»Nun, im Augenblick ist es nicht so wichtig«, meinte die Königin. »Wie ernst ist sein Zustand? Wird er wieder gesund?«

»Ich muß noch ein paar Versuche durchführen, glaube aber, die Wirkung des Giftes aufheben zu können. Es handelt sich um ein Lähmungsgift, und der König kann sich nicht aus eigenem Antrieb bewegen. Ansonsten ist seine Gesundheit bestens. Deshalb ist er auch noch am Leben. Wäre er nicht außergewöhnlich kräftig und gesund, hätte das Gift die Atmung gelähmt, und er wäre erstickt. Eine stärkere Dosis des Giftes hätte sein Herz zum Stillstand gebracht, und er wäre auf der Stelle gestorben.«

Die Königin schloß die Augen und schauderte. »Dafür nehme ich Rache, aber das hat Zeit. Was kann ich im Augenblick tun?«

»Ich muß ihn mit Arzneien behandeln und ein paar Experimente durchführen. Manche Dinge, die ich benötige, befinden sich noch im Gasthaus ...«

»Euer Gepäck ist bereits im Palast«, unterbrach sie die Königin.

»Sehr gut. Alles andere hoffe ich bei den hiesigen Apothekern zu finden. Dürfte ich um etwas zum Schreiben bitten?«

Die Königin klatschte in die Hände, und eine Dienerin erschien. Auf Befehl ihrer Herrin eilte sie davon, um kurz darauf mit einem Tablett zurückzukehren, auf dem ein Stapel Papier, kleine Töpfe mit Tinte in verschiedenen Farben und mehrere Federn und Pinsel lagen. Fyana beachtete die Federn nicht und malte mit einem Pinsel geheimnisvolle Linien. Nach einer Weile pustete sie die feuchte Tinte trocken und reichte der Königin das Blatt.

»Laß es an alle Apotheker der Stadt verteilen. In einer so großen Stadt sollte es möglich sein, alle gewünschten Dinge aufzutreiben.«

»Ich lasse sofort Abschriften anfertigen und schicke Boten aus. Das wird viel Zeit sparen.« Sie rief einen Schreiber herbei und erteilte ihm die notwendigen Befehle.

»Kannst du mir im Augenblick noch mehr berichten?«

»Nicht, ehe ich meine Versuche nicht abgeschlossen habe.«

»Brauchst du sonst noch etwas? Frage nur!«

»Ich brauche Gehilfen.«

»Behandele meine Ärzte und ihre Diener wie deine persönlichen Sklaven«, sagte die Königin.

»Es tut mir leid, aber ich traue deinen Ärzten nicht. Deshalb kann ich auch ihren Dienern nicht trauen.«

Die Königin widersprach nicht. »Wen dann?«

»Ich will deinen besten Tierarzt, jenen, der sich um die königlichen Cabos kümmert. Er soll seine Gehilfen mitbringen oder ein paar kräftige Stallknechte, wenn er keine Diener hat.«

Jetzt war die Königin völlig entsetzt. »Ein Cabodoktor! Das darf doch nicht wahr sein! Ich erlaube nicht, daß sich solche Leute um meinen Gemahl kümmern!«

»Majestät«, sagte Fyana, »im Augenblick brauche ich jemanden, der die unappetitliche, aber notwendige Kunst beherrscht, Arzneien in einen leblosen Körper zu befördern. In diesem Zustand besteht kaum ein Unterschied zwischen dem Leib eines Menschen und dem eines Cabos, und ein König unterscheidet sich nicht von gewöhnlichen Männern. Natürlich kannst du alle überflüssigen Personen aus dem Schlafgemach schicken lassen. Es ist kein sehr würdevoller Anblick.«

Das Gesicht der Königin war wie erstarrt. »Es wird geschehen, was du wünschst.«

»Vor morgen kann ich nichts mehr unternehmen. Ich hoffe, bis dahin alle Arzneien bekommen zu haben. Darf ich mich verabschieden? Ich muß mich unbedingt ausruhen.«

»Natürlich. Ich habe Gemächer für dich und Prinz Ansa herrichten lassen.«

Fyana sah Ansa an und lächelte. »Dein Versteckspiel hat nichts genutzt.«

»Du wirst merken, daß Königin Masila nicht so leicht hinters Licht zu führen ist.«

Die Herrscherin führte sie durch das Schlafgemach ihres Mannes in die große Halle. Hinter der Tür stand eine Sänfte, neben der vier muskulöse Träger mit verschränkten Armen geduldig warteten. Der Anblick entlockte Fyana ein leises Lachen.

»Majestät, ich bin müde, aber ich bin kein Krüppel. Ich kann es aus eigener Kraft bis in mein Schlafgemach schaffen.«

»Das lasse ich nicht zu«, erklärte Masila. »Von nun an steht deine Gesundheit an zweiter Stelle hinter der meines Gemahls. Ruh dich aus. Meine Diener werden deinen Befehlen gehorchen, als hätte ich sie gegeben.« Sie wandte sich an Ansa. »Ich schicke heute abend nach dir, wie wir besprochen haben.« Die Menschen in der Halle verneigten sich tief, als die Königin wieder im Zimmer ihres Mannes verschwand.

Verlegen stieg Fyana in die Sänfte. Die Sklaven bückten sich und hoben sie auf die Schultern. Grinsend schritt Ansa neben ihnen her. Während sie durch die Gänge schritten, verbeugten sich die Höflinge vor ihnen. Die Nachricht von den außergewöhnlichen Gunstbezeugungen der Königin hatte sich wie ein Lauffeuer im Palast verbreitet. Die Sklaven setzten die Sänfte vor einer Tür ab, die von zwei der grimmig dreinblickenden Bamen flankiert wurde.

»Noch nie haben mich Menschen getragen«, sagte Fyana, als sie aus der Sänfte kletterte. »Ein seltsames Gefühl!« Sie sah aber nicht so aus, als habe es ihr mißfallen.

Ihre Zimmer standen den Gemächern des Königs in Größe und Ausstattung kaum nach. Ein Dutzend Sklaven, angeführt von einer Aufseherin, die eine kleine Zeremonienpeitsche im Gürtel trug, erwartete sie. Die Frau nahm sich sofort Fyanas an und führte sie zu einem Baderaum. Ansa ging in sein Zimmer und trat auf den Balkon. Auch dort wachten zwei Bamen. Anscheinend hatte die Königin sogar in ihrem eigenen Palast Angst um seine und Fyanas Sicherheit. Ansa hätte sich besser gefühlt, wenn er seine Waffen bei sich gehabt hätte.

Bei dem Gedanken warf er einen Blick auf den kleinen Haufen seiner Habseligkeiten, die neben dem Bett lagen. Aus einer Tasche ragte ein mit Leder umwickelter Griff. Er langte danach und hielt die Steinaxt in Händen, die er vor zwei Tagen gekauft hatte. Ansa ließ sie durch die Luft sausen und fühlte sich gleich sicherer, als er das leise Zischen vernahm.

Später entdeckte er einen an sein Schlafzimmer grenzenden Baderaum und beschloß, ein Bad zu nehmen. Er schickte die übereifrigen Diener fort, da er sich durchaus in der Lage fühlte, allein zu baden. Es kam ihm noch immer eigenartig vor, daß manche Leute selbst bei den einfachsten und alltäglichsten Dingen Bedienstete brauchten. Wahrscheinlich verlieh ihnen das ein Gefühl von größerer Wichtigkeit. Nach allem, was er gesehen hatte, bedurften sie dieser Äußerlichkeiten.

Nachdem er sich eingeseift und abgeschrubbt hatte, lehnte er sich entspannt in der Wanne zurück und überdachte die augenblickliche Lage. Wie eigenartig, sich gleichzeitig in unglaublichem Luxus zu sonnen und in großer Gefahr zu befinden. Hier gab es niemanden, dem sie vertrauen konnten, obwohl die Königin sehr aufrichtig wirkte.

Ansa trocknete sich ab und zog saubere Kleidung an. Dann wartete er, bis Fyana ihn rufen ließ. Sie lag auf ihrem Bett, gestützt von unzähligen Kissen, die zwei Dienerinnen kunstvoll aufhäuften.

»Laßt uns bitte eine Weile allein«, bat Fyana, und die beiden zogen sich unter Verneigungen zurück. Sie wandte sich wieder an Ansa. »Erzähle mir, was du unternommen hast, während ich beim König war.«

Er setzte sich auf die Kante des riesigen Bettes und berichtete ihr von der Unterhaltung mit der Königin, der Besichtigung des Stadions und von Lady Amahests Verführungsversuchen. Erfreut bemerkte er, wie sich Fyanas Augen verengten und ihre Nasenflügel bebten.

»Diese Schlampe! Noch dazu eine verheiratete Frau!« Sie schäumte vor Wut. »Wahrscheinlich hältst du dich jetzt für unwiderstehlich!«

Er lachte – zum ersten Mal an diesem Tag.

»Das würde ich gerne. Sie ist eine wunderschöne Frau.« Er genoß ihre zornige Miene. »Aber nicht einmal ich bin so eingebildet. Die Menschen hier machen kaum etwas, von dem sie sich nicht irgendeinen Vorteil versprechen. Vielleicht hat man sie auch dazu angespornt in der Erwartung, mehr über uns und unsere Pläne herauszufinden oder Einfluß auf mich zu gewinnen.«

»Genau. Vergiß das bloß nicht!«

»Ganz im Ernst, ich habe kein gutes Gefühl bei der Sache. Aus welchem Grund auch immer sie sich an mich herangemacht hat: Ich könnte mir eine Todfeindin schaffen, wenn ich sie zurückweise. Man sagt Übles von verschmähten Frauen.«

»Mach dir keine Sorgen«, versicherte ihm Fyana. »Du bist ein einfacher Barbar, oder nicht? Teile ihr mit, daß es bei deinem Volk nicht Sitte ist, bei einer schwangeren Frau zu liegen. Schließlich warst du dabei, als ich ihr über ihren Zustand berichtete. Das reicht als Entschuldigung und wird ihren Stolz nicht verletzen. Sieh nicht so unglücklich drein bei dem Gedanken. Sie wird nicht die letzte sein, die dir ihren Körper anbietet.« Wieder verengten sich ihre Augen. »Zweiter Monat. Ich frage mich, wie lange ihr Gemahl abwesend ist.«

»Das muß sie mit ihrem Ehemann ausmachen«, wiederholte Ansa die Worte der Königin. Er fuhr fort, ihr von seinem zweiten Treffen mit Masila und ihren Befürchtungen über Gasams Botschaft zu erzählen.

»Ich verstehe ihre Besorgnis. Bei dem Gedanken, es mit diesem Mann zu tun zu haben, würde es mir nicht anders ergehen. Bisher haben sich der König und seine Ratgeber damit beschäftigt. Jetzt lastet außer der Sorge um die Gesundheit ihres Gemahls auch noch die Regierung auf ihren Schultern. Es wundert mich nicht, daß sie deine Gegenwart wünscht, wenn sie den Brief Gasams vorliest.«

»Ich vermute, sie verdächtigt einen der Ratgeber, Schuld an der Erkrankung des Königs zu sein. Vielleicht möchte sie auch nur, daß ein freundlich gesonnener Mensch anwesend ist.«

»Sie kommt mir aber nicht wie jemand vor, der Fremde rasch ins Vertrauen zieht«, meinte Fyana.

»Ich glaube, sie ist wie jene Kranken, von denen du einst erzähltest«, widersprach Ansa. »Wenn sie verzweifelt sind, glauben sie jedem, der ihnen ein wenig Hoffnung beschert. Für die Königin sind wir die letzte Hoffnung.«

Fyana murmelte zustimmend, aber ihre Lider waren schwer, und innerhalb weniger Augenblicke schlief sie tief und fest in den Kissen versunken ein. Ansa befahl den beiden Dienerinnen, bei Fyana zu wachen, sie aber auf keinen Fall zu wecken. Sie betraten das Schlafzimmer mit dem Gebaren von Fachleuten, denen ein Unwissender gerade versucht hat, ihre Arbeit zu erklären. Ansa zog sich in seinen Raum zurück, um ein wenig zu ruhen. Es gab nichts zu tun, als auf die Aufforderung der Königin zu warten.

Kapitel Dreizehn

Ein Diener berührte ihn an der Schulter, und Ansa begriff, daß er eingeschlafen sein mußte. Das erstaunte ihn, denn er war daran gewöhnt, zwei oder mehr Tage ohne Schlaf auszukommen. Ihm fiel ein, daß er am Nachmittag Wein getrunken hatte. Offenbar war er stärker gewesen, als er angenommen hatte.

»Herr, die Königin schickt nach dir«, sagte der Diener.

»Wie spät ist es?«

»Die zweite Stunde nach Sonnenuntergang.«

Es war noch früh, aber der kurze Schlaf hatte ihn erfrischt. Ansa stand auf, und ein zweiter Diener hielt ihm eine Schüssel mit Wasser entgegen. Er wusch sich das Gesicht und nahm dem dritten Bediensteten das Handtuch ab. In dem großen Spiegel betrachtete er seine Kleidung und entschied, daß sie dem Anlaß angemessen war.

Vor der Tür erwartete ihn ein älterer Mann in Livree und verneigte sich tief. »Würdest du mir bitte folgen, Herr?« Ansa nickte und wurde in einen Raum geführt, der unweit des Gemaches lag, in dem sich der kranke Herrscher befand. Gemessen an den anderen Räumlichkeiten des Palastes war dieses Zimmer klein – zwanzig Schritte lang und zehn Schritte breit. An einem Ende stand ein niedriges Podest, auf dem ein Sessel aus dunklem, glänzendem Holz thronte, und entlang der Längsseite zog sich ein Tisch, den eine Gruppe kostbar gewandeter Männer umringte, von denen die meisten alt oder zumindest mittleren Alters waren. Sie sahen erstaunt auf, als Ansa eintrat.

Die meisten Gesichter kamen ihm bekannt vor. Er hatte sie bereits im Schlafgemach des Königs oder in den Gängen erblickt. Lord Osha Kl'an befand sich unter ihnen. Er nickte Ansa zu und stellte sich neben ihn.

»Ich nehme an, Ihre Majestät hat um dein Erscheinen gebeten.«

»So ist es.«

»Darf ich fragen, warum?« Er wirkte nicht ungehalten, nur neugierig. Aber Ansa hütete sich, nur vom Gesichtsausdruck zu urteilen, denn Selbstbeherrschung zählte bei diesen Menschen zu den höchsten Tugenden.

»Sie scheint ausreichende Gründe dafür zu haben.«

»Ganz bestimmt. Ich möchte dir meine Gefährten vorstellen.«

Er stellte die einzelnen Männer mit vollem Namen vor. Die seltsamen Namen flogen nur so an Ansa vorbei, aber die Titel waren leichter zu merken: Kriegsminister, Finanzminister, Außenminister, Minister der Kriegsmarine, Minister der Handelsmarine, Erster Ratgeber und so weiter. Osha Kl'an war der Hofmarschall.

Die Männer verbeugten sich vor dem Thron, als die Königin durch einen Wandbehang hinter dem Podest erschien. Sie trug ein sehr förmliches schwarzes Gewand, das mit Perlen bestickt und von einem weißen glänzenden Saum eingefaßt war. Den Kopf bedeckte ein Schleier, der von einer goldenen, mit Juwelen geschmückten Tiara gehalten wurde.

Ansa begriff, daß es sich um eine offizielle Sitzung des Ministerrats handelte. Außerdem nahm er an, daß die Königin die Männer, die sich sonst um ihren Gemahl scharten, beeindrucken wollte. Hoheitsvoll ließ sie sich auf dem Thron nieder.

»Setzt euch, meine Herren.« Unter viel Geraschel und Stühlerücken ließen sich die Minister nieder. Als sie saßen, fiel Ansa auf, daß kein Stuhl mehr frei war. Er fragte sich, was er tun sollte, als die Stimme der Königin erklang.

»Edler Ansa, bitte nimm hier Platz.« Sie deutete auf einen niedrigen Schemel links vom Thron, der ihm vorher nicht aufgefallen war. Ansa schritt hinüber und setzte sich. Weder die Herrscherin noch die Ratgeber sahen ihn an. Anscheinend wünschte sie, daß er sich im Hintergrund hielt. Das war ihm nur recht. Sogleich begann er, sich die Gesichter einzuprägen, um sich später besser erinnern zu können.

»Werte Herren, heute nachmittag überbrachte mir ein Kurier diese Botschaft.« Sie hielt die Bronzeröhre in die Höhe. »Sie stammt von König Gasam, der die Hauptstadt König Manas belagert. Wie ihr seht, ist das Siegel noch unversehrt. Ich wollte es erst öffnen, wenn ihr alle versammelt seid und mir mit eurem Rat beistehen könnt.« Den Mienen der Männer vermochte Ansa nichts zu entnehmen. Alle hörten höflich und aufmerksam zu. In den schweren Roben, mit Juwelen und Ketten behängt, wirkten sie äußerst gewichtig und ehrbar.

Die Königin riß das Wachssiegel ab und warf es auf den Tisch. Ansa fiel das schlichte Wappen auf: ein Paar gekreuzter Speere. Die Waffen waren ihm nicht fremd. Sein Vater trug immer einen solchen Speer bei sich. Es war die Waffe der Shasinn, und Gasam schien keine andere zu benötigen. Die Speere erklärten seine Herkunft und seine Einstellung.

Die Königin entrollte ein Pergament und begann mit lauter Stimme zu lesen. Die Botschaft war kurz, und Ansa blieb nicht genügend Zeit, um in den Mienen aller Ratgeber zu lesen. Der Kriegsminister sah zornig aus, der Finanzminister unbeeindruckt und der Außenminister höchst interessiert. Als sie geendet hatte, rollte die Königin das Schriftstück wieder zusammen.

»Es steht außer Frage, wer den Brief aufgesetzt hat«, sagte sie. »Ich habe schon viele Schreiben von Königin

Larissa erhalten, und ihr Tonfall ist unverwechselbar. Die Schrift ist die eines Sonoaners, sicher ein Gefangener. Wir müssen davon ausgehen, daß sich die Königin bei ihrem Gemahl vor den Toren Huatos befindet. Lord Ulfas, du siehst verärgert aus.«

Der Kriegsminister legte die Hand auf die Brust und verneigte sich. »Majestät, es handelt sich um dummes Geschwätz. Jeder weiß, daß ich kein Bewunderer König Manas' bin, aber nicht einmal er wäre dumm genug, Gasam einen Vorwand für einen Angriff zu liefern. Das Piratenweib will uns Sand in die Augen streuen. Sie griffen Sono grundlos an und werden mit uns genauso verfahren, sobald sie unser Nachbarland unterworfen haben. Antworte mit einer Herausforderung. Das Heer muß sofort aufmarschieren, um Huato zu entsetzen.«

Ansa zweifelte nicht daran, daß der Mann meinte, was er sagte. Auf anderen Gesichtern sah er keine Bereitschaft, einen Krieg zu entfachen. Der Außenminister hob die Hand.

»Lord Floris, teile uns deine Gedanken mit«, forderte ihn die Königin auf.

»Obwohl ich Lord Ulfas zustimme, daß die Gründe Gasams und seiner Frau zweifelhaft sind, würde ich lieber von offenem Streit Abstand nehmen und mich auf Verhandlungen verlassen. Was kann es schaden, einen Botschafter auszusenden, der mit dieser Königin redet und sich nach ihren Plänen erkundigt? Wenn Larissa persönlich anwesend ist, gibt es keinen Grund, an Verrat zu glauben. Bestimmt würde Gasam seine Frau keiner solchen Gefahr aussetzen.«

»Woher sollen wir wissen, ob es wirklich Larissa ist?« fragte der Minister der Kriegsmarine. »Hat schon jemand diese Frau kennengelernt?«

»Man sagt, sie wäre ausgesprochen schön«, warf die Königin ein.

Der Finanzminister, ein fetter, mit Juwelen behängter

Mann, stieß ein verächtliches Schnauben aus. »Verzeihung, Majestät, aber schöne Frauen leben auch in meinem Haus.«

»Es gibt keinen Grund zur Besorgnis«, erklärte der Außenminister. »Meine Untergebenen besuchten Chiwa, nachdem die Insulaner es eroberten. Sie haben Königin Larissa mehrmals gesehen.«

Der Erste Ratgeber erhob sich, und die Königin nickte ihm zu.

»Ich weiß nichts über die Absichten dieser … dieser Abenteurer. Wir müssen sie als Feinde betrachten, bis ihre Taten uns vom Gegenteil überzeugen. Was mich viel mehr belastet, ist der Zustand unseres Herrschers. Es schickt sich nicht, für einen Krieg zu rüsten, solange er bewußtlos liegt und nichts dazu sagen kann. Deshalb bin ich dafür, die Einladung auf die Insel der Tränen anzunehmen. Die Verhandlungen geben uns Gelegenheit, Zeit zu schinden. Während unser verehrter Kriegsminister den gewohnten Eifer an den Tag legt, sich in den Kampf zu stürzen, schätze ich, daß die Vorbereitungen dafür noch lange währen und wir vorläufig keine Angriffe auf ausländische Gegner durchführen können.« Er setzte sich wieder.

»Lord Ulfas«, fragte die Königin, »wie weit sind deine Vorbereitungen gediehen?«

Der Angesprochene rutschte unbehaglich hin und her. »Als wir die ersten Gerüchte von einer Invasion vernahmen, befahl Seine Majestät den Offizieren im ganzen Land, ihre Soldaten zusammenzurufen, als Vorsichtsmaßnahme, sozusagen. Wenige Tage später erkrankte der Herrscher, und seitdem ist nichts weiter unternommen worden. Die Soldaten versammeln sich, aber wir haben seit Jahren keinen Krieg geführt und wenig Übungen abgehalten. Inzwischen sollte der größte Teil der Bewaffneten in den Festungen eingetroffen sein. Wenn du mir den Befehl gibst, Königin, schicke ich Boten aus, damit sich alle an einem Ort sammeln.«

Der Erste Ratgeber räusperte sich vernehmlich. »Bisher wurde dies nie ohne Befehl des Königs getan.«

»Bisher gab es auch noch keinen Fall, in dem der Herrscher von Gran nicht in der Lage war, Befehle zu erteilen«, wies ihn die Königin zurecht. »Vor seiner Krankheit befahl mein Gemahl, die Soldaten zusammenzurufen. Ich bin sicher, er hätte damit fortgefahren, wenn er das Land in Gefahr wähnte. Als Regentin an seiner Statt ordne ich die Mobilmachung der Truppen an. Sie sollen sich auf dem Schlachtfeld in Sichtweite der Hauptstadt versammeln, Lord Ulfas.«

»Es wird geschehen, Hoheit«, sagte Ulfas beflissen.

»Einen Augenblick bitte«, warf der Außenminister ein. »Mein Respekt und meine Treue meiner Königin gegenüber sind unverbrüchlich, aber noch wurde nichts unternommen, dich offiziell zur Regentin zu ernennen. Ich möchte nur daran erinnern, daß die hier versammelten Ratsmitglieder nicht die Befugnis haben, das zu beschließen. Nur das gesamte Parlament aller Edlen des Reiches kann das entscheiden.«

»Lord Floris«, sagte die Königin, »so weit ich mich erinnere, bist du für die Außenpolitik des Landes zuständig und nicht für innenpolitische Dinge. Als Ratsmitglied steht es dir frei, eine Meinung zu äußern, aber vergiß bitte nicht, wo deine Grenzen liegen.« Sie hob die Stimme, um alle Anwesenden anzusprechen. »Wollen wir uns hier streiten, während ein feindliches Heer an unseren Grenzen lauert? Ich erwarte die baldige Genesung des Königs. Es wäre gut, wenn er sein Reich noch vorfindet, sobald er in der Lage ist, den Thron erneut zu besteigen. Befindet sich jemand im Raum, der ein betrübliches Ende der Krankheit wünscht?« Entsetztes Schweigen herrschte, bis der Erste Ratgeber das Wort ergriff.

»Majestät, es gibt keinen Grund, die Treue der Ratgeber anzuzweifeln. Selbstverständlich wünschen alle Anwesenden, daß der König schnellstmöglich genesen möge.«

Mit kaum merklicher Geste meldete sich Lord Osha zu Wort.

»Wir hören den Hofmarschall an.«

»Majestät, meine Herren! Dieses Gezänk ist völlig unangebracht, da wir uns möglicherweise einer tödlichen Bedrohung des Reiches gegenübersehen. Da die genaue Stellung Ihrer Majestät scheinbar nicht ganz geklärt ist, möchte ich wissen, ob alle Lords im Raume die Entscheidung des Parlamentes akzeptieren würden?« Zustimmendes Gemurmel antwortete ihm.

»Darf ich darauf hinweisen«, fuhr er fort, »daß, wenn der Kriegsrat versammelt ist und jeder Lord seine Truppen anführt, genau dieses Parlament besteht?« Widerwillig murmelte man allgemeine Zustimmung.

»Dann schlage ich vor, daß die Königin und der Rat den Kriegsrat einzuberufen, dessen Sitzung von einer außergewöhnlichen Parlamentsversammlung gefolgt wird, in der die Formalitäten besprochen werden.«

»Was für ein umständliches Verfahren, die Armee zusammenzubekommen«, murrte Lord Ulfas, »aber ich stimme dem Vorschlag zu.«

»Alles soll nach Recht und Gesetz geschehen«, sagte der Erste Ratgeber mit ausdrucksloser Stimme.

»Wir wollen hoffen, die Vorsichtsmaßnahmen werden durch eine baldige Genesung des Königs unnötig«, meinte Masila.

Ansa fand, daß Lord Floris ein wenig enttäuscht aussah, aber noch nicht aufgeben wollte.

»Da dieser Punkt geklärt ist«, sagte er, »sollten wir uns Gasams Botschaft zuwenden. Wie Lord Ulfas einräumte, wird die Mobilmachung noch mehr Zeit als wünschenswert in Anspruch nehmen, und Lord Impimis« – er nickte dem ersten Ratgeber zu – »wies darauf hin, daß Verhandlungen uns wenigstens Zeit verschaffen.«

»Da stimme ich dir zu«, sagte die Königin. »Wir sollten möglichst lange verhandeln, aber nichts glauben, was zu versöhnlich klingt. Ich denke, wir dürfen nur Gasams Drohungen trauen, die er immer wahrmacht. Wer soll der Botschafter unseres Landes sein?«

»Da es sich um eine besonders heikle Angelegenheit handelt, Majestät, werde ich höchstpersönlich aufbrechen und mit der Barbarenkönigin verhandeln.«

Der Erste Ratgeber erhob sich. »Ich finde, ich sollte ebenfalls reisen – mit Erlaubnis Ihrer Majestät.«

»Das ist nicht üblich«, erklärte die Königin. »In Krisenzeiten ist der Platz der höchsten Ratgeber beim Thron.«

»So ist es *üblicherweise*«, meinte Lord Floris. »Bedenkt doch, Majestät, König Gasam schickt seine Gemahlin zu dem Treffen! Natürlich ist es ausgeschlossen, daß du teilnimmst, aber es wäre unpassend, eine Gruppe zweitrangiger Beamter zu entsenden. Lord Impimis und ich sollten die Gesandtschaft anführen.«

»Es fällt mir schwer, zwei Ratgeber auch nur für wenige Tage zu missen, aber sicherlich wäre es unklug, schon jetzt Ärger heraufzubeschwören. Also gut. Bereitet eure Mission vor und gebt mir eine Liste mit Namen derer, die euch begleiten. Noch etwas, das Wichtigste!« Sie hob mahnend den Finger. »Unter gar keinen Umständen darf der Zustand des Königs erwähnt werden. Wenn die Barbaren davon erfahren, werden Köpfe rollen.«

Sie sah von einem Ratgeber zum nächsten, aber niemand hatte etwas zu sagen. »Sehr schön. Ich schicke König Gasam eine Botschaft, in der ich dem Treffen auf der Insel der Tränen zustimme. Ihr alle werdet eure Pflichten im Hinblick darauf erfüllen, daß es jederzeit Krieg geben kann. Ihr dürft euch jetzt entfernen.«

Die Männer erhoben und verneigten sich, ehe sie den Raum verließen. Ansa sah ihnen nach und schaute dann zur Königin hinüber. Unter dem Schleier hatten sich Schweißtropfen gebildet. Der Ton der Versammlung war recht höflich gewesen, aber Ansa wußte, daß ein Machtkampf stattgefunden hatte, der unentschieden endete.

»Ansa«, sagte Masila, »in dem Raum hinter dem Wandteppich stehen ein Weinkrug und ein paar Becher. Bist du so freundlich, sie mir zu bringen?«

Ansa fand den Wein und schenkte einen Becher voll. Sie trank die Hälfte aus und lehnte sich aufatmend zurück. »So. Es hätte schlimmer kommen können. Ich fürchtete eine Palastrevolte und bin sicher, sie hätte stattgefunden, wenn die Zukunft des Königs nicht so ungewiß wäre. Besonders jetzt, da sich Lady Fyana um ihn kümmert.«

»Wäre es für einen ehrgeizigen Lord nicht einfacher gewesen, den König zu töten und in der allgemeinen Verwirrung die Macht an sich zu reißen?«

»Nein, sie fürchten den Widerstand der Bamen. Das ist einer der Gründe, warum die königliche Familie immer eine Leibwache dieser Barbaren hat. Wenn der König eines unnatürlichen Todes stirbt, würden sie jeden umbringen, den sie verdächtigen. Ich bin sicher, daß die Mitglieder des Rates als erste den Kopf verlören. So, jetzt teile mir deine Meinung mit.«

»Die meisten haben nichts gesagt und sorgsam eine ausdruckslose Miene zur Schau getragen. Ich glaube, du kannst dem Kriegsminister, Lord Ulfas, trauen. Er scheint mir ehrlich und treu ergeben. Der Erste Ratgeber – Lord Impimis? Nun, ich würde ihn nicht aus den Augen lassen. Was Lord Floris angeht: Ihn würde ich auf der Stelle hinrichten. Er ist bestenfalls ein Verräter. Er reist nicht, um den Verhandlungen Gewicht zu verleihen. Er plant, sich mit Gasam zu verbünden und dich zu verraten. Wahrscheinlich hat Impimis den gleichen Plan.«

»Du könntest recht haben, aber im Augenblick kann ich nichts gegen Floris unternehmen. Seine Familie zählt zu den bedeutendsten des Landes und hat viele Anhänger. Die Herrschaft über die einzelnen Grafschaften ist verworren, da jeder Lord auf seinen eigenen Vorteil bedacht ist. In Zeiten wie diesen, wenn die königliche Macht wankt und fremde Völker uns bedrohen, brauchen viele unserer Untertanen nur eine winzige Entschuldigung, um sich aufzulehnen und Unheil zu stiften.«

»Dann mußt du die Leute in dem Bewußtsein ziehen lassen, daß man dich verraten wird.«

»Gasams Versprechen würde ich sowieso nicht glauben.«

»War das eine typische Ratsversammlung?« wollte Ansa wissen.

»Ich habe nur wenige erlebt. Als der König noch gesund war, ließ er mich nur selten teilnehmen, aber ich schätze, sie ähneln sich alle.« Sie lachte wehmütig. »Ich glaube, dein Volk wäre weniger langatmig und umständlich.«

»Oh, unsere Häuptlinge hören sich sehr gerne reden. Sie lieben es, alles endlos zu besprechen. Wir sind erst seit kurzer Zeit ein Königreich. Mein Vater herrscht über ein Dutzend Völker, die früher alle untereinander Krieg führten. Sie handeln jedoch schnell und stehen zusammen, wenn Gefahr von außen droht. Ich hoffe, daß es kein Gezänk und Machtstreben gibt, wenn wir in eine solche Krise geraten.«

»Hoffentlich nicht. Vielleicht müssen wir König Hael demnächst um Hilfe bitten. Obwohl es uns kaum nützen wird, denn König Gasam handelt immer sehr *schnell!*«

»Unsere Armeen sind ebenfalls schnell«, widersprach

Ansa. Er dachte eine Weile nach, dann sagte er: »Masila, ich würde deine Diplomaten gerne begleiten.«

Sie war überrascht. »Warum?«

»Es ist meine Aufgabe, um so viel wie möglich über Gasam und seine Pläne in Erfahrung zu bringen. Jetzt ergibt sich die Gelegenheit, seine Frau kennenzulernen. Während Fyana den König behandelt, gibt es für mich nichts zu tun. Auf der Insel der Tränen kann ich mich nützlich machen.«

»Aber du bist ein Ausländer. Ich kann dir kein offizielles Amt übertragen. Daher steht dir auch das für Diplomaten übliche sichere Geleit nicht zu.«

»In Gasams Machtbereich ist Sicherheit allein von seinen Launen abhängig. Trotzdem wäre es gut, in offizieller Mission zu reisen. Wie wäre es damit: Gib mir ein Schreiben mit, daß ich ein Abgesandter der Ramdihäuptlinge bin. Das ist ein Stamm, der im Südosten unseres Landes lebt. Die Ramdi erkennen meinen Vater als obersten Kriegsherrn an, sind ansonsten aber unabhängig.«

»Und weshalb wirst du meine Gesandten begleiten?«

»Es handelt sich um eine Gelegenheit, Grüße meiner Häuptlinge zu überbringen. Außerdem hörte ich von der Schönheit Königin Larissas und hatte den Wunsch, sie mit eigenen Augen zu schauen.«

Der Anflug eines Lächelns umspielte Masilas Lippen. »Wahrscheinlich glaubt diese Hexe dir sogar. Alle Könige und Königinnen sind eingebildet, weil man es von ihnen erwartet. Gasam und Larissa scheinen Schmeicheleien ernst zu nehmen.«

»Dann reise ich. Die Gefahr ist gering. Schließlich wünschen sie dieses Treffen, um dich in Sicherheit zu wiegen. Also werden sie deine Gesandten ausnehmend höflich behandeln.«

»Du bist klug«, lobte Masila. »Wenn du älter und erfahrener bist, kann dein Volk dich unbesorgt zum Nachfolger deines Vaters wählen.«

Daran hatte Ansa nicht gedacht und war plötzlich beunruhigt. »Bitte, meine Königin, sage das nicht! Ich ging von daheim fort, um solchen Überlegungen zu entfliehen und Abenteuer zu erleben. Das letzte, was ich sein möchte, ist ein König oder ein Prinz!«

»Du wirst schon merken, daß die eigenen Wünsche wenig zählen, wenn es um die Bestimmung geht. Und wenn du Abenteuer suchst, so wählst du dafür seltsame Orte aus. Das Betreten eines feindlichen Lagers zählt nicht dazu, oder?«

»Doch, da ich nur mein eigenes Leben aufs Spiel setze. Das ist es, was ein Abenteuer ausmacht.«

»Nun, wenn du es unbedingt willst, werde ich dich nicht davon abhalten. Ich gebe dir ein Schreiben mit. Ob sich Königin Larissa damit begnügt, weiß ich natürlich nicht.«

»Ich danke dir. Ich würde meinem Vater gerne einen Brief schicken, um ihm von den Geschehnissen jenseits der Grenze zu berichten. Könntest du einen Boten entbehren, der ihn überbringt? Es wird ein langer Ritt, und du wirst den Boten so schnell nicht wiedersehen.«

»Selbstverständlich. Ich habe viele Boten. Sie verbringen viel zuviel Zeit damit, auf unsere Kosten in den Ställen herumzulungern. Aber du darfst die Krankheit des Königs mit keinem Wort erwähnen. Der Brief könnte in falsche Hände geraten.«

»Das verspreche ich dir.«

Kapitel Vierzehn

»*Wohin* reist du?« Fyana war wütend und völlig entgeistert. »Das kann doch nicht dein Ernst sein!«

»Natürlich. Aus diesem Grund sind wir doch hierhergekommen, oder nicht? Die beste Möglichkeit, etwas über Gasams Pläne zu erfahren, wird mir jetzt geboten! Im Lager Königin Larissas werde ich einiges herausfinden. Die Stadt und der Palast sind recht aufschlußreich, aber jetzt bietet sich mir eine überaus günstige Gelegenheit!«

»Wir sollten doch gemeinsam reisen!« widersprach sie.

»Ja, aber du mußt dich jetzt um König Ach'nas kümmern. Währenddessen gibt es für mich nichts zu tun. Die Reise und das Treffen dauern nur ein paar Tage, und dann kehre ich zurück.« Er klopfte ihr beruhigend auf die Schulter, erntete aber nur einen bösen Blick.

»Es gefällt mir nicht. Viel zuviel kann geschehen. Vielleicht wirst du erkannt, und man nimmt dich gefangen.«

»Wer sollte mich erkennen? Ich bin Gasam oder seiner Frau nie begegnet. Und bei der Ankunft der letzten Gesandten aus Sono war ich noch ein Kind.«

»Königin Masila hat die Ähnlichkeit zwischen dir und deinem Vater gleich bemerkt.«

Er zuckte die Achseln. »Weil ich die einzige Person meines Volkes bin, die sie seit langer Zeit sah. Ich schlage der Familie meiner Mutter nach. Den echten Shasinn wird keine Ähnlichkeit auffallen.«

»Du suchst nur eine Entschuldigung, um auf eigene Faust loszuziehen und den Helden zu spielen.«

»Warum sollte ich eine Entschuldigung brauchen? Wenn ich eine Aufgabe erfüllen soll, erledige ich das auf die Art und Weise, die mir am geeignetsten erscheint. Wie kommst du darauf, daß ich deine Erlaubnis benötige oder auch nur deine Zustimmung?«

Sie versuchte, sich empört zu geben, aber Tränen standen ihr in den Augen. »Es ist nur ... es ist ... ach, ich will einfach nicht, daß du mich hier allein läßt.«

Sein Zorn verebbte. Er setzte sich auf das Bett und umarmte sie. Fyana lehnte den Kopf an seine Schulter, und er strich ihr über das silbrige Haar.

»Vergib mir, Fyana. Ich benehme mich wie ein dummer Junge, der seinem Vergnügen nachläuft, und dabei vergesse ich, daß ich dich hier in einer gefährlichen Lage zurücklasse. Trotzdem darf ich mir die Gelegenheit, den Feind aus nächster Nähe zu betrachten, nicht entgehen lassen.«

Sie seufzte. »Bitte unternimm nichts Närrisches, und versuche nicht, Königin Larissa zu entführen oder Gasam mit bloßen Fäusten niederzuschlagen.«

»So verführerisch beides auch klingt, so dumm bin ich nicht. Außerdem würde ihnen das einen wunderbaren Vorwand liefern, dieses Land zu überfallen, und ich möchte Königin Masilas Vertrauen nicht schnöde enttäuschen.«

»Gut, dann verstehen wir uns.« Fyana hatte sich beruhigt, aber er wollte sie noch nicht loslassen. Bisher waren sie vorsichtig miteinander umgegangen. Trotz aller Zuneigung waren sie zwei junge Leute aus verschiedenen Kulturen und Völkern. Sie fühlte sich warm und leicht in seinen Armen an. Der Geruch von Kräutern und Weiblichkeit umgab sie.

»Während meiner Abwesenheit wird die Königin die Wache vor deiner Tür verdoppeln. Die Bamen sind dem

Königshaus treu ergeben und werden dein Leben schützen.«

»Wie tröstlich. Wenn der König stirbt, bin ich die erste, die sie umbringen.«

Daran hatte Ansa nicht gedacht. »In seinem Zustand ist schwer zu sagen, ob er tot ist oder nicht. Sollte er sterben, mußt du sagen, er schlafe nur, und dich so schnell wie möglich aus dem Staub machen.«

»Und ich habe mir Sorgen um dich gemacht«, sagte sie lächelnd. Dann hob sie den Kopf, und seine Lippen berührten ihren Mund. Ihre Zungen trafen sich, und Fyana sank in die Kissen zurück. Ansa drängte sich an sie, und ihr Körper erwiderte den Druck. Der nicht beabsichtigte Kuß wurde leidenschaftlicher, fordernder. Sie entkleideten einander. Ansa fühlte harte feste Brüste unter seinen Händen. Die Kerzen waren erloschen, und im dämmrigen Licht des Mondes lag ihr nackter blauer Leib vor ihm.

Lange schmale Finger erforschten seinen Körper, als er ihre Brustwarze und den Bauchnabel küßte und die Zunge über die weißen Haare zwischen ihren Beinen gleiten ließ. Dann fanden sich ihre Lippen erneut zu einem Kuß, und sie spreizte die Beine unter ihm. Ihre Hand leitete ihn, und er glitt in eine unglaublich wohlige Wärme hinein. Fyanas Körper fühlte sich leicht und zerbrechlich an, aber sie bewegte sich voller Leidenschaft und Kraft. Der Schwung ihrer Hüften hob ihn empor, und sie umklammerte ihn heftig. Ansa spürte ihren warmen Atem auf seiner Wange.

Das Blut rauschte in seinen Ohren, und wie aus weiter Ferne hörte er ihr Stöhnen und Schreien. Nach einem letzten, fast schon brutalen Stoß sank er zusammen und erbebte, als sein Samen verströmte. Fyana schrie seinen Namen.

Lange Zeit lagen sie in enger Umarmung. Ihr Atem

beruhigte sich, aber er blieb in ihrem Leib. Sie sprachen nicht und genossen die Gegenwart des anderen.

»Das hatte ich nicht erwartet«, flüsterte Fyana nach geraumer Zeit. »Ich bin froh darüber. Jetzt bin ich sicher, daß du zu mir zurückkehren wirst.«

»Hast du daran gezweifelt?«

»Ja.«

»Nun, jetzt weißt du, daß ich mir den Weg durch Gasams Heer schlagen würde, um dich wiederzusehen.«

»Paß nur gut auf dich auf, und kehre gesund zurück.« Sie schlang die Arme um seinen Hals und preßte das Gesicht an seine Wange. Wenig später war sie eingeschlafen.

Am Palasttor erhielt Ansa seine Waffen zurück. Er wollte nur durch die Stadt schlendern, fühlte sich aber ohne sie nackt. Mit Schwert, Dolch und Steinaxt angetan, wurde ihm gleich leichter ums Herz.

Er wollte dem Palast für eine Weile entfliehen. Fyana befand sich wieder beim König, von Töpfen, Flaschen und Schüsseln umgeben, die anscheinend sämtliche Arzneien der Stadt enthielten. Ein Cabodoktor und ein paar kräftige Stallknechte standen ihr zum namenlosen Entsetzen des ganzen Hofes zur Seite.

Die Gesandtschaft würde in zwei Tagen abreisen, und er hatte der Königin gesagt, er müsse noch Vorbereitungen treffen, was auch zutraf. Masila bot ihm an, alles Notwendige den Magazinen des Palastes zu entnehmen, aber Ansa wandte ein, die Kostbarkeiten des königlichen Haushaltes nicht für die rauhen Bedingungen eines Lagers verschwenden zu wollen. Also drängte ihm Masila eine schwere, mit Goldstücken gefüllte Börse auf und hieß ihn, das Benötigte zu kaufen.

Im Quartier der Bogenmacher legte er den ersten Halt ein. Er zog einen Pfeil aus dem Köcher und bestellte vierzig genaue Nachbildungen, die auf Befehl der Königin am nächsten Abend fertig sein mußten. Der Meister versicherte ihm, er und seine Gehilfen würden sämtliche anderen Aufträge liegenlassen, um die Bestellung auszuführen.

Im Kleiderbasar ersetzte Ansa seinen beschmutzten, zerfetzten Reisemantel durch einen Umhang aus feinstem Quilhaar, der sowohl leicht als auch warm war. Man hatte Ansa erzählt, daß die Abende bald kühl und feucht sein würden. Der dunkelrot gefärbte Umhang gefiel ihm ausnehmend gut. Er würde als Kleidungsstück und als Decke dienen und war völlig wasserdicht. Regen perlte davon ab, als sei es das Fell einer Wasserratte.

Die Steigbügel hatten seine Reitstiefel am Knöchel beinahe durchgescheuert, und so gönnte er sich ein Paar feinster Stiefel aus weichem nevanischem Leder nach der neuesten Mode. Ansa sagte sich, daß er der gefährlichsten Königin der Welt gegenüberstehen würde, und bei diesem Anlaß wollte er sich von seiner besten Seite zeigen.

Ihm fiel auf, daß viele Leute einen großen Park betraten, und aus Neugier ging er ihnen nach. Der Park entpuppte sich als königlich zoologischer Garten, der nicht zum Palastgelände gehörte und an diesem Tag dem Volk zugänglich war. Ansa starrte Tiere an, die so eigenartig aussahen, daß er einem Fremden, der sie ihm beschrieben hätte, nicht geglaubt hätte. Es belustigte ihn, Menschen staunend vor Tieren der nördlichen Steppe zu sehen, die ihm so vertraut waren wie sein Cabo.

Er beendete den Tag in einem Weinlokal, das sich im Vergnügungsviertel der Stadt befand. Seltsame Musik drang aus den Tavernen, und Gaukler zeigten ihre Kunststücke in den Straßen. Im dem Lokal, in dem er eine herzhafte Mahlzeit zu sich nahm, tanzten drei verführerische Frauen zwischen den Tischen. Zu einem anderen Zeitpunkt hätte er sie anziehend gefunden, aber jetzt gab es nur Fyana für ihn.

Als Diener die ersten Lampen entzündeten, wurde es Zeit, zum Palast zurückzukehren. Er hatte das gute Essen und den Wein genossen und verließ den Raum gemächlichen Schrittes. Aus reiner Gewohnheit blieb er vor der Tür stehen, den Rücken an die Wand gelehnt und wartete darauf, daß sich seine Augen an das Dämmerlicht gewöhnten.

Als er gut sah, machte er sich auf den Weg zum Palast. Im Vergnügungsviertel herrschte auch bei Nacht viel Lärm und Gedränge. Sobald er andere Stadtbezirke betrat, lagen die Straßen still und verlassen vor ihm.

Das sanfte Mondlicht und die kühle Luft gefielen Ansa. Offenbar gab es auch in diesen heißen Ländern angenehme Jahreszeiten. Er war bereits etliche Schritte unterwegs, als er Geräusche hinter sich vernahm. Er drehte sich um, sah aber niemanden. Achselzuckend wandte er sich ab. Auf freiem Gebiet war es leicht, die Umgebung im Auge zu behalten. In dieser fremden Stadt fiel es ihm schwer.

Ein paar Straßen weiter vernahm er wieder verstohlene Geräusche. Diesmal verlangsamte er seine Schritte nicht und sah sich auch nicht um. Die nächste Seitenstraße betrat er, als habe er nichts bemerkt. Dann lief er zum nächsten Türeingang, der in tiefem Schatten lag. Leise stellte er seine Einkäufe ab und hielt die Waffen bereit. Die enge Gasse war kein geeigneter Ort, um mit dem Langschwert zu kämpfen, aber er versicherte sich, daß es lose in der Scheide steckte. Dann zog er die Steinaxt aus dem Gürtel, umklammerte sie mit der rechten Hand und nahm den Dolch in die linke. Die einen Fuß lange Klinge bog sich leicht und war scharf wie ein Rasiermesser. Seine Finger legten sich um den knöchernen Griff, und er erwartete seine Verfolger. Eigentlich gefiel ihm die Situation. Sein Herz klopfte heftig, und er hatte einen Kloß im Hals, aber das gehörte zur Vorfreude auf einen Kampf. Es ging ihm besser als in der Ungewißheit des Palastes. Hier auf der Straße stand er Feinden gegenüber, die offen nach seinem Blut verlangten.

Zwei Männer tauchten an der Wegbiegung auf. Sie waren schlicht gekleidet. In ihren Händen blitzte Metall auf. Der eine war nur mit einem Kurzschwert bewaffnet, der andere hatte zusätzlich eine Keule. Als sie begriffen, daß ihr Opfer verschwunden war, blieben sie stehen. Vorsichtig vergrößerten sie den Abstand untereinander und schlichen die Straße entlang. Es handelte sich um erfahrene Jäger.

Ansa wußte, daß er sie angreifen mußte, sobald sie in Reichweite waren, damit ihnen keine Zeit blieb, einen geordneten Angriff durchzuführen. Aber er wollte wissen, wer sie geschickt hatte.

Es war unwahrscheinlich, daß sie ihn in seinem Versteck übersehen würden, und er wollte nicht im Türeingang in die Enge getrieben werden. Als sie bis auf zehn Schritte herangekommen waren, trat er auf die Gasse hinaus.

»Wer hat euch geschickt?« fragte er. »Was wollt …«

Sofort wurde ihm klar, daß er einen ernsten Fehler begangen hatte. Sie wollten nicht mit ihm reden. Der Mann mit der Keule gab vor, einen Hieb auf seinen Kopf durchzuführen, während er in Wirklichkeit mit dem Kurzschwert auf Ansas Bauch zielte. Sein Gefährte versuchte, ihm das Schwert in die Seite zu stoßen.

Ansa sprang zurück und schlug mit der Steinaxt auf den Arm, der die Keule hielt. Holz und Knochen splitterten, und der Angreifer fluchte. Sein Kamerad, dessen Angriff ins Leere gegangen war, schlug erneut zu. Anstatt beiseite zu springen, um auszuweichen, trat Ansa vor und schnitt den Arm des Mannes mit dem Dolch bis auf den Knochen auf. Das Schwert fiel klappernd zu

Boden, und Ansa hieb fest mit der Axt zu. Er traf den Angreifer an der Schläfe, und der Fremde sank über seiner am Boden liegenden Waffe zusammen.

Inzwischen hatte sich der zweite Mann von seinem Schrecken und dem Schmerz erholt, griff wieder an und zielte auf Ansas Hals, der sich verteidigen mußte und zurückwich. Zum Schein hob er die Axt hoch über den Kopf, schlug dann aber mit voller Wucht gegen das Knie des Angreifers. Der Mann grunzte und bemühte sich, sein Gewicht auf das andere Bein zu verlagern. Dabei sank sein Schwertarm herab, und Ansa nutzte die Gelegenheit, den Dolch tief in den Leib des Fremden zu rammen und ihn dann nach oben zu ziehen. Als der Gegner zusammenbrach, trat er einen Schritt zurück und versetzte ihm der Sicherheit halber noch einen Schlag auf den Kopf.

Nach Atem ringend und vor Aufregung bebend, betrachtete er sein Werk. Beide Männer waren zweifellos tot und würden ihm nichts mehr erzählen. Der Kampf hatte nicht lange gedauert und war mit wenig Lärm verbunden gewesen. In den umliegenden Häusern hatte sich niemand gerührt. Zufrieden säuberte Ansa seine Waffen, hob sein Bündel auf und ging wieder zur Hauptstraße zurück, um zum Palast zu gelangen.

Wer waren die Männer? Möglicherweise handelte es sich um einfache Diebe. Er hatte den ganzen Tag über reichlich Geld ausgegeben und kein Geheimnis daraus gemacht. Dennoch glaubte er nicht daran. Der lautlose Angriff und das militärisch anmutende Verhalten der beiden stimmten ihn nachdenklich. Er war sicher, daß sie nicht auf Raub, sondern auf Mord ausgewesen waren.

Er ging zum Palast zurück, gab die Waffen ab und suchte seine Gemächer auf. Fyana war nicht da, und ein Sklave teilte ihm mit, daß sie noch beim König war.

Ansa dachte nach. Sollte er von dem Überfall erzählen? Wenn ja, wem? Wer auch immer ihm die Mörder nachgeschickt hatte, mußte sich im Palast aufhalten. Er beschloß, der Königin unter vier Augen davon zu berichten. Außer ihr und Fyana wollte er sich niemandem anvertrauen.

Fyana kehrte spät zurück und sah unbeschreiblich erschöpft aus. »Allmählich spricht er auf meine Behandlung an«, erzählte sie. »Ich isoliere die Wirkung des Giftes, und wir haben ihm ein wenig Nahrung eingeflößt.«

»Wird er gesund?«

»Das weiß ich nicht, aber ich bin jetzt zuversichtlicher. In ein paar Tagen kann er sitzen und sprechen. Mehr kann ich jetzt noch nicht sagen. Er blinzelt und zuckt hin und wieder. Die Königin führt sich auf, als wäre er bereits geheilt. Es mißfällt mir, ihr verfrühte Hoffnungen zu machen.«

Nachdem sie sich ein wenig ausgeruht hatte, berichtete Ansa von dem Angriff.

»Was für eine gräßliche Stadt! Aber warum? Liegt es daran, weil wir dem König helfen oder weil du dich auf die Reise begibst? Oder gar beides?«

»Das frage ich mich auch. Anscheinend können wir nichts tun, ohne die Mächtigen des Landes zu erzürnen. Ein Grund mehr, sie im Auge zu behalten, wenn sie mit Königin Larissa verhandeln. Du mußt die Wachen bei dir behalten, auch wenn sie lästig sind. Sieh dich vor, was du ißt! Wir wissen, daß sich irgend jemand hier gut mit Giften auskennt.«

»Ich weiß genau, wie ich Gifte erkenne! Darum mußt du dir keine Gedanken machen. Ich sorge mich aber um dich. Beim nächsten Mal schicken sie vielleicht zehn anstatt zwei Meuchelmörder aus.«

»Wenn ich von hier weg bin, werde ich mich bedeutend sicherer fühlen«, erklärte Ansa.

»Und ich werde trauern, wenn du fort bist.« Sie

schmiegte sich in seine Arme, und er hielt sie fest. Ihr Körper wog schwer vor Erschöpfung.

An einem nebligen Morgen verließ die Gesandtschaft den Palast durch das Haupttor und ritt die Prachtstraße der Stadt bis zum Tor hinab. Das Volk lief staunend zusammen und starrte die prunkvoll gekleideten Edelleute, ihre Diener und Leibwachen an. Die Abreise war nicht offiziell bekanntgegeben worden, aber die ersten Gerüchte über einen Krieg im Westen machten bereits die Runde.

Inmitten der allgemeinen Prachtentfaltung war kaum anzunehmen, daß irgend jemand den einzelnen, unauffälligen Reiter beachtete, der mit ernster Miene am Schluß der Kolonne ritt und sich nur durch sein fremdländisches Aussehen und den großen Langbogen von den Wachen unterschied.

Wäre Ansa nicht traurig gewesen, weil er sich von Fyana trennen mußte, hätte der heutige Tag einer der aufregendsten seines jungen Lebens sein können. Er ritt unerkannt aus, um der Erzfeindin seines Vaters zu begegnen. Von einem derartigen Abenteuer hatte er als Knabe oft geträumt. Jetzt raubte ihm die Sorge um eine Frau einen Großteil des Vergnügens. Er fragte sich, ob sich das wahre Leben immer in die Welt der Helden einschlich.

Vor den Stadttoren stieß die Ehrenwache des Königs zu ihnen, eine Elitetruppe, die in einer Bastion außerhalb der Stadtmauern stationiert war. Die Krieger trugen farbenprächtige Uniformen und Bronzerüstungen und ritten wertvolle Cabos, die mit prunkvollen Schabracken eingedeckt waren. Als alle Aufstellung genommen hatten, setzten sie ihren Weg nach Westen fort.

Ansa, der eine eigene Gesandtschaft darstellte, besaß keinen festen Platz in der Kolonne, was ihm ausgesprochen gut gefiel. Als unbedeutender Ausländer wurde er von den Ministern nicht beachtet. Manchmal dachte er darüber nach, ob einer von ihnen die Mörder gedungen hatte. Sein Mißtrauen würde ihn während der ganzen Reise nicht ruhig schlafen lassen.

Er nutzte seine Außenseiterrolle, um sich unter die Krieger zu mischen und mit ihnen zu reden. Sie sprachen gerne über ihren Beruf und waren stolz auf ihre Reitkunst und ihr Kriegerhandwerk. Er erfuhr, daß sie als schwere Lanzenreiter kämpften und daran gewöhnt waren, Fußsoldaten einfach niederzureiten oder sich mit adligen Caboreitern anzulegen.

Als er ihnen seinen mächtigen Bogen präsentierte, zeigten sie sich belustigt. Ihre Schilde und Rüstungen schützten bestens vor dieser Waffe, behaupteten sie. Es war offensichtlich, daß sie seit Jahren an keinem echten Kampf mehr teilgenommen hatten. Ihr Mut beeindruckte Ansa, aber natürlich bedurfte es mehr als edlem Kampfgeist, um einen Krieg gegen Gasams Truppen zu gewinnen. Er hoffte, die Infanterie Grans würde sich als verheißungsvoller erweisen.

Die Errichtung des Lagers erwies sich als umständlicher und langatmiger Vorgang, denn die hohen Adligen und ihr Gefolge benötigten große, mit jeglichem Luxus ausgestattete Pavillons. Ansa machte sich nicht darüber lustig, wie er es sonst insgeheim getan hätte, denn er wußte, daß der äußere Eindruck einer Gesandtschaft nicht unbedeutend war. Die Zurschaustellung von Reichtum war Sinnbild für Macht und Ansehen eines Herrschers.

Er erkundigte sich bei den Kriegern, ob ihre Anführer auch so bepackt waren, wenn sie in den Krieg zogen, aber die Männer versicherten ihm, daß sie zwar nicht karg ausgerüstet waren, sich aber hüteten, im Ernstfall unnützen Prunk zu entfalten.

Der Weg nach Westen führte allmählich bergan und durch ein weniger dicht bewaldetes Gebiet. Wie man ihm vorausgesagt hatte, wurden die Nächte kühler und feucht, denn schwerer Nebel lag über den Hügeln, die sie überquerten. Da sie nur langsam vorankamen, nutzte Ansa die Zeit und ging auf die Jagd. Es gab reichlich Wild, und seine Beute machte ihn zum willkommenen Gast an jedem Feuer, an dem er sich niederließ.

Als sie sich dem Fluß näherten, quoll die Straße über mit Flüchtlingen aus Sono. Die Grenzfestungen waren von ihnen regelrecht überschwemmt worden, und viele Menschen schwammen durch den Strom, um nicht durch langwierige Formalitäten aufgehalten zu werden. Wenn sie rasteten, fragten Ansa und andere Männer die Flüchtlinge aus. Sie hörten entsetzliche Geschichten von Mord, Vergewaltigung und Zerstörung. Die Eindringlinge rissen Vieh, Land und die Ernten an sich, nahmen sich Frauen nach Belieben und unterjochten die Männer. Sklavenhändler, die dem Heer wie Aasfresser folgten, bemächtigten sich der restlichen Frauen und Kinder, die sie aneinanderketteten und mitnahmen.

Das alles war nichts Ungewöhnliches und geschah in jedem Krieg. Viel schlimmer war die unglaubliche Geschwindigkeit, mit der Gasam den größten Teil Sonos erobert hatte. Er beherrschte das Land, während der König tatenlos in der Hauptstadt saß, die der Feind belagerte.

Obwohl er nicht mit ihnen sprach, bereitete es Ansa keine Schwierigkeiten, die Mienen der Edelleute zu deuten. Die meisten von ihnen sahen grimmig drein. Eindeutig war Gasam, vertreten durch seine Königin, bei den Verhandlungen in der besseren Ausgangsposition. Floris, der Außenminister, und Impimis, der Erste Ratgeber, wirkten entspannt. Ob es an ihrer guten Selbstbeherrschung lag oder daran, daß sie glaubten, wenig zu fürchten zu haben, vermochte Ansa nicht mit Sicherheit zu sagen.

Kapitel Fünfzehn

Sie erreichten sanft gewelltes Hügelland, das zur Flußebene führte. Der erste Blick auf den Kol überraschte Ansa über alle Maßen.

Zuletzt hatte er ihn weit im Norden gesehen und gedacht: Was für ein breiter Fluß. Jetzt jedoch lag ein riesiger Strom vor ihm. Zahlreiche kleinere Flüsse mündeten auf dem Weg durch den Dschungel des Südens in den Kol. Trotz seiner Breite war er nicht tief und die Strömung zumeist ungefährlich.

Die Insel der Tränen bildete ein längliches Oval in der Mitte des Flusses. Die nördliche Hälfte bestand aus einem niedrigen, mit Bäumen bewachsenen Hügel, der Rest aus flachem Grasland. Selbst aus großer Ferne sah man die bunten Zelte, die auf dem Grasland standen, und die weidenden Tiere. Ein funkelndes Licht lag über der Insel, als würden die Sonnenstrahlen von unzähligen Waffen reflektiert. Ehe sie zum Ufer des Flusses hinabritten, ließ Lord Floris anhalten und sprach zuerst zu den Diplomaten, dann zu den Kriegern. Ansa hörte beiden Ansprachen zu.

»Werte Lords und Angehörige des diplomatischen Korps«, begann er. »Die Frau, die wir treffen, ist eine blutrünstige Wilde, die vorgibt, eine Königin zu sein. Wie lächerlich das auch sein mag, es ist von größter Wichtigkeit, daß wir uns verhalten, als sei sie, was sie sein möchte. Seid so höflich und ehrerbietig, wie ihr es wahren Königen gegenüber seid. Wir kennen die Pläne der Wilden, die Gran betreffen, nicht, wollen sie aber in Erfahrung bringen. Im Augenblick sind unsere Beziehungen nicht gespannt, und das soll auch so bleiben. Benehmen sich die Königin oder ihre Untertanen unhöflich und grob, müßt ihr daran denken, daß es sich um Barbaren handelt, die weder kultiviert noch wohlerzogen sind. Laßt euch nicht verärgern und zeigt keinen Unmut. Beleidigungen können wir später zurückzahlen, wenn die Zeit gekommen ist.«

Er ritt zu den versammelten Dienern und Kriegern hinüber und wandte sich ihnen zu.

»Männer, wir begeben uns in die Gesellschaft Wilder, aber wir reisen in friedlicher Mission. Vergeßt das nicht! Die Barbaren dort drüben gehören keiner disziplinierten Armee an, wie es bei euch der Fall ist. Es handelt sich um eine bunt gemischte Horde, den Abschaum und Auswurf vieler Nationen, die der Pirat unterwarf. Die Inselkrieger der Shasinn sind für ihren Stolz und ihre Überheblichkeit berüchtigt. Ihr müßt jedwede Beleidigung erdulden und dürft euch unter keinen Umständen auf einen Kampf einlassen. Wenn den Gesandten König Gasams der Verlauf der Verhandlungen mißfällt, stacheln sie ihre Leute wahrscheinlich auf, euch zu reizen, damit ihr die Waffen zieht. Auf diese Weise können sie behaupten, *wir* hätten die Verhandlungen gestört. Das ist ein alter Trick, und aus diesem Grund nehmen wir Elitesoldaten als Eskorte mit und keine gewöhnlichen Truppen. Ihr seid Männer guter Herkunft, hervorragend diszipliniert und beherrscht. Denkt daran, was ich euch sagte, und zeigt diesen Barbaren, wie sich edle Krieger benehmen.«

Anschließend ritten sie in prunkvollem Aufzug den Abhang hinab. Standartenträger schritten voraus, und jeder Mann war in seine feinsten Gewänder gekleidet. Musiker mit Flöten, Trompeten und Trommeln spielten Marschmusik. Ansa amüsierte sich darüber und überlegte, ob die Barbaren bei ihrem Anblick Ehrfurcht oder Hohn empfanden. Er ging von letzterem aus.

Ein kurzer Ritt brachte sie zur Grenzfestung, wo sich eine kleine Gruppe aufgeregter Beamter vor den Lords auf den Boden warf. Da die Feinde die Insel besetzt hielten, versuchte an dieser Stelle niemand mehr, das Land zu verlassen. An dem aus festem Mauerwerk gebauten Kai lag ein großes Floß aus festen Bohlen, groß genug, um zuerst die Diplomaten und dann ihre Eskorte zu befördern. Ansa betrat das Floß gemeinsam mit den Adligen. Aufmerksam beobachtete er, wie sich die Nusks am anderen Ufer anstrengten, um das Gefährt an dicken Tauen über den Fluß zu ziehen, welche die Wasseroberfläche streiften.

Am Kai der Insel wurden sie von einem Mann in grauen Gewändern begrüßt, dessen Kopfbedeckung wie ein stumpfer Kegel aussah.

»Willkommen, meine Herren! Ihre Majestät bat mich, euch zu ihr zu führen. Bitte folgt mir.« Sie verließen das Floß und ritten den sanften Hang hinauf. Hundert Schritte vom Ufer entfernt stand ein großes, prunkvolles Zelt, von dessen Spitze bunte Fahnen wehten. Neben sich hörte Ansa einen Diplomaten mit leiser Stimme zu seinem Gefährten sagen: »Ein Edelmann aus Sono. Einige wechseln schon jetzt die Seite.«

Ansa interessierte sich mehr für die Krieger, die überall herumstanden und die Neuankömmlinge belustigt betrachteten. Er wußte sofort, daß es sich um Shasinn handelte. Sie ähnelten seinem Vater so sehr, daß er sich nur langsam von seiner Überraschung erholte. Alle hatten goldblonde Haare, bronzefarbene Haut und blaue Augen. Auch die hohen Wangenknochen, die breite Stirn und die Anmut der Bewegungen war bei allen Männern gleich.

Überheblichkeit war das falsche Wort für die Aura, die sie fast greifbar umgab. Ohne ein Wort zu sagen, strahlten sie eine solche Überlegenheit aus, daß der Prunk der Diplomaten plötzlich schäbig und geistlos wirkte. Die Speere, die Ansa so gut kannte, lagen wie Zepter in ihren Händen. Sie waren seine Feinde, aber er war stolz darauf, auch Shasinnblut in seinen Adern zu haben.

Am Eingang des großen Zeltes stand eine einzelne Gestalt unter dem Sonnensegel. Selbst die erfahrensten Edelleute, die kaum jemals eine Miene verzogen, starrten sie mit offenem Mund an.

Königin Larissa war so schön, wie die Gerüchte behaupteten, aber selbst die Gerüchte hatten noch untertrieben. Trotz seiner Vorbehalte verlor sich Ansa in bewunderndem Staunen. Jetzt begriff er, weshalb seine Mutter jedesmal, wenn der Name dieser Frau fiel, vor Wut schnaubte. Ihr Haar war fast so weiß wie Fyanas und das Gesicht von beinahe übermenschlicher Vollkommenheit. Sie trug einen Umhang aus golden schimmerndem Material und sonst außer Juwelen fast nichts. In der Hand hielt sie einen Miniaturspeer aus Stahl.

Sollen die granianischen Narren sagen, was sie wollen, dachte Ansa. So sollte eine Königin aussehen! Er wußte, daß sie nur ein oder zwei Jahre jünger war als sein Vater, konnte es aber kaum glauben. Sie wirkte kaum älter als er selbst. Vielleicht unterschieden sich die Shasinn auch darin von anderen Völkern, dachte er.

»Willkommen, edle Herren«, sagte Larissa. »Ich entbiete euch die Grüße meines Gemahls Gasam, König der Inseln, von Chiwa und jetzt auch von Sono. Bitte tretet ein. Unter diesen Umständen kann ich euch nur armselige Gastfreundschaft bieten und hoffe, ihr fühlt euch dennoch wohl. Wir sollten es uns bequem machen, ehe wir uns ernsthaften Verhandlungen zuwenden.«

Die Diplomaten hatten nicht mit ihrer ungewöhnlichen Ansprache gerechnet und verbargen ihre Verwirrung, indem sie hastig von den Cabos stiegen und die Diener mit den Geschenken herbeiriefen.

Die Wände des großen Zeltes hatte man halb emporgewickelt, um für frische Luft zu sorgen. Der Boden war mit Teppichen und Kissen bedeckt. Auf bloßen, mit Goldreifen behangenen Füßen durchquerte Larissa das Zelt und ließ sich auf einem riesigen Kissen nieder, besser gesagt, sie räkelte sich dort. Dennoch verlor sie seltsamerweise nicht an Würde.

»Seid so gut«, sagte sie, »und stellt euch vor. Setzt euch doch. Wir sind doch alle gute Freunde, nicht wahr?«

Ansa, der sich im Hintergrund hielt, grinste über das Unbehagen der Edelleute. Sie gestattete ihnen kein übertriebenes Gehabe, legte aber auch nicht die Schlichtheit einer einfachen Barbarin an den Tag. Sie war so selbstbewußt und gelassen, daß die Adligen fast tölpelhaft wirkten.

Floris, der die Gelegenheit nutzte, sich in den Vordergrund zu drängen, stellte sich und die höchsten Diplomaten vor. Dann ließ er die Geschenke bringen, Schätze, die aus König Ach'nas Palast stammten. Duftwasser, Juwelen, Stoffe und Kunstwerke stapelten sich vor Larissa. Sie bewunderte jedes Geschenk und pries die Großzügigkeit ihres königlichen Bruders.

»Da wir uns auf einem Feldzug befinden, haben wir nichts Kostbares, um es König Ach'na und Königin Masila anzubieten. Aber keine Bange! Sobald wir Huato einnehmen, sende ich ihnen die Schätze, die wir dort vorfinden.«

»Das ist … äh … höchst großzügig, Majestät«, sagte Lord Impimis mit erstickter Stimme.

Lächelnd schweifte ihr Blick über die Besucher. »Jetzt setzt euch bitte, damit meine Sklaven euch …« Sie hielt inne und sah ein wenig beunruhigt aus. Larissa hatte Ansa entdeckt. »Wer ist der edle Jüngling? Man hat ihn mir nicht vorgestellt.«

Lord Floris sah sich um. »Ach, der Mann ist kein Diplomat, Majes …« Sie hörte ihm gar nicht zu.

Ansa trat vor und verneigte sich. »Ich heiße Ansa, Hoheit. Ich bin der Sohn des obersten Häuptlings der Ramdi.«

Er zog sein Empfehlungsschreiben aus der Tunika und reichte es ihr. »Ich besuchte den Hof König Ach'nas, als deine Einladung eintraf. Keinesfalls wollte ich die Gelegenheit versäumen, die Grüße meines Vaters zu überbringen. Der König war so gütig, mir die Erlaubnis zu geben, seine Gesandten zu begleiten.«

»Du bist sehr unternehmungslustig.« Sie betrachtete ihn, als suche sie nach etwas.

»Es war nur ein Vorwand«, erklärte Ansa.

»Was meinst du damit?« Beiläufig berührte sie einen blutroten Stein, der zwischen ihren Brüsten hing. Es war ein Zeichen. Die Wachen hinter ihr richteten sich unmerklich auf.

»Ich suchte nach einem Vorwand, um die schönste Frau der Welt mit eigenen Augen zu schauen.«

Sie schenkte ihm ein strahlendes Lächeln und klopfte auf das Kissen neben sich. »Ich denke, wir beide werden uns gut verstehen. Komm, setz dich zu mir.« Während sich die Diplomaten niederließen und von den Sklaven bedient wurden, wandte sie sich wieder an Ansa. »Ramdi, sagtest du? Den Namen habe ich auf Landkarten gesehen. Das Gebiet liegt im Südosten von König Haels Reich, nicht wahr?«

»Ja, so verhält es sich. Im Westen besteht unser Land aus Steppe und im Osten aus Hügeln, die sich bis zum großen Fluß ziehen.«

»Seid ihr Untertanen König Haels?«

»Unser Häuptling gehört zu den Verbündeten König Haels. Das Bündnis sichert uns gegenseitige Unterstützung im Kriegsfall und rege Handelsbeziehungen. Wir erkennen Hael aber nicht als Herrscher an.«

»Ich verstehe. Gilt das für viele seiner Verbündeten?«

»Es ist von Fall zu Fall verschieden. Wir gehörten zu den letzten, die sich ihm anschlossen. Als seine Verbündeten stehen uns bevorzugte Handelsbedingungen zu. Das bedeutet, daß sich sogar ein einfacher Krieger gute Stahlwaffen und einen Bogen seiner Bogenschnitzer leisten kann.«

»Ach ja, die berühmte Stahlmine Haels«, murmelte sie. »Ein wunderbares Handelsmonopol. Hast du die Mine je gesehen?«

Er schüttelte den Kopf. »Nur die Amsi und Matwa werden dorthin geschickt. König Hael legt Wert darauf, das Geheimnis für sich zu bewahren.«

»Wir müssen uns später noch länger unterhalten. Ich vernachlässige meine anderen Gäste.« Sie wandte sich wieder an Floris. »Werter Minister, ich lasse ein Mahl vorbereiten, obwohl es karg ausfallen wird. Morgen können wir ernsthafte Gespräche aufnehmen. Im Augenblick möchte ich dir versichern, daß mein Gemahl nur die freundschaftlichsten Gefühle für seinen königlichen Bruder hegt. Unser größter Wunsch ist es, daß Frieden und Eintracht zwischen unseren Nationen herrschen möge. Die Unannehmlichkeiten in Sono sind einzig und allein die Schuld König Manas, der unser Marineabkommen brach und uns schließlich aufs gröbste beleidigte. Ich bitte dich, den zukünftigen Beziehungen unserer beiden Länder mit Freude entgegenzusehen.« Sie lächelte strahlend.

Lord Floris erhob sich und verneigte sich tief. Er setzte zu einer gut vorbereiteten Rede an, die gespickt war mit Komplimenten und falschen Versprechungen von ewigem Frieden und Eintracht. Larissa hörte mit einem Lächeln zu, das freundlich sein sollte, aber belustigt wirkte. Ihr fehlte die höfische Schulung, die jegliche Gefühle aus dem menschlichen Mienenspiel verbannte. Männer wie Floris und Impimis würden sie als durchschaubar einstufen, konnten dies aber nicht zum eigenen Vorteil verwenden, da Larissa es nicht nötig hatte, ihre Gefühle zu verbergen.

Ansa ließ die ermüdende Litanei über sich ergehen. Allein schon die Gegenwart dieser Frau war gefährlich und aufregend. Sie war für ihre Grausamkeit und ihre Schönheit berühmt, und er wußte, es wäre tödlich, ihre Klugheit zu unterschätzen.

Auch die übrigen Gesandten hielten Reden. Die eigentlichen Verhandlungen würden später im kleinen Kreis stattfinden. Die Granianer fühlten sich unbehaglich, und Ansa begriff, warum. Hier gab es keine Höflinge niedrigen Ranges, mit denen sie sich abgeben mußten. Die Insulaner besaßen keinen Hofstaat, wie es die Diplomaten gewöhnt waren. Es gab Gasam, Larissa und die Krieger. Für Männer, die sich an den Höfen zivilisierter Herrscher aufhielten, war das fremd und eigenartig.

Als die letzte Rede beendet und die letzten Geschenke begutachtet und gelobt worden waren, war es Zeit für das angekündigte Mahl. Sklaven schleppten beladene Schüsseln und Teller herbei und eilten zwischen den Gästen umher, um ihre Becher mit Wein zu füllen. Bei den meisten Sklaven schien es sich um ausgebildete Diener zu handeln, die sicherlich als lebende Beute mitgenommen worden waren. Für sie war die Invasion nichts als Dienst unter neuen Herren.

Das Essen bestand zum größten Teil aus Wild, dem Fleisch von Haustieren und Früchten. Larissa entschuldigte sich für das Fehlen von Brot, Kuchen und Pasteten.

»Man lernt, auf einige Dinge zu verzichten, wenn man feindliches Land erobert. Wenn wir diese Menschen erst an unsere Sitten gewöhnt haben, werde ich meine neuen Freunde viel besser bewirten können.«

»Das verstehen wir sehr gut, Majestät«, sagte Floris, der ein wenig blaß aussah. »Das Mahl ist köstlich und übertrifft unsere kühnsten Erwartungen. Selbst unser König, der gerne auf die Jagd geht, bewirtet seine Gäste nur selten in solchem Überfluß.«

Gelangweilt wandte sich Larissa ab und sah Ansa in die Augen. »Schmeckt es dir?«

»Ausgezeichnet! Wir sind nicht so reich wie die Leute im Süden, und in unserem Land gibt es nicht so viel fruchtbares Ackerland und Bauernhöfe wie hier. Wir sind nur reich an Kriegern.«

»Das ist der wahre Reichtum!« erklärte Larissa. »Seid ihr reich an Kriegern, so gehört euch der Reichtum anderer. Kämpft ihr immer auf den Rücken von Cabos, mit dem Bogen bewaffnet?«

»Unser Land ist groß, und die Bewohner nicht zahlreich. Einzig das Leben als berittener Krieger ist lebenswert, sonst siecht man als Bauer dahin. Wir leben von unseren Herden und der Jagd. In der Steppe wird man von den Beutetieren schon von weitem gesehen. Mit Cabo und Bogen sind wir die Herren des Landes. Im Krieg benützen wir auch die Lanze und das Schwert.«

»Königin Larissa«, meldete sich Impimis zu Wort, dem es nicht gefiel, unbeachtet zu speisen, während sich die Königin mit einem unwichtigen Barbaren unterhielt. »Wir alle haben von deinen glorreichen Insulanern gehört. Mit eigenen Augen sehen wir, wie schön und stark sie sind. Bitte sage mir, welche Fähigkeiten sie über alle anderen Krieger erheben?«

»Das läßt sich nicht leicht beschreiben, aber vielleicht können wir es euch vorführen.« Sie drehte sich um und sprach mit einem Wächter. Der Mann verließ das Zelt. Kurz darauf nahm ein Dutzend junger Krieger vor dem Eingang Aufstellung. Draußen hatte man inzwischen Feuer entzündet, deren Licht von zahlreichen Fackeln verstärkt wurde. Das warme Licht spiegelte sich auf der eingeölten, glänzenden Haut der jungen Burschen und dem Metall der Speere.

»Das sind die jüngsten Krieger meiner Leibwache«, erklärte Larissa. »Zu Eurem Vergnügen führen sie ein paar der alten Kriegstänze aus unserer Heimat vor.«

Die Besucher setzten höfliche Mienen auf und machten sich bereit, die volkstümlichen Tänze über sich ergehen zu lassen, die nach Meinung der Wilden zur Unterhaltung der Gäste geeignet waren. Die Königin schenkte Ansa ein verschwörerisches Lächeln, als teilten sie ein Geheimnis.

Zwei der jungen Krieger traten vor und stellten sich einander gegenüber. Körperlich paßten sie hervorragend zusammen. Beide waren groß, anmutig und muskulös wie Raubkatzen. Unweit des Feuers stimmten Musikanten mit Flöten und winzigen Trommeln ein rhythmisches Lied an.

Die Krieger stießen abwechselnd mit den Speeren zu. Ein Raunen lief durch die Zuschauer, wenn beide zur Seite sprangen, um den blitzenden Klingen auszuweichen, die sie nur um Haaresbreite verfehlten. Dabei tanzten sie aneinander vorbei, indem sie um die eigene Achse wirbelten. Die Speere zischten durch die Luft, der eine tief, der andere hoch. Der erste Bursche duckte sich unter dem Angriff, der zweite sprang in die Höhe, um dem Stoß nach seinem Knie auszuweichen. Bei jeder Bewegung flogen die langen Fellstreifen umher, die um die Ellbogen und Knie der Krieger gebunden waren, und unterstrichen das erstaunliche Bild. Die langen Haare der Männer wehten im Nachtwind. Nicht ein einziges Mal ließen die Speere in ihren tödlichen Stößen nach.

Gebannt beugte sich Ansa vor. Hier handelte es sich nicht um den zeremoniellen Kriegstanz, den andere Völker aufführten. Hier zeigten die Kämpfenden ihr wahres Können und ihre Geschicklichkeit. Jede Bewegung war ein tödlicher Angriff oder ein geschmeidiges Ausweichen. Vielleicht waren die Schritte geplant, aber der kleinste Fehler hätte eine schwere Verletzung oder den Tod zur Folge gehabt.

Jetzt lösten sich zwei weitere Krieger aus der Gruppe und begannen mit dem Speertanz. Zum Entsetzen der Zuschauer sprangen sie zwischen den ersten Tänzern umher, die ihr Tempo nicht einen Moment verlangsamten. Dann gesellte sich noch ein Paar dazu. Ihr Tanz verlief so geordnet und gleichzeitig so verwirrend, als stünden Jongleure im Kreis zusammen und würden einander Kegel und Bälle nach einem komplizierten Muster zuwerfen, das nur Eingeweihte enträtseln konnten.

Schon bald tanzten alle Zwölf in geradezu selbstmörderischer Manier. Zwölf Körper und zwölf lange Speere befanden sich auf einem Platz, der nicht mehr als zehn Schritte an jeder Seite maß. Die Männer sprangen umher, als seien sie alleine und würden die Waffe zum eigenen Vergnügen schwingen. Das einzige Anzeichen der Gefahr war das gelegentliche Klirren, wenn die Klingen einander berührten.

»Unglaublich!« rief Impimis. »Wie lange halten sie das durch?«

»Stundenlang«, antwortete Larissa. »Solange ich es wünsche.«

»Aber irgendwann wird einer zu Tode kommen«, warf Floris ein.

»Sicher. Das wird die anderen nicht aufhalten. Sie leben und sterben gemäß unseren Wünschen, und mehr verlangen sie nicht.«

Sie klatsche in die Hände, und der Tanz wurde abgebrochen. Die Männer stellten sich wieder wie zuvor auf, während die Zuschauer begeistert applaudierten. Die Körper der Krieger waren schweißüberströmt, und einige bluteten aus kleinen Schnittwunden, aber sie trugen steinerne Mienen zur Schau, und keiner von ihnen war außer Atem. Dann salutierten sie ihrer Königin und beachteten die Besucher nicht weiter.

»Atemberaubend!« entfuhr es Lord Floris, als sie fort waren. »Es stimmt, sie sind anders als gewöhnliche Männer. Nie hätte ich geglaubt, daß es solche Menschen gibt. Wie kommt es, daß Krieger Dinge vollbringen, die sonst nur gut ausgebildete Jongleure, Akrobaten und Tänzer schaffen?«

»Wie dir Lord Ansa bestätigen könnte, war jede Bewegung der Krieger eine Bewegung, die auch im Kampf ausgeführt wird.« Wieder warf sie Ansa einen verschwörerischen Blick zu. »Von Kindheit an üben sie es. Als Knaben nehmen sie Stäbe, später dann Speere. Was ihr gesehen habt, waren Übungen für den Nahkampf mit langen Speeren. Außerdem üben sie die Handhabung der Schilde. Sie trainieren auch mit Wurfstäben und Kurzspeeren, wenngleich diese Waffen beim Tanz nicht so unterhaltsam anzusehen sind.«

»Bewundernswert«, sagte Impimis.

Larissa lehnte sich vor. »Sie tun *nichts* anderes. Es sind reine Krieger. Ihre Fähigkeiten, ihr Mut und ihre Treue sind ihr Lebensinhalt. Sie kümmern sich nicht darum, Macht, Wohlstand oder sonst etwas zu erringen, was andere Männer beschäftigt. Sie dienen dem Krieg und kämpfen für ihren König.«

»Sie sind wahrhaft erstaunlich«, murmelte Lord Floris. Er sah nicht so beeindruckt aus wie die anderen. Ansa vermutete, daß er Macht andere Bedeutung zumaß. Jene, die in den Krieg zogen, ob glorreiche Krieger oder einfache Soldaten, waren nicht von Bedeutung. Mächtige Adlige und Könige verfolgten ihre Pläne auf weniger offensichtliche Weise.

»Sind alle eure Gefolgsleute so kriegerisch?« erkundigte sich Impimis vorsichtig.

»Das waren Shasinn«, erklärte Larissa. »Sie sind die besten Krieger der Welt. Andere Insulaner sind fast ebensogut. Unser riesiges Heer besteht aber aus Soldaten unterschiedlichster Völker. Alle sind hervorragende

Kämpfer, denn andere wünscht der König nicht in der Armee. Außerdem sind sie ihrem Herrscher treu ergeben.« Sie war der Frage geschickt ausgewichen.

Die Diplomaten hätten gerne noch mehr Fragen gestellt, aber Königin Larissa erhob sich. »Wir reden morgen weiter. Ihr habt eine lange Reise hinter euch und möchtet euch sicher ausruhen. Eure Soldaten und Diener haben die Zelte bereits aufgebaut. Ihr dürft euch jetzt zurückziehen. Wenn ihr Wünsche habt, die ich erfüllen kann, so zögert nicht, sie zu äußern.«

Ein wenig aus der Fassung gebracht, erhoben sich die Lords steifbeinig. Die betagten Männer waren nicht daran gewöhnt, lange Zeit auf dem Boden zu sitzen. Sie verbeugten sich, murmelten formelle Abschiedsworte und verließen das Zelt. Ansa folgte ihnen und ging zu dem hastig errichteten Pferch, wo die Cabos von ein paar Soldaten beaufsichtigt wurden. Er tätschelte sein Cabo und versicherte sich, daß es gut versorgt war.

Als er zu den Zelten der Soldaten schritt, um sein Nachtlager aufzusuchen, näherte sich ihm der grauhaarige Mann, der sie am Kai begrüßt hatte.

»Junger Herr, Ihre Majestät wünscht dich zu sprechen, wenn du nicht zu müde bist.«

»Gerne«, entgegnete Ansa voller Erwartung. Er fragte sich, was nun geschehen würde, und sagte sich, daß er schließlich auf eigenen Wunsch hier war. Er hatte die Frau aus nächster Nähe sehen wollen, obwohl er wußte, wie gefährlich sie war. Er holte tief Luft und folgte dem Alten, der zum Feuer neben dem großen Zelt ging. Dort ruhte Königin Larissa auf einem großen länglichen Kissen, dessen Kopfende eine Rückenstütze hatte. Ihre Miene erhellte sich, als Ansa in das Licht des Feuers trat.

»Wie schön, daß du dich zu mir gesellst. Du siehst aus, als wärst du an lange Ritte gewöhnt, und bist nicht halb so empfindlich wie deine noblen Gefährten.«

»Seuchen und Wunden hätten mich nicht ferngehalten«, antwortete er. »Ich bin weit gereist, nur um dich zu sehen. Sollte ich mir die Gelegenheit entgehen lassen, für eine Weile mit dir allein zu sein?«

»Nimm Platz«, forderte sie ihn auf und deutete auf ein zweites Kissen. Er setzte sich und nahm den Becher entgegen, den ihm eine Sklavin reichte. Während er an dem Wein nippte, musterte er sie über den Rand des Bechers. Lässig lag sie auf dem Kissen. Einen purpurnen Umhang aus gewebten Quilhaaren hatte sie um die Schultern gezogen, um sich vor der Nachtkühle zu schützen. Ein nackter, mit Juwelen geschmückter Arm kam unter dem Umhang zum Vorschein und griff nach einem goldenen Becher.

»Wenn du wüßtest, wie erfrischend es ist, mit einem Prinzen zu sprechen, der weder eitel noch unbeschreiblich dumm ist.«

»Ich fürchte, ich bin kein Prinz, wie du sie ...« Larissa winkte ab.

»Und ich bin keine Königin, wie sie die Leute im Süden kennen. Ich bin eine Königin im einzig wahren Sinne. Mein Gemahl ist ein Eroberer, wahrscheinlich der größte Eroberer, den die Welt je gesehen hat. Du bist ein hochrangiger Krieger eines kämpferischen Volkes. Für Leute wie uns haben die Stammbäume und die Familien dieser verweichlichten Menschen keine Bedeutung!«

Er lachte. »So redest du über deinesgleichen?«

»Mir kommt niemand gleich, und meinem Gemahl schon gar nicht! Es gibt ein paar Hochgeborene, die nicht zu verachten sind. Königin Shazad von Neva ist eine wunderbare Feindin. Einst war sie für kurze Zeit meine Sklavin, und wir würden einander liebend gerne töten, aber sie ist sehr amüsant. Euer König Hael ist ein abtrünniger Shasinn und leistet Beachtliches, aber er ist so verrückt, daß ich ihn nicht verstehe. Alle anderen verachte ich.«

Er wollte das Gespräch auf ein anderes Thema lenken. »Plant ihr, die ganze Welt zu erobern?«

»Hast du heute abend nicht zugehört? Hörtest du nicht, daß ich Gran ewige Freundschaft schwor?«

»Doch, und ich hörte auch die Gesandten sprechen und glaubte ihnen ebenfalls kein Wort.«

Sie lachte perlend. »Oh, du bist so erfrischend. Ja, die Höflichkeiten, die zwischen Königen ausgetauscht werden, sind wertlos, und jedermann weiß es. Später beginnen die wahren Verhandlungen, und dann wird nicht versprochen oder gebeten. Statt dessen handeln wir und versuchen, den anderen zu übervorteilen. Diese Abkommen halten wir, solange sie uns nützen. Wußtest du, daß es sich so verhält?«

»Ich habe es vermutet. Nach Meinung dieser Leute sind wir Barbaren, und vielleicht stimmt das, aber deshalb sind wir nicht dumm. Auch Häuptlinge intrigieren. Sie machen leere Versprechungen und lügen. Könige sind nichts als mächtige Häuptlinge, die mehr Land und Untertanen haben.«

»Da hast du recht. Alle königlichen Familien beginnen mit einem Abenteurer, der die Macht ergreift. Später denken sich Schmeichler Geschichten aus und behaupten, er wäre ein Mensch gewordener Gott oder habe einen mehr als tausend Jahre alten Stammbaum. Die zweite Generation ist niemals so fähig wie der Abenteurer und sehnt sich nach Ehrbarkeit. Die Untertanen glauben an die Märchen, denn sie wollen nichts davon wissen, daß sie sich einem Menschen unterworfen haben, der weniger als ein Gott ist.«

Er wußte, daß Spott ein Gefahrenzeichen war, hatte aber keine Wahl, als darauf einzugehen. »Ist König Gasam ein solcher Mann?«

»O ja. Wir waren ein unbedeutendes Volk, das auf einer kleinen Insel lebte. Ein Volk der Krieger und Hirten, das glaubte, es gäbe nichts Besseres, als viele Kaggas zu besitzen und hin und wieder zum Spaß auf Nachbarstämme loszugehen, um deren Kaggas zu rauben. Gasam wußte, daß es Besseres gab.«

»Und er zog aus, es zu suchen«, stellte Ansa fest.

»Jawohl. Deshalb sagte ich, deine Behauptung über Könige und Häuptlinge sei zutreffend. Wir hatten unfähige Häuptlinge und Stammesälteste. Sie besaßen die meisten Frauen und Kaggas und waren alt. Nur deshalb bestimmten sie unsere Geschicke. Sie ließen die jungen Männer fernab vom Dorf in Kriegerbruderschaften leben. Es war ihnen verboten, zu heiraten oder Besitz zu erlangen. So konnten sich die Alten alle jungen Frauen aussuchen und die Kaggas behalten, die junge Krieger mit ihrem Blut bezahlten. Die Burschen dachten, es wäre ein gutes Leben, nur zu kämpfen und Kaggas zu hüten. Männer sind manchmal närrisch.« Ihre Stimme klang verächtlich. »So waren unsere Häuptlinge. Sie hatten die besten Krieger der Welt und benutzten sie nur als Hirten.«

»Aber Gasam wußte es besser«, sagte Ansa. »Er muß ein außergewöhnlicher junger Mann gewesen sein.«

»Das war er«, sagte sie voller Stolz. »Er durchschaute ihre Dummheit. Er unterhielt sich mit den Ausländern, die auf Schiffen übers Meer kamen, und erfuhr von Königen, großen Nationen, Priestern, Göttern, Armeen und Eroberungen. Das wollte er auch. Er wollte Armeen anführen, ein König sein und andere Könige in den Staub werfen, sie unterjochen und beherrschen.«

Sie schaute Ansa durchdringend an. »Aber vor allem wollte er mich. Und um mich zu bekommen, mußte er die Häuptlinge stürzen. Als wir noch sehr jung waren, sagte er, er würde ein König werden und mich neben sich auf den Thron setzen. Zusammen würden wir die ganze Welt regieren. Genau das hat er getan. Er umgarnte und schmeichelte mächtigen Männern, um an sein Ziel zu gelangen, aber mich hat er nie belogen. So ist es seit vielen Jahren. Wir hatten schon mit vielen Königen zu tun. Manche hat Gasam unterjocht, und mit einigen schloß er Frieden, solange es ihm gefiel, aber sie sind alle gleich, genau wie die Häuptlinge unserer Insel.«

»Du redest sehr offen, wenn man bedenkt, daß ich mit den Gesandten Grans hierherkam«, bemerkte Ansa.

Sie zuckte die Achseln. »Was hast du mit König Ach'na zu schaffen? Dein Land liegt in weiter Ferne, und du bist nur ein Besucher seines Hofes.«

»Das stimmt.«

»Sage mir, sind alle deine Landsleute wie du? Ich meine, nicht unbedingt so gutaussehend, sondern von ähnlicher Erscheinung?«

»Sicher, ich bin ein gutes Beispiel für die meisten. In unserem Teil der Welt leben viele Völker, und wir heiraten oftmals außerhalb des Stammes. Das einheitliche Erscheinungsbild deiner Shasinn besitzen wir allerdings nicht. Groß, klein, schlank, dick, blaue oder braune Augen und jede mögliche Haarfarbe – wir sind ein bunt gemischtes Volk.«

»Trotzdem hast du gewisse Ähnlichkeit mit den Shasinn«, beharrte sie. »Deine Größe, der Körperbau, deine Bewegungen und die Form deiner Wangenknochen ...« Sie musterte ihn eingehend, und Ansa lief ein kalter Schauer über den Rücken.

»Das trifft sicher bei einigen Leuten zu«, erklärte Ansa. »Wer weiß, vielleicht kamen vor langer Zeit Insulaner in unser Reich. So schöne Menschen wie die Shasinn wären als Gefährten sehr begehrt gewesen.«

»Vielleicht hast du recht. Die Asasa sind ein Inselstamm, der uns bis auf die dunklen Haare und Augen sehr ähnlich sieht. Wahrscheinlich hat es früher viele solcher Stämme gegeben, und wir Shasinn sind die letzten aus reinem Blute.«

»Zweifellos.« Ansa hoffte, das Thema endlich beenden zu können. »Kommt dein Gemahl bei der Belagerung Huatos voran? Auf dem Weg hierher hörte ich viele Gerüchte von den flüchtenden Sonoanern. Es herrschte große Verwirrung.«

»Das Ganze ist sehr ermüdend. Anfangs gab es ein paar aufregende Schlachten, aber jetzt weigert sich Mana, sich im offenen Kampf zu stellen. Mein Gemahl gab ihm Gelegenheit, unseren Zwist in ehrlichem Kampf auszutragen, aber er zieht es vor, sich hinter den Mauern seiner Hauptstadt zu verschanzen.«

»Von Belagerungen verstehe ich nichts«, erwiderte Ansa. »Bei uns gibt es keine Festungen, und so weiß ich nichts darüber.«

»Uns gefällt es auch nicht«, gab Larissa zu. »In unserem Heer dienen fähige Offiziere und Soldaten, die reichlich Erfahrung damit haben und uns nützlich sind.«

»Und was tun deine Shasinn in der Zwischenzeit?«

»Ich nehme an, mein Gemahl hält sie für die entscheidende Schlacht zurück. Sobald sie nahe genug an den Feind herankommen, kann sie nichts aufhalten.«

»Ich muß gestehen, ich würde es nicht auf einen Speerkampf mit deinen Kriegern ankommen lassen.«

»Der Speer ist auch nicht deine Waffe. Als du hierherkamst, sah ich, daß du einen Langbogen besitzt. Würdest du so freundlich sein, mir deine Waffe einmal vorzuführen?«

»Es wäre mir ein Vergnügen.«

»Dann vielleicht morgen oder übermorgen.«

»Ganz wie du wünschst.« Ansa erhob sich, denn er begriff, daß ihr Gespräch beendet war. Nach einer Verneigung entfernte er sich.

Die Soldaten und Diplomaten hatten ihre Nachtlager aufgesucht. Die Feuer waren heruntergebrannt, und er hatte keine Lust, zwischen den schnarchenden Männern nach einem Schlafplatz zu suchen. Die Nacht war klar, viele Sterne standen am Himmel, also breitete er seine Decken ein ganzes Stück abseits von den anderen aus. Selbst wenn sich seine Todfeinde unter den Diplomaten befanden und ihre Meuchler mitgebracht hatten, bezweifelte er, daß ein Städter ihn in dieser Dunkelheit finden konnte.

Ansa lag auf dem Rücken und sah zu den Sternen empor. Er vermißte Fyana, mußte aber dauernd an die Geschehnisse des Abends denken. Das offene Gespräch mit Königin Larissa gab ihm zu denken. Handelte es sich bloß um ein weiteres Beispiel ihrer Überheblichkeit und kümmerte es sie keinen Deut, was andere von ihr dachten? Oder führte sie etwas im Schilde?

Auf hintergründige Art hatte sie ihm schöne Augen gemacht, aber das reizte ihn keineswegs. Schließlich standen ihre Shasinnwachen nur wenige Schritte entfernt, und ihre Speere lechzten nach seinem Blut. Außerdem war er sicher, daß sie nicht ernsthaft an ihm interessiert war. Obwohl man ihr jedes grauenvolle Verbrechen und jede abscheuliche Neigung nachsagte, war Larissas Hingabe an ihren Gemahl fast schon sprichwörtlich.

Außerdem, dachte Ansa kurz bevor er einschlief, wäre es völlig unmöglich, ein Verhältnis mit einer Frau anzufangen, in die sein Vater einmal verliebt gewesen war.

Kapitel Sechzehn

Gasam stand auf dem Turm und verfolgte die Vorbereitungen. Die Männer standen neben den Leitern, und gemächlich grasten die an fahrbare Belagerungstürme geschirrten Nusks hinter ihren Stangen. Die Soldaten befanden sich knapp außer Reichweite feindlicher Geschosse. Die ersten Reihen wurden durch riesige Schilde geschützt, hinter denen jeweils zwei Männer Platz hatten. Ein Soldat hielt den Schild, während der andere aus dieser Deckung beim Kampf seine Pfeile verschoß. Wenn die Krieger im Gleichschritt vorrückten, wurde aus den Schilden eine bewegliche Mauer.

Hinter den Sturmtruppen drängten sich die Shasinn und andere Inselkrieger gemeinsam mit Gasams weiblichen Kämpfern und eigens ausgewählten Festlandsoldaten. Sie durften erst losschlagen, wenn die Stadtmauer eine annehmbare Bresche oder eine geeignete Möglichkeit zum Überklettern aufwies, damit die Stadt durch einen einzigen Großangriff fiel.

Am Vorabend hatten die Arbeiter den Tunnel fertiggestellt. Riesige Rauchwolken stiegen aus den zahllosen Luftschächten gen Himmel. Über der Südwestecke der Mauer erblickte Gasam ziellos umherrennende Männer auf den Wehrgängen, und ein seltsames Knarren und Knacken drang aus dem Mauerwerk. Ihre Überraschung war geglückt. Es war weder zur Überflutung noch zu anderen Störungen gekommen. Gasams Pläne hatten sich erfüllt. Jetzt war es nur noch eine Frage der Zeit, bis die Mauer einstürzte. Dann stellte sich heraus, ob die Bresche groß genug für den Sturmangriff war. Gasam hoffte es. Schon gab es die ersten Krankheiten im Lager. Er wollte nicht länger hierbleiben. Seit der Nachricht über die Stahlmine war seine Geduld nahezu erschöpft. Er wollte Huato unter seinem Absatz zermalmen.

Was für ein Mann war Mana? Wie konnte er es wagen, sich König zu nennen und sich so feige zu verschanzen? Ein Mann, der seinen Ruf als Anführer einer Nation zu wahren hatte, sollte sich auf seine Fähigkeiten als Kämpfer besinnen.

Ein plötzliches Dröhnen und Krachen ließ ihn wieder zur Südwestecke der Mauer hinübersehen. Alles schien unverändert, bis auf den schimmernden Schleier, der sich über den Steinen erhob. Die Soldaten auf dem Wehrgang suchten in heilloser Verwirrung die Flucht, und der hohe Turm leerte sich, als die Feinde das Beben unter ihren Füßen verspürten.

Langsam und majestätisch neigte sich die Mauer mitsamt dem Turm. Die Fugen zwischen den Steinen vergrößerten sich, und das Fundament stürzte krachend in den Tunnel hinab. Die ersten Steine lösten sich aus den Zinnen und fielen nach außen. Sie prallten zu Boden und trafen ein paar Soldaten, die auf das Zeichen zum Angriff warteten. Schilde zersplitterten, Fleisch und Knochen wurden zermalmt. Auf die gebrüllten Befehle der Offiziere hin wichen die übrigen Soldaten ganz in der Nähe hundert Schritte zurück. Zufrieden stellte Gasam fest, daß keine Panik ausbrach und auch der Rückzug in vorbildlicher Ordnung stattfand.

Nachdem die großen Mauerquader herausgebrochen waren, folgte eine Schuttlawine, die sich auf dem Boden zu einer gewaltigen Rampe aufstaute. Das Dröhnen und Krachen wurde vom Freudengeschrei seiner Krieger übertönt, die das Ende der langen Wartezeit begrüßten und nach Taten lechzten.

Eilig verließ Gasam seinen Ausguck. Ihm wäre lieber gewesen, näher an der Südwestecke zu stehen, aber er hatte die Aufmerksamkeit der Feinde nicht auf diesen Punkt lenken wollen. Jetzt rannte er an den jubelnden Truppen vorbei und schwenkte den stählernen Speer. Unweit der Südwestecke, wo seine Soldaten nach dem Steinhagel wieder Aufstellung nahmen, blieb er stehen. Schnell scharten sich die höchsten Offiziere um ihn.

»Bestimmt ist die Bresche groß genug!« rief Urlik.

»Das sehen wir, wenn sich der Staub gelegt hat«, antwortete Gasam.

Der gesamte Südwestteil der Stadt war in eine gewaltige graue Staubwolke gehüllt. Nach und nach legte sich der Staub und gab den Blick auf eine etwa zwanzig Fuß breite Lücke frei. Die Rampe aus Schutt und Gestein führte bis zu dieser Öffnung hinauf. Sie bot nur einen unsicheren Halt, reichte aber aus. Gasam wandte sich an seine grinsenden Offiziere.

»Ich kehre auf den Kommandositz zurück. Auf mein Zeichen hin greifen sämtliche Einheiten an. Alle Inselkrieger und Elitetruppen halten sich zurück, bis ich sie höchstpersönlich anführe. Es wird ihnen nicht gefallen, aber sagt ihnen, daß ich sie selbst in die Stadt führe, wenn der Zeitpunkt gekommen ist.«

»Wie unser König befiehlt!« riefen die Offiziere im Chor.

Unter dem noch lauter gewordenen Jubel der Soldaten lief Gasam zu seinem Turm zurück. Der Speer behinderte ihn beim Klettern, und er schleuderte ihn zur obersten Plattform hinauf, wo er geschickt von einem jungen Krieger aufgefangen wurde. Gasam stürmte die Leiter empor und stellte sich an die Brüstung. Das Sonnensegel war entfernt worden, damit man ihn deutlich sah. Der Krieger reichte ihm die Waffe.

Langsam hob Gasam den Speer über den Kopf, als solle die Spitze die Wolken durchbohren. Mit einer geschmeidigen Bewegung beschrieb er eine Drehung und deutete auf die Stadt.

Mit einem Gebrüll, das dem Lärm der zusammenstürzenden Mauer in nichts nachstand, stürmte das Heer voran. Die Nusks wurden mit Peitschen und Stöcken angetrieben. Die Belagerungstürme knarrten und quietschten wie gequälte Tiere, ehe sie sich der Mauer zuneigten. Die Träger schulterten die langen Sturmleitern mit grimmiger Miene, denn ihnen stand beim ersten Ansturm die gefährlichste Aufgabe bevor.

Sobald sie in Schußweite gerieten, regnete es Pfeile und Katapultsteine von den Mauern herab. Je näher sie rückten, um so heftiger fielen die Geschosse, zu denen sich auch Wurfspeere und Armbrustbolzen gesellten. Als Gasams Männer den Fuß der Mauer erreichten, wurden sie zudem mit von Hand geschleuderten Steinen bedacht. Die Katapulte auf den Zinnen richteten ihre Geschosse auf die Angriffstürme, erzielten aber kaum Treffer, wie Gasam erwartet hatte. Katapulte eigneten sich nicht für gezielte Schüsse, und die wenigen Treffer prallten fast wirkungslos von den dicken Holzbohlen ab.

Als die rollenden Türme und die Leitern an den Mauern lehnten, stürmte eine handverlesene Truppe Infanteristen zur Rampe hinüber. Die langen Schilde vor sich haltend, die Speere gesenkt, machten sie sich vorsichtig, aber schnell an den Aufstieg. Diese Männer trugen die schwersten Rüstungen im Heer. Jeder Soldat in den ersten fünf Reihen trug einen Bronzehelm, einen Brustpanzer aus miteinander verwobenen und gehärteten Bambusstücken und Beinschienen, die bis über die Knie reichten. Ein jeder war mit einem Speer und einem Langschwert oder einer Streitaxt bewaffnet. Die Offiziere trugen Bronzerüstungen und weiße Federbüsche an den Helmen.

Gasam sah gebannt zu ihnen hinüber. Ihr Angriff entschied über die Erstürmung der Mauer, alles andere diente mehr oder weniger als Ablenkung. Während sich die Infanteristen die Rampe hinaufwagten, verloren sich die anfangs geordneten Reihen. Steine drehten sich unter Halt suchenden Füßen, Männer stolperten, und der planmäßige Vormarsch verwandelte sich in einen verzweifelten Kampf. Eine Welle von Verteidigern ergoß sich durch die Maueröffnung und warf sich auf die heranrückenden Feinde, während andere im Hintergrund versuchten, eine vorläufige Barrikade aus Trümmern zu errichten. Ihr Widerstand war ebenso zwecklos wie tapfer, denn sie besaßen nicht die Kraft, den unzähligen Gegnern lange die Stirn zu bieten. Von Speeren durchbohrt, fiel ein Verteidiger nach dem anderen, und Gasams Soldaten arbeiteten sich Fuß für Fuß zur Lücke empor.

Während Angreifer und Verteidiger sich erbitterte Gefechte lieferten, beobachtete Gasam die Vorgänge auf den Zinnen. Gruppenweise stießen die Träger ihre Leitern mit Hilfe langer, angespitzter Stäbe gegen die Wände, während Soldaten auf den Wehrgängen mit ähnlichen Stäben versuchten, die Leitern wieder umzuwerfen. Nach und nach gelang es den Angreifern, sie an die Mauern zu lehnen. Im Gegensatz zu den Feinden, die scharenweise bereitstanden, hatten die Verteidiger auf den schmalen Wehrgängen nicht genug Platz für eine große Anzahl Soldaten. Auch das Abwehren der Türme erwies sich als wenig wirksam. Von Zeit zu Zeit gelang es, an Seilen befestigte Haken hinüberzuwerfen, aber die Türme waren zu schwer, um sie auf diese Weise umzustürzen. Nach kurzer Zeit senkten sich Stege auf die Zinnen, und Gasams Krieger stürmten hinüber.

Jetzt, da der Kampf Mann gegen Mann begann, befanden sich die Verteidiger im Vorteil. Feinde, die Leitern emporkletterten oder über Stege rannten, wurden anfangs von drei oder mehr Soldaten erwartet, die sie mit Leichtigkeit besiegten. Leitern wurden mit bloßen Händen umgestürzt, und manche verließen ihre Posten auf den Wehrgängen, um auf die Stege zu springen und sich dem Gegner auf diesem schwanken Untergrund in den Weg zu stellen, damit den Angreifern der Zugang zur Stadt verwehrt blieb. Der Kampf schien lange unentschieden, da weder die eine noch die andere Seite einen Vorteil errang. Die ganze Zeit über ließen alle Verteidiger, die keinem Feind unmittelbar gegenüberstanden, nicht nach, für unaufhörlichen Geschoßhagel zu sorgen, der jetzt durch Kessel mit siedendem Öl und mit Pech gefüllte Krüge unterstützt wurde, in deren Öffnung brennende Lumpen steckten. Beim Aufprall explodierten die Gefäße und überschütteten jeden in Reichweite mit flammender Flüssigkeit.

Mit großer Befriedigung beobachtete Gasam das Spektakel. Es war ein erhebender Anblick, tapferen Männern beim Kampf zuzusehen, selbst wenn es sich um Feinde handelte. Außerdem schlugen sich seine Truppen hervorragend. Inzwischen waren die Festlandsoldaten beinahe so fanatisch und treu ergeben wie seine Insulaner. Sobald sie sich an die Knute des Eroberers gewöhnt hatten, folgten sie dem immer siegreichen König voller Dankbarkeit und leisteten ihm bessere Dienste, als ihre früheren Herren je erwartet hätten.

Mit Freude sah er, wie gut sich die Sonoaner schlugen. Ihre Vorstellung auf dem offenen Schlachtfeld hatte ihm nicht gefallen, aber bei der Verteidigung ihrer Stadt zeigten sie sich so kämpferisch wie Langhälse. Wenn sie erst besiegt waren, würden sie hervorragende Soldaten in seinem Heer werden. Schon jetzt überlegte er, wie er die Regimenter Sonos am besten aufstellen sollte. Gasam beschloß, sich den einfachen Soldaten gegenüber großzügig zu zeigen, wenn er die Herrschenden beseitigt hatte. Manas Feigheit und Unnachgiebigkeit hatten zur Belagerung der Stadt geführt, und er würde dem König von Sono die alleinige Schuld zuschieben. Sobald sie sich an den Gedanken gewöhnt hatten, würde der Stolz die Männer glauben machen, bisher unter einem unfähigen König gedient zu haben und jetzt zu ihrem großen Glück dem Eroberer zu dienen, der sie auch hätte töten können.

Gasam war kein gnädiger Mann, denn dieses Gefühl war ihm völlig fremd. Er brauchte ein riesiges Heer, um den anstrengenden Wüstenfeldzug zu bewältigen. Zum ersten Mal in seinem Leben mußte er sich um Dinge wie Vorratslager und Festungen kümmern. Das bedeutete die Einrichtung von Garnisonen, und jeder wahre Krieger haßte den Garnisonsdienst. Bestimmt waren die Sonoaner dafür wie geschaffen.

An der Bresche hatte die Infanterie die Verteidiger inzwischen zurückgedrängt und gewann Stück für Stück an Boden. Im Schutz der Schilde zerrten ein paar Soldaten die Gefallenen beiseite, damit die Kämpfer nicht über die Leichen stolperten. Die langen Speere stießen Verteidiger von den hastig errichteten Barrikaden aus Holz und Schutt. Krieger aus der zweiten Reihe hielten die Speere hoch erhoben, um die vor ihnen stehenden Kameraden nicht zu treffen, und halfen mit, die Gegner zurückzutreiben. Alle, die nicht am unmittelbaren Gefecht beteiligt waren, räumten Schutt und Steine aus dem Weg, um die eigentliche Lücke im Mauerwerk zu vergrößern. Andere Männer hielten die Schilde über den Kopf und bildeten ein schützendes Dach gegen die von oben fallenden Geschosse. Gebrüll, Fluchen und Kreischen erfüllten die Luft.

Allmählich eroberten sich auch die Krieger auf den Türmen und Leitern einen Platz auf den Wehrgängen. Sobald ihnen das gelungen war, gab es kaum Schwierigkeiten, die Verteidiger zu vernichten. Den auf beiden Flanken ungeschützten Sonoanern blieb nichts anderes übrig, als bis zum bitteren Ende zu kämpfen oder den Sprung in die Tiefe auf das Dach eines Hauses zu wagen.

Gasam hatte nicht vor, seine Reserven einzusetzen, ehe er auf der Mauer stand und einen guten Überblick über den Kampf in den Straßen bekam. Das derzeitige Stadium des Kampfes langweilte ihn. Er war zum bloßen Zuschauen verurteilt und vermochte den Verlauf der Schlacht nicht zu beeinflussen, während seine Offiziere das Kommando führten.

Immer mehr Krieger stürmten heran, und der Widerstand wurde geringer. Hinter den Türmen standen reihenweise Soldaten, die darauf warteten, ihren Platz auf den Wehrgängen des Feindes einzunehmen. Inzwischen waren sämtliche Leitern in Gebrauch. Ein Offizier stand auf den Zinnen und schwenkte einen roten Umhang: das Zeichen, daß sich die Mauer in der Hand der Angreifer befand.

Mit einem Freudenschrei kletterte Gasam den Ausguck hinab und rannte zu der am nächsten stehenden Leiter hinüber. Der Boden war mit Leichen übersät. Verwundete taumelten zurück ins Lager, die blutige Arme und Beine umklammerten.

Den Speer in der Hand haltend, kletterte Gasam die Leiter empor und sprang leichtfüßig auf die Zinnen. Hinter sich vernahm er den Jubel der Shasinn, beachtete ihn aber nicht. Noch war die Schlacht nicht gewonnen und konnte sich anders als erwünscht entwickeln. Er wußte nicht, wie stark Manas Truppen waren. Falls sich innerhalb der Stadt große Reserven aufhielten, sparte der König sie vielleicht für ein Gefecht an einem geeigneteren Ort auf. Das konnte ein für die Feinde schlecht zugänglicher Platz oder eine Zitadelle sein. Vielleicht war auch der Palast wie eine Festung gebaut.

Ein grimmig aussehender Chiwaner kam auf ihn zu. »Wir haben die Mauer erobert, mein König, aber viele

Gebäude liegen in Schußweite.« Er brüllte zwei herbeieilenden Soldaten Befehle zu: »Schützt den König! Seid wachsam!«

Eine breite Straße trennte die Mauer von den nächstgelegenen Gebäuden. Das Pflaster war mit einem Teppich aus Leichen, zerbrochenen Waffen und Schutt bedeckt. Gasam ging in Richtung Süden, auf die Lücke in der Mauer zu. Seine Leute beeilten sich, ihm den Weg frei zu machen, und von Zeit zu Zeit vernahm er den dumpfen Aufprall eines Pfeiles auf die Schilde seiner Leibwächter.

Als er die Lücke erreichte, erblickte er unter sich heftiges Kampfgetümmel, da immer mehr Krieger die Rampe hinaufstürmten. Aus den Seitenstraßen eilten zahlreiche Verteidiger zur Verstärkung herbei. Das Gewirr der Kämpfenden bot wenig Gelegenheit, sich durch Geschick und Können auszuzeichnen, und die Soldaten schlugen blindlings um sich. Genau dieses Gemetzel wollte er seinen Elitetruppen ersparen. Wenn es im Kampf nur darum ging, die Überzahl an Kriegern zu besitzen, reichten einfache Soldaten völlig aus.

»Wirst du die Shasinn herbeirufen, mein König?« fragte ein Offizier.

»Noch nicht. Zuerst müssen wir den kleinen Platz dort drüben säubern. Dann rufe ich die Elite.«

Sein Blick glitt über die Hausdächer, um eine Zitadelle auszumachen. Er sah hohe Gebäude und ein paar Türme, aber nichts, das einer Festung ähnelte. Manche der verhörten Einheimischen hatten von der Festung des Königs geredet, aber Gasam vermutete, daß es sich bloß um einen alten Begriff für die königliche Residenz handelte, der vielleicht aus einer Zeit stammte, als sich die Herrscher des Landes noch in Burgen verschanzten.

Gasam deutete auf ein Gebäude, von dem aus Bogenschützen und andere Krieger seinen Soldaten das Leben schwermachten. »Die Männer auf dem Wehrgang stehen untätig herum«, sagte er. »Führe sie an und räumt sämtliche Gebäude auf der anderen Straßenseite. Während sich die Truppen ihren Weg durch die Straßen bahnen, will ich auch die Dächer aller Häuser in unserer Hand sehen. Du sorgst dafür!«

»Wie mein König befiehlt!« rief der Offizier und winkte den Soldaten, die ihm die Treppen hinabfolgten und auf die Häuser zuliefen. Gasam stützte sich auf seinen Speer und genoß das Kampfspektakel zu seinen Füßen und auf den umliegenden Dächern. Schon bald ließ der Pfeilregen nach, und seine Leibwächter entspannten sich merklich.

Anscheinend waren leicht bewaffnete Soldaten für den Einsatz in Häusern und auf Dächern bestens geeignet. Mit den kleinen Schilden und nur mit leichter Rüstung angetan, hatten sie keine Schwierigkeiten, in engen Gängen oder auf Treppen zu kämpfen. Auf Dächern standen ihnen Bogenschützen und verzweifelte, mit Steinen bewaffnete Bürger und keine Schwertkämpfer oder Speerwerfer gegenüber. Im Gegensatz zu diesen schlichten Gegnern waren die Infanteristen beinahe unverwundbar, wenn es zum Nahkampf kam. Gasam prägte sich die Beobachtung ein. Nie vergaß er auch nur die kleinste strategisch wichtige Einzelheit und vermochte jede neue Erkenntnis zu verwerten. Vor kurzem hatte er erwogen, die leicht bewaffneten Sturmtruppen abzuschaffen, sah aber jetzt neue Einsatzmöglichkeiten. Er dachte an seine Überlegung beim Anblick der Sonoaner und rief den Kommandeur der ausländischen Truppen zu sich.

»Mein König?« Der Mann keuchte vor Anstrengung; seine Bronzerüstung war mit Blutspritzern übersät.

»Noch tobt ein heftiger Kampf, aber sobald der Feind merkt, daß er verloren hat, wird er nur noch zum Schein Widerstand leisten und nach einer Gelegenheit suchen, sich zu ergeben. Sorge dafür, daß es reibungslos vonstatten geht. Bei Verrat bestrafst du die Männer mit dem Tod, aber denke daran, ich will die Soldaten später in meine Armee eingliedern.«

»Wie mein König befiehlt! Ich gebe die Befehle weiter!« Er rannte die Treppen hinab.

Inzwischen waren die Verteidiger in die Straßen zurückgedrängt worden, die in den kleinen Platz mündeten, und Gasams Leute strömten in die Stadt. Wie eine Flutwelle stürmten sie über die Mauer und durch die Lücke im Bollwerk. Wieder entglitt ihm das eigentliche Kampfgeschehen. Jetzt wurde um Straßen und Plätze gefochten, und seine Krieger räumten Gebäude und Dächer. Wenn sie nicht auf eine Zitadelle stießen, würde der Kampf sicherlich bald gewonnen sein, aber natürlich durfte er nicht zu siegesgewiß sein. Gasam winkte einem jungen Shasinn, der eilig herbeisprang.

»Ja, mein König?«

»Lauf zu den Generälen Raba und Urlik, die mit der Reserve warten. Sie sollen die Insulaner und die weiblichen Krieger herbringen. Richte ihnen das aus, aber da ist noch etwas!« Er hob mahnend den Finger, und das Gesicht des jungen Mannes nahm den Ausdruck höchster Konzentration an. »Sie sollen sie in geordneten Reihen herbringen. Es handelt sich nicht um eine Schlacht auf freiem Feld, sondern um ›auf den Busch klopfen‹. Wir gewähren den Soldaten Pardon. Auch die Frauen haben sich daran zu halten! Sie müssen gehorchen.«

Der junge Mann eilte davon, um die Befehle des Herrschers weiterzugeben. Sie würden wissen, was mit ›auf den Busch klopfen‹ gemeint war. In ihrer Heimat hatten sie das getan, um Feinde oder wilde Tiere, die ihre Herden gefährdeten, aus den Wäldern zu scheuchen. Hier bedeutete es die schrittweise Säuberung der Straßen, eine sorgfältig durchzuführende Aufgabe, der nichts vom wilden Rausch eines wahren Kampfes anhaftete. Sie würden enttäuscht sein, aber ihre Kriegerqualitäten waren bei Straßenkämpfen verschwendet. Es würde viele Verletzte geben und nicht den durchschlagenden Erfolg haben, der auf freiem Feld erzielt wurde. Wenigstens hatten sie jetzt Gelegenheit, den aufgestauten Tatendrang auszutoben.

Rauchwolken stiegen von nahe gelegenen Gebäuden auf. Lampen, Kohlebecken, Herde oder Tempellichter wurden bei der Erstürmung umgeworfen. Wenn sich das Feuer ausbreitete, war das lästig. Der angerichtete Schaden kümmerte Gasam nicht. Er mochte keine Städte, und auch ihr Wohlstand ließ ihn kalt, da er Larissas Vorliebe für Kostbarkeiten nicht teilte. Reichtum war nur von Bedeutung, wenn er ihm half, aufwendige Kriege zu führen. Gasam hätte sein Leben gerne auf Feldzügen verbracht und in primitiven Lagern geschlafen, und bis auf seinen Speer wäre er ohne weltlichen Besitz ausgekommen. Außer der Waffe brauchte er nur das Heer.

Als junger Mann glaubte er, Reichtum bestünde aus Vieh. Er hatte die Kaggas seines Stammes gehütet und sich in der Größe der Herden gesonnt. Als er älter wurde, ergriff ihn Unzufriedenheit. Die Tiere gehörten nicht *ihm.* Er machte sich daran, das zu ändern, und stellte fest, daß wahrer Reichtum im Besitz von Menschen lag. Wohin er auch kam, die Menschen sahen ihn als ihren Herrn an, oder sie starben. So war es richtig! Kein menschliches Wesen hatte das Recht zu leben – außer als Besitz Gasams. Einen großen Teil der Welt hatte er davon überzeugt, und den Rest würde er noch zur Einsicht zwingen.

Halblauter Gesang riß ihn aus seinen Träumen. Die Insulaner standen an der Maueröffnung. Er schritt bis an den abbröckelnden Rand der Zinnen und brüllte zu ihnen herab.

»Bleibt beim Marsch durch die Straßen hinter den Schilden! Diesmal wünsche ich keine Heldentaten!

Feuer ist ausgebrochen, und sie werden euch im Schutz der Rauchwolken angreifen. Erledigt sie mit Speeren und unterschätzt sie nicht! Sie sind verzweifelt und werden ihr Leben freudig hingeben, wenn sie einen von euch töten können. Sobald sie merken, daß jeder verschont wird, der sich ergibt, verlieren sie den Mut. Gewährt ihnen Pardon, entwaffnet sie, und treibt die Überlebenden an der Stadtmauer zusammen! Geht jetzt!«

Die Krieger antworteten im Chor und betraten die Stadt. Sie waren nicht überglücklich, aber die Aussicht auf Blutvergießen, auch wenn es zurückhaltend geschehen mußte, heiterte sie ein bißchen auf.

Der Tag schritt fort, und Gasam begann sich zu langweilen. Bei Kämpfen wie diesen hatte er nichts zu tun außer den Offizieren zuzuhören, wenn sie Bericht erstatteten. Da sie sich in der Stadt nicht auskannten, war eine planvolle Durchsuchung der einzelnen Viertel nicht möglich. Ein paar Offiziere befanden sich jetzt in Sichtweite des Palastes, der zwar befestigt war, aber nicht beeindruckend aussah. Das waren gute Neuigkeiten. Mit Sicherheit hatte Mana seine Elitetruppen dort verschanzt, um seine königliche Haut vor Shasinnspeeren zu schützen.

In vielen Stadtteilen waren die Feuer außer Kontrolle geraten, und Gasam erließ den Befehl, die Gefangenen zur Bekämpfung der Brände einzusetzen. Ihm war es gleichgültig, ob die Stadt bis auf die Grundmauern niederbrannte, aber er wollte die allgemeine Verwirrung in Grenzen halten und nicht riskieren, daß seine Männer ums Leben kamen.

Am Spätnachmittag teilte man ihm mit, daß der größte Teil des Feuers eingedämmt und der Palast umstellt war. Gasam verließ seinen Ausguck und machte sich in Begleitung seiner Kriegerinnen auf den Weg zum Palast. Oft mußten sie Umwege auf sich nehmen, um brennende Häuser und Schutthaufen zu umgehen. Die

Frauen waren blutbesudelt und zufrieden. Ihr dämonisches Aussehen reichte aus, um Feinde in die Flucht zu schlagen, und sie hatten überall, wo sie an diesem Tag aufgetaucht waren, Angst und Schrecken verbreitet.

Das Palastgelände von den Ausmaßen einer kleinen Stadt war von einer Mauer umgeben und lag inmitten eines gigantischen Platzes. Unzählige Statuen, Triumphbögen und freistehende Säulen standen scheinbar planlos herum. Im Augenblick wimmelte es von Gasams Soldaten, die aus voller Kehle sangen und den Verteidigern des Palastes Schmähungen zubrüllten. Als sie Gasam erblickten, jubelten sie ihm zu. Mit schnellen Schritten eilte er zu einer Gruppe von Offizieren.

»Hat er sich schon nach unseren Bedingungen erkundigt?«

»Er schickte keine Boten, und wir sahen auch keine weiße Fahne«, antwortete Raba.

»Willst du etwa mit diesem Feigling verhandeln, mein König?« fragte Urlik.

»Dafür gibt es keine Veranlassung. Sein Reich gehört mir, und er hat mir nichts mehr zu bieten. Dennoch wäre es interessant zu wissen, wie verzweifelt er ist. Befinden sich starke Truppen im Palast?«

»Es gibt einen Weg, das herauszufinden«, erklärte Raba. »Laß uns angreifen.«

Gasam lachte. »Deine Ratschläge lauten immer gleich.« Er blickte zur Sonne hinauf, die dicht über der westlichen Stadtmauer hing. »Nein, es wird bald dunkel. Wir kämpfen morgen früh. Ich will, daß eine undurchdringliche Mauer aus Wächtern den Palast umgibt. Niemand darf entkommen. Sollen sie da drinnen langsam verrückt werden. Entfacht große Feuer auf dem Platz. Die Männer dürfen die ganze Nacht singen und feiern. Niemand darf sich betrinken, aber die Feinde sollen wissen, daß wir ihren Tod bejubeln.«

Er sah sich um. »Errichtet in der Nähe des Haupteingangs für mich ein Zelt. Wenn er Unterhändler ausschickt, höre ich sie an, auch wenn es nur zu meiner Belustigung dient.«

Seine Befehle wurden ausgeführt. Als der Mond über der Stadt aufging, ruhte Gasam unter einem Baldachin aus Quilhaar und nippte an einer Schüssel Ghul, während die jüngsten Kriegerinnen zum Dröhnen der Trommeln und Schrillen der Flöten einen äußerst sinnlichen Kriegstanz aufführten. Die zerstörte Stadt hallte vom Lärm der Eroberer wider. Das Licht ihrer Freudenfeuer erhellte den nächtlichen Himmel. Die Brände in den Gebäuden waren gelöscht, aber die Balken und Möbel der Häuser dienten dazu, die riesigen Feuer auf dem Platz zu nähren. Geschäfte und Lagerhäuser waren geplündert worden, und die Männer feierten. Scharfäugige Offiziere wachten darüber, daß sich niemand betrank. Ein Viertel des gesamten Heeres stand jederzeit an den Schilden, um auf einen Ausfall der Feinde gefaßt zu sein.

Aus dem Palast drang keinerlei Lärm. Ein paar Fakkeln brannten entlang der Mauer, und schattenhafte Gestalten patroullierten von Zeit zu Zeit auf dem Wehrgang. Das Tor blieb verschlossen.

Am nächsten Morgen hatte sich nichts geändert. Kein Unterhändler war erschienen, um mit den Siegern zu verhandeln, aber man hatte auch keine besonderen Verteidigungsanstrengungen unternommen. Aus dem Palast drang nichts als Schweigen. Erstaunt über die ungewöhnliche Stille verhielten sich auch Gasams Truppen ausgesprochen ruhig und beobachteten den Palast mit besorgten Mienen.

»Ich verstehe es nicht«, sagte Luo. »Sie wollen sich weder ergeben, noch wollen sie verhandeln, und jetzt sieht es so aus, als wollten sie nicht einmal kämpfen. Was wollen sie bloß?«

»Ich werde es herausfinden«, erklärte Gasam. Er rief einen Herold herbei und schickte ihn zum Tor, um

Mana mitzuteilen, er solle das Tor öffnen oder aber herauskommen und kämpfen. Der Mann stolzierte mit geschwellter Brust zum Palasttor und rief zum Wehrgang hinauf, wo sie am Vorabend vereinzelte Wachen gesehen hatten. Er erhielt keine Antwort. Lange brüllte der Herold herum, aber vergebens. Er kehrte zu Gasam zurück.

»Ich sehe und höre nichts und niemanden, mein König.«

»Könnten sie geflohen sein?« überlegte Raba. »Vielleicht durch einen unterirdischen Gang?«

»Überall reiten Patrouillen umher«, antwortete Urlik. »Sie hätten sofort Bericht erstattet.«

»Wir werden es gleich wissen!« rief Gasam ungeduldig. »Brecht das Tor auf!«

Eine Gruppe Soldaten rollte im Schutz großer Schilde einen Wagen heran, auf dem ein bronzener Rammbock lag, der mit aller Kraft gegen das hölzerne Tor geschleudert wurde. Beim zehnten Stoß zersplitterten die schweren Balken, und das Tor sackte zusammen. Die Männer räumten die Trümmer beiseite, und Gasam rief seine Krieger zu sich: »Shasinn, Inselkrieger und Frauen stürmen den Palast. Diesmal gibt es keine Gnade!« Ihm mißfiel das Spiel, das Mana mit ihm trieb, und er hatte nicht vergessen, welche Ängste er im Tunnel unter der Stadtmauer ausgestanden hatte.

Gasam betrat das Palastgelände gemeinsam mit seinen Kriegern. Keinerlei Kampfgeräusche waren zu hören, und es gab keine Horde von Gefangenen, die herausgeführt werden mußte. Er drängte sich durch die Reihen der Shasinn, die plötzlich stehenblieben und schweigend auf die Szene starrten.

»Was ist los?« fragte er unwirsch, aber dann sah er es. Hinter der Mauer lag ein Innenhof, der von prunkvollen Gebäuden umgeben war. In der Mitte des Hofes stand ein dreistöckiges rundes Haus. Jedes Stockwerk war überdacht. Überall auf dem Steinboden des Hofes und vor jedem Gebäude lagen Leichen, die förmlich in Blut schwammen. Süßlicher Blutgeruch lag über dem ganzen Gelände, und Insekten sammelten sich über den Toten. Langsam näherten sich die Eindringlinge. Die meisten Leichen trugen kostbare Rüstungen und Waffen bei sich. Offensichtlich handelte es sich um die Elitetruppe des Königs.

»Allen wurde die Kehle durchgeschnitten«, stellte ein Shasinn fest.

»Sie haben sich gegenseitig umgebracht«, meinte Urlik.

Gasam empfand keine Freude bei dem Anblick. Schließlich hatte nicht *er* sie umgebracht.

»Wo steckt Mana?« brüllte er wütend.

»Feuer!« schrie eine der Frauen und deutete auf die Rauchwolken, die aus den Fenstern im dritten Stockwerk des Rundhauses quollen.

»Kommt!« Gasam lief auf den Rauch zu. Die Kriegerinnen hielten sich dicht hinter ihm. Junge Shasinn, die fürchteten, der König könnte sich blindlings in Gefahr begeben, eilten ihm voraus und die Stufen des Hauses empor.

»Bleib zurück, mein Gebieter!« rief Raba und stürmte in den Palast. Augenblicke später kehrte er zurück. »Auch hier liegen nur noch Tote. Komm und sieh es dir an.«

Verwirrt trat Gasam ein. Überall lagen Leichen. Nur wenige trugen Rüstungen, die meisten sahen wie Diener und Höflinge aus. Der Blutgeruch war überwältigend und wurde nicht einmal von dem süßlichen Rauch verdrängt. Im Mittelpunkt des Raumes lag ein gigantischer Stapel aller möglichen Gegenstände, und dünne Rauchfahnen stiegen von der Spitze auf. Obwohl er schlimme Befürchtungen hegte und die Hitze ständig zunahm, ging Gasam darauf zu.

Die Mitte des Raumes reichte über alle drei Stockwerke des Gebäudes. Dort lagen König Manas Schätze aufgestapelt. Möbel, Teppiche, Kunstwerke, Bücher, Truhen voller Juwelen, Duftwässer, seltene Arzneien, Weinkrüge, erlesene Speisen und Gewürze – alles war in wildem Durcheinander auf einen Haufen geworfen worden.

Auf den Gegenständen lagen die menschlichen Schätze des Herrschers. Gasam sah Frauen und Knaben jeder Nation; einige waren kostbar gekleidet, andere nackt. Es waren die Frauen, Konkubinen und Haremssklaven und – so vermutete Gasam – die Töchter und Verwandten Manas. Die Spitze bildete ein prunkvolles Bett, unter dem der Rauch hervorquoll. Darauf lag ein Mann in königlichen Purpurroben, der eine hohe goldene, mit Juwelen besetzte Krone trug. Flammen ergriffen die Bettlaken. Zu Gasams Entsetzen richtete sich der Mann plötzlich auf und starrte ihn an. Er hatte einen langen, gelockten, schwarzen Bart. Dunkle Augen funkelten zu beiden Seiten der Adlernase und bedachten den Eindringling mit einem haßerfüllten und gleichzeitig triumphierenden Blick. Die Flammen drohten ihn zu verschlingen, aber ehe er im Feuer verging, brachte er noch ein paar Worte hervor.

»Ich habe gewonnen, Gasam!« Dann entzog ihn das Feuer den Blicken seiner Feinde. Jetzt züngelten überall auf dem hohen Stapel Flammen, und in einer Explosion aus Rauch und Feuer verbrannten die kostbarsten Besitztümer König Manas auf seinem eigenen Scheiterhaufen.

Die Männer wichen vor der Hitze zurück. Die Kriegerinnen ergriffen den König und zerrten ihn ins Freie hinaus auf die breite Treppe. Alle standen schweigend da und sahen den Flammen zu, die aus allen Fenstern schlugen und von der aufsehenerregenden Selbstvernichtung König Manas kündeten. Ein eigenartiges Geheul ließ sie zusammenzucken. Dann wurde ihnen bewußt, daß der schreckliche Laut von ihrem Herrscher ausging. Mit rollenden Augen und Schaum auf den Lippen stand Gasam vor ihnen. Das Heulen ging in ein furchtbares Stöhnen über, das von einem todwunden Tier zu stammen schien. Es dauerte lange, bis er etwas sagen konnte.

»Er hat mich betrogen!« kreischte König Gasam.

Kapitel Siebzehn

Ansa langweilte sich entsetzlich. Wenn Menschen ihre Macht über andere auf diese Weise zum Ausdruck brachten, wollte er nichts damit zu tun haben. Seit Stunden verhandelten die Diplomaten mit Königin Larissa. Sie machten Angebote der Freundschaft und gegenseitiger Hilfe, die sie mit verhüllten Drohungen würzten. Wenn sie ihre Bewunderung für König Gasam und seine allmächtigen Truppen aussprachen, versäumten sie nie, Larissa auf die ruhmreichen Siege Grans hinzuweisen. Oft fielen die Namen triumphierender Könige, Kriegshelden und Eroberer, auch wenn sie scheinbar nichts mit dem jeweiligen Gesprächsthema zu tun hatten.

Die Königin lauschte höflich und betonte immer wieder die vollkommen friedlichen Absichten ihres Herrschers gegenüber seinem königlichen Bruder, Ach'na von Gran.

Sofort beteuerten die Diplomaten die Liebe, die ihr König für Larissa empfand, und seine uneingeschränkte Bewunderung für Gasam.

»Falls König Gasam Schwierigkeiten mit der Unterwerfung des unglücklichen Königs Mana haben sollte«, sagte Lord Impimis irgendwann einmal, »ist es durchaus denkbar, daß ein militärisches Abkommen mit unserem Land getroffen werden kann. Obwohl wir seit Jahren in Frieden mit Sono leben, hat das nichts mit ewiger Freundschaft zu tun, sondern ist eher ein Waffenstillstand seit dem letzten Krieg.«

»Ich bin sicher, daß mein Gebieter die Belagerung

schnell beenden wird, ohne auf dein großzügiges Angebot einzugehen«, antwortete sie. »Allerdings weiß er das Versprechen zu würdigen, daß sich euer König nicht einmischt. Wir wissen, daß der feige Mana den Herrscher von Gran um Hilfe bat, als ihm klar wurde, daß er die Grenzen der Höflichkeit übertrat und mein Gemahl außer sich war über die Beleidigungen.«

»Das stimmt«, meinte Impimis, »wir wurden um Unterstützung gebeten, aber ich darf dir versichern, daß wir keinen Moment ernsthaft erwogen, sie zu gewähren.«

Natürlich nicht, dachte Ansa. Schließlich lag der König bewußtlos in seinem Gemach, von einem Gift gelähmt. Das Ganze war lächerlich. Er fragte sich, wie die Höflinge sich bei Larissa einschmeicheln wollten. Es war sicher nicht leicht, eine Privataudienz bei ihr zu bekommen. Er hatte sich nur auf ihre Einladung hin unter vier Augen mit ihr unterhalten. Die Verräter würden sicher nicht offen mit ihr am Feuer sitzen wollen, sondern entweder in einem Zelt oder im Wäldchen. Die Wachen würden aber nicht zulassen, daß sie sich außer Sichtweite in den Wald begab. Also mußte das Gespräch im Schutz der Dunkelheit in ihrem Zelt stattfinden. Er mußte sich einen sicheren Lauscherposten suchen.

Verstohlen verließ Ansa das Zelt. Die Diplomaten bemerkten ihn nicht, wohl aber Larissa. Sie warf ihm ein schnelles Lächeln zu. Er erwiderte es und verschwand.

Vor dem Zelt lungerten Sklaven herum, und Larissas Wachen und andere Soldaten vertrieben sich am Flußufer mit Waffenübungen die Zeit. Während die Soldaten staunend zusahen, vollführten die Shasinn scheinbar unmögliche Speerwürfe. Sonoanische Schilde dienten als Ziel, und die scharfen Bronzespitzen bohrten sich mit unglaublicher Treffsicherheit in die festen Oberflächen. Ansa, der seinem Vater oft beim Speerwurf zugesehen hatte, war nicht so überrascht wie die Granianer.

Die Soldaten wollten sich nicht lumpen lassen und hängten kleine Zielscheiben in die Bäume. Dann trieben sie ihre Cabos in vollem Galopp daran vorbei und stießen mit den Lanzen zu. Die Shasinn verzogen keine Miene. Es war schwer zu sagen, ob die Vorstellung sie beeindruckte, aber Ansa bezweifelte es. Sie wußten genau, daß nicht die Männer, sondern die Cabos die wahren Gegner beim Kampf waren, und als ehemalige Hirten schüchterten Tiere sie keineswegs ein. Ansa überlegte, ob sie beeindruckt wären, wenn er vom Sattel aus die Kunst des Bogenschießens vorführte. Vorsichtshalber widerstand er der Versuchung. Es war besser, wenn die Shasinn überrascht wurden, falls sie jemals auf reitende Steppenkrieger stießen.

Langsam wanderte er stromaufwärts zur Spitze der Insel. Wenn es nichts zu tun gab, konnte man immer noch fischen gehen. Er durchquerte das Wäldchen, in dem Stille herrschte. Die Tiere schienen sich zu verbergen, solange ihre Insel von Menschen bevölkert war. Das konnte Ansa gut verstehen. Er warf einen Blick über die Schulter und bemerkte zwei Shasinn, die gemächlichen Schrittes in seine Richtung schlenderten. Offenbar überwachte man ihn. Das machte ihm nichts aus. Bei einer so wichtigen Gelegenheit wie bei diesem Treffen überraschte es nicht, wenn sich die Beteiligten mißtrauisch im Auge behielten.

Der Wald endete, und er betrat die felsige Spitze des Eilandes. Hier war die Strömung schneller, und die gefährlichen Klippen, denen die Insel ihren Namen verdankte, waren von Schaumkronen umgeben. Dazwischen lagen ruhige Wasserstellen, die wie verheißungsvolle Fischgründe aussahen.

Ansa zog eine Schnur und einen Angelhaken aus dem Gürtel und drehte flache Steine um. Unter einem Stein entdeckte er eine winzige Schlange, stieß aber schon bald auf fette weiße Maden, die den einheimischen Fischen sicher gut munden würden. Er befestigte die Beute an seinem Haken und balancierte vorsichtig über die Felsen. Neben einem tiefen Wasserloch ließ er sich nieder und warf die Angelschnur aus. Ansa versank in Tagträumen von Fyana, bis ihm etwas Ungewöhnliches an den Felsen auffiel, die ringsumher verstreut lagen. Sie sahen alle gleich aus, waren jedoch von unterschiedlicher Größe. Winzige Steinchen durchsetzten das einheitliche Grau. Es waren die künstlichen Steine, die Menschen in längst vergangener Zeit herstellten. Genau aus diesem Gestein erhielt sein Vater den kostbaren Stahl aus der Mine. Hier entdeckte Ansa keine Stahlstücke, sondern braune Streifen inmitten der grauen Steine. Also hatte es einst Stahl gegeben, aber er war in dem feuchten Klima verrostet, obwohl irgendwann einmal Menschen die riesigen Brocken zertrümmert hatten, um an das wertvolle Metall zu gelangen.

Die Schnur in seiner Hand bewegte sich, und er zog. Der Fisch zappelte wie wild und glitt mit silbrig funkelnden Schuppen aus dem Wasser. Ansa packte ihn und schlug ihn gegen einen Felsen, ehe er den Haken herauszog und die Beute zurück ins Wasser warf. Er fragte sich, ob es in der Nähe noch weiteres stahlhaltiges Gestein gab. Was hatte sich an dieser Stelle vor vielen Jahrhunderten befunden? Die Zeit lag so lange zurück, daß nicht einmal mehr Überreste von Städten erhalten waren, und es gab nur wenige Kunstwerke der Ahnen, die an vergangenen Ruhm erinnerten. Wozu hatten die Steinmassen gedient? Hatte hier ein Bauwerk gestanden? Eine Brücke?

Er wußte, daß an diesem Fluß weit im Norden, in dem Gebiet, das als Zone bezeichnet wurde, gewaltige Ruinen in einer tiefen Schlucht lagen. Legenden besagten, sie hätten einst eine riesige Mauer gebildet, die nur den Zweck hatte, das Wasser aufzustauen. Den Grund dafür wußte niemand. Ansa schüttelte den Kopf. Was für unnütze Gedanken! Sie lenkten ihn von der Gefahr ab, in die er sich begeben hatte.

Er fing noch zwei Fische, die er ausnahm und zurück zur Insel trug. Dort suchte er Äste zusammen, zündete ein Feuer an und hängte die Beute an spitzen Zweigen über die Flammen. Die beiden Shasinn standen zwischen den Bäumen und rümpften bei dem Anblick die Nase. Ansa grinste, denn er wußte, daß sie Fisch verabscheuten.

»Kommt und eßt mit mir!« rief er. »Es reicht für uns alle!«

»Das ist verboten«, antwortete einer der beiden, und Ansa vermochte ihn wegen des starken Akzentes kaum zu verstehen. Gerne hätte er die beiden ein wenig geneckt, hielt sich aber zurück. Sein eigenes Volk war empfindlich genug, wenn es um den Stolz ging, aber die Shasinn übertrafen jede Nation der Welt. Wenn sie eine Beleidigung witterten, würden sie ihn sofort mit ihren Speeren durchbohren. Auf dem Rücken seines Cabos mit dem Bogen in der Hand hätte er sich nicht vor ihnen gefürchtet, aber zu Fuß und nur mit dem Schwert bewaffnet, hatte er ihnen nichts entgegenzusetzen.

Er dachte an Fyana und fragte sich, wie weit die Behandlung des Königs vorangeschritten war. Würde Ach'na sie belohnen, wenn er genas? Mit Reichtümern oder mit der Würgeschlinge eines Meuchlers? Er machte sich keine Illusionen über Könige. Vielleicht mißfiel dem Mann, daß sie seine Sterblichkeit kannte. Königin Masila hatte sie freundlich empfangen, aber sie war eine verzweifelte Frau. Würde sie Dankbarkeit empfinden, wenn ihr Gemahl wieder gesund war? Ansa hatte schon zu viel erlebt, um sich falschen Hoffnungen hinzugeben. Er wünschte, Fyana wäre in Sicherheit. Im Augenblick schätzte er Gran nur als möglichen Gegner Gasams. Natürlich waren sie ihm hoffnungslos unterlegen, konnten ihn aber eine Weile aufhalten und daran hindern, sich zu schnell auszubreiten.

Irgendwann muß es auch für Gasam eine Grenze geben, dachte Ansa. Kein Mensch kann unendlich viele Länder regieren. Die Zahl der Insulaner war begrenzt, und die ausländischen Truppen trotz Larissas Gerede nicht unbedingt zuverlässig. Wie weit würde er sich ausbreiten, ehe die Verständigung zwischen den weit verstreuten Gebieten zusammenbrach? Ehe er jedesmal, wenn er Neuland eroberte, kehrtmachen und Rebellionen in seinem Rücken ersticken mußte?

Oder war er etwa kein richtiger Mensch? Vielleicht war er das, was er zu sein glaubte: der rechtmäßige König der ganzen Welt, und niemand konnte ihn aufhalten. Vielleicht war die ganze Arbeit seines Vaters vergebens, und keine noch so großes Heer Berittener mit den revolutionären Feuerwaffen vermochte ihn aufzuhalten.

Er schüttelte sich. Das waren keine Gedanken, die er jetzt im Kopf haben sollte. Hier stand zu viel auf dem Spiel, um sich in düsteren Vorahnungen zu verlieren. Ansa nahm die aufgespießten Fische vom Feuer und verzehrte sie genüßlich, während er die angeekelten Blicke der Shasinn genoß. Sie waren gewiß jünger als er, kaum mehr als Knaben, und trugen das Haar zu unzähligen winzigen Zöpfen geflochten, die das Kennzeichen der jüngsten Krieger waren. Deswegen waren sie nicht weniger gefährlich.

Nach Beendigung der Mahlzeit erhob er sich und kehrte zum Lager zurück. Den Rest des Nachmittags verbrachte er mit der Pflege seiner Waffen. Ansa schärfte und ölte Klingen und Pfeilspitzen, überprüfte Schäfte nach Rissen und Bruchstellen, glättete Federn und reparierte Scheiden und Köcher. Den Bogen musterte er besonders sorgfältig und wachste die Sehnen.

Als er endlich fertig war, war es Zeit für das nächste Festmahl.

Der Abend verlief noch freundschaftlicher als der vorherige. Dem äußeren Anschein nach herrschte ewig währender Friede und Eintracht zwischen Gasam und Ach'na. Den ganzen Abend über beobachtete Ansa die beiden Minister eingehend, um hinter ihre höflichen Masken zu schauen. Er entschied, daß Impimis' Leutseligkeit gezwungener wirkte als Floris'. Die Leere hinter Larissas Versprechungen war dem Ersten Ratgeber deutlich bewußt. Entweder durchschaute Floris die Feindin nicht, was Ansa bezweifelte, oder es war ihm gleichgültig, was wahrscheinlicher war. Also würde es Floris sein, der seinen König und sein Land verriet.

Nach Beendigung des Festmahls suchte sich Ansa wieder einen Schlafplatz abseits des Lagers. Diesmal wartete er, bis alle schliefen. Dann schlich er, angetan mit seinen dunkelsten Kleidern und einem schwarzen Tuch vor dem Gesicht, auf Larissas Zelt zu. Das letzte Stück legte er auf dem Bauch kriechend zurück.

Er wußte, daß die Shasinn wachsam waren, aber schließlich hatte er eine lange Lehrzeit hinter sich. In der Steppe und im Hügelland bestand ein Krieg oftmals aus Überfällen aus dem Hinterhalt, und bei der Jagd näherte man sich dem Wild durch geduldiges Anschleichen. Die Shasinn waren keine Jäger. Sie waren Hirten und verachteten Jäger, da sie in ihren Augen zu arm waren, um Vieh zu besitzen. Er war sicher, sie überlisten zu können.

Mit verhaltenem Atem schlich er zwischen den Wachen hindurch, die das Zelt der Königin umstanden. Sie stützten sich auf ihre Speere und wandten nicht einmal den Kopf. So langsam, daß er scheinbar kaum eine Bewegung ausführte, stemmte er die Arme auf den Boden und ließ sich immer tiefer sinken, bis er knapp einen Fingerbreit über der Erde schwebte. Mit Hilfe der

Arm-, Schulter- und Rückenmuskeln, die unter der Anstrengung zitterten, glitt er voran. Die Füße bewegte er abwechselnd, und nur die Seiten der Sohlen berührten den Boden, um möglichst wenige Spuren zu hinterlassen. Er verursachte keinerlei Geräusche.

Alle paar Fuß mußte er sich flach auf die Erde legen, damit sich sein Atem beruhigte. Es bestand kein Grund zur Eile. Nach einer Weile wurden Stimmen am Zelteingang laut. Anscheinend verlangte jemand, eingelassen zu werden. Ansa vernahm lautes Flüstern, verstand aber kein Wort. Er musterte den Zeltrand, bis er einen dünnen Lichtstrahl bemerkte, wo die Plane nicht bis auf den Boden reichte. Eine gute Stelle, um zu lauschen. Vorsichtig kroch er weiter und zwang sich zur Ruhe. Es wäre entsetzlich dumm, jetzt zu versagen, da er sich dicht vor dem Ziel befand.

Als er die Stelle erreichte, legte er sich flach auf den Boden und preßte das Ohr an die winzige Lücke, aus der das Licht drang. Noch ehe er lag, hörte er Stimmen. Zuerst sprach Larissa.

»... da du mich um diese Zeit aufsuchst, gehe ich davon aus, daß du mir etwas sagen willst, das nicht für die Ohren deiner Gefährten bestimmt ist.«

»Es handelt sich um eine delikate Angelegenheit«, hörte er Floris antworten. Ansa beglückwünschte sich für die Richtigkeit seiner Vermutungen. Er war gespannt, wie Floris' Verrat aussah.

»Nenn es, wie du willst, aber verschwende keine Zeit. Ich bin müde.« Die Königin hatte die falsche Freundlichkeit abgelegt und verlangte ein Zeichen des guten Willens zwischen zwei Verschwörern.

»Ich auch, Majestät. Die Verhandlungen sind für einen Mann meines Alters sehr anstrengend. Ist dir bekannt, daß König Ach'na nicht gesund ist?«

»Das wußte ich nicht«, sagte Larissa. Ansa war sicher, daß sie die Wahrheit sprach. »Sprich weiter.«

»Vor einigen Tagen erkrankte der König nach einem Festmahl. Er brach in einem geheimen Gang zwischen dem Saal und seinen Gemächern zusammen. Deshalb breitete sich die Neuigkeit nur im Palast aus. Seit jener Nacht liegt er gelähmt in seinem Bett, kann nicht sprechen und sich nicht bewegen. Wahrscheinlich ist er bewußtlos.«

»Und woher kommt diese Krankheit? Ich wußte gar nicht, daß er schon alt ist.«

»Nein, das ist er auch nicht. Man vermutet eine Vergiftung.«

Sie kam sofort auf den Punkt. »Wird er sich erholen?«

»Das weiß ich nicht. Die besten Ärzte des Landes konnten ihm nicht helfen. Jetzt ist eine Dame aus der Schlucht bei ihm …«

»Eine Schluchtlerin?« unterbrach ihn Larissa.

»Ja. Sie traf vor wenigen Tagen in Begleitung des jungen Barbaren ein, der sich unserer Gruppe anschloß.«

»Ich verstehe. Weiter!«

»Ich sehe, daß dich diese Neuigkeiten interessieren, vielleicht sogar von großem Wert für dich sind?« Floris zögerte, zuviel zu verraten, wenn er keine Gegenleistung erhielt.

»Interessant auf jeden Fall. Was den Wert angeht, kann ich nichts sagen, ehe ich alles gehört habe. Wie kommt es, daß die Schluchtlerin und der Prinz gerade dann in der Stadt auftauchten, als man sie unbedingt brauchte?«

»Das weiß ich nicht. Sie kamen aus dem Norden, waren Gäste einer angesehen Dame und wurden von zwei hochrangigen Adligen des Hofes geprüft. Die Königin befahl, sie in den Palast bringen zu lassen. Die Schluchtlerin kennt sich gut mit Arzneien aus und versteht sehr viel von der Bekämpfung einiger Gifte. Bei unserer Abreise hatte sie aber nur herausgefunden, welcher Art das Gift war, das man dem König gab. Er lag noch immer im Sterben.«

»Wieso reiste sie mit diesem Steppenbewohner?«

»Scheinbar war es reiner Zufall. Er durchquerte ihr Land, und sie brauchte einen Begleiter. Er ist von guter Herkunft, soweit man das bei diesen Barbaren überhaupt ...«

»Ich bin mit Barbaren vertraut«, unterbrach sie ihn.

»Natürlich, Majestät, ich wollte keinesfalls sagen ...« Ansa hörte die Verlegenheit in seiner Stimme.

»Schon gut. Also: König Ach'na war vor ein paar Tagen noch schwer krank. Trotz deiner eifrigen Beteuerungen vermag ich nicht zu glauben, daß du die Nachricht nur aus reiner Freundschaft zu mir überbringst.«

»Nein. So tief meine Zuneigung zu Ihrer Majestät auch ist, so bin ich doch gekommen, um dir einen bedeutenden Vorschlag zu unterbreiten. Die Nachrichten über unseren König überbrachte ich dir als Zeichen meiner ernsthaften Absichten. Du begreifst sicher, daß man mich bei meiner Rückkehr auf der Stelle hinrichten wird, wenn auch nur ein Wort unseres Gespräches bekannt wird?«

»Ich weiß deinen Mut zu schätzen. Wie lautet dein Vorschlag?«

»König Ach'na ist krank, und sein Sohn ist noch ein Kind. Wenn es zum Krieg zwischen unseren Völkern kommt, wird es den Offizieren schwerfallen, euch an den Grenzen in Schach zu halten. Der Kriegsrat ist einberufen worden und trifft gerade vor den Toren der Hauptstadt zusammen. Die Bevölkerung Grans ist zahlreicher und viel besser organisiert. Wir wären keine so leichte Beute für euch wie die Sonoaner.«

»Ich nehme an, du weißt eine Möglichkeit, um das zu ändern.«

»Meine Familie beherrscht den südwestlichen Teil

Grans, und wir stellen ungefähr ein Viertel des gesamten Kriegsrates. Die Grundbesitzer unseres Gebietes unterstehen mir und nicht dem König. Wenn ich ihnen befehle, ihre Soldaten zurückzuziehen, werden sie gehorchen.«

»Und was verlangst du für deine Dienste?«

»Die offizielle Überschreibung des Gebietes an meine Familie, eine hohe Stellung an eurem Hofe, annehmbare Steuern und Autonomie für uns in unserem Gebiet.«

»Mit anderen Worten: Alles, was du auch unter König Ach'na genießt.«

»Was ich aber niemals verlangen könnte, wenn unser Heer von König Gasam besiegt wäre. Außerdem gibt es ein paar Ländereien, die an unsere grenzen und einst Lehen meiner Familie waren. Leider vergaben sie frühere Herrscher von Gran anderweitig. Ich möchte die Gebiete zurückhaben und verbürge mich für ihre Ergebenheit.«

»Und wieso glaubst du, daß wir Gran nicht ohne deine Hilfe einnehmen können?« fragte sie mit schneidender Stimme.

»Das habe ich nie behauptet. Ich sage nur, ich kann euch den Sieg erleichtern. Schließlich hat König Gasam noch große Eroberungen im Sinn und will möglichst wenig Soldaten vergeuden. Und um es ehrlich zu sagen: Meine Ländereien sind nicht so beschaffen, daß sie für euch Shasinn von großem Wert wären. Es handelt sich um dicht bewachsenen Dschungel, ein wenig Ackerland und kaum Weideflächen. Was wollt ihr damit anfangen, außer Steuern eintreiben? Jeder kann sich denken, daß König Gasam vorhat, auch die große Steppe jenseits der Wüste zu erobern. Endlose Weiden, Majestät, wo sich eure Kaggaherden hervorragend fortpflanzen werden. Hier unten sichert Gasam nur seine südliche Flanke gegen den großen Krieg, der irgendwann bevorsteht, der Krieg gegen König Hael.«

Ein kalter Schauder überlief Ansa. Ausnahmsweise sprach der Alte die Wahrheit.

Larissa schwieg geraume Zeit. Das Angebot war gemacht, und sie bedachte es von allen Seiten.

»Du sagst, wir könnten dein Land nur zur Erhebung von Steuern gebrauchen. Bist du dir im klaren, daß ein Teil des Tributes in jungen Männern im wehrfähigen Alter besteht? Wie du schon sagtest, es liegen große Kriege vor uns. Dabei handelt es sich nicht nur um mehrere Wochen. Die Männer können nicht nach der Aussaat losmarschieren und sind zur Ernte wieder zurück. Sie gehören zu einer Berufsarmee und sehen ihre Heimat jahrelang nicht wieder, wenn überhaupt jemals.«

»Ich verstehe.« Floris vermochte den Triumph in seiner Stimme nicht zu unterdrücken. Sein Angebot war angenommen worden, und nun handelte die Königin nur noch Einzelheiten aus. »Bauernburschen sind wichtige Arbeiter, und um ihren Verlust auszugleichen, sollte man für die Zurückbleibenden Erntezuschüsse bewilligen. Das ist nicht einfach, kann aber bewerkstelligt werden. Vielleicht kann eine Entschädigung für die Gefallenen geleistet werden. Das wird König Gasam nicht übermäßig belasten, da ihm die Reichtümer vieler Länder gehören.«

Larissa dachte eine Weile nach. »Das wäre eine Möglichkeit. Also gut, ich nehme dein Angebot an. Mein Gemahl hat mich ermächtigt, in seinem Namen zu handeln. Natürlich hat der König das letzte Wort in allen militärischen Dingen, aber meiner Meinung nach ist der günstigste Zeitpunkt, deine Truppen zurückzuziehen, kurz vor der Schlacht. Meine Spione bleiben mit dir in Verbindung.«

»Aber doch keine Shasinn!« rief er entsetzt.

Wieder einmal hörte Ansa ihr melodisches Lachen. »Nein! Männer aller Nationen stehen in meinen Diensten. Sie nähern sich dir als Kaufleute oder Händler. Welche besonderen Interessen hegst du?«

»Meine Cabozucht ist auch im Ausland berühmt. Ich suche laufend nach neuen Blutlinien.«

»Sehr schön. Dann kommen sie als Cabohändler, die sich auf seltene Blutlinien spezialisiert haben. Um sich von den echten Händlern zu unterscheiden, werden sie ein silbernes Armband am rechten Handgelenk tragen.«

»Ich erwarte sie. So sind wir uns einig. Du warst sehr großmütig.«

Ansa zog sich zurück, ohne Larissas Antwort abzuwarten. Er wußte alles Wesentliche. Er wußte, wer Gran verriet und wie es vonstatten gehen würde. Ansa fragte sich, ob sich Gasam an das Abkommen hielt. Wahrscheinlich, denn er brauchte Vertreter der einzelnen Nationen, die seine Eroberungen verwalteten. Was den Verrat anging, so war er geradeheraus und geschäftsmäßig abgewickelt worden. Bestimmte Dienste wurden angeboten, für die man eine angemessene Bezahlung erhielt. Sicherlich hatte ein Vorfahr Floris' ein ähnliches Abkommen mit einem Vorfahren Ach'nas getroffen. Floris war ein Mann, der aus jeder Krise Gewinn zog.

Wie eine Echse schlängelte sich Ansa vom Zelt fort. Als er genügend Entfernung zwischen sich und das Lager gelegt hatte, erhob er sich und schlich auf leisen Sohlen zu einem Gebüsch ungefähr zwanzig Schritte von seinem Schlafplatz entfernt. Dort kauerte er geraume Zeit, beobachtete sein Lager und seine Habe und wartete auf ein Zeichen, daß Feinde auf der Lauer lagen. Der Mond zog still seine Bahn, und sein Licht enthüllte nichts Verdächtiges. Eine Stunde nachdem er Larissas Zelt verlassen hatte, ging er zu seinem Platz hinüber und kroch unter die Decken. Es war anstrengend gewesen, aber er besaß die Geduld eines Jägers, und das Wissen, daß sein Leben auf dem Spiel stand, erleichterte das Warten ungemein.

Am nächsten Morgen erwachte er bei den ersten Lauten geschäftigen Treibens im Lager. Es standen keine weiteren Gespräche an, und der Tag war der Unterhaltung der Gäste gewidmet. Sklavenkarawanen hatten Köstlichkeiten und Geschenke aus Sono herbeigeschafft, die Gasams Heer erbeutet hatte. Wenn es Neuigkeiten über die Belagerung gab, so wurden sie nicht erwähnt.

Nachmittags gesellte sich Königin Larissa zu ihm, als Ansa sein Cabo striegelte. Sie war beritten und hielt neben ihm an.

»Du sagtest, du würdest mir deine Schießkünste vorführen. Magst du mich auf die Jagd begleiten?«

Lächelnd sah er zu ihr auf und kniff die Augen wegen des gleißenden Sonnenlichts zusammen. »Ich dachte, die Shasinn jagen nicht.«

»Ich habe gelernt, Wildgerichte zu schätzen«, antwortete sie. »Außerdem gibt es keine bessere Gelegenheit, dich mit deinem Bogen im Einsatz zu sehen.«

»Ich begleite dich gerne«, erklärte Ansa. Er holte sein Sattelzeug und machte das Cabo fertig. »Wohin reiten wir?«

»Dort hinüber.« Sie deutete zur Küste. »Angeblich soll man dort gut jagen können. Das Land ist unbewohnt, und schon jetzt grast das Wild auf den verlassenen Weiden.«

»Hört sich gut an.« Ansa nahm den Bogen aus der Scheide und zog ein Ende über den linken Fußknöchel. Mit der rechten Hand ergriff er das obere Ende, bog es über den rechten Oberschenkel und hakte die Sehne in die dafür vorgesehene Kerbe ein.

»Darf ich?« Larissa streckte die Hand aus. Er reichte ihr den Bogen und saß auf. Sie versuchte, die Sehne zurückzuziehen, schaffte es aber nur wenige Zoll weit. »Eine gewaltige Waffe!«

»Unter uns gesagt: Bei meinem Volk ist ein Bogen das erste Spielzeug eines Knaben. Als junger Bursche erhält man einen Jagdbogen, der mit einem Drittel des Kraftaufwands gespannt werden kann. Er dient zur Jagd auf kleines bis mittelgroßes Wild wie zum Beispiel Krummhörner. Seit zwei Jahren besitze ich den Bogen der Männer.« Er nahm ihr die Waffe ab und steckte sie in den Halter vor seinem linken Bein. Auf der anderen Seite hing der Köcher mit Pfeilen.

»Reiten wir!« sagte Larissa. Sie überquerten eine breite Holzbrücke. Sie war stabil gebaut, und die schweren Holzbalken ruhten auf bearbeiteten Steinblöcken. Das Gestein stammte aus alter Zeit, aber das Holz war erst wenige Jahre alt. Ansa vermutete, daß regelmäßige Überschwemmungen immer wieder neue Balken erforderten. Der Hufschlag der Cabos hallte durch die Luft. Die Leibwächter der Königin schlossen sich ihnen in geringer Entfernung an. Sie alle ritten gute Cabos, saßen aber recht nachlässig im Sattel. Die Königin ritt auch nicht besser, war aber schöner anzusehen.

Nach einem kurzen Galopp über Weideflächen und Felder zügelten sie die Tiere zum Schritt. Die Insel war längst nicht mehr zu sehen. Nach einer Weile kamen sie an verlassenen Gehöften vorbei, denen man die kurze Zeit der Vernachlässigung bereits anmerkte. Kleine haarige Hausquils streiften frei umher und gruben im weichen Boden nach Wurzeln und Käfern. Verstreute Knochen wiesen darauf hin, daß andere Tiere, denen der Schutz der Menschen fehlte, von wilden Räubern gerissen worden waren. Ansa fiel auf, daß Larissa ihn eingehend musterte.

»Du reitest einfach wunderbar«, sagte sie. »Ich kann nicht anders, als dir zuzusehen. Erst als Erwachsene sah ich zum erstenmal ein Cabo. Verglichen mit dir wirken selbst die Nevaner und Chiwaner ungeschickt. Sicher wachsen eure Kinder im Sattel auf.«

»Das stimmt. Dafür sehen wir verglichen mit euch zu Fuß ausgesprochen tölpelhaft aus.«

»Da!« Larissa deutete auf einen Schatten am Waldrand. Ein Tier trottete aus dem Schutz der Bäume. Es maß knapp zwölf Fuß Schulterhöhe. Der breite, muskulöse Nacken ragte noch einmal acht Fuß in die Höhe. Der Kopf war so groß wie bei einem Cabo, mit zierlichen fächerförmigen Hörnern. Ohne auf die Menschen zu achten, äste das Tier an den oberen Blättern eines Baumes.

»Was ist das?« Ansa war beeindruckt vom Anblick der unbekannten Kreatur.

»Ich weiß nicht, wie die Einheimischen es nennen. Seitdem ich hier bin, habe ich vier oder fünf kleine Herden davon gesehen. Willst du es schießen?«

Er lachte. »Das ist doch keine Herausforderung! Es wäre so leicht, als würde ich im Inneren eines Hauses stehen und auf Wände schießen! Wir suchen nach etwas Schnellerem und Kleineren.« Sie ritten weiter, bis sie ein Tal erreichten, in dem nur wenige Bäume in großen Abständen wuchsen. Ansas erfahrener Blick verriet ihm, daß hier vor Jahren ein Feuer gewütet hatte. Das Land hatte sich noch nicht völlig davon erholt. Es war ein guter Platz für kleinere Wildtiere, da es reichlich Gras und wenig Deckung für Raubkatzen gab.

Von ihrem Platz aus sahen sie ein paar kleine Herden verschiedenster Tiere. Die meisten zählten zu den gehörnten Grasfressern, die sich in allen Gebieten heimisch fühlten, in denen sie genügend Wasser und Pflanzen vorfanden. An den Hängen des Tals erblickten sie in weiter Ferne eine stattliche Anzahl der riesigen, unbekannten Tiere. Nirgendwo gab es Anzeichen für Raubkatzen, die einen Angriff aus der Deckung von Bäumen oder Unterholz bevorzugten.

»Das sieht vielversprechend aus«, meinte Ansa. »Da hinten steht ein einzelner Bock, der mit den grauen und weißen Streifen.« Das Tier stand abseits auf einer kleinen Anhöhe. Ansa vermutete, daß es sich um einen engen Verwandten der Gabelhörner handelte, aber die vier schmalen Hörner bogen sich nur sanft und ohne Abzweigungen nach hinten. Nicht weit entfernt graste eine Herde ähnlicher Tiere, die von einem größeren Bock bewacht wurde. Die anderen Tiere hatten viel kürzere Hörner.

»Er will die weiblichen Tiere haben«, sagte Larissa. »Aber ihr Herrscher ist stärker.«

»Er ist sicher schnell. Es geht los!«

Ansa legte einen Pfeil an und näherte sich dem Bock in gemächlichem Schritt. Er hielt den Bogen in der linken Hand und mit zwei Fingern der gleichen Hand die Zügel. Als er die Herde fast erreicht hatte, warf der ältere Bock den Kopf zurück und blökte warnend. Die Herde stob davon. Der einzelne Bock folgte dem Beispiel seiner Gefährten und trabte im Abstand von fünfzig Schritten neben ihnen her. Ansa ritt schneller und trieb das Cabo zu einem wilden Galopp an, der ihn zwischen die Herde und den Bock brachte. Sofort brach das Tier nach rechts aus und legte mit wenigen anmutigen Sprüngen eine große Entfernung zurück. Ansa riß das Cabo herum und setzte ihm nach.

Fünfzig Schritte vor ihm schwenkte der Bock nach rechts. Sein Verfolger war darauf vorbereitet und hielt das Cabo an. Während der Bock mit höchster Geschwindigkeit dahinstürmte, spannte er die Sehne und ließ das Tier keine Sekunde aus den Augen. Er schätzte die Schnelligkeit ab, die Länge der Sprünge und die Höhe des Rückens. Dann schnellte der Pfeil von der Sehne auf die beim nächsten Sprung erreichte Höhe zu.

Der Bock berührte den Boden, die Hinterbeine unter dem Leib zusammengedrückt. Der nächste Sprung brachte ihn mit ausgestreckten Vorderbeinen in die Höhe. Als er den höchsten Punkt des Sprungs erreichte und die Hinterbeine anzog, bohrte sich der Pfeil hinter den Schulterblättern in den Körper. Das Tier landete, als sei nichts geschehen, und setzte zu einem weiteren anmutige Satz an. Als die Vorderbeine diesmal den Boden berührten, brach es zusammen und blieb wild zuckend liegen.

Ansa galoppierte los und sprang neben der Beute vom Cabo. Er stieß den Lanzenschaft in den Boden und wickelte die Zügel darum, ehe er neben dem Bock niederkniete und das Messer zog. Der Gnadenstoß war überflüssig. Der Bock war tot. Trotzdem schnitt er ihm die Kehle durch, um das Tier auszubluten. Die Herde hatte in hundert Schritten Entfernung angehalten und graste, als wäre nichts geschehen.

Larissa und ihre Krieger gesellten sich zu ihm. Die Königin redete in der Shasinnsprache zu ihnen.

»Das war hervorragend! So einen guten Bogenschützen habe ich noch nie gesehen!«

Ansa war darauf bedacht, das Tier zum Transport vorzubereiten und sah sich nicht um, als die Wachen abstiegen. »Es war ganz leicht. Er ist ebenso geflohen wie die Gabelhörner meiner Heimat. Ich hoffe, er schmeckt genausogut. Magst du lieber …« Er hielt inne, als er eine Berührung an seinen Schultern spürte. Die langen Klingen der Speerspitzen lagen über seinen Schultern und berührten sich unter dem Kinn. Er vernahm ein leises Klirren, und ein dritter Speer legte sich auf seinen Nacken. Ansa rührte sich nicht, als ihm eine Hand das Messer entwand und Schwert und Steinaxt ergriff. Sein Hals lag inmitten eines Dreiecks aus scharfem Metall. Wenn die Männer sich ruckartig bewegten, würden sie ihn enthaupten.

Innerlich war er vor Angst wie erstarrt, ließ sich aber nichts anmerken. Es war seine erste Bewährungsprobe als Krieger, und ihm blieb nichts übrig, als dem Tod mutig ins Auge zu sehen. Ein Shasinn packte den Bock an den Hinterläufen und zerrte ihn beiseite. Trotz seiner mißlichen Lage war Ansa von der Kraft des jungen Mannes beeindruckt.

»Ich hoffe, du wirst ihn verzehren«, sagte er und war stolz, daß seine Stimme nicht zitterte. »Ich töte nicht zum Spaß.«

»Aufrichten!« befahl Larissa. Sanft zogen die Krieger an den Speeren und zwangen Ansa, sich aufrecht hinzuknien. Dann ergriffen sie seine Handgelenke und fesselten sie auf dem Rücken. Sie ging um ihn herum und stellte sich dicht vor ihn, so daß er den Kopf in den Nacken legen mußte, um sie anzusehen. Larissa hatte den Reitumhang und alle anderen Kleidungsstücke bis auf ihren Schmuck abgelegt. Sie war nur in ihre Schönheit gehüllt. Nie zuvor hatte Ansa einen gefährlicheren Anblick genossen.

»Wer hat mich verraten?« fragte er zornig.

»Du selbst. Außerdem hast du meine Gastfreundschaft mißbraucht, weil du unter falschem Namen vor mich tratest.«

»Es wäre dumm gewesen, dir die Wahrheit zu sagen.«

»Nun, es war ein mutiger Versuch. Wie heißt du wirklich?«

»Ansa ist mein richtiger Name.«

Sie trat noch näher, nahm sein Kinn zwischen Daumen und Finger der linken Hand und bog ihm den Kopf zurück, ehe sie ihn sanft von rechts nach links drehte, als untersuche sie ein seltenes Juwel und bewundere seinen Glanz.

»Du hast wenig von einem Shasinn an dir, jedenfalls nicht, wenn man dich mit uns vergleicht. Du mußt nach dem Volk deiner Mutter geraten sein. Bis auf mich, meinen Gemahl und drei oder vier Offiziere hättest du jeden täuschen können.«

»Wie hast du es herausgefunden?« Er wollte es wissen, bevor er starb.

»Du hättest es niemals ahnen können. Deine Stimme

ist haargenau so, wie seine vor zwanzig Jahren war. Ich habe es sofort gemerkt, als du die ersten Worte an mich richtetest.«

»Du vermagst deine Gefühle gut zu verbergen.« Ansa meinte das Kompliment ernst.

»Du auch. Wärst du am Leben geblieben, wäre ein hervorragender Krieger aus dir geworden.«

»Dann bring es zu Ende«, sagte er und nahm allen Mut zusammen. »Was wirst du den Granianern erzählen? Alle wissen jetzt, daß dein Versprechen des sicheren Geleites eine Lüge ist.«

»Deine Unerfahrenheit wurde dir zum Verhängnis. Hast du meine Zusicherung nicht vorgelesen bekommen?«

»Doch.«

»Dann hätte dir auffallen müssen, daß nur die Insel als neutraler Boden bezeichnet wurde. Hier im Land meines Herrn, in dem ich als Königin herrsche, nehme ich gefangen, wen ich will. Die Diplomaten haben das gewußt, aber niemand hielt es für nötig, dir davon abzuraten, mit mir über die Brücke zu reiten. Du hast wenige Freunde in Gran.«

»Dann töte mich!« sagte er voller Hoffnung.

»O nein, noch nicht. Ich liebe meinen Gemahl zu sehr, um ihm das vorzuenthalten.«

Ansas Herz sank, denn nun war das Schlimmste geschehen. Die Shasinn packten ihn grob unter den Armen und zogen die Speere zurück. Er wurde auf die Beine gezerrt und in den Sattel seines Cabos geworfen. Ein Krieger fesselte seine Beine unter dem Bauch des Tieres. Der erlegte Bock hing auf dem Rücken eines anderen Cabos.

»Meine Gäste werden sich an deiner Beute laben«, erklärte Larissa fröhlich. »Es war ein hervorragender Schuß.«

Kapitel Achtzehn

Die erste Nacht verbrachte Ansa unter strenger Bewachung in einem Lager unweit der Insel. Krieger kamen und gingen, aber jederzeit waren mindestens zehn Männer um ihn. Sie hatten kleine Hütten zum Schlafen errichtet, sperrten ihn aber nicht ein. Statt dessen band man ihn an einen Pfahl. Er saß auf der Erde, den Rücken an den Pfahl gelehnt und die Handgelenke dahinter zusammengebunden. Selbst wenn er sich aufrappelte, lag die Pfahlspitze so hoch über ihm, daß er seine Hände unmöglich befreien konnte.

Nicht, daß die Krieger es so weit kommen ließen. Immer waren sie in seiner Nähe und unterhielten sich. Nachdem er die erste Angst überwunden hatte und sich damit abfand, nicht fliehen zu können, musterte er seine Umgebung. Aufmerksam betrachtete er seine Bewacher und lenkte sich von düsteren Gedanken ab.

Im Gegensatz zu ihrem zurückhaltenden Benehmen in Gegenwart Fremder verhielten sich die Shasinn jetzt völlig ungezwungen. Sie redeten und lachten viel. Ein Lächeln ließ ihre hübschen Gesichter noch anziehender aussehen. Offensichtlich war ein in Kürze toter Feind nicht der Mühe wert, die übliche Arroganz an den Tag zu legen.

Irgend etwas kam ihm sonderbar vertraut vor, und schon bald fand er heraus, was es war. Ein paar Krieger standen in seltsamer Haltung herum. Sie stemmten die Speere vor sich auf den Boden und standen auf einem Fuß, den anderen auf das Knie des ersten gestützt. Im

Laufe der Jahre hatte er diese Haltung hin und wieder bei seinem Vater gesehen. Ansa fiel auf, daß es viele Gemeinsamkeiten zwischen diesen jungen Burschen und seinem Vater gab: die anmutigen Bewegungen und Gesten und die edlen Züge, die sie fast wie übermenschliche Wesen erscheinen ließen. Obwohl er es sich nicht eingestehen wollte, vermißte er seinen Vater in diesem Augenblick sehr.

Erst am späten Abend, als sich ein paar Krieger aus Übermut balgten, während die übrigen lachend und klatschend zusahen, wurde ihm bewußt, wie jung sie noch waren. Er hatte gehört, daß bei den Shasinn oft vierzehn- oder fünfzehnjährige Knaben zu Kriegern ernannt wurden, aber die Burschen waren ihm so erfahren vorgekommen, daß er sie für älter hielt. Jetzt, da weder Fremde noch ihre Königin anwesend waren, gaben sie sich ganz ungezwungen, denn Ansa zählte nicht. Das gab ihm Hoffnung. Vielleicht bestand die Möglichkeit zur Flucht, wenn sie aufbrachen, um sich Gasam anzuschließen. Dem folgte ein ernüchternder Gedanke: Wenn diese noch Knaben waren, wie mochten dann erwachsene Krieger aussehen?

Wenigstens beschimpften und quälten sie ihn nicht. Er mußte zugeben, daß sein Volk einen Gefangenen weniger sanft behandelte, obwohl sein Vater jede Folter untersagt hatte. Verbrecher und Geächtete durften erst nach einer Verhandlung bestraft werden, und Kriegsgefangene blieben am Leben, bis sie verkauft oder gegen eigene Leute ausgetauscht wurden. Da alte Bräuche nicht so leicht auszurotten waren, geschah es häufig, daß ein Gefangener verfrüht zu Schaden kam.

Ansa vermutete, daß Königin Larissa befohlen hatte, ihn nicht zu verletzen, bis er zum König gebracht wurde. Ihre Befehle waren für die Krieger wie Naturgesetze. Er versuchte, sie in ein Gespräch zu verwickeln, aber sie beachteten ihn nicht. Entweder war ihnen verboten, mit ihm zu sprechen, oder sie fanden es sinnlos, sich mit einem minderwertigen Menschen abzugeben. Er vermutete letzteres.

Irgendwann gelang es ihm, seine verkrampften Muskeln zu ignorieren, und er fiel in einen unruhigen Schlummer, aus dem er hin und wieder aufschreckte. Die Feuer waren herabgebrannt, aber jedesmal saßen Shasinn in der Nähe, die wachsam zu ihm herübersahen. Weshalb schliefen sie nicht, wie es gewöhnliche Männer taten? Natürlich hätte ihm das auch nichts genutzt.

Hunger und Durst quälten ihn, als er erwachte, und er hatte kein Gefühl mehr in den Armen. Jegliche Empfindung endete im Bereich der Schultern. Die Krieger aßen und tranken, aber Ansa bezweifelte, daß sie ihm gegenüber Mitleid zeigten. Diese Erwartung wurde nicht enttäuscht.

Gegen Mittag traf Larissa ein. Die restlichen Krieger der Leibwache begleiteten sie, und Sklaven führten Nusks, die mit Zelten und Vorräten beladen waren. Offenbar hatte man die Verhandlungen beendet, und es war an der Zeit, sich auf den Weg zu Gasam zu machen. Ansas Herz wurde noch schwerer.

Die Königin saß ab und wies auf Ansa. »Wascht ihn!« befahl sie. Man löste die Fesseln, und zwei Krieger zerrten ihn zu einem klaren Fluß ganz in der Nähe des Lagers. Sie entkleideten ihn und stießen ihn kopfüber ins Wasser.

Zuerst konnte er seine Arme nicht bewegen und wäre beinahe in Panik ausgebrochen. Er sagte sich, das Wasser könne nicht allzu tief sein, und er schaffte es, die Beine auf den Grund zu stellen. Dann stieß er den Kopf über Wasser. Erleichtert stellte er fest, daß ihm das Wasser nur bis zu den Schultern reichte. Nach kurzer Zeit kehrte der Schmerz in seine Arme zurück, und er litt Höllenqualen. Die Shasinn standen lachend am Ufer, und als er den Schmerz nicht länger ertrug, tauchte er unter und schrie seine Qual heraus, damit ihnen nicht vergönnt war, ihn zu verhöhnen. Er mußte mehrmals untertauchen, ehe der Schmerz erträglich wurde. Als er wieder an die Oberfläche kam, sah er Larissa, die am Ufer saß und ihn beobachtete.

»Ich möchte nichts Häßliches oder Abstoßendes in meiner Nähe haben«, erklärte sie. »In dir ist genug von den Shasinn, daß du annehmbar aussiehst. Ein tägliches Bad wird dazu beitragen.«

»Ich werde in deiner Nähe sein?«

»Ich lasse dich nicht aus den Augen, bis ich dich dem König übergebe.«

»Das läßt mich mein Schicksal leichter ertragen.«

Sie lächelte freundlich. »Du hältst dich tapfer. Ich hoffe, du bist genauso mutig, wenn du König Gasam gegenüberstehst.«

Als der Schmerz aus seinen Händen gewichen war, schrubbte er sich ab. Er kam nicht auf den Gedanken, sich zu ertränken. Es wäre auch vergebens gewesen. Die Shasinn hätten ihn in wenigen Sekunden daran gehindert, und sicherlich schwammen sie so gut, wie sie alles andere außer Reiten und Bogenschießen konnten. Außerdem hoffte er immer noch auf Flucht. Aus dem Gerede der Männer entnahm er, daß eine zwei- oder dreitägige Reise vor ihnen lag. In dieser Zeit konnte vieles geschehen.

Als er aus dem Wasser stieg, gab man ihm seine Hose zurück. Alles andere war nicht mehr da. Sie fesselten ihm die Hände – diesmal auf den Bauch – und setzten ihn auf ein Cabo. Es war nicht sein eigenes, temperamentvolles Tier, sondern ein älteres, sanftes Cabo, das für eine Flucht ungeeignet war, selbst wenn man es mit so schlechten Reitern wie den Shasinn zu tun hatte. Er sah sich suchend nach den bunt bemalten Hörnern seines Cabos um. Es wurde von einem mit Narben übersäten Krieger geritten, der größer und älter als die übrigen war. Er sah nicht anders als andere erfahrene Kämpfer aus, hätte aber auch unter besseren Umständen einschüchternd gewirkt. In seiner derzeitigen Lage war es Ansa unmöglich, den Mann zu überwältigen, auch wenn es ihm gelang, die Fesseln zu lösen. Er war sicher, daß er die Shasinn auf seinem eigenen Cabo abgehängt hätte.

Ansa dachte an Fyana. Er hatte sie ungern im Palast zurückgelassen. Jetzt war er froh, daß sie nicht bei ihm war. Verglichen mit seiner Lage erschien ihm ihre geradezu paradiesisch. Was mochte sie denken, wenn die Diplomaten ohne ihn zurückkehrten? Was würde Floris ihr erzählen? Ansa verdrängte Fyana aus seinen Gedanken und sann auf Möglichkeiten zur Flucht.

Noch ehe sie weit geritten waren, gesellte sich Larissa zu ihm. Sie schien sehr auf eine Unterhaltung erpicht zu sein, und wenn er an den Haß dachte, den sie für seinen Vater empfand, und an das, was ihm bevorstand, begriff er ihr Verhalten nicht.

»Geht es dir gut?« fragte sie. Eine vollkommen unsinnige Frage.

»Den Umständen entsprechend geht es mir recht gut. Ich bin unverletzt.«

»Deine Fesseln sind nicht zu eng? Ich möchte dich auf der Reise nicht unnötig quälen.«

Er bewegte die Finger auf dem Sattelknauf. »Sie sind nicht zu eng. Es wäre noch bequemer, wenn man sie mir abnehmen würde.«

»So zuvorkommend kann ich nicht sein. Denke daran: Flucht ist unmöglich, und dein Schicksal ist besiegelt.« Sie schwieg eine Weile und gab sich dann Mühe, möglichst beiläufig zu klingen: »Ich habe von deiner Schluchtlerin gehört und weiß, daß sie den König von Gran zu heilen versucht. Wieso seid ihr zusammen gereist?«

Er spürte ihr großes Interesse. »Ich ritt nach Süden und durchquerte das Gebiet der Schluchtler, wo ich ihr begegnete. Sie hatte ebenfalls vor, nach Süden zu reisen, und brauchte einen Begleiter. Wir taten uns zusammen. Sie handelt mit Arzneien und betätigt sich als Heilerin. Es war Zufall, daß wir in der Hauptstadt eintrafen, als der König erkrankte.«

»Das könnte der Wahrheit entsprechen. Bist du auf der Reise Zeuge ihrer Heilkünste gewesen?«

»Sehr oft«, antwortete Ansa. »Wenn sie jemandem die Hände auflegt, weiß sie, was ihm fehlt. Für gewöhnlich verschreibt sie dann eine Arznei.«

»Sie heilt also nicht unmittelbar, indem sie den Kranken berührt?«

»Sie sagt, daß sie das nicht vermag.«

»Ich verstehe.« Wieder dachte Larissa nach. Dann sprach sie zögernd und unsicher, als müsse sie jedes Wort sorgfältig erwägen. »Es heißt, die Schluchtler würden nicht … altern. Jedenfalls nicht so wie andere Menschen. Ist dir das während deines Aufenthalts im Land aufgefallen?«

Er war verwirrt, sah aber keinen Grund zur Lüge. »Sicher, ihr Alter ist schwer zu schätzen. Die Alten ähneln den Jungen stark, sie haben nur eine andere Haltung.«

»Das hörte ich bereits«, flüsterte die Königin, und ein erregter Unterton schwang in ihrer Stimme mit. »Glaubst du, dies hängt mit ihren Heilkräften und ihrer Arzneikenntnis zusammen?«

»Könnte sein«, antwortete er und begriff allmählich, weshalb sie sich so seltsam benahm. Er warf ihr einen verstohlenen Seitenblick zu und sah sie in völlig anderem Licht. Larissa besaß den Körper einer Zwanzigjährigen, die niemals Kinder geboren hatte, obwohl sie fast doppelt so alt war. Sie war so durchtrainiert wie ein Renncabo, und ihr gebräunter Körper strotzte vor Gesundheit. Jetzt fiel Ansa zum ersten Mal das feine Netz aus Falten um die Augenwinkel und den Mund auf. Silbrige Fäden zogen sich durch das weißblonde Haar, und die Hand, die sich fest um die Zügel klammerte, hatte zwischen Knöcheln und Handgelenk hervorstehende blaue Adern.

Jetzt begriff er. Die Königin, die schönste Frau der Welt, fürchtete sich vor dem Alter. Die Legenden erzählten von solchen Menschen, von Herrschern, die jeden unterwarfen, nur nicht den Feind aller Menschen. Jede neue Falte, jedes graue Haar war so entsetzlich für sie wie eine verlorene Schlacht.

Zum erstenmal, seit sich die Speere auf seine Schultern legten, fühlte Ansa neue Hoffnung in sich aufkeimen. Endlich zeigte diese schreckliche Frau eine menschliche Schwäche. Er hatte keine Ahnung, welchen Vorteil er daraus ziehen konnte, aber die Verzweiflung spornte seine Gedanken tausendfach an. Er würde einen Weg finden.

Die Königin wechselte das Thema, obwohl sie bestimmt liebend gerne mehr darüber erfahren hätte. Inzwischen ritten sie durch verwüstete Landstriche, die aber besser aussahen, als Ansa erwartet hatte. Offenbar hatte Gasam zahlreiche Überfälle vornehmen lassen, aber nirgendwo war alles so vollständig zerstört worden, wie es sonst der Fall war, wenn siegreiche Armeen plünderten. Die Räuber nahmen nur Sklaven und Vorräte mit. Es waren nur vereinzelte Gehöfte in Brand gesteckt worden. Er sah kaum junge Männer und Frauen. Das beste Vieh war verschwunden. Beim Anblick der Shasinn flohen die Menschen in wilder Hast in die Wälder.

»Warum zerstört ihr die Länder?« fragte Ansa. »Auf diese Weise ist ein Land zu arm, um Tribut zu zahlen, und die Bauern verhungern.«

»Das ist unwichtig. Minderwertige Menschen leben nur, solange es uns gefällt, und wir dulden sie nur, solange sie dienen und keinen Ärger machen. Wir sind reich genug und halten nichts von den Dingen, die sogenannte zivilisierte Leute schätzen. Sie lieben wertlosen Tand.«

»Warum seid ihr dann nicht auf euren Inseln geblieben? Dort hättet ihr zufrieden als Krieger leben können und würdet keine Menschen quälen, die euch nichts getan haben.«

Sie hieb ihm die Reitgerte quer durchs Gesicht. Es geschah fast beiläufig, ohne Bosheit, als müsse sie einen aufsässigen Hund zur Ordnung rufen.

»Es steht dir nicht zu, die Taten deines allmächtigen Königs in Frage zu stellen. Du bist sein Untertan und gehörst ihm. Uns ist es gleichgültig, ob einige Leute hungern, denn es gibt viel zu viele Menschen. Mehr als genug! Uns gefällt die Wildnis besser als Städte, und von Bauern halten wir nichts.«

Das klang anders als das, was er über Larissa gehört hatte, von der es hieß, ihr sei sehr am Wohlstand und an der Verbesserung der wirtschaftlichen Lage eroberter Länder gelegen. Anscheinend wiederholte sie die Meinung ihres Gemahls. Blut lief ihm übers Gesicht, aber das war jetzt unwichtig. Wenn er vor Gasam stand, drohte ihm viel Schlimmeres.

Die Königin befahl ein gemäßigtes Tempo, und so war der Ritt für Ansa nicht allzu qualvoll. Mit gefesselten Händen fühlte er sich sehr unwohl und hing auf dem Cabo wie ein Holzklotz und nicht wie der erstklassige Reiter, der er von Kindheit an war. Offensichtlich hatte Larissa keine Eile, in ein überfülltes, schmutziges Lager zurückzukehren, das vor einer Stadt lag, die schon bald von Seuchen und Hungersnöten heimgesucht würde. Dort gab es wenig zu tun, und sie war zur Untätigkeit verurteilt. Das paßte ihm gut. Auch er hatte es nicht eilig, dorthin zu gelangen.

Die erste Nacht verbrachten sie am Straßenrand

neben einer einstmals herrschaftlichen Villa, in der jetzt nur noch wilde Tiere hausten. Die Männer entzündeten große Lagerfeuer und benutzten die Möbel des Hauses als Brennholz. Ein Krieger entdeckte ein nicht gemolkenes Kagga und zerrte es in den Hof. Dort fingen sie die Milch in einer hölzernen Schüssel auf, ehe sie dem Tier einen Schnitt am Hals versetzten und das Blut mit der Milch vermischten.

Larissa saß auf einem niedrigen Klappstuhl, den ihre Krieger im Haus entdeckt hatten. Sie winkte Ansa, sich neben sie zu setzen. Er humpelte zum Feuer, da man ihm auch die Füße gefesselt hatte. Ungeschickt ließ er sich nieder. Sie reichte ihm einen mit Wein gefüllten Schlauch, den er mit beiden Händen umklammerte. Als er den jungen Kriegern einen Blick zuwarf, drehte sich ihm der Magen um. Die Schüssel ging reihum, und alle tranken in gierigen Zügen das Gemisch aus Milch und Blut.

Ansa nahm noch einen Schluck Wein.

»Ekelst du dich vor Milch und Blut?« erkundigte sie sich belustigt.

»Es ist nicht nach meinem Geschmack.« Er trank noch mehr Wein. »Das hier ist besser.«

»Wir haben nie begriffen, wie Ausländer es über sich bringen, Fisch zu essen. Sitten und Gebräuche der einzelnen Völker unterscheiden sich stark voneinander. Allerdings habe ich Milch und Blut auch nie gemocht. Auf den Inseln trinken Frauen nicht davon, bloß Krieger, und die jungen Krieger ernähren sich fast ausschließlich davon.«

»Kein Wunder, daß sie so blutrünstig sind«, sagte Ansa und nahm noch einen Schluck Wein. Allmählich glitten die Beschwernisse des Tages von ihm ab und verschwanden in einem warmen Nebel. »Müßte ich von dem Zeug leben, wäre ich genauso gefährlich.«

»Wahrscheinlich liegt darin unser Geheimnis«, meinte sie lachend. Sie nahm ihm den Weinschlauch ab und reichte ihm eine Schüssel mit Brot und Fleisch. Während sie trank, zwang er sich, nicht allzu gierig nach den Speisen zu greifen. Ungeschickt nahm er ein Stück Brot in die gefesselten Hände und legte zwei Streifen des gebratenen Fleisches darauf. Er kaute und schluckte sehr vorsichtig. Als er fertig war, aß er ein wenig Obst. Später reichte ihm Larissa erneut den Wein, und Ansas Stimmung hob sich merklich.

»Wie sieht deine Schluchtfrau aus?« fragte sie beiläufig.

»Jung und wunderschön. Sie hat violette Augen, die von einem grünen Rand umgeben sind.«

»Hat sie wirklich blaue Haut? Ich habe nie jemanden ihres Volkes gesehen, aber natürlich viele Gerüchte gehört.«

»Ja, sie ist blau. Nicht himmelblau, aber die Haut der Schluchtler hat einen blauen Schimmer.« Er fragte sich, ob sie über die ewige Jugend sprechen wollte.

»Und sonst ist sie eine ganz normale Frau?«

»Wie meinst du das?«

Larissa deutete auf ihren eigenen schlanken Körper und ließ die Fingerspitzen vom Hals bis zu den Füßen gleiten. »So wie ich: Brüste, Hüfte, Haare, Scheide und so weiter. Immer wieder hört man Gerüchte über Frauen fremder Länder, die ganz anders gebaut sind: sechs nebeneinanderliegende Brüste, lange Schwänze, Scheiden, die seitwärts verlaufen und nicht von vorne nach hinten. Solche Dinge meine ich.«

Er lächelte bei dem Gedanken an Fyana. »Nein, bis auf die Farbe ist sie so wie jede andere Frau. Alles liegt am richtigen Platz und sieht ganz normal aus.«

Sie nickte, als habe sie das vermutet. »Du sagst, sie ist jung. Bist du sicher?«

Er hatte lange überlegt, was er darauf antworten sollte. »Sie wirkt so ...« Er zwang sich, sehr zögernd zu klingen.

»Wie alt?« drängte Larissa.

»Ich nahm immer an, sie wäre so alt wie ich, also ungefähr zwanzig Jahre, aber …«

»Aber?« fragte sie voller Ungeduld.

»Du erinnerst dich sicher, daß ich erklärte, daß eines der Anzeichen für fortgeschrittenes Alter die unterschiedliche Haltung der einzelnen Schluchtbewohner ist. Nun, oft kommt es mir so vor, als würde sie sich reifer benehmen, als es ihrem Alter zusteht.«

Jetzt beugte sie sich aufgeregt vor. »Erkläre es mir genauer.«

»Sie spricht ernst und überlegt, wie man es nicht bei einer so jungen Frau erwartet. Es hört sich so an, als rede eine Frau mittleren Alters oder gar eine wirklich alte Dame. Und selbst Fremde begegnen ihr mit einer Ehrerbietung, die üblicherweise nur weisen Frauen und vornehmsten Damen erwiesen wird.«

»Warst du ihr Liebhaber?«

»Ja.« Er sah keinen Grund, Larissa anzulügen.

»Gut, dann hast du sie nackt gesehen. Ist ihr Fleisch fest und straff wie das einer jungen Frau?«

»Es ist weicher als Quellwasser, weicher als die Flaumfedern eines Kükens. Ihre Haut ist faltenlos wie die eines Säuglings.«

Die Königin zischte leise, als suche sie eine Erinnerung an etwas Kostbares, längst Vergangenes heim.

»Zeigt ihr Bauch Merkmale einer Geburt?«

»Nein.«

»Vielleicht können sie die Anzeichen verschwinden lassen«, murmelte sie vor sich hin. Dann, wieder an Ansa gewandt: »Ist sie eng?«

Einen Augenblick lang verstand er sie nicht. Als er begriff, sah er kein Anzeichen von Gelassenheit in ihrer Miene. Sie war todernst und angespannt.

»Sehr«, antwortete er wahrheitsgemäß.

»Wie eine Jungfrau?«

Obwohl er Larissa mit seinen Antworten beeinflussen wollte, errötete Ansa unwillkürlich. »Nicht ganz. Ich meine, sie war, wie du es ausdrückst, eng, aber nicht unangenehm oder …« Er wußte nicht weiter.

»Strapaziere meine Geduld nicht!« fauchte sie. »Du redest mit jemand, der gar nicht weiß, was Verlegenheit bedeutet! Also: Sie ist schön, hat den Körper einer Jungfrau und liebt dennoch mit dem Geschick und der Erfahrung einer älteren Frau? Ein gutaussehender Bursche wie du muß doch Erfahrungen mit den heißblütigen Ehefrauen abwesender Männer haben, oder aber dein Volk ist völlig anders als alle anderen!«

»Du hast recht«, gab er zu. Er wollte nicht übertreiben, damit sie keinen Verdacht schöpfte. »Ich kann nicht mit Sicherheit behaupten, daß sie älter ist, als ich annahm. Nur ihr Benehmen und ihre Haltung legen die Vermutung nahe.«

Sie schüttelte den Kopf. »Nein, ich denke, deine Vermutung trifft zu.« Es klang, als habe Ansa von Anfang an nichts anderes behauptet. »Vielleicht ist sie eine Frau meines Alters und sieht nur jung aus.«

Plötzlich sprang sie auf und sah ihn an. »Wenn wir meinen Gemahl treffen, bitte ich ihn vielleicht, dich nicht auf der Stelle zu töten.« Sie drehte sich um und ging davon.

Ansa blieb allein am Feuer zurück. Die Krieger beachteten ihn kaum, und er stieß den lange angehaltenen Atem aus und seufzte abgrundtief. Hatte er sein Leben verlängert? Er hoffte es. Kaum zu glauben, daß sie seine Worte für bare Münze nahm. Eine Frau von so überragender Klugheit mußte eigentlich erkennen, daß er ihr nur erzählte, was sie hören wollte, und ihre Gedanken in Worte kleidete.

Dann fiel ihm ein, was Fyana über den verzweifelten Wunsch der Kranken erzählt hatte, die unbedingt glauben wollten, daß jemand sie heilen könne, und die eine leichte Beute für Scharlatane waren. Er hatte Larissas Schwäche erkannt und darauf gesetzt. Jetzt mußte er nur noch einen Weg finden, seinen Vorteil zu nutzen. Das Wissen, daß Schluchtler das Geheimnis ewiger Jugend besaßen – was natürlich nicht stimmte –, reichte nicht aus, um seinen Hals zu retten. Er mußte eingehend darüber nachdenken.

Plötzlich überfiel ihn ein Gedanke: *Was ist, wenn es doch wahr wäre?*

Der Blick auf Huato bot sich ihnen von einer Hügelkuppe aus. Die gewundene Straße verlief jetzt leicht bergab in das Flußtal hinunter. Sie hatten den Gestank und Schmutz eines Feldlagers erwartet. Statt dessen wurden sie eher an einen Jahrmarkt erinnert. Rings um die Stadt standen bunte Zelte. In weiter Ferne näherten sich von Westen Karawanen, die größtenteils aus unbeladenen Nusks bestanden. Die Straße aus dem Norden bot ein ähnliches Bild, nur trotteten statt der Nusks Buckler einher.

»Oh, wie schön!« rief Larissa strahlend. »Die Belagerung ist vorüber! Mein Gemahl hat die Stadt erobert.«

»Ehre dem König!« brüllte ein Krieger ein wenig lustlos. Ansa sah, wie enttäuscht die Shasinn waren, nicht an der Schlacht teilgenommen zu haben. Er wußte, was die Jahrmarktstimmung bedeutete. Er hatte noch nie an einer Belagerung teilgenommen, aber schon mit erfahrenen Kriegern darüber gesprochen. Sobald die Stadt fiel, trafen Handelskarawanen ein. Wie Aasfresser lungerten sie am Rande jedes Kriegsschauplatzes herum, und nichts zog sie so an wie eine gefallene Stadt. Vermutlich war Larissa erst vor zehn oder zwölf Tagen zur Insel aufgebrochen.

»Wie sind so viele in so kurzer Zeit hierhergekommen?« fragte er. Wie üblich ritt er neben der Königin. In den letzten Stunden hatten sie nur über Belanglosigkeiten geplaudert, und sie benahm sich sehr freundlich – was auch immer das bedeuten mochte. »Ein paar Karawanen kommen von weit her, aus Neva vielleicht, und ich gehe jede Wette ein, daß die Buckler aus der Zone stammen.«

»Sie eilen jedesmal herbei, wenn Gasam in den Krieg zieht. Da er immer gewinnt, warten sie nicht erst bis zum Ende einer Schlacht. Sie halten sich jenseits des Kampfgebiets auf und strömen in Scharen heran, wenn der Sieg unser ist. Manche waren schon hier, als ich aufbrach. Sie verkauften Vorräte und erwarben Gefangene. Sie gingen das Risiko ein und waren in der Lage, gute Preise zu erzielen. Außerdem wollen sie in der Nähe sein, wenn die Stadt fällt. Soldaten stürmen mit Beute heraus, die sie unter Preis verkaufen, und dann rennen sie gleich wieder los, um noch mehr zu holen.«

Sogar in seiner mißlichen Lage merkte Ansa sich jedes Wort. Offenbar schaffte es nicht einmal Gasam, die Exzesse nach dem Fall einer Stadt einzudämmen und für Disziplin zu sorgen. Die Cabos schritten den Hang hinab, und sein Magen verkrampfte sich. Bald würde er Gasam gegenüberstehen, dem Mann, der ihm seit seiner Kindheit als Mensch gewordener Dämon geschildert worden war. Nie hatte er geglaubt, er würde den Mann treffen, ehe ihm sein Vater in einer Schlacht gegenüberstand.

Sie ritten durch das ehemalige Heerlager, das jetzt zum Markt geworden war. Ansa erblickte Tausende Männer, Frauen und Kinder in Pferchen. Die meisten saßen auf dem Boden, starrten vor sich hin und waren mit langen Seilen an den Hälsen zusammengebunden. Am Eingang jedes Pferches standen Händler und nahmen Gebote entgegen. Die Menschen wurden nicht einzeln verkauft, sondern in Gruppen von zwanzig oder fünfzig Personen.

Überall stapelten sich geplünderte Waren, die von den Käufern begutachtet wurden. Alles war grob sortiert, so daß auf einem Haufen feine Stoffe oder Kunstwerke, Duftwässer und so weiter lagen. Sie kamen an riesigen Weinkrügen, Caboherden und anderen Haustieren vorbei. An einer Stelle stapelten Sklaven große farbige Platten wunderschön polierten Marmors auf. Offensichtlich handelte es sich um Steine von den Tempelfassaden. Ein Stück weiter erblickten sie zahlreiche Behälter mit Färbemitteln und viele Ballen aus gewobenem Quilhaar. Das einzige, was nirgendwo zu finden war, waren seltene Metalle und Juwelen. Sicher behielt Gasam sie für sich zurück, dachte Ansa.

Ein lautes Krachen erregte ihre Aufmerksamkeit. Auf der Krone der Stadtmauer arbeiteten Männer mit Meißeln und Hämmern, um Quader zu lösen. Wenn man den beachtlichen Steinhaufen am Fuß der Mauer betrachtete, war sie bereits bedeutend niedriger als zuvor.

»Es sieht so aus, als plane der König, die Stadt dem Erdboden gleichzumachen«, meinte Ansa. »Aber du hast mir ja erklärt, daß ihr Shasinn nicht viel von Städten und ihren Bewohnern haltet.« Sie antwortete nicht, runzelte aber besorgt die Stirn. Das Ganze gefiel ihr nicht. Sie betraten die Stadt. Überall sah man Anzeichen von Verwüstung, aber Arbeiter hatten breite Straßen durch die Schuttberge geräumt, um die Plünderung zu erleichtern. Endlose Reihen Gefangener schleppten Lasten zum Marktplatz hinab. Ansa hatte noch nie gehört, daß eine Großstadt Stück für Stück versteigert worden war, aber das schien Gasams Absicht zu sein.

Das Zelt des Königs stand auf dem großen Platz in der Stadtmitte. Davor erhob sich eine hohe Plattform, auf der ein schlicht gekleideter Mann stand und die vor ihm liegende Szenerie mit grimmiger Miene betrachtete. Nur der lange Shasinnspeer, der ganz aus

Stahl bestand, unterschied ihn von seinen Stammesbrüdern. Ansa wußte, daß er Gasam vor sich hatte, und fühlte zu seiner Schande, wie sich sein Magen vor Angst verkrampfte.

Als der Mann die kleine Reitergruppe bemerkte, wich der wütende Gesichtsausdruck einem breitem Grinsen. Er sprang die Stufen der Plattform wie ein Junge hinunter, der seiner ersten Liebe entgegeneilt. Er rannte zu den Cabos und riß Larissa in die Arme. Gasam wirbelte sie ein paarmal herum und stellte sie dann ab. Die beiden küßten und umarmten sich leidenschaftlich. Ansa wunderte sich über die öffentliche Zurschaustellung ihrer Liebe. Aber natürlich war den beiden völlig egal, was andere Menschen dachten.

Auf den ersten Blick wirkte Gasam nicht besonders furchteinflößend. Er sah wie die anderen Shasinn aus, die einander so ähnlich waren, als seien sie Brüder. Da sich das Königspaar ausschließlich um sich selbst kümmerte, musterte er die übrigen Krieger, die untätig herumstanden.

Am auffallendsten wirkten die älteren Shasinn. Sie trugen die langen Haare in unterschiedlichen Frisuren und sahen ebenso gut und anmutig aus wie die jungen Burschen. Ihre Körper waren mit Narben übersät, und ihre Züge trugen die Zeichen langer, harter Kämpfe und Gemetzel.

Einige Krieger vermochte er dank der Schilderungen seines Vaters anderen Inselstämmen zuzuordnen. Außerdem erblickte er Nevaner, Chiwaner sowie Krieger, die Völkern angehörten, von denen er nie gehört hatte.

Endlich löste sich der König aus der innigen Umarmung. »Kleine Königin, ich kann dir nicht sagen, wie sehr ich dich vermißt habe.«

»Und ich habe dich vermißt, Geliebter«, stieß sie atemlos hervor. Sie sah sich um. »Was geht hier vor? Es hat den Anschein, als wolltest du die Stadt vernichten und ihre Bewohner in alle Winde verstreuen.«

»Genau das habe ich vor.« Wieder verdüsterte sich seine Miene. »Schon der Gedanke an diese Stadt macht mich wütend. Der elende Mana, der nicht verdient, König genannt zu werden, hat mich beleidigt, wie ich nie zuvor beleidigt wurde.« Er berichtete von dem Scheiterhaufen.

»Er hat mich um meine gerechte Rache betrogen!« fauchte Gasam. »Das ist unerträglich! Ich werde den Namen dieser Stadt auslöschen. Sie wird dem Erdboden gleichgemacht, und ich lasse Erde und Gras über die Ruinen werfen. Der Ort wird eine gute Weide abgeben.«

Beruhigend streichelte sie seine Brust. »Geliebter, Sono ist jetzt ein Teil deines Reiches. Es sollte eine Hauptstadt haben.«

»Wir gründen eine neue Hauptstadt. Suche dir einen Ort im Norden aus, den wir ausbauen. Außerdem ist eine nördlich gelegene Stadt viel günstiger für uns.«

»Das stimmt.« Die Bedeutung des Wortwechsels blieb Ansa verborgen.

Der König erblickte Ansa und sah ihn erstaunt an. »Wer ist der Junge?« fragte er. Larissa nickte ihren Leibwächtern zu. Zwei von ihnen lösten seine Fußfesseln und rissen ihn aus dem Sattel. Sie zerrten ihn vor den König und zwangen ihn niederzuknien. Mit den Speeren hielten sie ihn in dieser Stellung fest. Ansa gab alle Hoffnung auf. Seine Furcht war groß.

»Das ist mein Geschenk für dich, Geliebter. Ein einzigartiges Geschenk. Ich hätte die ganze Welt absuchen können, ohne dergleichen zu finden, aber das Schicksal ließ es mir in den Schoß fallen, und es wird deine Wut über den Ausgang der Belagerung besänftigen.«

»Jetzt bin ich völlig verwirrt«, meinte der König. »Was könnte mir so viel Freude bereiten? Ist das ein

Sohn Manas, den man bis jetzt verschwieg? Er sieht aber nicht wie ein Sonoaner aus.«

»Viel besser. Das ist Ansa, der älteste Sohn König Haels.«

Ansa erwartete den tödlichen Schlag, aber nichts geschah. Ein ersticktes Geräusch drang aus Gasams Kehle, das sich kurz darauf wiederholte. Das Geräusch wurde lauter und lauter und verwandelte sich schließlich in ein schallendes Lachen. Trotz der Speere hob Ansa den Kopf und sah Gasam ins Gesicht. Er hatte die Augen eines Raubtieres erwartet, eines bösartigen Langhalses, aber er hatte sich geirrt. Es schien, als blicke er in den Himmel in einer mondlosen Nacht, einen Himmel ohne Sterne. Die Augen waren schwarz und unergründlich. Gasam war nicht bloß verrückt, er war mehr als ein menschliches Wesen.

»Das also ist der Sohn meines Stiefbruders Hael? Sei gegrüßt, Junge.«

»Sei gegrüßt, Stiefonkel«, antwortete Ansa. Gasam mußte erneut lachen.

»Wie soll ich dich töten? Du darfst nicht so schnell sterben wie gewöhnliche Männer.«

»Dann berate dich besser mit deiner Königin. Vater hat immer gesagt, es mangele dir an Phantasie.« Er hoffte, Gasam würde sich vergessen und rasch zuschlagen, wenn er ihn genügend reizte. Aber der König lachte nur noch lauter. Nichts konnte die gute Laune verderben, die ihm seine Gemahlin beschert hatte.

»Laß ihn noch eine Weile am Leben, Geliebter«, sagte Larissa. »Ich habe bestimmte Pläne, und eigentlich ist er lebendig wertvoller, nicht wahr? Ich bitte dich, töte ihn noch nicht.«

Den Arm um ihre Schultern gelegt, sah er ihr lächelnd in die Augen. »Kann ich dir jemals etwas abschlagen, kleine Königin? Es stimmt, jeder Tag, den er als mein Gefangener verbringt, läßt seinen Vater Höllenqualen leiden. Wenn er stirbt, wird Hael es schnell verwinden. Nein, ich mache mir ein Vergnügen daraus, ihn als meinen Besitz zu betrachten.«

»Ich wußte, daß du so klug handeln würdest. Wir haben uns viel zu erzählen, mein König.«

»Es gibt auch viel zu tun. Aber zuerst, Geliebte, zeige ich dir meine neueste Eroberung, solange noch etwas davon existiert.« Er wandte sich an jemand, der hinter Ansa stand. »Bringt ihn in unser Zelt und bewacht ihn. Er darf nicht verletzt werden, schon gar nicht durch eigene Hand.«

Ein zustimmendes Grunzen erklang, und Ansa wurde in die Höhe gerissen. In ein Gespräch vertieft, schlenderte das Königspaar davon. Ansa wurde zum Zelt gebracht und bemerkte zu seinem Erstaunen, daß keine Shasinn um ihn waren. Seine Oberarme wurden gegen weiche Haut gepreßt, und als er einen Blick zur Seite warf, sah er nicht den muskulösen Oberkörper eines Kriegers, sondern eine weibliche Brust. Zwei Frauen zerrten ihn davon, die furchterregend aussahen. Wie rote Tränen baumelten Rubine an den durchbohrten Brustwarzen der einen, goldene Ringe an denen der anderen. Sie waren bemalt, mit sorgfältig eingeritzten Narben übersät und rochen ausgesprochen seltsam.

Das Zelt war in mehrere Räume unterteilt. Sie schleiften ihn in ein Gemach im hinteren Teil und warfen ihn auf einen Stapel Teppiche. Dann ließen sie sich ihm gegenüber nieder, die Waffen über die Knie gelegt. Die eine Frau trug einen Kurzspeer bei sich, die andere eine Axt mit biegsamen Stiel. Ihm fiel auf, daß beide Waffen aus Stahl bestanden. Falls die beiden zu einer Elitetruppe gehörten, waren sie die seltsamsten Kriegerinnen, die er je gesehen hatte.

»Ich bin Ansa. Wer seid ihr? Woher kommt ihr?« Sie bedachten ihn mit eisigen Blicken, sahen einander an, dann wieder den Gefangenen. »Der König hat euch nicht verboten, mit mir zu sprechen, oder? Was ist daran so schlimm?« Sie starrten ihn eine Weile schweigend an, und er entschied, daß sie ihn nicht verstanden. Vielleicht waren sie stumm.

»Du bist der Feind unseres Königs«, sagte die Frau mit den goldenen Ringen unvermittelt. »Warum sollen wir mit dir reden?« Sie sprach mit starkem südlichem Dialekt, und der Pflock in ihrer Unterlippe verlieh ihr eine seltsame Aussprache, aber sie war zu verstehen.

»Schon besser. Ihr solltet mit mir reden, weil ihr euch gegenseitig langweilt. Wie heißt ihr?«

»Ich bin Pirscherin«, antwortete die Frau mit den Goldringen. Sie nickte ihrer Gefährtin zu. »Das ist Bluttrinkerin.«

»Ihr habt sehr ungewöhnliche Namen«, bemerkte Ansa.

»Wir bekommen erst einen Namen, wenn wir ihn uns verdienen. Wir sind die tapfersten Kriegerinnen des Königs und stammen von der Küste und den Inseln im Süden Chiwas.« Beim Sprechen blitzte Metall im Mund der Frau auf, und er fragte sich, welche seltsame Bedeutung dahinterstecken mochte.

»Wer bist du?« erkundigte sich die Frau mit den Rubinen. »Aus welchem Land stammst du?«

»Ich bin der älteste Sohn des Steppenkönigs Hael. Meine Heimat liegt weit nordöstlich dieses Landes. Wir sind ein Volk der Reiter und Bogenschützen. Wir durchqueren die Steppe frei wie der Wind und jagen, wie es uns gefällt. Bei uns sind alle gleichrangig, und wir erkennen niemanden als Herrscher an.«

»Warum bist du dann fortgegangen?« fragte Pirscherin.

Er lachte. Es war ein kurzes, bitteres Lachen. »Ich bereue es inzwischen. Warum folgt ihr König Gasam?«

»Von Kindheit an wurden wir dazu erzogen, einem König zu dienen, dem König von Chiwa«, erklärte Bluttrinkerin. »Er war aber unwürdig, und Gasam besiegte ihn und machte uns zu seinen Sklavinnen. Später holte er uns aus den Pferchen und ernannte uns zu seinen Leibwächterinnen. Er lehrte uns, daß es uns bestimmt ist, an seiner Seite zu kämpfen, wenn er die Welt erobert.«

»Er ist mehr als ein König«, warf Pirscherin ein. »Er ist ein Gott.«

Sie meinten es ernst. Ihre Augen leuchteten fanatisch, wenn sie von Gasam sprachen. Was ist das für ein Mann, dachte Ansa, der die Liebe und Treue solcher Frauen erringt?

»Welche besonderen Aufgaben gab er euch? Was tut ihr, um so hoch in seiner Gunst zu stehen?«

»Wir töten!« erklärte Pirscherin stolz.

»Alle Krieger töten. Selbst die einfachen chiwanischen Soldaten töten für Gasam.«

Bluttrinkerin schnaubte, und die Rubine baumelten hin und her. »Sie glauben, daß Töten so aussieht! In einer Reihe stehen und mit Speeren zustoßen! Wir kämpfen mit Geschick und Hingabe. Bei der Schlacht steigern wir uns in einen wahren Rausch hinein.«

»Und nach dem Kampf«, fuhr Pirscherin mit verträumtem Lächeln fort, »übergibt man uns die Gefangenen zum Verhör. Sie reden immer.«

Das glaubte Ansa sofort. Menschen, die von Geburt an darauf gedrillt wurden, Folterqualen auszuhalten, fiel es sicher nicht schwer, den Willen anderer zu brechen. Die dämonischen Frauen vermochten selbst hartgesottenen Kriegern Furcht einzuflößen.

»Später dann«, sagte Bluttrinkerin mit dem gleichen verträumten Gesichtsausdruck, »beim Festmahl nach der Schlacht ...«

»Ruhe!« zischte Pirscherin. »Das geht nur uns und den König etwas an.«

Ansa fragte sich, welches Grauen sich hinter diesen

Worten verbarg. Sie wurden unterbrochen, als ein junger Shasinn das Zelt betrat. Er beachtete Ansa nicht, sondern wechselte glutvolle Blicke mit Pirscherin. Wortlos sprang sie auf, und die beiden verließen den Raum. Sie gingen nicht weit. Wenig später drangen die Geräusche einer heftigen Vereinigung durch die Stoffwände. Offenbar betrieben diese Frauen alles, was sie unternahmen, mit äußerster Hingabe und Leidenschaft.

»Vielleicht überläßt dich der König uns«, bemerkte Bluttrinkerin. Offenbar übten die Geräusche von der anderen Seite der Wand eine Wirkung auf sie aus, denn sie rieb den Unterleib mit rhythmischen Bewegungen über den Teppich. Die Laute hatten die Frau auf anregendere Gedanken gebracht.

»Ich möchte dich nicht enttäuschen«, sagte Ansa, »aber der König will, daß ich am Leben bleibe.«

»Lebendig bedeutet nicht das gleiche wie vollständig«, gurrte sie und rutschte auf ihn zu, bis sich ihre Knie berührten. »Ich sehe mir an, ob es etwas gibt, das du nur ungern verlieren würdest.« Sie hakte einen Finger hinter seinen Hosenbund und zog daran. »Aha!« Sie starrte hinein. »Nicht schlecht.« Ihre Hand glitt in Ansas Hose, während sich die andere um den Dolchgriff schloß. Er war dankbar, daß man ihm die Hände nicht auf den Rücken gebunden hatte. Er würde ihr das Genick brechen. Noch ein kleines Stück …

»Was geht hier vor?« Die Stimme kam vom Eingang des Raumes. Nie hätte Ansa geglaubt, daß er sich über Gasams Anblick freuen würde. »Ich befahl, ihn zu bewachen und nicht, ihn zu verstümmeln.«

Bluttrinkerin errötete wie ein kleines Mädchen, das bei einer Unartigkeit ertappt worden war. »Ich hätte ihm nichts getan, mein König«, erklärte sie. »Pirscherin vergnügt sich gerade, und ich wollte auch ein wenig Spaß haben. Es wäre kein Blut geflossen. Ich wollte mich bloß an seinem Gesichtsausdruck ergötzen.«

Der König runzelte die Stirn. »Wärst du nicht einer meiner Lieblinge, würde ich dich bestrafen.«

Sie warf sich zu seinen Füßen flach auf den Boden. »Bestrafe mich, mein König!« Es hörte sich an, als sehne sie sich danach. Interessiert bemerkte Ansa, daß ihr hübsches Hinterteil mit dicken Narben übersät war.

»Gäbe ich dir die Bestrafung, die du verdienst, würde mein Peitschenarm bald erlahmen.«

»Es ist mir eine Freude, dir die Arbeit abzunehmen«, mischte sich Larissa ein, die jetzt hinter Gasam trat. Ansa sah, wie die Kriegerin erschreckt zusammenzuckte. Sie fürchtete die Königin. Wie kam es, daß diese Kreatur Angst empfand?

»Nicht nötig, kleine Königin. Sicher, der Sohn Haels muß ein wenig erschreckt werden, da du viel zu sanft mit ihm warst. Ansonsten hält er uns fälschlicherweise für Leute, denen seine Qualen Kummer bereiten.«

»Den Fehler würde ich nie begehen«, versicherte ihm Ansa. »Mein Vater hat oft genug erzählt, was für Menschen ihr seid.«

»Wie ein Sohn Haels gesprochen!« rief Gasam grinsend. »Er war schon immer ein pflichtbewußter Knabe und stets darauf bedacht, die Anerkennung der Älteren zu erringen. Sicher lag es daran, weil er der geringste und unwichtigste Bursche des ganzen Stammes war. Er wollte Geistersprecher werden, kein Krieger.« Er lachte laut, aber es klang gezwungen. »Wie konnte aus einem schwachen Knaben ein König werden? Auch wenn er nur König dieser elenden Steppenbastarde ist!«

»Du hast bis jetzt keine Lust gehabt, gegen uns zu kämpfen«, forderte Ansa ihn heraus. »Du wagtest nicht, dich einem offenen Kampf zu stellen, als mein Vater mit seinem Heer nach Neva zog, um dich zu vertreiben. Er begab sich ganz allein in die Stadt und besiegte dich im Zweikampf, ehe du mit einem Sprung ins Meer die Flucht ergriffst!« Ansa hatte die Geschichte so oft gehört, daß sie ihm zu den Ohren herauskam, aber es machte ihm Spaß, sie Gasam ins Gesicht zu schleudern. Er hatte sich nie sehr gut mit seinem Vater verstanden, jetzt aber war er sehr stolz auf ihn. Er wünschte, er hätte die Möglichkeit, es ihm zu sagen.

»Laß mich ihn schneiden, mein König!« zischte Bluttrinkerin. »Ich verspeise seinen…« Sanft setzte ihr Gasam den Fuß in den Nacken und drückte ihr Gesicht gegen den Teppich.

»Still, kleiner Langhals. Das entscheide ich ganz allein.« Er trat vor Ansa hin und ging in die Hocke, bis sie sich auf Augenhöhe befanden. Ansa war froh, das Knacken in den Gelenken des Königs zu hören. Er alterte also auch. In das bronzeschimmernde Haar mischten sich silbrige Strähnen.

»Du verstehst gar nichts, nicht wahr? Du weißt nicht, was richtiger Haß ist, mein Junge. Du hast auch nie gelernt, wahre Furcht zu empfinden. Ich werde es dich lehren. Du lebtest bis jetzt das schöne Leben eines verhätschelten Prinzen. Was zwischen Hael und mir besteht, liegt außerhalb deines Begriffsvermögens, also sprich nicht davon. Ich habe entschieden, wann und wie er sterben wird. Ich werde die Welt erobern, und keine seiner Taten wird daran etwas ändern. Er wird mich nicht dazu bringen, voreilig zuzuschlagen.«

Fast zärtlich strich er mit dem Handrücken über Ansas Wange, als berühre er ein wertvolles, aber nervöses Cabo.

»Sieh mal«, fuhr er fort, »zwischen mir und deinem Vater hat sich so viel Haß angestaut, daß der Lauf der Zeit ihm nichts anhaben kann. Auch in vielen Jahren werde ich ihn mit so viel Freude töten, wie ich es getan hätte, als er erst sieben Jahre alt war. Solchen Haß können gewöhnliche Männer nicht verstehen, und du bist ganz gewöhnlich, wenngleich noch kein Mann.« Er fuhr fort, Ansa zu streicheln. »Aber du bist Haels Sohn, und du kannst dir gar nicht vorstellen, welche Freude es mir bereitet, dich in der Hand zu haben.« Mit diesen Worten erhob er sich und verließ das Zelt.

Bluttrinkerin kroch zurück auf ihren Platz, und Ansa rollte sich voller Verzweiflung zusammen und versuchte zu schlafen. Er wußte, daß ihm Entsetzliches bevorstand. Kurz darauf kehrte Pirscherin zurück. Sie war schweißbedeckt und roch durchdringend nach den hinter ihr liegenden Aktivitäten. Trotz seiner Angst stieg Erregung in Ansa auf, und er dachte an Fyana. Während sich die beiden Frauen leise unterhielten, gab er vor zu schlafen. Irgendwann schlief er tatsächlich ein.

Stimmen weckten ihn. Gasam und Larissa unterhielten sich. Sie plauderten angeregt, als sei ihnen egal, wer sie hörte. Durch zusammengepreßte Lider sah Ansa zu seinen Wächterinnen hinüber. Sie saßen noch immer auf ihren Plätzen, aber die Köpfe waren nach vorne gesunken, und sie atmeten tief und gleichmäßig. Zweifellos würden sie sofort erwachen, wenn er sich bewegte. Er strengte sich an, um das Gespräch im Nebenzimmer zu belauschen.

»Das ist ein Hirngespinst, Liebste«, sagte Gasam. »Ich habe dir schon oft gesagt, daß du zuviel darüber nachdenkst.«

»Es ist wirklich kein Hirngespinst!« beharrte sie. »Diese Schluchtler besitzen das Geheimnis, und ich werde es ihnen entreißen!«

»Ist Schönheit denn so wichtig?« fragte der König. »Ist Macht nicht viel besser?«

»Macht steht über allem anderen, Geliebter. Das hast du mich gelehrt. Aber der Verlust von Schönheit ist das äußere Anzeichen für das Nachlassen innerer Kraft, für die allmähliche Vernichtung unseres Willens, zu dem auch das Machtstreben gehört. Antworte mir wahrheitsgemäß: Kannst du den Speer noch immer so weit werfen wie vor zwanzig Jahren? Kannst du immer noch den ganzen Tag über laufen, ohne zu ermüden?«

»Fast«, antwortete er unbehaglich.

»Mit jedem Jahr wirfst du weniger weit. Wenn du läufst, wirst du Seitenstechen bekommen. Schon bald mußt du aufpassen, daß du beim Gehen nicht außer Atem gerätst. Werden dich deine Krieger auch dann noch respektieren, wenn der gottgleiche König nichts als ein alter Mann ist?«

»Wenn es soweit ist, habe ich längst die ganze Welt erobert, und niemand wird es wagen, mir Ehrerbietung zu verweigern.«

»Mein Gemahl«, sagte sie ohne Gnade, »du hast schon vor langer Zeit damit gerechnet, die Welt zu beherrschen. Als wir anfingen, wußten wir gar nicht, wie groß sie ist. Hinter Haels Reich liegen andere Länder und vielleicht noch mehr, von denen wir nichts wissen. In wie vielen Jahren willst du das alles unterwerfen? Der Gedanke treibt mir Tränen in die Augen.«

»Sobald ich die Steppe erobert und Hael besiegt habe, marschiere ich über die Berge nach Westen. Omia wird mir wie eine reiche Frucht in den Schoß fallen, und Neva wird umzingelt und fällt ebenfalls. Dann habe ich, was ich will, und bin zufrieden.«

»Geliebter«, meinte sie mit tadelndem Unterton, »du wirst nie zufrieden sein, und ich auch nicht. Nicht, solange auch nur ein einziger Mensch atmet, der dich nicht als Gott und König anerkennt. Solange es fremde Länder gibt, mußt du sie suchen und unterjochen.«

Sie hatte schonungslos gesprochen. Jetzt wurde ihre Stimme sanft und einschmeichelnd. »Das muß uns alles nicht bedrücken. Es kann uns gleichgültig sein, wie lange die Eroberung dauert, wenn wir ewige Jugend besitzen.«

Nach einer Weile antwortete Gasam: »Nun, es kann nicht schaden, sich mit der Schlucht zu befassen. Wenn wir nach Norden ziehen, kommen wir an dem Gebiet vorbei. Es kann sicher nicht schaden, wenn wir es erobern.«

Das verstand Ansa nicht. Sicherlich wollten sie als nächstes Gran erobern, oder nicht? Warum sollten sie nach Norden ziehen, in Richtung Wüste?

»Eine Schluchtlerin befindet sich ganz in der Nähe«, erklärte Larissa. »Wenn sie erfährt, daß wir ihren Liebhaber gefangen haben, kommt sie vielleicht hierher. Dann werde ich herausfinden, was sie weiß.«

»Vielleicht kommt sie nicht«, warf Gasam ein. »Was hat der Junge mit ihr zu tun? Ein Liebhaber? Er gehört nicht zu ihrem Volk, und wer hat je gehört, daß sich die Schluchtler Gefährten außerhalb ihres Volkes suchen?«

»Ich behaupte, wir hätten ihn bloß als Geisel mitgenommen. Wenn sie erfährt, ich wäre krank und würde sie reich belohnen, wenn sie mich heilt, kommt sie vielleicht in der Hoffnung, ihn freikaufen zu können.«

Gasam gähnte. »Vielleicht. Und wenn nicht, hole ich dir so viele Schluchtler, wie du brauchst. Von mir aus auch alle, wenn wir nach Norden zur Stahlmine marschieren. Der Krater liegt nur wenige Tagesreisen von der Schlucht entfernt.«

Ansa glaubte, das Blut in seinen Adern würde gefrieren. Sie wußten, wo die Stahlmine lag! Wenn sie schon bald aufbrachen, würde niemand sie aufhalten können. Bei dem Gedanken, Gasam könnte die Herrschaft über das größte Stahlvorkommen der Welt erringen, brach ihm der Schweiß aus. Was sollte er tun? Als er schließlich einschlief, wurde er von furchtbaren Alpträumen geplagt.

Kapitel Neunzehn

Fyana wartete mit grimmiger Miene. Sie hatte die Königin, die sich mit ihren Ministern beriet, schon vor Stunden verlassen. Der König befand sich auf dem Wege der Besserung. Er war in der Lage, aufrecht zu sitzen und zu sprechen, ermüdete aber schnell. Fyana fühlte sich erschöpft. Sie lehnte sich im Stuhl zurück und seufzte. Wie gerne wäre sie von hier fortgegangen! Die Königin hatte ihr eine hohe Belohnung versprochen, aber der Herrscher war nicht so klug wie seine Frau. Fyana wußte, daß sich jegliche Dankbarkeit, die er ihr gegenüber im Augenblick empfand, nach seiner Genesung in Zorn verwandeln würde. Es wäre anders gekommen, wenn sie ihm nur ein Gegengift eingeflößt hätte, das ihn auf der Stelle und ohne Schmerzen heilte. Die Behandlung war langwierig, anstrengend und sehr würdelos verlaufen. Die Stallburschen, die ihr geholfen hatten, taten ihr leid. Vielleicht ließ er sie hinrichten, weil sie Hand an seinen königlichen Leib gelegt hatten.

Als die Diplomaten zurückkehrten, hatte sie sich von Herzen gefreut. Sobald sie bemerkte, daß sich Ansa nicht bei ihnen befand, erfüllte sie Verzweiflung. Sie hatte die Männer befragt und nur ausweichende Antworten erhalten. Fyana befürchtete das Schlimmste. Am liebsten wäre sie sofort aufgebrochen, um nach ihm zu suchen, hatte der Königin aber einen letzten Gefallen versprechen müssen. Die Tür schwang auf, und Fyana öffnete die Augen.

»Lady Fyana?« Es war Lord Floris, der geradewegs aus den Gemächern der Königin kam.

»Es ist sehr freundlich, daß du dir die Zeit nimmst, mich aufzusuchen«, sagte Fyana. »Bitte nimm doch Platz.«

Floris setzte sich. »Die Königin möchte, daß ich mit dir rede. Ich bin dazu bereit«, erklärte er mit überheblicher Miene. »Bitte fasse dich kurz.« Er zuckte zusammen, als verspüre er einen plötzlichen Schmerz, und sah verwirrt drein.

»Geht es dir gut? Bitte nimm dir etwas Wein.«

»Es ist nichts«, antwortete er und schenkte sich einen Becher Wein ein. Sie beobachtete, wie er ihn hastig leerte. »Was kann ich für dich tun?«

»Ich möchte wissen, was mit Ansa geschah. Erzähle mir, was passiert ist.«

»Der Junge verließ unser Lager«, erklärte er ungeduldig. Abermals zuckte er zusammen und stemmte die Hand in die Seite. »Er hatte plötzlich Lust, sich die ... äh ... Belagerung anzuschauen, vermute ich. Er ritt mit jener schrecklichen Frau davon.« Floris erbleichte, und Schweißtropfen bedeckten seine Stirn.

»Erzähle mir, was mit Ansa geschah.«

»Ich denke ... nun, er verschwand eines Tages, als er mit der Königin auf die Jagd ritt. Sie ... sie ... Was hast du getan?« Er starrte auf den Becher. »Hast du mich vergiftet?«

»Der Wahrheitstrank wirkt nicht so schnell«, antwortete Fyana. »Ich gab ihn der Königin, und sie verabreichte ihn dir vor einer Stunde im Ratszimmer. Jetzt sage mir, was mit Ansa geschah!«

Er verkrampfte die Hände zu Klauen und gab sich alle Mühe zu widerstehen, sprach aber weiter. »Sie brachte ihn dazu, mit ihr aufs Festland zu reiten, wo das sichere Geleit nicht galt. Dort nahm sie ihn gefangen. Sie weiß, wer er ist, und bringt ihn zu Gasam.«

»Und du hättest ihn warnen können, hast es aber unterlassen?«

»Stimmt. Der Junge bedeutet mir nichts.«

»Das glaube ich! Hast du Meuchler ausgeschickt, die ihn in der Stadt töten sollten?«

»Ja.«

»Mir hätte das gleiche widerfahren sollen, aber die Bamen und ich achteten darauf, was ich aß und trank. Mir fiel auf, daß meine Speisen fast täglich vergiftet waren.«

Er starrte sie haßerfüllt an, war aber inzwischen fast gelähmt. »Was willst du von mir, du Hexe?«

»Ich will Antworten auf zwei weitere Fragen. Hast du dich auf verräterische Weise mit Königin Larissa zusammengetan?«

»Wir trafen eine Vereinbarung. Ich sehe es nicht als Verrat an, wenn ich das, was mir zusteht, für mich beanspruche.«

»Das war die erste Frage, und die genaue Bedeutung des Wortes ›Verrat‹ darfst du mit den Herrschern besprechen. Hast du den König vergiftet?«

»Ja. Der Thron ist ...« Er hielt inne, als die Tür geöffnet wurde.

»Genug!« sagte Königin Masila. »Von jetzt an setze ich das Verhör fort.«

Fyana erhob sich. »Er ist noch zwei Stunden lang fähig, Fragen zu beantworten. Wenn das Gegengift nicht verabreicht wird, wird er an einer Lähmung der Lunge sterben.« Sie reichte der Königin ein kleines Fläschchen. »Das ist das Gegengift. Ich würde es ihm nicht geben, aber das entscheidest du.«

»Ich weiß nicht, wie ich dir danken soll!« sagte die Königin.

»Es ist schon gut. Du hast mich großzügig belohnt. Jetzt möchte ich mein Cabo zurückhaben und ungehindert bis zur Grenze reiten. Ich will Ansa befreien.« Sie nickte dem reglosen Floris zu. »Vielleicht ist er nicht allein. Sollte mir in eurem Land etwas zustoßen, würde König Hael es erfahren. Er würde herbeieilen, um herauszufinden, was auf der Insel der Tränen mit seinem Sohn geschah, und sich fragen, warum man mich hinderte, ihm zu helfen.«

Die Königin errötete und sagte mit fester Stimme: »Die Bamen werden dich begleiten, bis du die Insel erreichst. Jetzt geh mit meinem Segen, ehe mich deine Überheblichkeit zwingt, ihn dir zu entziehen.«

Fyana verließ den Raum, ohne sich zu verneigen. Masila wandte sich wieder an Floris, und die Augen des Alten weiteten sich vor Angst.

Es war Nacht, als sie die Stadt erblickte. Zahlreiche Feuer brannten auf der großen Ebene und innerhalb der Stadt, bei denen es sich jedoch um Scheiterhaufen und nicht um brennende Gebäude zu handeln schien. Flüchtlinge hatten ihr vom Fall Huatos berichtet. Der letzte, mit dem sie gesprochen hatte, erzählte von König Gasams seltsamem Benehmen, der den Soldaten gegenüber unerwartete Milde walten ließ, die einfachen Bürger hingegen versklavte und die Stadt dem Erdboden gleichmachte. Fyana ahnte, daß dahinter mehr als schlichter Wahnsinn steckte, hatte aber keine Ahnung, was der eigentliche Grund war.

Der sich ihr bietende Anblick erfüllte sie mit Entsetzen. Liebe und Verzweiflung hatten sie so weit gebracht, aber was sollte sie jetzt tun? Dort unten herrschten Zügellosigkeit und Gewalt. Die Männer genossen die ungebändigte Zerstörungswut nach dem Sieg. Was konnte eine einzelne Frau schon ausrichten? Würde sie lange genug leben, um Ansa zu finden?

Fyana schloß die Augen und holte tief Luft, um sich zu sammeln und ihr wild schlagendes Herz zu beruhigen. Ihre Ängste, wie begründet sie auch waren, brachten sie nicht weiter. Gasam und Larissa würden Ansa in ihrer Nähe behalten, wenn er noch lebte. Sie mußte das königliche Zelt ausfindig machen. Fyana öffnete die Augen. Es war sinnlos, hier zu warten. Sie trieb das Cabo an und ritt auf die Feuer zu.

Der Ruf eines Wächters drang an ihr Ohr, ehe sie die Stadt erreichte. Mit einer Fackel in der Hand kam er näher. Der Soldat war recht klein und trug eine weiße Tunika und einen beinernen Brustpanzer. Auf dem Lederhelm funkelten Metallspitzen.

»Wer bist du?« fragte er.

»Lady Fyana aus der Schlucht. Ich will mit der Königin reden.« Sie beschloß, sich selbstbewußt und gelassen zu geben.

Der Mann riß erstaunt den Mund auf. »Die Königin? Warte hier!« Er lief zu seinen Kameraden zurück. Unruhig wartete Fyana ab. Von überall her drangen gräßliche Laute an ihr Ohr: Schluchzen, Jammern und hin und wieder Schreie. Nach einer scheinbar unendlichen Zeit kehrte der Mann mit einem Offizier zurück, der eine kostbare Rüstung und einen Bronzehelm trug.

»Was willst du hier?« erkundigte er sich.

»Ich will Königin Larissa sehen. Die Angelegenheit geht dich nichts an.« Er sah wie ein Berufssoldat aus, und sie hoffte, ihn mit ihrer Überheblichkeit zu beeindrucken. Ein gebürtiger Edelmann wäre nicht darauf hereingefallen.

»Das Lager ist bei Nacht ein gefährlicher Ort, werte Dame«, sagte er respektvoll. »Manche Soldaten vergessen sich während der Siegesfeiern, wenn ihre Vorgesetzten sie nicht im Auge behalten. Es ist besser, wenn du bis zum Morgen hierbleibst. Bei Tageslicht benehmen sie sich nicht so leicht daneben.«

»Ich muß aber *sofort* zur Königin!« beharrte Fyana, denn sie befürchtete, ihr Mut würde sie verlassen. Sie dachte: *danebenbenehmen!* Was für ein Wort, wenn man bedachte, was die Männer taten! »Sicher kannst du mir eine Eskorte mitgeben, Hauptmann! Ganz bestimmt wird sich in der Nähe des Königspaares niemand ... *danebenbenehmen!*«

»Nun, ich werde sehen, was ich tun kann.« Er sprach mit der Stimme eines Mannes, von dem erwartet wurde, etwas zu ermöglichen, das außerhalb seiner üblichen Pflichten lag. Erstaunlicherweise fragte er nicht, ob sie überhaupt ein Recht hatte, sich hier aufzuhalten. Vielleicht reichte die Erwähnung der Königin aus, um das Denkvermögen dieser Männer zu lähmen.

Wenig später führte sie ihr Cabo durch das an einen Alptraum erinnernde Lager. Überall stieß sie auf Sklavenpferche, aus denen die schrecklichsten Geräusche drangen. Im Licht der Feuer sah sie zuckende Körper. Betrunkene Soldaten torkelten zwischen den Pferchen umher. Wenn sie ihr zu nahe kamen, scheuchten sie die vier Wächter fort, die ihre Eskorte bildeten. Die Wächter sahen verärgert drein, da sie nicht an den Feiern teilnehmen durften.

Sie waren nicht die einzigen, die ihrer Pflicht nachkamen. Je näher sie den Stadtmauern kamen, um so häufiger sah Fyana Soldaten, die riesige Warenstapel bewachten. Sie hörte Blöken und Grunzen, und es roch nach Blut. Der Kampf war schon lange vorbei. Sie hoffte, der Geruch stammte von Tieren, die den Soldaten als Nahrung dienten.

Schließlich gingen sie zwischen zwei Schutthaufen hindurch, die einst ein Teil der riesigen Stadtmauer gewesen waren. Die eigentliche Stadt bestand nur noch aus Ruinen. Schattenhafte Gestalten trieben sich zwischen Häusern und in dunklen Gassen herum. Waren es Soldaten? Oder Plünderer, die im Schutze der Nacht dic Keller verließen, um sich am Gerippe ihrer einstigen Heimat gütlich zu tun? Was auch immer vor sich ging, es geschah lautlos. Im Gegensatz zu der Ebene vor der

Stadt herrschte hier dumpfes Schweigen. Der größte Teil des Weges war in Finsternis gehüllt, und außer den Fackeln der Wächter sah sie keine andere Lichtquelle. Nach geraumer Zeit erreichten sie einen großen Platz.

Auf der freien Fläche brannten etliche Feuer, und im Licht zahlloser Fackeln waren Sklaven damit beschäftigt, ein riesiges Gebäude abzutragen. Offenbar war die Arbeit so wichtig, daß der König sie Tag und Nacht ausführen ließ. Man brachte Fyana zu einem Zeltlager am Rande des Platzes. Vor dem größten Zelt hielten sie an. Ein hochgewachsener Shasinn trat vor und scheuchte die Wachen mit einer Handbewegung beiseite.

»Wer bist du?« fragte er. Es war der erste Shasinn, den sie aus der Nähe zu Gesicht bekam. Im flackernden Licht eines Feuers sah er wie eine Bronzestatue aus. Das lange Haar fiel ihm wirr über die Schultern.

»Ich bin Lady Fyana aus der Schlucht. Ich möchte Königin Larissa sprechen.«

Er musterte sie zweifelnd. »Ich weiß, daß sie dich um diese Zeit bestimmt nicht empfangen wird. Warte an einem der Feuer. Bei Nacht ist die Stadt ein gefährlicher Ort, aber hier bist du in Sicherheit. Bald geht die Sonne auf.«

»Ich danke dir. Kann ich mein Cabo irgendwo tränken?« Sie tätschelte den Hals des Tieres, und es grunzte zufrieden. Der Blutgeruch hatte es verängstigt, aber jetzt war die Angst überstanden.

»Da drüben ist ein Brunnen.« Er deutete auf einen spärlich erleuchteten Winkel am Rande des Platzes. Dann ging er wortlos davon.

Sie brachte das Cabo zum Brunnen und bemerkte, daß die herumsitzenden Shasinn ihr wenig Beachtung schenkten. Sie legten Wert darauf, sich nicht um in ihren Augen minderwertige Menschen zu kümmern, und dafür war sie im Augenblick sehr dankbar. In dem flackernden Licht erkannte man weder ihre Hautfarbe noch ihre Augen. Hätten sie gemerkt, daß sie bläulich schimmerte, hätten sie sich gewiß nach ihr umgedreht.

Nachdem Fyana das Cabo getränkt hatte, band sie es an einen Pfosten und wusch sich, so gut es ging, ohne ihre Kleider abzulegen. Sie wollte so gut wie möglich aussehen, wenn sie Gasam und Larissa gegenüberstand. Anschließend setzte sie sich auf den Brunnenrand und dachte nach. Wo war Ansa? Wahrscheinlich war er in einem der Zelte, vielleicht sogar im Zelt des Königs. Es war von wachsamen Shasinn umgeben, und es bestand keine Möglichkeit, sich ihm unauffällig zu nähern. Vielleicht hatte man ihn auch in einen Keller gesperrt. Es gab keine Anhaltspunkte für seinen Aufenthaltsort.

Später führte sie ihr Cabo in die Nähe eines kleinen Feuers und sattelte es ab. Überall lagen schlafende Krieger herum, und ein paar Wachsoldaten, die am Feuer hockten, blinzelten sie schläfrig an. Ihre Gesichter waren von Erschöpfung gezeichnet, und sie hatte nichts von ihnen zu befürchten. Es waren keine Shasinn, sondern Angehörige einer ihr unbekannten Rasse. Ihre ganze Kraft war im Kampf und während der Plünderungen und Morde der letzten Tage verbraucht worden.

Fyana breitete ihre Decken auf dem Pflaster aus, streckte sich aus und legte den Kopf auf den Sattel. Seltsame Stille lag über dem Platz. Sie hörte leise Unterhaltungen, das Knacken des Feuers und hin und wieder das dumpfe Dröhnen eines Steinbrockens, der zu Boden fiel. Sie versuchte, sich auf die vor ihr liegende Aufgabe vorzubereiten. Gasam und Larissa waren anders als gewöhnliche Menschen, und so verbannte sie alle Vergleiche aus ihren Gedanken. Sie würde sich ganz auf ihr Urteilsvermögen verlassen. Außerdem mußte sie sich überlegen, was sie den beiden bieten konnte. Sie wollte Ansa befreien und hatte nur ihre Fähigkeiten und das, was die beiden für nützlich halten mochten. Fyana besann sich auf alles, was sie an Wissen besaß und was ihre Ausbildung sie gelehrt hatte. Sie mußte ihre ganze Menschenkenntnis aufbieten, um vor dieser Herausforderung zu bestehen und um herauszufinden, wo die Schwächen der beiden lagen, was sie brauchten und was sie sich wünschten. Außer der Fähigkeit, Krankheiten durch Berührungen zu erkennen, besaß Fyana keinerlei magische Kenntnisse. Der Ruf der Schluchtbewohner eilte ihnen voraus, und manchmal versetzte der Glaube Berge und diente als Waffe. Irgendwann schlief sie ein.

Im Morgengrauen erwachte sie von den ersten Geräuschen des neuen Tages. Essengeruch lag in der Luft, und Fyana rieb sich die Augen. Im Dämmerlicht sah sie das wahre Ausmaß der Vernichtung, die sie umgab. Die meisten der umliegenden Gebäude waren nur noch hohe Schutthaufen. Eindeutig waren sie nicht im Kampf beschädigt worden, also ließ der verrückte König die Stadt, die ihm inzwischen gehörte, Stück für Stück vernichten. Sie erhob sich und ging zum Brunnen hinüber, wo bereits Krieger und Sklaven standen. Als sie sich Gesicht und Hände wusch, erntete sie bedeutend neugierigere Blicke als am Vorabend. Die Besonderheit der Schluchtler fiel nur bei Tageslicht auf.

Nachdem sie sich so gut wie möglich hergerichtet hatte, faltete sie ihre Decken zusammen. Zuerst wollte sie das Cabo satteln, falls eine Flucht vonnöten war, entschied sich aber schließlich dagegen. Es würde verdächtig aussehen, und sie wollte mit Ansa fortreiten oder gar nicht. Statt dessen zog sie einen kleinen Teppich aus den Packtaschen und trug ihm zum Zelt des Königspaares. Ein Dutzend Schritte vom Eingang entfernt breitete sie dicht vor dem Kreis der Wächter den Teppich aus. Er war dick, farbenprächtig und reich bestickt. Mit dem Gesicht zum Zelteingang setzte sie sich mit gekreuzten Beinen nieder und drapierte die Gewänder möglichst wirkungsvoll um ihren Körper. Dann faltete sie die Hände im Schoß und wartete.

Sklaven betraten das Zelt. Einige trugen Schüsseln mit Wasser, andere Krüge und Handtücher. Ihnen folgten Sklaven mit Speisen und Getränken. Das morgendliche Ritual hatte begonnen. Fast ohne den Kopf zu bewegen, hielt Fyana nach hilfreichen Zeichen Ausschau. Am Rande des Platzes, unweit der zerstörten Gebäude, erblickte sie eine lange Reihe angebundener Cabos. Sie vermutete, daß sie der Königin und ihren Leibwächtern gehörten. Eines der Tiere erregte ihre Aufmerksamkeit. Die Hörner waren in ihr wohlbekannten Farben bemalt. Es war Ansas Cabo. Der erste Beweis seiner Anwesenheit brachte sie innerlich aus der Fassung.

Nicht weit vom Zelteingang entfernt erblickte sie unter einem Baldachin etwas anderes. Dort lag ein Stapel Waffen, aus dem der obere Teil eines großen Bogens herausragte. Sie erkannte ihn sofort. Die Waffe gehörte Ansa. Daneben lagen der Köcher mit Pfeilen und das Langschwert. Er war hier. Vielleicht lebte er noch.

Eine Frau verließ das Zelt. Sie runzelte verwirrt die Stirn. Anscheinend hatte man ihr von der Besucherin berichtet. Fyana richtete ihre Gedanken so stark auf sie, wie sie es nie zuvor bei einem Menschen getan hatte. Innerhalb weniger Augenblicke mußte sie sich ein Urteil bilden, für das sie gerne mehrere Tage Zeit gehabt hätte. Sie mußte wissen, wie sie mit der Frau umzugehen hatte. Als die Königin erstaunt die Augen aufriß, musterte Fyana ihre Aufmachung, die oftmals Schlüsse auf die betreffende Person zuließ. Im Gegensatz zu den Hoheiten anderer Länder kleidete sich Königin Larissa nicht in kostbare Gewänder, sondern lief bis auf einen Lendenschurz aus wunderschönem Stoff und ein wenig Schmuck fast nackt herum. Keineswegs lag es daran, daß sie eine Barbarin war. Sie hielt einfach nichts von prunkvoller Kleidung. Statt dessen war sie von ihrer

Schönheit besessen. Und schön war sie wirklich, das mußte Fyana zugeben. Selbst mit ihrer leicht besorgten Miene war sie die schönste und anmutigste Frau, die Fyana je gesehen hatte. Sie zwang sich, hinter diese Schönheit zu schauen.

Dank ihres Wissens und ihrer Geschicklichkeit erkannte sie auf Anhieb mehr, als jeder gewöhnliche Sterbliche es vermocht hätte. Sie sah die ersten Anzeichen des Alters. Die Königin war noch zu weit entfernt, um Falten zu erkennen, aber Fyana wußte, daß sie vorhanden waren. Der matte Schimmer der Haut, die Haltung, die Bewegungen und das ein wenig stumpfe Haar verrieten ihr viel. Körperlich befand sich Larissa in hervorragendem Zustand, hatte aber ihre beste Zeit hinter sich. Der allmähliche Verfall hatte begonnen.

Das alles erkannte Fyana, ehe Larissa auch nur einen Schritt tat. Jetzt mußte sie die Erkenntnisse auf das Innenleben der Königin ausweiten. Der maßlos erstaunte Blick Larissas verwirrte sie. Abwarten. Die ersten Worte der Herrscherin würden sicher Aufschluß darüber geben.

Die Königin war eitel und für ihre völlige Hingabe an den König bekannt. Wenn sie sich wegen ihres Alters sorgte, dann sorgte sie sich vielleicht auch über ihre Anziehungskraft auf ihren Gemahl. Der wahnsinnige Ehrgeiz, die Welt zu beherrschen, verschlang viel Zeit, und Zeit betrachtete Larissa als ihren Feind – die Zeit und das Alter. Vielleicht gab es hier eine Möglichkeit, diese Angst zu ihrem Vorteil zu nutzen. Noch immer starrte Larissa sie voller Staunen an, und hinter diesem Staunen lagen Furcht und Respekt.

Anmutig erhob sich Fyana. Sie tat es auf eine Weise, die man sie von Kindheit an gelehrt hatte, ohne die Hände zu benutzen oder sich vorzubeugen. Sie erhob sich mit kerzengeradem Rücken und spannte nur die

Muskeln der Oberschenkel an. Durch die weiten Gewänder sah es aus, als schwebe sie empor. Die Königin musterte sie aufmerksam, und aus irgendeinem Grund schien die schlichte Bewegung sie zu beeindrucken. Fyana verneigte sich.

»Königin Larissa, ich bin Lady Fyana aus der Schlucht.«

»Wieso bist du schon hier?« fragte die Königin mit weit aufgerissenen Augen. »Wie kann das sein? Ich habe den Boten erst vor zwei Tagen ausgeschickt!«

Fyanas Verstand arbeitete blitzschnell. Anscheinend hatte Larissa einen Boten ausgesandt, um sie zu holen. Ihr plötzliches Auftauchen ließ auf geheimnisvolle Kräfte schließen. Das war sehr nützlich. Aber weshalb hatte man nach ihr geschickt? Offensichtlich war Larissa nicht krank. Vielleicht fehlte dem König etwas?

»Ich brauche keinen Boten, um hier zu erscheinen«, sagte sie hoheitsvoll. »Wir haben einiges zu besprechen.«

»Einiges?« Larissa fehlten die Worte. Den erstaunten Blicken der Umstehenden nach zu schließen, geschah das sonst nie. »Ja, sicher. Wir müssen uns unterhalten.«

»Was ist hier los?« fragte eine tiefe Männerstimme. Fyana sah an Larissa vorbei und erblickte einen hochgewachsenen Shasinn, der gerade das Zelt verließ. In der Hand hielt er einen langen Stahlspeer. Das also war Gasam. Er sah ebenso beeindruckend aus wie seine Gemahlin. Kein Wunder, daß sich die beiden besser dünkten als andere Menschen.

»Das ist Lady Fyana aus der Schlucht«, erklärte Larissa mit erstickter Stimme. »Ich habe nach ihr geschickt.«

»Das weiß ich.« Der König stellte sich neben seine Frau und legte ihr den Arm um die Schultern. Auch er sah weder krank noch verletzt aus. Seine blauen Augen wirkten eiskalt und unmenschlich. Falls sie etwas erreichen wollte, mußte sie sich an die Königin halten, dachte Fyana.

»Sie war schnell«, meinte Gasam.

»Ich erfahre auf meine … Art, wann ich gebraucht werde.« Die Königin sah vollkommen überzeugt aus. Der König schien mißtrauisch und auch ein wenig amüsiert zu sein, aber Fyana wußte, daß manche Menschen dahinter ihre Unsicherheit verbargen. Die anwesenden Krieger entspannten sich merklich. Obwohl sich die Königin seltsam benahm, ließ sich der Herrscher nicht von dieser Fremden beeindrucken.

»Komm herein. Dort unterhalten wir uns«, sagte Larissa. »Sei willkommen, Lady Fyana.«

»Ich muß mich um andere Dinge kümmern«, verkündete Gasam. »Unterhalte unseren Gast. Ich geselle mich später zu euch.« Er warf Larissa einen fragenden Blick zu, als sei auch er durch ihr seltsames Verhalten beunruhigt.

»Komm mit«, wiederholte die Königin und nahm Fyana bei der Hand. Sie ließ sie auch nicht los, als sie im Zelt auf bequemen Kissen Platz nahmen. Immer wieder warf die Herrscherin verstohlene Blicke auf Fyanas Handrücken, als suche sie nach besonderen Anzeichen.

»Wann bist du eingetroffen?«

»Gestern abend, nach Einbruch der Dunkelheit.«

»Und niemand hat es mir gesagt?« Larissa starrte wütend zum Zelteingang, als suche sie den Schuldigen.

»Niemand wußte, wer ich bin, und sie wagten nicht, dich zu wecken. Schließlich hast du mich nicht so früh erwartet.«

»Das ist richtig, aber man erkennt doch eindeutig, woher …«

»Im Dunkeln ist meine Hautfarbe nicht zu erkennen«, unterbrach Fyana sie.

Mit sanfter Hand strich ihr Larissa über das Gesicht. »Es stimmt. Du bist wirklich blau.« Sie flüsterte beinahe.

Schließlich riß sie sich zusammen. »Ja, jetzt bist du also hier. Woher du es wußtest, kann ich mir nicht vorstellen, aber ihr Schluchtler seid für eure geheimnisvollen Fähigkeiten bekannt. Aus diesem Grund wollte ich dich sehen. Man sagte mir, du kannst Krankheiten durch Berührungen feststellen. Stimmt das?«

»Ja, das kann ich. Möchtest du etwas über deinen Gesundheitszustand erfahren?«

»Bitte.«

Fyana legte Larissa die Fingerspitzen auf die Stirn. Die Königin zuckte zusammen und schloß die Augen, als rechne sie mit einem unangenehmen Gefühl.

»Entspanne dich. Versuche, an gar nichts zu denken.« Es dauerte nur wenige Augenblicke. Fyana zog die Hand zurück. »Selten traf ich jemanden, der so gesund ist wie du. Jedenfalls niemand, der in deinem Alter ist.« Kaum merklich zuckte es um die Augenwinkel der Königin.

»Das ist etwas, worüber wir noch reden müssen«, erklärte Larissa. »Wie alt bist du wirklich?«

Fyana wunderte sich. Sie hatte nach ihrem *wirklichen* Alter gefragt. Für die Königin schien es nicht eindeutig feststellbar zu sein. »In der Schlucht zählen wir die Jahre nicht.« Larissas Augen verschleierten sich. *Sie glaubt, ich weiche aus.*

»Das kann ich mir vorstellen. Offensichtlich sind die Jahre für euch recht unerheblich.«

Fyana dachte daran, wie die Königin auf ihre Hand gestarrt hatte. Das war die leichteste Art, Aufschluß über das Alter einer Frau zu erhalten, die ansonsten noch jung aussah. *Sie denkt, ich bin alt! Sie glaubt, das sei mein Geheimnis!* Fyana seufzte und schlug die Augen nieder, um ihren Triumph zu verbergen. Jetzt wußte sie, was zu tun war. Die Königin deutete ihr Benehmen falsch.

»Sicher hat dich der lange Ritt ermüdet. Gestatte, daß

ich dir etwas anbiete.« Sie klatschte in die Hände, und Sklaven eilten herbei, um ihre Befehle auszuführen. Schon bald waren sie von Schüsseln und Tabletts mit den verschiedensten Köstlichkeiten umgeben. Larissa hielt sich an die Gebote der Höflichkeit und stellte dem Gast während der Mahlzeit keine weiteren Fragen. Fyana aß langsam und war dankbar für die Gelegenheit, ihr weiteres Vorgehen in aller Ruhe zu bedenken. Als sie gegessen hatte, hob sie den Kopf und sah Larissa in die Augen.

»Du möchtest etwas, und ich möchte etwas.«

»Was willst du? Sage es, und es gehört dir!«

»Zuerst sollten wir über deine Wünsche reden.« Wie Larissa es zuvor getan hatte, so strich jetzt Fyana über die Wange der Königin und berührte sie sanft an der Schulter. »Du bist die schönste Frau, die ich je sah, aber wir wissen beide, daß Schönheit vergänglich ist.«

»Nicht nur die Schönheit«, antwortete Larissa, »auch die Gesundheit. *Das Leben!* Es reicht nicht aus. Unser Werk ist bereits weit fortgeschritten, aber mein Gemahl und ich werden älter. Einst erstreckte sich unser Leben wie eine endlose Zeitspanne vor uns, aber nun zweifle ich daran, ob wir unsere Bestimmung erreichen.« Die Worte sprudelten hervor, als befürchte sie, ihr Gemahl würde zurückkehren und sie stören. Wahrscheinlich hätte er die Worte nicht gutgeheißen.

»Und mit der Schönheit und Jugend fürchtest du auch die Macht und den Respekt deiner Untertanen zu verlieren.« Fyana war sicher, die Gedanken der Herrscherin zu kennen. »Selbst eure ehemaligen Feinde dienen euch fast so fanatisch wie die Insulaner, da sie euch für ihre Götter halten.«

»Ja.« Larissa flüsterte nur noch.

»Nehmen wir an, ich sage dir, daß dein Wunsch nicht in Erfüllung geht, weil es an unserem Blut liegt und wir

Schluchtler das Geheimnis nicht auf Fremde übertragen können.«

Die Königin sah auf und errötete unwillig. »Ich würde dir nicht glauben. Ihr Schluchtler seid für eure Geheimnisse bekannt. Ihr seid die einzigen Menschen, die nicht altern. Eure Heilkunst und die besonderen Arzneien ermöglichen es, und es hat nichts mit eurem Blut zu tun.«

»Nun gut«, sagte Fyana zögernd, als müsse sie die Wahrheit zugeben. »Was ist, wenn ich erzähle, daß es nicht einfach ist? Daß es eine langwierige und anstrengende Behandlung erfordert?«

»Ich halte alles aus!« rief Larissa. »Mein Gemahl auch. Du hast keine verweichlichten Palastschranzen vor dir! Die Leute vom Festland nennen uns Barbaren, und das sind wir auch. Wir besitzen mehr Ausdauer und Kraft als jeder andere.«

»Ich sagte dir, daß auch ich etwas will.«

»Sprich es aus!«

»Ich will Ansa. Gib ihn mir.«

Die Königin sah bedrückt drein. Eine neue Erfahrung für eine Frau, die es gewohnt war, ihren Willen durchzusetzen.

»Das … das geht nicht. Er bedeutet uns sehr viel. Wünsche dir etwas anderes.« Sie hörte sich an, als rede sie über ein geliebtes Kind.

»Ansa. Ich will nichts anderes. Wo ist er?«

»Etwas anderes!« beharrte Larissa.

»Dann haben wir nichts mehr zu besprechen.« Fyana erhob sich und fragte sich, ob sie die nächsten Sekunden überleben würde.

»Setz dich!« sagte die Königin und sah aus, als koste sie dieses Zugeständnis große Überwindung. Sie klatschte in die Hände und rief in Richtung Eingang: »Bringt den Gefangenen!«

Zwei Frauen zerrten Ansa zwischen sich herein. So

groß war ihre Erleichterung, ihn lebend zu sehen, daß Fyana nicht auf die bizarre Erscheinung der Kriegerinnen achtete. Hier im Lager gab es viel Ungewöhnliches zu sehen. Welcher Folter er auch ausgesetzt war, sein Körper wirkte unversehrt. Er sah nur bleich und abgespannt aus.

Ansa gelang ein Lächeln. »Ich hatte dich schon gestern erwartet.«

Larissa sah von einem zum anderen, als glaube sie ihm. Das war hervorragend, dachte Fyana. Am liebsten hätte sie Ansa geohrfeigt, weil er so leicht in die Falle getappt war.

»Ich bin gekommen, um dich zu holen.«

Er sah Larissa an. »Würdest du einen so kostbaren Preis wie mich etwa eintauschen?«

»Das wird sich zeigen. Aber es besteht die Möglichkeit.«

»Nein, sie besteht nicht!« Gasam stand im Zelteingang, das Gesicht verzerrt. »Der Sohn Haels gehört mir, und ich werde ihn behalten.«

»Wir brauchen ihn nicht«, erwiderte Larissa. »Du wirst Hael töten und mit seinem Reich nach Belieben verfahren.«

»Und im Augenblick beliebt es mir, den Jungen zu behalten. Hael wird sehr darunter leiden, seinen Sohn in meiner Gewalt zu wissen, und das freut mich.«

»Es gibt Dinge, die mich viel mehr freuen würden«, fauchte Larissa und sah ihn wütend an. Gasam schien entsetzt. Anscheinend widersetzte sich ihm die Königin zum erstenmal.

»Glaubst du etwa, ich würde den Jungen nicht eintauschen, wenn diese Frau uns wahrhaftig die ewige Jugend bescheren könnte?« Er schenkte ihr ein duldsames Lächeln. »Du weißt, daß ich es dir niemals verwehren würde, Geliebte, aber diese Frau lügt. Du läßt dir deine Unbestechlichkeit durch falsche Hoffnungen trüben. Denk doch nach: Wenn diese Schluchtler wirklich anderen Jugend schenken können, warum sind sie dann nicht die reichsten Leute der Welt? Welcher alternde König würde nicht die Hälfte seines Reiches dafür geben? Und dennoch lebt ihr Volk mitten in der Wüste, in kleinen, elenden Dörfern.«

»Reichtum bedeutet uns nichts«, warf Fyana ein.

»Warum sollte ein Volk, das ewig lebt, Reichtum brauchen?« stand Larissa ihr bei.

Zuerst nur fortwährende Jugend, dachte Fyana, und jetzt schon ewiges Leben. Was würde diese Königin als nächstes erwarten? Gut, daß sich Larissa auf ihre Seite schlug.

»Dummes Zeug und Mummenschanz!« beharrte Gasam. »Was wissen wir schon über die Schluchtler außer den Geschichten Reisender und den Lügen dieser Frau?«

»Und wenn ich es beweisen kann?« fragte Fyana.

Einen Augenblick lang war Gasam verdutzt. »Wie willst du das anstellen?«

»Ich werde eine Weile fortgehen. Es gibt Dinge, die ich zusammensuchen muß. Ich brauche dabei die Hilfe eines Dieners, der reiten kann.«

»Du bekommst alles, was du willst«, sagte Larissa. »Auch eine bewaffnete Eskorte. Noch herrscht überall Aufruhr.« Sie sah ihren Gemahl herausfordernd an.

Gasam zuckte die Achseln. »Das wird nicht schaden und macht der Narretei ein Ende. Höre, Frau!« Er richtete den eisigen Blick auf Fyana. »Wenn du meine Königin enttäuschst, wirst du sterben.«

Fyana zwang sich, keine Furcht zu zeigen. »Niemand wird enttäuscht werden.« Sie stand auf. »Wahrscheinlich bin ich am Spätnachmittag zurück.« Ansa starrte sie entgeistert an. Wenigstens hielt er den Mund. Diese Leute schienen keinen Spaß zu verstehen.

Die Königin begleitete sie hinaus. Sie rief ein paar Befehle, und schon eilten Diener und Krieger herbei. Während der Vorbereitungen redete sie leise mit Fyana, als seien sie beide Verschwörer.

»Sei unbesorgt. Ich werde den König schon beruhigen. Du wirst über allen anderen stehen, gleich hinter ihm und mir. Ansa bekommst du zurück. Er ist mir egal und Hael auch. Aber nur ich kann Gasam zähmen. Vergiß das nicht.«

Ihre Eskorte traf ein, die aus vier jungen Shasinn auf sanftmütigen Cabos bestand. Ein kleiner, vierschrötiger Mann erschien, der ein Cabo am Zügel führte. Er hatte die ausdruckslose Miene eines erfahrenen Sklaven und die muskulösen Schenkel eines Reiters.

»Dieser Sklave war Stallknecht des ehemaligen Königs«, erklärte Larissa. »Er wird dir behilflich sein.«

»Ausgezeichnet. Die Krieger sollen Abstand halten und aufpassen, der Sklave muß in meiner Nähe bleiben. Er soll alles genauso ausführen, wie ich es ihm befehle. Mache es ihm begreiflich.«

Die Königin wandte sich an den Sklaven. »Wenn du Lady Fyanas Anweisungen nicht genauestens befolgst, wirst du einen schrecklichen Tod sterben.« Der Mann verneigte sich. Gleich ihrem Gemahl hielt auch Larissa eine einzige Antwort auf alle Fragen bereit, dachte Fyana.

»Ich erwartete deine Rückkehr«, sagte die Königin.

Fyana schüttelte den Kopf. »Das ist nicht nötig. Nach meiner Rückkehr muß ich mich ein paar Stunden vorbereiten. Vor heute abend bin ich nicht fertig.«

»Wie du meinst. Sag mir Bescheid, wenn es soweit ist.« Die Königin verschwand in ihrem Zelt.

Fyana ging zu ihrem Cabo hinüber, und der Sklave half ihr beim Satteln. Erfreut stellte sie fest, daß man dem Tier Futter gegeben hatte. Offenbar hatten die Gefangenen den Befehl, alle Cabos auf dem Platz zu versorgen. Sie saß auf, und gefolgt von ihrer Eskorte ritt sie zum nächstgelegenen Tor.

Bis jetzt war alles gutgegangen, weitaus besser, als sie zu hoffen gewagt hatte. Die nächsten Stunden würden ebenfalls ohne Schwierigkeiten ablaufen. Erst der letzte Teil ihres Planes konnte tödlich enden, aber ihr fiel nichts Besseres ein, und sie schob die Sorgen beiseite. Entweder hatte sie Erfolg, oder sie starb, und sie würde dafür sorgen, daß es ein schneller Tod war.

In den Hügeln angekommen, machte sie sich daran, Kräuter, Blätter und Steine zu suchen. Nichts davon war von medizinischer Bedeutung. Manche Pflanzen kannte sie überhaupt nicht, veranstaltete während des Pflückens aber übertriebene und umständliche Rituale. Eine Weile beobachteten die Krieger sie aufmerksam, langweilten sich aber bald und unterhielten sich halblaut, ohne Fyana zu beachten.

Der Sklave befolgte ihre Anweisungen genau. Ab und zu murmelte er: »Ja, Herrin.« Er nahm die Drohung der Königin sehr ernst. Am Nachmittag war Fyana völlig sicher, daß er jeden Befehl ohne zu zögern befolgen würde.

»Wir sind fertig«, erklärte sie schließlich. Sie packten zusammen und kehrten in die Stadt zurück. Als sie den Platz erreichten, wandte sie sich an die Krieger. »Ihr könnt gehen.« Wie sie gehofft hatte, ritten sie fort. Man hatte ihnen befohlen, sie außerhalb der Stadt zu begleiten, sonst nichts. »Komm mit«, befahl sie dem Sklaven.

Hundert Schritte vor dem königlichen Zelt ließ sie ihn ein Feuer entfachen und begann mit den angeblichen Vorbereitungen. Fyana schlug Steine zu Staub, hackte Kräuter klein und verbrannte und mischte sie. Die ganze Zeit über sang sie sinnloses Zeug vor sich hin. Das Zelt ließ sie nicht aus den Augen. Einmal kam Gasam heraus und sah sie verächtlich an. Larissa erschien zu einem späteren Zeitpunkt und schenkte ihr einen hoffnungsvollen Blick. Nach einer Weile traten beide gemeinsam vor das Zelt. Nachdem sie noch einmal zu ihr herüberschauten, wandten sie sich ab und gingen davon. Darauf hatte Fyana gewartet. Wie die Schluchtler waren die Shasinn ein Volk, das gerne im Freien lebte. Ihr hätte schon gereicht, wenn sich bloß Gasam entfernt hätte. Die Abwesenheit beider war natürlich noch besser. Sie zwang sich, eine Weile zu warten. Dann stand sie auf und deutete auf den Korb, in dem noch Pflanzen und Steine lagen. »Heb ihn auf und trage ihn mir nach.« Der Mann gehorchte, und Fyana nahm ihr Cabo am Zügel und führte es zum Zelteingang. Sie sah sich forschend um. Niemand beachtete sie. Ansas Cabo stand noch immer angebunden neben den Tieren der Shasinn. »Siehst du das Cabo mit den in Grün und Gold bemalten Hörnern? Bring es hierher.« Wortlos eilte er davon. Als er den Befehl ausgeführt hatte, wies sie auf Ansas Habe. »Sattele es und belade es mit den dort liegenden Dingen.«

Als er fertig war, stieg Fyana in den Sattel ihres Cabos und nahm die Zügel des zweiten Tieres in die Hand. »Gut gemacht«, sagte sie zu dem Sklaven. »Du kannst jetzt gehen.« Er entfernte sich.

Sie schloß die Augen und holte tief Luft. Dann atmete sie langsam aus, um sich ein wenig zu beruhigen, da ihr Herz zum Zerspringen schnell schlug. Sie öffnete die Augen wieder. Jetzt würde sie gewinnen oder sterben.

Kapitel Zwanzig

Ansa war beunruhigt. Was hatte Fyana vor? Er hatte sich bemüht, möglichst gelassen zu erscheinen, war aber über ihr plötzliches Auftauchen vollkommen verwirrt. Sie mußte in dem Augenblick aufgebrochen sein, als ihr klar wurde, daß er sich nicht in Gesellschaft der Diplomaten befand. Sie hatte nicht auf Larissas Boten gewartet. Wenigstens hatte er einen Teil des Gespräches belauschen können, ehe man ihn in den Hauptraum führte. So blieb ihm Zeit, sich zu sammeln. Schließlich besaß er genügend Kriegerehre, um vor den Feinden nicht als Narr dastehen zu wollen.

Fyana schien überzeugt zu sein, Gasam ihre Kräfte beweisen zu können, die ihm ewige Jugend schenken sollten. Nicht zum erstenmal dachte er: *Und wenn sie es wirklich kann?*

Er streckte die Beine aus und bewegte sie hin und her. Man hatte ihm keine Fußfesseln angelegt, da keine Gefahr bestand, daß er den Shasinn davonlief. Seine Hände waren noch immer vorne zusammengebunden, und er beschäftigte sich mit Fingerübungen, damit sie geschmeidig blieben. Voller Widerwillen betrachtete er seine Bewacherinnen. Es waren ältere Frauen mit mürrischen Gesichtern, die kein Interesse an einer Unterhaltung zeigten. Eine trug einen Speer bei sich, die andere eine Axt. Beide schliefen vor Langeweile fast ein. Am Zelteingang ertönten unerwartete Geräusche, und sie rissen die Köpfe hoch.

»Ansa!« Die Stimme gehörte eindeutig zu Fyana.

Die beiden Frauen rappelten sich auf, aber Ansa war

schneller. Er packte die Axt mit gefesselten Händen und stieß der Kriegerin das Knie unters Kinn, so daß sie rücklings gegen die Zeltwand taumelte. Ihre Gefährtin hob den Arm zum Speerwurf. Im Eingang standen zwei Cabos. Auf dem einen saß Fyana, das andere führte sie am Zügel. Mit der Breitseite der Axt versetzte er seiner Bewacherin einen heftigen Schlag gegen die Schläfe, so daß sie bewußtlos zu Boden fiel, ehe der Speer ihre Hand verließ.

Ansa rannte los, packte den Sattelknauf mit beiden Händen und schwang sich auf das Cabo. Mit ihrem Messer durchtrennte Fyana seine Fesseln.

»Reite!« schrie sie ihm zu.

Er riß das Cabo herum und galoppierte davon, Fyana folgte ihm dicht auf den Fersen. Sie stürmten auf das Haupttor zu. In weniger als zwanzig Schritten Entfernung erblickten sie Gasam und Larissa. Der König hob den Speer und riß den Arm bis weit hinter die Schulter. Er bewegte sich schneller als jeder Krieger, den Ansa bisher beobachtet hatte. Ansa trieb sein Cabo unbarmherzig voran und zog das Langschwert. Zischend beschrieb die stählerne Klinge einen Halbkreis, während Gasams Arm vorschnellte. In letzter Sekunde verwandelte der König den Angriff in eine Verteidigung und wirbelte die schwere Waffe am Griff herum, um den Schwerthieb abzufangen. Ansa hätte nie geglaubt, daß ein gewöhnlicher Mensch derartige Kraft besaß.

Dennoch gelang die Parade nicht ganz. Das Schwert traf auf den Speer; Funken sprühten, und die lange Klinge glitt am Speerschaft herab, fuhr in Gasams Gesicht und Unterkiefer und schlitzte einen Teil des Brustkorbs auf. Mit einem erstickten Schrei fiel der König hintenüber. Larissa warf sich schützend über ihn, während Ansa das Schwert erneut hob.

»Keine Zeit!« schrie Fyana. »Reite!«

Ringsumher rissen sich die Krieger aus ihrer Erstarrtheit. In wenigen Augenblicken würden Shasinnspeere durch die Luft fliegen. Geschmeidig beugte sich Ansa aus dem Sattel, ergriff die langen Haare Larissas und zog die kreischende Frau über den Widerrist des Cabos. »Bleib dicht hinter mir!« brüllte er und wandte sich der Straße zu, die aus der Stadt führte.

»Keine Speere!« vernahmen sie eine Stimme im Hintergrund. »Er hat die Königin!« Gasam erhob sich schwerfällig, eine Hand gegen das blutüberströmte Gesicht gepreßt. Mehr sah Ansa nicht, denn er ließ den Platz in rasendem Tempo hinter sich und verschwand zwischen den Ruinen. Fyana folgte ihm auf den Fersen.

Da er mit einer Hand Larissa festhielt und die andere das Schwert umklammerte, mußte er ohne Zügel reiten. Das Donnern der Hufe hallte von den Mauern der Ruinen wider, und die Gefangenen, die schwere Steinbrocken schleppten, brachten sich mit hastigen Sprüngen in Sicherheit. Sie galoppierten durch das Tor und durch das Lager, wo die Krieger sie entgeistert anstarrten, aber niemand hielt sie auf. Es war so unbegreiflich, daß kein Mensch wußte, was zu tun war. Sie galoppierten zwei Meilen weit, und Ansa gelang es, das Schwert wieder in die Scheide zu stecken und die Zügel zu ergreifen. Auf der Spitze eines Hügels hielten sie an und blickten zurück auf die zerstörte Stadt.

»Du darfst dein Cabo nicht länger mit ihr belasten!« keuchte Fyana. »Sieh nur!« Eine Gruppe Reiter galoppierte durch das Stadttor und kam auf sie zu.

Larissa lachte. »Mein Gemahl kommt euch nach! Diesmal habt ihr kein Glück. Er wird euch seinen Frauen ausliefern, die euch foltern und anschließend auffressen. Das lieben sie! Ich habe es schon beobachtet.« Ansa warf sie zu Boden, und dort blieb sie lächelnd liegen.

»Ich kann dich nicht weiter mitschleppen«, sagte er,

»aber ich kann dich töten.« Noch einmal zog er das Schwert, dessen Spitze blutrot war.

Fyana warf ihm einen eisigen Blick zu. »Könntest du das?«

Larissa lächelte furchtlos. »Nur zu! Was für eine Heldentat. Erzähl deinem Vater, daß du die Frau tötetest, die er liebt, und seinen Erzfeind am Leben ließest.«

Ansa sah sie wütend an und steckte das Schwert zögernd in die Scheide. »Nein, ich kann dich nicht umbringen.«

»Das dachte ich mir. Du bist Haels Sohn und genauso ein Schwächling wie er.«

»Hüte deine Zunge!« rief Fyana. »Ich muß keine Kriegerskrupel überwinden!«

»Lauf zu deinem Vater zurück, mein Junge!« höhnte Larissa. »Wir holen dich demnächst.« Sie wandte sich an Fyana. »Und *dich* holen wir bedeutend früher. Du bist eine bemerkenswerte Frau. Ich wünschte, du hättest dich auf unsere Seite geschlagen, anstatt diesem elenden Steppenknaben nachzulaufen.«

»Ich sagte, daß ich dich nicht töten kann«, warf Ansa ein, »aber ich kann die begonnene Arbeit beenden.« Er zog den Langbogen aus der Schutzhülle und spannte ihn. Auf dem Rücken des Cabos war das nicht einfach, aber er schaffte es. Dann wählte er einen Pfeil aus und beobachtete die nahenden Reiter.

»Nein!« sagte Fyana. »Laß uns reiten! Sie kommen näher.«

»Sie sind schlechte Reiter und können nicht schießen. Solange ich drei Cabolängen Vorsprung habe, reite ich ihnen mit Leichtigkeit davon.«

»Vielleicht hältst du dich für den besten Reiter der Welt, ich bin es aber nicht!« widersprach Fyana. »Laß uns reiten.«

»Gleich.« Er entfernte sich zwanzig Schritte, damit Larissa ihn nicht stören konnte. Die Reiter befanden sich beinahe in Schußweite. Er legte einen Pfeil auf. Gasam war leicht zu erkennen. Er ritt noch schlechter als seine Gefährten, und der riesige Blutfleck war selbst auf diese Entfernung auszumachen. Natürlich führte er die Krieger an, wenngleich zwei junge Männer fast auf gleicher Höhe ritten. Die Gruppe bestand aus fünfzig Kriegern, und hundert weitere verließen das Lager, um sich an der Jagd zu beteiligen.

Ansa hob den Bogen. Sein geübtes Auge verriet ihm die Geschwindigkeit und die Flugbahn, die der Pfeil nehmen mußte, ohne daß er sich lange besinnen mußte. Der Daumen der Pfeilhand berührte sein Ohr und die Sehne den Mund. Er wartete noch zwei Sekunden und schoß.

Der Pfeil beschrieb einen gewaltigen, anmutigen Bogen, der ihn zuerst in die Höhe und dann in die Weite führte. Perfekt, dachte er. Gasam war verloren.

Einer der beiden jungen Krieger sah den Pfeil kommen. Er trieb sein Cabo an. Der Junge war ein besserer Reiter als der König und besaß das schnellere Cabo. Er ritt in die Schußlinie und bot sich dem Pfeil als Ziel dar. Der Knabe taumelte und stürzte getroffen zu Boden, und sämtliche Reiter mußten ihre Cabos zügeln und seitlich ausweichen, um nicht selbst zu Fall zu kommen.

Fluchend ritt Ansa zu den Frauen zurück. »Gasam! Immer opfert sich jemand für ihn! Wir verschwinden!«

Larissa lachte. »Du kannst uns nicht töten. Wir werden in Bälde da sein, um dich zu holen.«

Ansa lachte ebenfalls. »Dafür habe ich sein gutes Aussehen zerstört. Der Lauf der Zeit wird dir das gleiche antun. Leb wohl!«

Sie verließen die kreidebleiche Königin.

Der vernarbte Mond ging auf, als sie ihre Cabos zum erstenmal ausruhen ließen. Die Verfolger waren weit zurückgefallen, falls sich Gasam überhaupt die Mühe machte, ihnen nachzusetzen.

»Wir müssen nach Norden«, erklärte Ansa. »Sie ...«

»Einen Augenblick«, unterbrach ihn Fyana. »Geht es dir gut? Hast du dich davon erholt, tagelang schlecht behandelt und gefesselt worden zu sein?«

»Ja. Meine Handgelenke sind noch ein wenig wund, aber außer dem dummen Gerede mußte ich keine Folter erleiden.«

»Gut.« Sie holte weit aus und ohrfeigte ihn so hart, daß er beinahe aus dem Sattel gekippt wäre.

»Was ...?« Er war so entsetzt, daß er nicht weiterreden konnte.

»Das ist dafür, daß du in eine so offensichtliche Falle getappt bist und ich dich retten mußte!« Noch einmal schlug sie fest zu. »Das ist dafür, weil du sie verhöhnt hast, als ich sie in Sicherheit wiegen wollte und von dir erwartete, daß du dich demütig verhältst! Am liebsten würde ich dich noch weiter schlagen, weil du Kriegerspielchen spielen mußtest, anstatt diese widerliche Frau einfach fallen zu lassen, sobald wir das Lager hinter uns hatten, aber ich fürchte, ich habe mir die Hand gebrochen.«

»Aber ich bin ein Krieger!«

»Das heißt nicht, daß du dich wie ein Narr benehmen mußt! Bei allen Geistern – wenn ich dich nicht so sehr lieben würde, Ansa, hätte ich dich einfach dort gelassen. Vielleicht ändere ich meine Meinung noch.«

Er zog sie an sich und küßte sie heftig. »Meine furchtlose Geliebte! Warum sollte ich Verstand brauchen, wenn ich dich habe?« Er küßte sie noch einmal, aber bedeutend zärtlicher und voller Leidenschaft. Irgendwann befreite sie sich aus der Umarmung.

»Später. Wenn wir in Sicherheit sind.«

»Niemand ist mehr sicher«, erklärte Ansa. »Ich wollte dir gerade erklären, daß wir nach Norden reiten müssen. Fyana, sie wissen, wo die Stahlmine liegt! Larissas Spione haben sie entdeckt.«

»Ich stamme aus der Schlucht, nicht aus der Steppe. Eure Stahlmine interessiert uns nicht.«

»Das sollte sie aber«, beharrte er. »Du hast erlebt, wie mächtig Gasam ist. Hat er die Mine erobert, besitzt er das größte Stahlvorkommen der Welt. Er wird seine ganze Armee mit Stahlwaffen ausrüsten. Was kann ihn dann noch aufhalten?«

»Krieger!« Sie schnaubte verächtlich. »Ihr denkt immer, eine neue Waffe wäre das wichtigste! Das ist es nicht, hörst du?«

»Zuerst werden sie zur Schlucht ziehen«, fuhr er unbeirrt fort. »Sie liegt viel näher als die Steppe, denn die Wüste trennt uns von ihm. Außerdem glaubt Larissa noch immer, daß dein Volk das Geheimnis der ewigen Jugend besitzt. Nichts wird sie vom Gegenteil überzeugen. Du hast mir doch erzählt, wie stark der Glaube der Menschen sein kann.«

Sie seufzte. »Vermutlich hast du recht. Nun, wir kommen ohnehin durch unser Land. Ich frage die Ältesten, was zu tun ist.«

»Und dann begleitest du mich in die Steppe?«

»Ja, wenn die Ältesten es erlauben.« Sie lächelte. »Was soll's? Ich begleite dich, auch wenn sie es verbieten.«

Jetzt grinste Ansa. »Laß uns nach Norden reiten.« Ehe sie die Cabos antrieben, drehte er sich noch einmal nach ihr um. »Fyana, wie alt bist du? Kennst du wirklich das Geheimnis der ewigen Jugend?«

»Glaubst du etwa, ich würde dir alles verraten?« Sie trieb ihr Cabo voran, und im Mondlicht zogen die beiden in Richtung Norden.